民国武侠·插图版

姚民哀 ◎ 著
杨苇 ◎ 插画

龙驹走血记

山西出版传媒集团
北岳文艺出版社
·太原·

图书在版编目(CIP)数据

龙驹走血记/姚民哀著.—太原：北岳文艺出版社,2020.6
ISBN 978-7-5378-6206-6

Ⅰ.①龙… Ⅱ.①姚… Ⅲ.①长篇小说-中国-当代 Ⅳ.①I247.5

中国版本图书馆CIP数据核字(2020)第078980号

龙驹走血记

著　　者：姚民哀
插　　画：杨　苇
责任编辑：孙　茜
装帧设计：张永文
印装监制：郭　勇

出版发行：山西出版传媒集团·北岳文艺出版社
地　　址：山西省太原市并州南路57号
邮　　编：030012
电　　话：0351-5628696（发行部）
　　　　　0351-5628688（总编室）
传　　真：0351-5628680
网　　址：http://www.bywy.com
E – mail：bywycbs@163.com
承　印　者：山西人民印刷有限责任公司

开　　本：889mm×1230mm　1/32
字　　数：220千字
印　　张：9
版　　次：2020年6月　第1版
印　　次：2020年6月　山西第1次印刷
书　　号：ISBN 978-7-5378-6206-6
定　　价：32.00元

出版说明

  为满足广大武侠爱好者的阅读、收藏需求，我社于2012年起陆续开发民国武侠小说书系，今特推出姚民哀先生小说集《龙驹走血记》。此次出版，各个篇目按当年出版时的原著排版。为保持原书的整体风貌，对原版中的错字、漏字、标点作了订正；文法保持当年原著的习惯，如"的地得""做作""吧罢""教叫""往望""他她""二两""格咯""唯惟""和合""坐座""玩顽""支只""辉晖""又就"等用法未做修改；对异体字、繁体字做了规范用法和简化字的改正。

  特此说明。

北岳文艺出版社
2020年5月

作家小传

姚肖尧(1894—1938),原名朕,字民哀,后以字行。艺名朱兰庵,笔名天亶、护法军、乡下人,别署小妖、老匏、花萼楼主等。室名有花萼楼、息庐、芝兰庵等。

姚出身于封建地主家庭,书香门第,祖籍安徽桐城,本是散文大家姚鼐的后代,从他曾祖父那一代移居常熟。曾祖锡田,祖家福,字小琴,诸生,善诗文,著有《潭影山房诗集》。伯父福均,诸生,官州判,工诗文,著作甚丰,有《海虞艺文志》传世。父仁寿,字琴孙,因屡试名落孙山,遂依外姓,易名为朱寄庵,以弹唱《西厢记》《三笑》为业。

姚未冠即毕业于虞西高等小学,因家道中落而辍学,取艺名朱兰庵,随父献艺江浙各地,初崭头角,即名噪一时。父殁后,与弟民愚(菊庵)拼双挡,称为"朱双挡"。

清宣统二年(1910)姚至沪献艺,适南社成员太仓冯平(心侠)在沪斡旋革命事业,姚常以诗文向冯请教,且以冯为师,受到冯之陶冶,遂与革命党人相结交,未几即参加光复会,以献艺江湖,鼓吹资产阶级民主革命。

1911年,辛亥革命爆发,那一年姚民哀18岁。他正在外地码头,闻讯匆匆赶到上海。全国各地纷纷起义,上海起义的领袖就是光复会元老李燮和。姚民哀会晤李燮和,两人言谈甚欢,在李的建议下,姚民哀加入光复军,而且自告奋勇要求进入敢死队,后转而担任文书工作。过不多久,南北和议达成,孙中山辞去临时大总统,袁世凯当选。姚民哀大感失望,离开光复军,重新拣起一把三弦,回江浙跑码头说《西厢》去了。时人形容他,"真乃当世柳敬亭也"。姚民哀在说书之余加入了南社,会员号数为583号,并于1917年及1919年两度在上海徐园参加雅集。他写诗词或者弹词非常熟练,所以很快成为南社的中坚,打开通向文坛之路。

姚对文学极有造诣,而且兴趣广泛,经常为上海各种报纸杂志撰稿。1919年12月起,一直到次年的7月止,姚民哀在《申报》上连载题为《仙韶寸知录》的昆剧研究文章,竟然能每天写一篇。同一个时期,他还先后为报纸写了《丹桂歌闻》《歌场闻见录》《歌坛剩语》《南部枝言》《菊部逸闻》等长文;此外,他又要在《游戏世界》《新声杂志》《新剧杂志》《红玫瑰》《半月》《快乐》《紫罗兰》《戏杂志》《戏剧月刊》等刊物上发表戏曲史、戏曲评论类文章,较有影响的有《民哀说部》《息庐杂记》及长篇武侠小说《荆棘江湖》《南北十大奇侠》等,姚在民初后,一度为当时兴起的鸳鸯蝴蝶派的中坚分子。他还在20年代初先后办了《春声日报》《新世界报》《世界小报》等真正的小报,在社会上都颇有影响。

可姚民哀还是不满足于说书和这些戏剧评论文章。空余时间里,他开始撰写武侠小说了,从此一发而不可收拾。1923年,他的第一篇武侠小说《山东响马传》在程小青主编的《侦探世界》上发表,出版时间上几乎与被公认"近代武侠小说"开山之作——平江不肖生的《江湖奇侠传》相同。比起后来的"武侠北四家"来,姚民哀是真正的先驱。姚民哀不喜欢神怪和艳情,也并不擅长武术描写,但他能利用他对帮会内幕熟悉的优势,大写帮派故事。后来这种写作手法被郑证因继承下来,成为北派武侠中的重要一支。

很快,姚民哀的写作达到了颠峰,1929年,他开始写作决定他在文学史上地位的帮派小说《四海群龙传》,到次年完成,这是还珠楼主《蜀山剑侠传》出世以前中国新派武侠的最高峰。姚民哀在小说中细致地叙述了青帮的历史,还掺入大量香堂细节、江湖黑话、帮规条例等等,在写作手法上则吸取西方侦探小说的技巧,写成有连续性又独立成篇的短篇故事,俗称"连环格",后来被古龙在《楚留香传奇》《陆小凤》等小说中大量引用,成为一大流派。可是,可惜的是姚民哀也不太珍惜名誉,从20年代开始,他的约稿、演出就没停过。到后来实在太频繁,他干脆就开始粗制滥造,甚至直接窃用南社的诗词改为弹词,遭到众人诟病。尽管这样,他还是为弹词演员朱耀祥、赵稼秋编撰了半部《啼笑因缘》,为评话演员曹仁安润饰了《列国志》的脚本,留下很多珍贵的材料。

抗战爆发后,姚民哀进入汪伪政府当秘书。据《常熟掌故·人物轶事》中记载,1937年日军入侵,姚在常熟沦陷后不久投敌变节,任伪绥靖队徐凤藻部秘书。1938年9、10月间,姚携伪绥靖队公文去上海,在常熟境内支塘、白茆间,被游击司令熊剑东所属第六梯团第二大队杨义山部截获,解至司令部军法处。几天后,在常熟东张乡法灯庵广场,由熊剑东主持的白茆军校阵亡学员追悼会上,姚民哀被当场处决。

南社叶楚伧悼念姚民哀曰:"早识聪明味,难知天地心。"

目 录

龙驹走血记 …………………………………… 001
侠骨恩仇记 …………………………………… 064
盐枭残杀记 …………………………………… 154
甘侉子 ………………………………………… 190
周四先生 ……………………………………… 200
喳叭全全 ……………………………………… 207
青龙元元 ……………………………………… 219
盲盗蒋妞妞儿 ………………………………… 224
记齐村三义店 ………………………………… 229
三不党 ………………………………………… 244
无情弹 ………………………………………… 249
血誓 …………………………………………… 265

姚民哀与其作品编年表 ……………………… 277

龙驹走血记

一

　　吉林的省会，地居松花江畔，南倚江流，东西北三面高山环抱，气势完结，是东陲天险之区。地方上物产，除了药材、人参、蛤士蟆、白鱼、乌拉草、灰鼠、紫貂、狐貉、虎骨、熊掌、鹿茸、麝香、木料之外，马牛羊三种动物，亦产生不少。三者之中，尤以马为大宗。因此上生长在当地的人民，没有一个不具相马的本领。就中尤推一个住居吉林东莱门外先农坛附近的滚马侯七为最。侯七出身倒也很好，他的爸爸是武举人，仗义疏财，广结江湖上一般鸡鸣狗盗之雄，一时有小孟尝君之称。侯七生下来了不满十天，他的亲娘患着产后失风病死了，侯七在爸爸手内抚养成人。他爸有个生死交名叫于大明子，天生一双夜眼，哪怕黑暗之中也可以穿针拾芥。此人是在宽城子开设镖局兼营鞭仗行为业，关东一带谁不知道电光眼于大明子的大名？恰巧侯七死娘的当儿，大明子一个年刚三岁的儿子也于此时死掉，他妻子哭得如醉如痴。侯七的爸爸便把侯七送给大明子夫妇，一来解解于夫人的悲伤，二来自己家内没有体己妇人，小孩子乏人抚养，于长育上大大有碍。如此一办,可称一举两得。

因为侯七是从小于家去的,到了六岁那年,侯父四十岁大庆,大明子夫妇俩携了侯七,从宽城子动身到省垣祝寿,叫侯七叫声亲爹,侯七反而不认,指大明子夫妇俩哄他,并且说:我明明是于家后人,怎生叫我去认一个不相干的异姓之人作父呢?当下在寿堂的贺客听了,都掌不住笑出来。大明子原意趁此把侯七交还老友,就为了这句话,倒不忍便把侯七归宗。他的夫人更不舍得,所以仍领回了长春。

大明子无事时候,把全身武艺拿出来统教了侯七,所以侯七学就一身马步软硬内外全功,善用一条十七节的纯钢软鞭。十四岁时,便代替义父保过一趟山西皮货商镖。在长春动身,保到山西运城,路上出过两次大岔子,都被他智勇兼施,把原镖要回来,一丝一毫不曾短少。虽然靠着义父的镖香、镖旗,一路上借光不少,但是他毕竟是十四岁一个孩子,能够背这么大的风火,实在不是容易。从此名重一时,武行之内,都知道东三省出了个小辈英雄侯七,将来稳在镖局行坐头把交椅。于大明子一生忠厚,总算上苍不负他的苦心,得着如此露脸的一个徒弟,而且还是他的义子,生不枉一身功劲,死不丢一辈子的威名了。

侯七到十六岁那年,他生身之父侯武举过世了,侯七方才归宗,离开师父,回到吉林居住。那些至亲近族见他有这样的能耐,都劝他吃粮当兵去。无奈侯七生性淡泊功名,情愿为商,不愿为官,所以就把那座祖屋改作仕宦行台。好在东莱门外先农坛一带,虽非吉林热闹之区,但有先农坛、社稷坛两处古迹,来往之人,无论士商,都要去瞻仰瞻仰,因此侯七这爿栈房,也生意鼎盛了。并且侯七这店不另取名,他师父于大明子开设在长春的叫做天达店,他就叫做天达分店,也是兼营鞭仗行保镖两业。他原来名字叫侯永义,号小坡,名字是跟着族中大排行取的,号是他爸号叫云坡,故此他叫小坡。本来行一,小名却叫老么。又怎么会出这滚马侯七的名义来呢?还是十四岁那年保镖回来之后,关内外各路武行中人都闻名贯耳,特地到长春去瞧瞧,究竟于大明子的义儿是怎样一个人物。在这当儿便由许多老辈做主,替他们小弟兄淘集合一个团体,结拜一个十弟兄。老大是山西五台县的小太保钱玉;老二是直隶沧州白面夜叉李长泰;老三、老四乃是山东曹州府的金眼神鹰高福海、黄面佛何大锁;老五是奉天锦州的镔铁塔韩尚杰;老六是江苏南京上元县的一阵风朱三傻子;老八、老九本是亲弟兄,一个叫铁头罗佩坤,一个叫飞腿罗佩巽,是湖北汉阳府汉川县人;老十是河南光州的神拳无敌金钟声。小坡轮着第七,因为他有一路滚堂刀绝技,专取人家下部和马足,所以才有滚马侯七的外号。

他年纪虽将弱冠,但尚未定亲。他曾说,男子要一两个女人做妻小,极容易的事情,何必汲汲?现在方当壮年,练功要紧。加以眼内也没有看得对的女子,故而尚未对亲。不过开了天达分店之后,自己只能照管外场,内部整理乏人。幸亏侯七会打算,派人到长春把师母接到吉林,将治家内里各责统交代给师母,自己专管外场诸事,招待过路客商,结交江湖上好汉。于大明子的妻子虽和侯七没有血缘关系,因为从小抚养在身畔,侯七习练武艺之初,大明子把祖传的十三味铁骨方配齐了,吩咐妻子把这十三味药,每日必须子午两个时辰,拿来熬成浓汤,又定要卯酉两个时辰内,替侯七洗擦。那么就是痨病鬼的筋骨,也可以洗得硬如铜粗如松。于大娘爱着侯七,遵奉夫命,如法炮制,从六岁洗起,洗到十一岁。按着子午开火煎熬,卯酉动手洗擦,一丝一毫时候都未曾差过,足足四年光景,寒暑无间。而且这四年之内,于大娘端整着鲜牛肉汁、童子鸡汁,给侯七代茶,牛脯、鸡脯代点膳,也必须自己亲手熬煮,才放心给侯七饮食。你们想于大娘对于侯七用多大心思抚养着,就是侯七这身铜筋铁骨、软硬兼全、马步不挡的能耐。虽说出于寄父所教,实在寄母的心血也着实费了一番。故此侯七对于生身亲母固然在产后十朝之内,便抱累茵之痛,没有感情可言;对于生父也是襁褓远离,毫不相关休戚;对于于大明子夫妇俩,却有山高海深般的情感。虽然名义上是寄父、寄母,人家真的亲生儿子,哪里有他们三人间的亲爱情状？故而于大娘远离丈夫,独自在距离长春二百十八英里之外,孤眠单宿,替一个干儿子做当家老娘。

如是者又过了两年光景,侯七已经二十三岁,仍不想着娶房媳妇,大娘很为忧虑。那年是前清光绪三十年八月初一清晨,于大娘想起初十乃是大明子五十岁的正寿,不能不回去;并且想顺便向丈夫提及,教他关切侯七,我们侯、于两家香烟嗣续要紧,亲事一节不可不急于进行。料想侯七对于大明子素来恭顺,或者不致违拗。主见打定,便喊侯七到她面前,亲自嘱咐道:"为娘立即动身回长春去,替你寄父料理五十岁正寿。你店中有事,我走了,你未便随着我同走。待我到了长春,叫你义父挑选一个诚实可靠的店伙,也立即赶回吉林,替你代理店中诸务,然后你再动身到长春拜寿。大约我今天动身,预备赶一程夜站,不到午牌时候定能赶过九站孤店子桦皮厂,到土们岭打尖。然后经由营城子下九台,至多不过晚间九十点钟。明天一早上路,只要一过饮马河卡伦,到长春只得三十五里了。那么饭前饭后,一定和你寄父见面。叫你寄父立刻拣选了得力伙计,马上动身,初三晚上到此。你尽初四一天教会那人一个大概,把店务内外交托明白,初五早上就道,初六也可到长春。你寄父是预备初八、初九两天暖寿,初十正寿,十一补寿。你尽够赶上,不用着忙的哩。"侯七道:"妈吓,你老人家所说的里数,那是根据外国人现在动工建筑的铁路所计的公里,照我们中国人的道路计起来,一里要有三里路长,恐怕三天之内来不及来回吧？况且马虎头山,听说有胡子在那里借宿,妈先去,儿有些不放心。"于大娘笑道:"痴孩子,你还怕我单身出门遭着意外危险么？远离一二千里,地方上线字弟兄、开武差使的,尚且听到你家寄父名字,望风远避;有些重义气讲交情的,非但不开手,而且还愿意当码头差,准备一宿三餐。远的地方不愁甚么,难道说在门槛以内,倒要顾虑起来了？至于我预先支配的途程,就算铁路公里,不与寻常相同,那么至多五天一个来回。镇日镇夜赶路,不投宿,单打尖,总来得及了。本当我和你一块去,无如这边店务不可怠忽,那边又是正五十大庆,我不先去主持内里,就算你寄父不见得多心,那于家门内的亲族故旧,一定说我闲话了。因此我只得先走几天,你随后来吧。"侯七见寄母一定要先行,主见非常坚决,自亦未便拦阻。

当下于大娘收拾了几件应用东西,便乘了自己行内一辆大车,先自去了。等到初四中午,大明子果然派了一个书算精通、富有经商经验的坏蛋秀才包瞎子来,为侯七暂行管理店务。侯七一瞧这人本是寄父店内的副账房,为人诚实可靠,况且是个熟手,自然放心交代下去,并且知道寄母安返长春,心中非常快活。一到初五早上,专等开过早膳,也便收拾了一个小小的黄布包囊,腰内系上那条十七节的纯钢软鞭,头戴一顶遮阳草笠,身穿一件月白土布长褂,足蹬铜头铁跟杀虎鞋,和店中人告别了一句,便匆匆就道,一口气走了四十余里,到了乌拉城,见日已过午,寻思找一家饭铺或是饽饽店打尖。

正往头里寻去,迎头听得有马蹄响,抬头一望,只见坐在马上那人骨瘦如柴、面黄身矮,和自己结拜十弟兄之中的白面夜叉李老二相似。再把他胯下的马一瞧,却是:

蹄翻碧玉,领缀银花,胜似宛西紫鹿,强如冀北朱龙。功臣可盟,不恋栈豆而迟留;爱妾能更,岂食场藿而维系。至黄池而喷玉,饮渭水兮投钱。过关验齿,爰乌有诛。屈产假道,遗吴纤骕角为燕丹而生,肝有荆轲之嗜。始教则车在马前,任力竟骥可媲人。得此八尺,千驷勿矜。背献五花,三长咸具。有赋赞道,驰驱道路,计程则万里非遥;赏识风尘,论价固千金不贵。两骖善御,附舆奚待夫王良;一顾知恩,入市适逢乎伯乐。九花飞舞,八尺巍峨,一喷嘶风,能惊阴山之乱叶。四蹄腾雾,竟翻瀚海之诡波。真龙有种,蹑日驭而到天;牝马宽缰,御风轮兮行地。四百里之铁象无奇,

八百里之驳牛何异。虽乏玉勒金鞲之点缀,岂在华鞍宝辔之装饰。如此名驹,例登上驷,摇曳吴门之彩,皎雪飞来,轻萦秦塞之尘。长风瞬息,真同烈士之心,神注封侯异城,当建将军之号,名自振勒边陲。

　　侯七见了,不由得精神陡长,高声喝道:"好马!"那马上人听见有人喝采,回过头来把侯七上下打量了一阵,接着似笑非笑的鼻孔内哼了一哼,两腿用力一夹,那马便放开四蹄,哗喇喇往西飞一般去了。侯七此刻早觉得马背上人奇异得很,故也全神贯注地瞧着。当那人理缰催马,侯七在无意之间瞧见此人左手乃是骈指,虽然个儿不很高大,但是筋粗皮糙;再瞧他骑几脚马的功夫,便知道是有功夫的人,决不是安分守己之辈,所以不敢冒失,轻易就开口叙述江湖义气,否则这一骑马,要是在土头土脑的村老儿身下,侯七一定要乘马上人回头观看当儿,搭讪着招呼。不为别的,实在对于那匹坐骑爱不过,哪怕多花几个钱,也情愿把它购来,先当送给师父的寿礼,多少有脸。而且明知师父早已洗手,不到外边混事,并又没有后代,一辈子收下的徒弟固然不少,但是许多徒弟之中,最疼爱的是自己,回头庆过了寿,众宾客四散了,见了这样的好马,他老人家一定舍不得自用,恐怕埋没了此马的龙种能耐,决计仍旧还我,那时我若得了此马,如虎添翼,包管可以名震江湖。无奈现在的马主外相不善,再加已经向西去远,空想无益,只好自顾自到乌拉城市上,找到一家面饭铺,牌名仁义居,便移步入内,高呼跑堂看座。

　　那仁义居买卖很好,散座都已有客,跑堂的忙招呼到雅座内坐地。一面揩台抹凳,打手巾,泡香茶,伺候侯七,殷勤得很。临了才拿菜牌上来,请爷点菜。侯七便要了一碟羊羔,炒了一份搯菜牛肉丝,一碗光儿汤,一斤半面,叫他们分做成着十二个家常饼,慢慢地咀嚼。心上却还惦挂途中所见的那匹好马,怎奈不知马主人姓名住址,一时又没处打听，好生纳闷着。耳边厢又听得外面散座内，有人谈天，谈及一个马字。常言道得好，事不关心，关心则乱。侯七心上正想适才所见之马，故而一闻马字，便侧耳静听，只听得一个清脆声音的道："您老人家怎会知此人就是瓦房店的通臂猴仙杨燕儿呢？"一个苍老一些声音的笑着接口道："小兄弟，你敢是认道我连心都瞎掉了么？没说从我擦肩走过，他曾吆喝一声让道。我一听这声音，便知道是杨小子无疑。哪怕我坐在这屋子以内，他打从门外经过，也只消喊了这二字，我也可认定是这狠毒小子无疑了。"那清脆声音的接着又道："您老人家真个是盲目不盲心了。据江湖上传说，这姓杨的无缘无故，倒反松柏林破坏洪英义气，而且专跟理门子弟作对，不知为了何事？"那苍老声音的叹道："我早有风闻，他的'腰平'已托人寄还了'三尺六'，始而怪他不得，那草包刘瘸，不是你也知道这人么？是你同乡，你一定认识。去年腊月初旬，在关内'放马'，不知谁人'放龙吃水'，被'鹰爪'抓去'劈'了。杨小子和刘瘸是拜把子，他为顾全'人王头上两堆沙，东门头上草生花，丝线穿针十一口，羊羔美酒是我家'那首祖训，恐怕'香'和'新丁'面子上过不下，索性跳出'圈子'，倒反'红花亭'，一心一意替把兄报仇。因为放龙累人的人乃是皈依理门的，所以他专寻理门子弟说话。这是他个人的血性，好男儿应该如此。不过刘瘸这人活在世上，真是丢祖师爷的脸，论他一生所作所为，奸刁险猾，莫说一个脑袋，哪怕十个脑袋斫了，也不为过。杨小子犯不着为他一人，伤害江湖上的许多感情。偏偏这个当儿，我又为了鲲儿夭死，心上一气，一肚子迂火，都冲上了两眼，始而害眼，后来索性盲了。自己也正恼不完，哪有闲心管甚别人之事？这小子练就一身金钟罩、铁布衫的功夫，确是不坏，所慎者你家老子和我两条红沙手。你家老子年迈退隐，不预外事；我又盲了，别处他也不敢如此。大约关东地方，他好称得一个人才，所以就这样肆无忌惮，任性妄为。他今天不是乘骑而过么？我听了他坐骑蹄声，又知道是一骑龙驹宝马，不知道又从何处吃黑得来,我料他这样作为,终有一天犯了众怒,群起而攻之。一个不小心,要应他习艺时乱刀分尸的血誓了……"

侯七听到此处,知道外间谈话之人,也不是"外徒",在无意中得闻方才马上人的姓名略历,也可算是一件喜事。但是那一老一少,究是何等之人?也许曾经义父替我"开台""拜正"时节拉场过的,理该上前招呼请安,不然要落人褒贬的。因此侯七急急站起身躯,走到雅座的两扇短矮半截腰门跟首一望,不料那谈话之人已先吃完,少者搀扶老者往外,向柜台上算账去了。侯七未便再拔步追上去瞧,只瞧见二人的一些背影,一时又认不定是谁。虽知道了一个马上人的姓氏,却又添了两个不知姓名之人,心内还是纳闷着。不过闷只归闷,也无法可以打破这闷葫芦,又只索罢了。当下把所要的菜面汤三物,一古脑儿卷入了肚子内,把账结算开发之后,也便急急登程,赶奔长春。

在路并无耽搁,赶到初六申牌时候,已抵长春。一径到商埠长通路回回塔斜对面天达店。一到店门口,意谓干爹虽然是初十正寿,但是他老人家交情广阔,素来尊重江湖上的义气,莫说全中国二十一行省有他朋友,就是日本、俄罗斯、高丽等地的外国朋友也有不少。只隔得明天一天,后日就是暖寿,决计很热闹的了。不料踏上阶沿,见那情形如旧,一毫没有动静,心内老大疑惑。忖道,敢是在近三天之内出了什么乱子不成?他进了店门,便有个伙计上前招呼,还认他是投宿的哩,故而忙道:"爷敢是要找屋子么?劳你多走一家罢,小店因为掌柜做生日,要招待各地到来拜寿的宾客,所以停业半月,请财神爷改日枉顾吧。那清真寺左首的隆顺店,跟小店是联号,可要小子引领财神爷过去?房间清洁,饭金价廉,招呼周到,什么都跟小店一式。"侯七道:"不用多说话,这里有个接客的穷不怕王第五的呢?叫他来,你不认识俺,王第五可知道俺是谁了。"话未说完,早从柜房后面小房内走出一个秃子来,把侯七一瞧,忙地赶出来,起两条手扯住侯七的膀臂嚷道:"七爷,您敢是才到,想死人也。"说时,又哈哈大笑。那伙计一瞧陈大叔亲来招接，又称呼他七爷，自己虽来了没半年，人头不熟，可是耳内常听同伙说起种种事情，想来此人定是老掌柜的干儿，吉林的滚马侯七了。自己真个有眼无珠，不先问来人名姓，白费了一番生意经，只好搭讪着走开。

原来于大明子当年出林虎时候，替人家保镖。官家办案，手下有五六个得力伙计，现在死的只剩一个穷不怕王第五，以前是替大明子喂马的，一个秃尾鳅陈海鳌，是伊通河的掌船的，这两个是武的。尚有一个小华佗张景歧，精通医卜，和着派到吉林去代侯七管理店务的包瞎子，乃是文人。张包二人都是南方军犯，充发到此，被大明子收罗在手下。景歧是江西贵溪人，确是龙虎山张道陵裔孙，不但知医，并且擅长星卜。包瞎子是安徽休宁的恶讼师，书算精通，天才机警，为了一桩逼谯寡孀，致酿人命的案子牵涉，充发到吉林的阿城来。恰巧大明子办案到彼，和他相遇，一见如故。正愁手下缺少一个办笔墨之人，所以就收罗在一起，着实帮助大明子干了不少事业。因为他目病短视，叫他做包瞎子，不是真的瞽目。这四个人现在都已吃太平粮草了。

当下陈海鳌欢天喜地地把侯七拖进柜房，侯七急于先要参见干爹和干妈；再者满腹狐疑，为甚店房门口一毫没有做寿的样子。和陈海鳌是不用虚文浮套的，一进柜房便问爸在哪里，为何初十正寿，听说爸大发请帖，早该准备，如何尚同平日一样？海鳌听了，也不答言，重又起左手，搀了侯七右手，一同走进柜房后面的小房间，顺手将门掩上。在门背后露出一口距离平地五尺不到些的衣橱，橱的正面嵌着一块大大的车边玻璃。海鳌在衣橱左侧一个白铜圆钥匙眼上用力一揿，那扇玻璃门便往上一抽。侯七一瞧何尝是橱，却是一个地窖暗门。外面玻璃橱门往上抽时，那里头一重一楞一楞似百叶窗般的木托板，同时也往下坠着，海鳌便和侯七俩进了两重橱门。侯七但觉得眼前墨黑，而且阴气森森，毛骨悚然。那海鳌是惯的了，专待一进了第二重木门，又伸三个指头在右侧一个白铜钥匙眼上往外一抽，只听门哗喇之声同时并作，那玻璃门、木门自动地放下伸上，关闭好了。侯七更加不辨路径，海鳌在暗中笑道:"照七爷的脾气,一定不耐烦,不过你慢先走,让咱仍旧手挽着七爷的手,方好开步。因为这条上不见天、下不见地的夹道,一共有七十二个鹅头弯。我们摸熟了,也不觉得怎样难跑,只消记明白三步向左拐,五步向右拐,再是三步向右,五步向左,一路螺丝旋儿旋进去,共总一百八十步,分开九十步向左,九十步向右拐。要是记错了步数,一时不易得见天日,而且两边石壁之上满砌着尖刃利钉,倘若碰上去,就不中要害也带微伤,而且还有几处有消息做着,不碰便罢,若得碰动消息,下面这条石板路,有几块是活络木板夹砌着,消息不动安稳过去,消息触动木板就要往上翻哩。一失足跌下去,那木板下边乃是去地十多丈的眢井,凭你铜筋铁骨的好汉,和活埋一般,生生地淹死在内,咱知道七爷脾气躁得很,不要一个人先摸上前去,不知左右拐的步法,闹出了乱子,不当稳便。"侯七道:"这一条路竟是阎王路,比川里的栈道还难行。"海鳌道:"本来叫做小羊肠。"侯七道:"干爸是个磊落亢爽的丈夫,是谁打的这样好稿儿经手建筑成功,要它何用?"海鳌道:"自然是小华佗跟包瞎子二人的大才。"侯七道:"俺不过一年半没来,怎么已变迁到如此?莫道俺小时候在这里的情形了,到底张包俩为何要造这条秘密隧道,并从何处学来?"海鳌道:"说来也是奇怪,小华佗和瞎子俩,七爷也知道,不是多喜听说评书的么?有一天,那东门正街路北小胡同内合顺书馆,邀到了一个京津说评书的大名家,好似叫李万红。是不是那弹三弦高手李万青的自己人不是,记不清楚哩。说是说的前后三分(按即《三国志》)。他俩天天去听着消闲。后来不知怎样,那个李万红穿插着一段取笑徽州人的哈哈,瞎子多了心,赌气不去听了。只剩小华佗一人去听,听了回来,他俩不是又都抽大烟的么?便分上下手躺了,小华佗便一一二二地学给瞎子听。瞎子心上头很愿意听着,但是为了多心缘故,嘴里总千嫌百鄙。那一天小华佗回来讲书,咱和王第五也在旁听着,说是邓艾破了成都,往诸葛丞相庙内拈香,跪拜之时并不觉得什么,等到抬起头来,瞧见神座前面树着一块石碑,上镌着'诸葛若死,邓艾到此;诸葛死如诸葛在,死诸葛斩活邓艾'二十二个大字。邓艾一见,大大吃惊,慌忙爬起身躯想要逃跑,不料进庙时节处处留神,脚踏万字式,脚尖着地,全仗轻身功夫;而今心慌意乱,一个不留心误踹在消息方砖上面,旁边的泥塑五虎大将,右首第一位老将黄忠却挺着大刀,冷不防走将过来手起刀落,把邓艾的首级劈下来,抛往左首去了。邓艾是练过八九玄功,头丢了有法接上,所以颈脖子内并不流血,不慌不忙去摸起自己头来装上,不料那泥塑的四千岁赵云霍的提起一脚,把邓艾的首级踢到天庭宝鼎之内,烧成灰了。邓艾的没头尸身还往外走了几步,被殿门口窗槛一绊,那才二次躺下。颈内冒血,真死了。小华佗说到此处,王第五掌不住拍手称快。偏偏包瞎子咬文嚼字,连说不通,说邓艾分明是中了姜维反间妙计,和钟会争功内哄,死在乱军之中。这是姜伯约一计害三贤,怎么说是被泥塑黄忠所斩?真是瞎说八道。那王第五呆劲发作,便跟瞎子争执起来,说你不用管通不通,你也造一点儿消息出来瞧瞧。瞎子也会和王呆子一般识见,呕起气来,从那晚起便打起图样来,自己做木匠,弄成个有消息的小模型,胜了王第五东道。小华佗却又占卜起文王卦来,道甚么和老掌柜极有关系,便由他监工,照瞎子的模型造成这条夹道,和一座八角琉璃亭,一所五开间的平屋。这亭内屋内,处处都安着消息,造好了不到两个月,长春府知府余子湘府太爷,霍的下了道公事,硬派老掌柜做快健两班头目,管理宽城子黄龙府一带拿贼缉盗的职务,老掌柜推辞再三,实在辞不掉,便推荐王第五充此役。王第五年纪也不算小了,可是终不脱呆气,不问有关系无关系,动得动不得,只要得着公事,便认真做去。江湖上不知就里,而且衙门内名字是老掌柜的,所以弄得遍地冤气,时常有人阴谋暗算,防不胜防。故此才搬到这个所在住着,夜晚间出好定心一些。除了我们四人可以自由出入,此外没有人可以来了。"说到这里停了一停,又道:"不瞒七爷说,王第五自当公事以来,乱子闹得真不少。记得去年腊月解了两名重犯到北京刑部之后,回来到滦州，遇见你们'一炉香'磕头的朱三傻子老六，拔刀相助，拿了一个草包刘瘸，以致激怒了'哥老会'支派'龙华会'全体同志，扬言要和老掌柜过不去。故此今番老掌柜乘着五十大庆之便，四处发帖相邀，把'白莲会''顺刀会''虎尾鞭''义和拳''大刀会''小刀会''八卦会''天地会''三合会''三点会''清水会''匕首会''双刀会''斧头党''道友会'（按即青帮）'兴中会''双龙会''九龙会''千人会''白布会''光复会''兴汉会''平洋党''乌带党''金钱党''祖宗教''百子会''白旗会''红旗会''黑旗会''八旗会''红缨枪会''小黑道党'（按即偷鸡剪绺之团体）'大黑道党'（按即二八月走江湖成群索钱之乞丐，即上海所谓青帽党）'大白道党'（按即翻戏党），三十五党会的'盟证大爷'都请来一叙，大家当面叫开一声，免得'龙华会'弟兄专和我们'在理会'人作对，红莲、白藕、青荷叶三教原来共一宗，彼此都是同志，不要自己窝翻，违反老祖三十六瓣莲叶分支的教训。就是把王第五扮一个鬼脸，当着众人'洗面结交'，至多'三刀六洞'也甘受罚，总算解了个结。恐怕自家店内地面不敷，故又和对面清真寺说明，借他们地方一用。寺里头有礼拜堂、讲经处，连沐浴室都有，大约够支配了。"侯七听了陈海鳌一番说话，蹙着眉头一声不响，暗想我不过一年有半没上这里，只知王第五当公事，谁知内容这样地复杂哩。

他俩一面谈着，一面左旋右转的，已出了黑暗夹道。得见天光，侯七抬头先向上一望，只见上边白茫茫一片，不像是天光，面上不觉露出惊异之色。又见白色之中，好似有一种鳞介动物在那里游泳，益觉讶怪。海鳌在旁已瞧出破绽，笑道："人说七爷是天生玲珑心肝，果真不错，敢么疑心上面不是天么？老实告诉你吧，我们店房后面不是有块空地，从前老掌柜常在那里习练功夫的么？现在这块空地已由公家标卖，经老掌柜买了下来四面砌了黄石围墙，略略点缀了花园景致，开了小小的连环池塘，养几尾金鱼在内。其实这口鱼池和水分做二截，一截和水缸差不多，下面用玻璃做底，不啻是这间密屋的大天窗,借它透些亮光,里头的水存贮不多。一截是真的荷池,里头还种着荷花,不过地形比这上头的这口池要低下不少,每逢天雨涨水,这厢高丘内的水都往低洼内流去。有时实在水太多了,一时流也流不去,便唤水夫挑掉,所以下面不会闹水患。"侯七道:"水患虽不闹,可是人住在池底潮湿得很,与身体也有关。"海鳌道:"潮湿虽然不免,不过此地也只到'风紧'时候暂躲一回,不是有人常住在内,所以不愁潮湿。"侯七道:"那么此地进出只有我们进来这一条路么?"海鳌道:"不,此屋出入的路共有三条:一条是我们进来的;一条是历阶而升走上去,是在后圃那座玩月亭的屏门后面;一条是条地道,有一里多长,到了尽头也是一样的石扶梯一级级走上去,那是在东关外市梢那只歇凉亭后面。"侯七笑道:"干爸又没犯了重大王法,又不想兴基立业,家里头何用防范得如此周密?"海鳌叹道:"这也叫无可奈何,不得不然,足见做我们这种人危险得很。越是名重,越是仇多。像老掌柜这种资格,站在线上过活,比我们尤难上几倍哩。"侯七听了点点头,再向前一瞧,见迎面五开间一所平屋,屋后露出一座八角的琉璃亭盖顶,那平屋五间都是一色的朱红漆长窗,每间四扇,应该共有二十扇长窗。从左首起头,留神一点,却只有一十八扇。每扇上边都刊着三个大字,用绿漆漆涂着,格外显明。那是"金龙山""虎形山""泰华山""宝华山""锦华山""楚金山""金凤山""天台山""西凉山""峨嵋山""天宝山""东梁山""终南山""飞虎山""万寿山""招宝山""春宝山""民国山"等字样,恰巧九扇一边,两边共计十八扇。这十八扇窗的正中,那是两扇红色的西式折叠门,门上刊着一个"木杨城",绘画得异常工细。

他俩走到门口,海鳌举手在门上弹了三下,约莫隔了十分钟时候,门内也弹了三下,接着里头有人问道:"何故来此?"海鳌答道:"命天佑红晋谒五祖。"话声未绝,门一声响,那两扇门已开了。侯七一眼望进去,只见正屋中间建着一只木台,好似课堂内的讲台一般,正中钉着一方票布模型,两面挂着四扇黑板,板上用白漆漆成的字迹,远望不甚清楚,进了屋子一瞧,原来是"三十六誓""二十一条规则""十禁""十刑"四项。屋内按着八卦方位,分布着八只小方台,台上摆着茶壶茶杯,却按着会中茶碗阵的规矩,靠左首是"混元一气单鞭阵""天地同休双龙阵""三教同源三清阵""四季长春刘秀过关阵""五族不分家反清阵",右首是"六道轮回苏秦阵""七星大聚义下字阵""八方无碍天下太平梅花阵"。侯七虽然自幼在此,这些顽意儿略略懂得,可不十分明了,预备回头请问干爸。

当下海鳌引领他到了靠上首次间屋内,只见大明子躺在一张摇椅上,侯七便抢上前去磕头。大明子含笑坐起身来,双手搀扶,口内道:"好孩子,赶路辛苦,不必这样了。"那时候海鳌见用他不着,自行退了出去,料理外厢店事。侯七见过了干爸,站起身躯,却见正中间一张弥陀榻上,横躺着一位年将花甲、满颊胡须的老汉,在那里抽大烟。侯七暗想此人是谁,从来没有见得。正要开口动问,大明子却先替侯七介绍道:"这一位是长江上下游著名的好汉,闹海神龙苏二,苏老英雄!你不是闻名已久的么?并且还是你未来的泰山,该下个全礼。"说时,哈哈大笑。侯七听了"泰山"二字,脸上发臊,忙着在榻前跪将下去。心内暗想,原来这就是苏二,他的名誉在长江方面,上自川鄂赣,下至皖苏浙,凡是贩"海砂"帮内,哪个不知!他不辞千里,赶出关来,为了何事,想必也是来拜寿喝酒的么?不过干爸怎又说是我的未来岳父,难道已经替我提亲,定了苏二的女儿不成?一面想着,一面下拜。苏二也忙着坐起身来,丢了烟枪,相还半礼。

行礼完毕,大明子便指着一张皮椅,叫侯七坐下。那苏二仍旧躺下抽烟。大明子便向侯七道:"你知道我这里近事不曾?"侯七道:"方才陈秃子跟孩儿讲了个大概,究竟王第五跟朱六哥俩为甚要断草包刘瘸的路,现在跟爸最最反对的又是谁呢?"大明子道:"说来话长,少顷和你细说。若问最反对我的,不是别人,就是龙华会的内八堂理堂东阁大爷,通臂猴仙杨燕儿。"侯七一听,恍然大悟道:"原来是他,那么他总该受'总正龙头大爷'的管束。"大明子道:"他本山的龙头敢奈何他么?他练就一身铁布衫功夫,除非要具童子功、红砂手的能人,才能制服着他。人是有的,可惜小的死了,老的盲了。所以杨猴越发肆无忌惮哩。"侯七一听,想起在乌拉城打尖,隔座听得的说话。正要开口动问干爸,遇见的那个老瞎子是不是杨猴惧怕之人,但不知他姓甚名谁,却被陈海鳌又领了个满身重孝的少年进来,把话头打断。

侯七定睛一看,来者非别,乃是自己的十弟兄里头排行老八的铁头罗佩坤。侯七知道他父母早亡,并无伯叔,就是教他们弟兄俩武艺的师傅,乃是天津霍元甲的徒弟,叫做张桂生,也早在上海受人暗算,被"鹰爪"抓去,一条性命,结果在上海县衙门站笼之内。怎么如今罗排八又穿着孝服呢?只见他见着于大明子,倒身下拜,带哭带诉地道:"侄儿和兄弟佩巽俩,自从接到了于大伯的请帖,便从家乡汉川动身。到了汉口,搭轮到上海,再由上海搭外洋轮船进了大连口子,先到奉天探望一家亲戚,然后按站到此。行至金沟子地方,为差过宿头,借住在一家庄家。那家的男当家,据说在一面坡横道河子经商,家内是两个女人主持。我们见他们有一骑代步的马匹,生得毛片如银,蹄如龙爪。故此花了八十块大洋钱,买了下来,预备带到此地算做寿礼,孝敬给于大伯的。不料那女人收了洋钱之后,又问我们上何处。我们据直相告,那妇人便也和我开诚布公地讲道:此马来历不小,拙夫得来非易,他愿一辈子挨饿忍冻,不愿卖去此马。我因为得了此马,作事大不顺利,所以瞒着拙夫卖给客官。如今你们上长春,要是仍走昌图、双庙子、虻牛蛸等路线,如和拙夫打了劈面,非但马被夺去,钱财白费,一个不留心要是动起手来,还有性命出入。客官要保全此马,并免人受惊恐,非得渡过马仲河,向吉林进发,大宽转地兜到长春,才能保得太平无事。我们依了这妇人说话,绕大弯儿到此地来。谁料半路之上遇见一个单身汉子,瞧见我们那匹马,好似发狂似的开口就向我们要借。我们瞧他那种情形,疑是那妇人所说的丈夫,再者出门人以和为贵,赶陪笑脸跟他说明我们得来的理由,并且提及你老人家大名,说是送您老五十岁的寿礼。谁知那人一闻此话,更加愤怒,说本来要找姓于的说话,不由分说便跟侄男弟兄俩动起手来。这人拳脚灵活,本领高强。侄男弟兄俩车轮战战他,尚不是他对手。可怜兄弟佩巽,一个不留神被他用子母鸳鸯腿踢中要害,当场吐血身亡。侄男明知不敌,无心恋战,谁知也被这厮用鸡心腿踢中腿部,受伤倒地。眼睁睁瞧着他把那马劫去,临走时候,这贼还指着我道:'本来也要结果你的性命,只为那姓于的地方没人通讯,留你活口,去报个信给姓于的知晓,叫他留神着。俺杨爷爷要去取他首级,才了我心头之恨。'……"侯七在旁听到这里,陡然又想起乌拉城途中所见所闻,已经明了了一半。又听说罗佩巽伤重身亡,想起了江湖义气,十弟兄现已缺一,不觉悲愤交集,正待站起身躯,自告奋勇前去报仇,却见于大明子怒容满脸,霍的站起身来,指着东北方,咬牙恨恨道:"杨燕儿,杨燕儿!俺不杀你,为罗贤侄报仇、夺回良马,誓不为人也。"

二

于大明子听得汉阳的徒侄铁头罗佩坤哭诉途中无意得到龙马,被龙华会的东阁大爷通臂猴仙杨燕儿用强夺去,并且用子母鸳鸯腿踢死佩坤胞弟飞腿罗佩巽,留下大言存心和自己抬杠,一时"怒从心上起,恶向胆边生",不由得咬牙顿足,大骂杨小子太觉目中无人,非与他见个高下不可。此刻侯七也按捺不住,在旁边叫喊道:"'有事弟子服其劳,割鸡焉用宰牛刀?'谅那姓杨的有多大能为,要劳您老出手?此事让小孩子去办了吧。凭着俺这一身能耐,一条软鞭,或者可以不丢我们于门脸子,把这有眼无珠的狂妄小子抓来请师父发落,把罗排八得到的那匹龙驹宝马找回来给干爸代步。……"侯七话未说完,那秃尾鳅陈海鳖也直嚷起来道:"咱们长春于家镖,天下水陆两路英雄好汉,哪个不知,谁人不晓？早已用不着'顺风镖旗,逆风镖香'打招呼,差不多在江河上走了四五十年'太平码头'。至于讲到外边各方义气,从未亏损一点半点。'江海河'三线上的弟兄彼此都留下交情,什么东西的燕子、雀子,总之是个'半刁子'小鸟儿,俺老陈凭着手中这口七星厚背鬼头刀,去找寻着了他,斫他十七八刀,问他认得我们长春于的解数么？"秃尾鳅一方说话,一方把两手不住地摩擦自己大肚子,连道气死了,肚子几乎胀破了。于大明子也满脸杀气,两眼发赤,霍的伸开左手,把小指无名中食四指轻轻地向那台角上一斩,怒气勃勃道:"好哇,老陈快到外边去,把所有已经赶来祝寿的弟兄少爷们,一起都请到此地,说明一句。愿意干的便一同上路,去找着这杨小子说话去。"大明子这一斩不打紧,却把一只五六寸厚的榆树台角,斩了下来,好似刀斩斧劈一般,断痕绝平,一毫不见起毛。那陈海鳌听了大明子的说话,一面口内应着,一面掉转身躯,向外便走。

那横躺在榻上的闹海龙苏二本来自顾自抽他的大烟,对于罗、于、侯、陈四人的说话,好似没有听见一般。此刻见秃尾鳅要走了,忙把大烟枪一撑,身子从榻上直竖起来,口内连道:"慢走,慢走,慢慢走！"秃尾鳅被苏二叫住,只好暂且停住脚步道:"苏师父,有甚高见不成？"苏二道:"你不用管高见低见,姑且站一回,不用性急。"说着又躺下去,把那烟枪上已经装好的那口乌烟,按腔按板似的,凑在烟灯上闲闲抽完了,然后坐了起来,皱着眉头,向大明子瞧了一眼,接着微叹了一声,才向大明子开口道:"老三,您今年不是准准的五十岁了么？古人说得好,行年五十,方知四十九年之非。怎么您的猴儿脾气尚没有改掉呢？您想,咱们老弟兄七个,除了俺是个老废物,余外几位不是大哥临终时候都说过的么？他说论声名和实在功夫,都是三弟最好,只是他的脾气太毛暴,经不起别人三声一激,便暴跳如雷,什么都不顾了。现在这一件事,平心论起来,究竟是王第五的不是,平空跟人家去'犯'上一'犯'。王第五为了鲁莽已闯出这枝枝节节的乱子来,您怎么也好跟着胡干啊？常言道，知彼知己，百战百胜。您可知杨燕儿的'前人'是谁？您可知他'体己'弟兄有能耐的有多少？现在您唤秃尾鳅去把这般祝寿之人都去邀来，您又保得定里头不有姓杨方面的细作，混在一块卧底么？万一被俺料着，那您这一下子非但与事无济，并且有害哩。这是劣兄胡言，老三，您倒仔细忖一忖，到底对不对的？"

大明子受了苏二这一番训诫，脸子立刻红得和关云长一般。软洋洋地退到原位坐下，低着头想了一阵，重又抬起头来道："二哥，杨燕儿是不是和三寸丁有瓜葛的？"苏二道："照哇，姓杨的和三寸丁岂但有瓜葛，他们还是嫡亲师弟兄哩。三寸丁的老子丁九麻子，在我们前一辈子当中，也算得个出类拔萃的人物。他本是缠民，又是回教中的大师傅，当初在新疆、青海一带真是一霸，故而有八百里净山王之称。就是卓索图昭乌达二盟十部一牧十六旗，乌兰察伊克昭二盟五部十三旗，锡林郭勒察哈尔三盟五部二牧十八旗，以及阿尔泰二盟四部十三旗，喀尔喀四盟四部八十六旗，唐努乌梁海三十六佐领，科布多二部十四旗，青海盟五部廿九旗，西套阿拉善额鲁特额，济纳旧土尔扈特二旗，西番土旗四十族，前后藏土司三十九族，这许多地方都有他的寄名或上香少爷在那里。他本在新疆伊宁传教，被左宗棠差刘松山把他撵走了，他便又到阿尔泰去传教。走全外蒙古各旗，才到呼伦，娶了房媳妇，生下个孩子，取名振宇。那时候杨燕儿的爸爸杨三乱子在松花江内做水路买卖，外号人称不怕天，不知道怎么知道了丁九麻子的来历，硬把自己一个儿子，也不用人'拉场'，自己登门送去拜了丁九做着师傅。丁九一身本领，金钟罩、铁布衫、梅花桩、铁沙包、蜈蚣功、壁虎功、龙吞劲、虾蟆功、猢狲套、象皮癞、红黑两砂手等软硬兼全，马步俱能，故此绿林中又有中原一霸天的外号。这一身功夫，自己儿子不过得了一半不到，杨燕儿却天性聪明，居然学到七成。但是聪明反被聪明误，除了铁布衫的一百零八步功行圆满，其余都没学得精，故而尚怕童子功、红砂手，要真的像他师父那种能耐，那真可无敌天下了。丁九除了教会这二人以外,晚年又亲自教练过一只猴子,一条猱狮狗。年纪活到一百有零,精神依然强健,直至一百零五岁那年,上伊勒呼里山去朝山进香,从此一去没有回来。江湖上都猜他是上山修道,肉身成神。据我想来,也许失足掉在深山巨涧之中,年纪大了,爬不起来,或者又遇到怪鸟异兽,送了他老命,也未可知。自从他入山之后,他儿子丁振宇出世当家,仗着老子余威,常在蒙藏各地走镖,那镖旗是红地蓝镶边,上绣一只飞豹,旗角上拖着个小铃。照我们袁家规矩,要是在中原地方,用着这'响镖',真要是一等一的好汉。只有康熙年间的金陵三义,上元甘通秋和把弟邓元豹、薛似龙,曾经用过,然而也是三人合力同心,才敢用哩。至于单独用这镖旗的,连通秋儿子甘凤池,常州白太官,江阴徐子怡他们称了十八大好汉,也没敢用过。如今三寸丁竟敢用这种镖旗,可惜落在东北、西北两处僻地,若在关内真可哄动一时,流芳千古哩。近五年来闻得三寸丁镖也不常走了,在一面坡开了个山头,经营了一所住寨;又在满洲里、瓦房店、马伊屯、虻牛店、乱石山、十家堡、下马塘、五龙背等处,设了分庄,专门勾结了'土码子',干坐地分赃营生。官家几次派兵剿他,他东窜西溃,一时'起'不起他'根'。徐菊人做了东三省总督,因此索性招抚了他,给他做了江防营统领,把松花江、牡丹江、绥芬河、洮尔河一带的缉捕责任,全交他担负着。这也是一条妙计,把他套住了,使他非但不能为非作歹,反而要保得自己汛地内平安无事哩。无奈他偷食猫儿心不改,依然做那没本钱买卖,不过夺'放洋票',一班俄国人和日本人晦气罢了。那杨燕儿敢在外'胡谣',还借戤这一点子势力。这种半官半盗的人物,最是难于对付。我们如今要去找姓杨的说话,一来要防三寸丁,二来要防那丁九麻子所教的一猴一犬,这都不是当要的……"

苏二正要往下说去,却着恼了侯七,无明火蓦然间提高三千丈,真个"三尸神暴躁,七窍内生烟",也顾不得尊卑名分、袁门礼貌了,向苏二拱拱手,愤愤地说道:"二师父,休长他人锐气,减灭自己威风。莫说那杨小子倚赖的是三寸丁,哪怕三尺丁、三丈丁,侄男也不怕。侄男自从十四岁出道以来,虽然没曾走过多少路,算不了甚么,但是在关东三省地界上,大约不知道侄男这一条十三节虎尾软鞭,认不得滚马侯七四字,也算不得他是个英雄好汉哩。"苏二听了,扭项过来,将侯七上下打量了一下,忍不住扑哧一笑道:"这真是'初学三年,天下去得;再学三年,寸步难行'。好孩子,你的能耐俺早知道,确是不错。你说关东三省,我如今单跟你讲吉林一省,孙兴武你知道这人没有?"侯七道:"知道,那是密山北面七十里,十里洼地方的'老当家'。他有个儿子叫小张飞孙继武,说得一口好俄国话,他们爷父子俩常在穆棱河一带'放生意',也不知请过了多少'财神财童'。手下有四五百个弟兄,万一案子闹大,'烽火'紧哩,便跑到俄国地界上去躲着。官府也奈何他不得了。"苏二听了,点点头又道:"仁义军和德好股、双龙队、海山队,这许多的弟兄,你知道不知道?"秃尾鳅抢着说道:"说到门里边来了。仁义军的'大当家'是小傻子,'二当家'是大字儿,'三当家'是中字儿,'军师'大林字,'飘线'大口字,'炮手'满山红,连看守'秧房'的'么儿'扫北(防守绑来肉票之人,谓之看秧房),都和俺们'通相',什么'底'都得'献',谁不瞒谁。"侯七接口道:"在滨江一带,'站码头的'趣江平、心双红、大文字、大英字、铁血大侠客,是不是算德好股一股么?双龙队是不是靠鸡冠山煤矿过活的大王兄、老疙瘩、西边好、大金牙、扎不死、洋鬼怕、溜溜腿、镇西边、全福寿等一般冒失鬼么?海山队却不知是谁呢。"大明子道:"孩子,怎么你知道是双龙队,却想不起海山队呢?也是靠鸡冠山煤矿做老家,其余分在穆棱河下流和大石头上流一带的名叫今仁股的,有一百六十多个弟兄。占中原一股,七十多名弟兄。占东洋、约傻子、平一心、双顺义、兴东边、扫东儿、双义子七小股,各有四五十、六七十名弟兄不等,散在牡丹江上流,离海林站大约七十里光景,则有青山治国一股,五十多人。霸占方正南面,苇河北面的,乃是银山大大王一股,二百多人。三姓方、正通河一带,占住河南大占通、苏吐河、大罗拉密沟、河北的鸡冠磊子四处大码头的,乃是小四川、天风吹、来来好、小九江、占江北、大明山、飞龙将军七股,每股都有五六百弟兄。这都是海山队的弟兄,因为他们占的地方有山有海,故此叫做海山队。"说时回过头去,向苏二道:"二哥,我说的对吗?"苏二道:"对的,这许多同'跳板'的人,你们吉林省内,是不是称做三梁四柱?这三梁四柱之内,除了朝阳镇上的金蝴蝶、花蝴蝶、一枝花,奉天公主岭的驼龙、驼虎二姐妹,他们号称五龙队,未曾被三寸丁收罗门下,打通一气。此外都接了他的'票布',受他指挥卖帐的。七侄儿,你倒仔细忖量忖量,双拳难敌四手,四手还怕人多。那姓杨的和这些人'通帮掉贴',你是吉林人,好在又常在'线'上'混混'的,你倒说句良心话,'扎手'不'扎手'? 是不是只能智取,不能力敌?"侯七听了,暗想适才提及的这班人,一个个都是亡命之徒,也不懂得什么绿林规矩,他们只知自己一帮内人受用,见财来便拿,见人来便绑,三天得不到回信便撕票。按照绿林规矩,陆地上不杀车夫赶脚;水路上不伤驾船水手,那是大大不碰头了。像这班人这样的蛮弄蛮做,肯讲什么交情? 不由愣了半晌,才又问道:"请问二师父,怎样的智取呢?"苏二道:"我们要去找杨燕儿说话,先得商量对付三寸丁丁振宇的方法。要对付丁振宇,先要把他两条膀臂剪除了才行。"大明子道:"三寸丁的膀臂是谁?"苏二道:"就是那一条恶犬,一只刁猴。若说扫除恶犬,要派人到沧州望海市相邀廖合嘴到来相助。合嘴是空中祖师爷的后辈,家传合盘手,善用一条镔铁杆棒,武行之中不是有四句老话么,唤做'棍乃军中祖,棒乃军中师,枪乃军中秀,刀乃军中威'。他们廖家八八六十四手八卦棒,五百零一手少林棒,三百六十一又半手行者棒,和河南嵩山少林寺王镇南传留下的张三丰内堂棍法,一般无二。常言道,熟能生巧,经空中祖师爷悉心研究,又添上救命三拐,施展出来的时候,对阵无论何人,冷不防总得扔一个筋斗。如今去请他来收拾恶犬,岂非再好也没有? 至于那只猴子呢,别人是难以收拾得住的,只有一个人,说起来也不是外人,我们孟老大有个外甥女儿,又算是我的寄女儿,安徽凤阳府怀远县龙亢集人,自幼父母双亡,幸遇宁国府宣城县双桥镇莲花庵的侠尼石悟真师兄,把她带到黄山白龙潭天游峰莲花庵上院,足足地教了十二年。她本来姓赵,由石姑姑替她取名凤珍。前五年我到黄山进香,在吴公洞鼓子庵玄天上帝殿内和石姑姑遇见。恰巧凤珍伺奉在旁,石姑姑忽然想起了我们苏家的飞抓十八探(按为龙吞劲中之一种),便叫凤珍拜我做了干爸,硬要学去。我无奈在玄天上帝殿内留了二十一天工夫。这孩子真是伶俐,无论哪一种软硬功夫,一提醒便有门路。十四天已经学会大路七探、小路七七四十九探。不满二十一天,大探十八路、小路九九八十一探,全给她学会了去。今年三月初三,我上九华朝山进香,又和悟真邂逅相逢,我问起干女儿现在怎样,石姑姑说,这孩子益发聪明了。黄山那块地方,不是有名的产生猴子所在么?本来她们师徒俩抱着我佛如来好生之念,慈悲为本,人畜各道,两不相犯。偏偏那猴子天性好淫,接连几次趁晚上她们师徒俩坐功之后,熟睡当儿,来把她们老少鞋儿偷盗了去。而且一而再,再而三地闹个不了,悟真毕竟上了年纪,功深火到,并不见得着恼。凤珍却如何按捺得下,费了三十三天苦工夫,练就了一袋梅花钢针,专取猴子双目。好在她天生一双电光神目,在黑暗之中,可以就地拾芥,故此她练梅花钢针和放镖一样,也是从暗室打香头火光入手,练了一月,已经每发必中。可怜黄山的猴子,却被她收拾得苦了,不是瞎眼便是眇目。在莲花上院方圆四五十里之内,本来树上地上,峰尖涧底,全是此物,现在一只都觅不到了。故此江湖上送了凤珍一个千手圣母的外号。悟真师兄一生共收了三个女徒,恰好开、关、顶三个名分。大徒弟湖北孝感王凤珠,二徒弟江苏无锡杨凤英,三徒弟就是安徽怀远赵凤珍。三人之中,要算凤珍的本领第一。"于大明子听到此地,忍不住插口道:"所以你高兴多嘴,从中作伐。原来既是你的干女儿,又跟你学过飞抓十八探,也可以算得你的徒弟哩。"侯七听了面色略略变了一变,向干爸瞧了一眼。不料大明子的目光也瞧到侯七这边来,无意相值爷儿俩的视线打了个结,却把大明子的岔话截断。侯七回眸过去,再向苏二一瞧,苏二却神色自若地讲下去道:"那时我问悟真,为何不带凤珍同到九华?悟真说她发誓朝山,已经上山西去参五台和北岳恒山去了。我这回到关外来,在路上闻得凤珍不知和哪家贤姑慧嫂同伴,索性跑码头卖解了。并且闻得由山西到了绥远,走古北口出冷口九门台,也到关外来了。我想凤珍是杀猴好手,只消招得到她来相助一臂之力,那就不怕三寸丁那只猴子猖獗了。"秃尾鳅在旁边听了,咕噜着道:"要是一辈子候不到那赵家姑娘到来,没人对付三寸丁豢养的那只猴子,那么我们就老受人欺,不能向人说话不成?"这话苏二虽是听得,却犯不着和这些傻种呆子一般见识,只白了他一眼。秃尾鳅经苏二这一白眼,也就不敢再咕噜什么了。侯七听罢沉吟了半晌道:"我们呆等人家来帮助,一来要被姓杨的笑咱们于家无能,不敢去找他说话;二来我们有这许多男子汉,倒不及一个女孩儿,岂不也要被天下英雄轻视?"苏二点头道:"此话不错,不过为今之计,我们万不可先事张皇,使得对方有备,务必悄悄进行。然后一朝发动,使对方措手不及才是。像你家干爸那种直爽,方才我已说过,非但于事无济,而且有害哩。"侯七听了很为佩服,便也不敢空闹脾气了。

　　当下苏二打发秃尾鳅领着铁头罗佩坤,先去将息。不过再三叮嘱,须得十分秘密,万万不要把罗佩坤此来为弟邀人报仇的消息露了出去。秃尾鳅答应了,领着罗排八自去安歇。然后苏二又问侯七:"你们十弟兄之中,有几个是精细鬼可以担当大事的?"侯七想了一会儿道:"侄男一辈之中,只有老六一阵风朱云洲带上三分戆气,江湖上都叫他朱三傻子,不过论到实在本领,他手内那条齐眉梢棍和一对镔铁李公拐,一般都是不弱。"苏二道:"常言说得好,强将手下无弱兵,又道是名师必出高徒,三傻子的嫡亲师父马献忠在清真教内,也算是一表人物。傻子的大师兄马哀陆,当初在江浦县,一个人挡着滁州十八条扁担,名震远近。马哀陆是马回子开山门徒弟,朱三傻子是马回子顶山门少爷。开山门的既然有一人独挡滁州十八条扁担的能耐,自然顶山门的也不会真正怎样脓包的。不过今番事由他和王五所起,另外有用他之处,不能支配在这个内。"侯七道:"单论精细,可要推方才这八弟罗佩坤,可惜顽意儿太不行。除了他外,要让老大小太保钱玉,老二白面夜叉李长泰,老四黄面佛高大锁,老十神拳无敌金钟声,作事都有深心,并且都熬练着一副铜筋铁骨,有那惊人夺目出类拔萃的能耐。四人之中金十弟的本领尤觉稀罕,他们河南光州的金家拳,莫说豫陕两省闻名,简直天下闻名。近来有许多东洋拳术家也多慕名而来,航海相访,投拜在老十天伦金冕英四师伯门下。再加金十弟现在年纪尚未满二十,已经'闯关东,走关西',凭着一双空拳,几乎把老祖爷'七十二个半码头'统统走遍,故此格外受江湖上的推崇。此外单讲膂力,那么要算老五镔铁塔韩尚杰了。好在他是关外人,乃是奉天锦州有名富商韩万裕皮货庄的小掌柜,故此关东三省的地理异常熟悉。现在要去对付姓杨的,他和侄男一样,口音和地理上都较别人占先。至于老三金眼神鹰高福海,那是水路上伸大拇指的角色,旱路上功夫却要打点折扣。"苏二道:"既有下六七个人,也足够支配了。今天是初八,距离你家干爸初十正寿,尚有一天。你们这一班小弟兄,大概都要到此拜寿,我就命你留心着,等到他们来了,你把三傻子和罗八一样藏起不露面,其余什么钱大、李二、高四、韩五、金十等五位,由你悄悄地带到此地,让我当面嘱咐他们一番说话,大事就无妨了。"侯七答应一声,也自出去留心候着那班小弟兄。

那苏二又和于大明子计议了好一会儿,然后决定准依苏二支派的说话进行,苏二自己也要预备下"夜行人"应用东西,想上孤店子纪家沟,亲自相请善面大士昆化鲲出来,收服杨燕儿。因为杨燕儿所练的铁布衫功夫,乃是宋朝时候岳少保的师父周侗老师在武当山蓬头和尚那里学得,传流下来的。什么不怕,单怕童子功的红砂手,只因铁布衫是武当山的莎萝玉泉派,是从嵩山少林寺的太室少室两派之中变化出来,少林拳棒还是在梁武帝普通元年,达摩渡江传道的时候,一同传授给了二祖,辗转流传至今,名为"六乳法门"。无论哪一种拳棒,都跳不出这六乳法门之内,故而江湖上有一句"五祖传六祖",又道:"国有国法,家有家法,行有行规,帮有帮规,师传徒,父传子,六宗承五祖,都有前定的法派。"这些说话即指此事而言。童子功红砂手在六乳法门之内名唤金棒玉女手,乃是六祖得自嵩阳宫剑仙罗公辽所授,发源只有九手:第一手叫"万马发雷霆",第二手叫"天开悬飞瀑",第三手叫"玉女卷珠帘",第四手叫"玉龙舞双云",第五手叫"乱流追落日",第六手叫"五星盘地球",第七手叫"双凤穿丹山",第八手叫"凤围棋盘石",第九手叫"将军辟天山"。罗公辽是见了福建兴化府仙游县九鲤湖的九漈形势,才发明了这路拳术,由九手化成九九八十一手。故此童子功红砂手的正名,唤做罗公八一手,又名嵩阳大九套。这一路功夫难练之极,先要考究出手时候的姿势,武行中人有句俗语道:"把式把式,先看格式",就指这套罗公八一手而说。等待功夫圆满了,倒是防身之宝。和人家交手时,不行有一下打出门去,攻人三部。但是别人打进门来,被这路功夫围住,再休想能够退出去(此退字,武行中音须读如探)。铁布衫是专门攻击人家上下中喉目膝、肾囊、膝盖、踝骨,全身九部的,这叫火辣功,专门打人一个措手不及。恰巧罗公八一手老不打出门,候人家打进了门,才关锁住了,败中取胜。故此要破铁布衫,必定要童子功红砂手。

前七年,杨燕儿刚享大名的时候,在九寨、白旗、太平山一带放响马,第一次碰见奉天四恒义的镖车,偏偏遇着保镖的达官叫做金钩熊大个子,和着大儿子熊魁斌,都是练童子功红砂手的,杨燕儿栽了个筋斗。二次犯镖车和善面大士昆化鲲相遇,这一次丢脸更丢得大,被昆达官把他打翻了,逼着叫了三声祖爷爷,并且承让以后瞧见奉天小北关四恒义,或者白地红镶边角上黑线绣成一尊莲台观音旗帜的镖车,永不侵犯,若误犯了,情愿一罚十。这件事绿林中人互相传说,大约知道的很多。侯七在乌拉城遇见的瞎子,就是昆化鲲。那年轻之人是熊大个子小儿子熊仲斌。化鲲年轻贪色,近来又为死了儿子,心中不快,故而两目失明。熊大个子也已洗手,魁斌本领确然不错,可惜去年伤发身亡。仲斌是没甚大能耐的。苏二要亲去相请昆化鲲,也是侯七提及路上所见,那才想起此人的哩。

初八晚上无话,到了初九那天,各路的拜寿之人,统都来了,其中如天津郜青云和着儿子郜三;北京的杨三爷、李五爷,所谓哼哈二将;甘肃的马福通、马福良、马福墀、马福年、马四喜、马四福,回教之中号称六马神;绥远的活阎王;新疆的活财神;奉天的镇东方张世芳,镇西方吴堃芳,镇南方许安芳,镇北方王震芳,乃是称为关东四方将。这一班人都是轻易不肯离开本地一步半步的,如今千里迢迢,都来拜寿,总算于大明子的老脸不坏。加着岱山东西,黄河南北,陕陇川湘,长江上下游,珠闽江两岸,都有人来,真是轰动一时。长春市面上,也不知顿时热闹了多少。好在大明子已预先布置好,招待应酬井井有条。虽则这班人是不易伺候的,牙齿略略高低了一点,便得闹乱子,幸而担任招待之人也都是五道七煞,彼此"同跳板""合山头"生活之人,大家既论江湖上的"义气",又顾"站码头"的面子,"相不吃相""蛇不咬蛇",倒还不十分为难。

到了初九晚上,苏二代表大明子到各处走了一回,回到天达店内,一个人在后面小花圃内踱来步去,筹备明天的说话。八月初九晚上的月色,倒也着实皎洁,足够赏玩。苏二正背着手,一面思量,一面玩月。一阵秋风吹过,忽觉风内有一种声浪传来,留神一听,却是谁在那里高声吟诵道:

皎若秦时月,冷似华顶雪。虬吞龙啮,万古不缺。以何砺之,国贼之骨。以何淬之,伤心人之泪,与夫妄男子之血。

接着又是哈哈一阵笑声。苏二一听,暗想这又是哪路能人在那

里摩挲宝剑,对月长歌？赶紧迎着余音寻去,却好似发在奉天四方将住宿的那间房内,仔细辨辨适才的声音,又好像是湖北口音,恐怕或有错误,故此也没有推门进去追究。

其实书中交代,这声音确从奉天四方将房内出发,作歌之人系和张世芳王震芳同来,跟大明子俩彼此闻名已久,却从未会过一面,乃是汉阳府汉川县人,名唤艾柏龄。他的父亲艾春和得了孝感县著名拳师陈伯韬的传授,有一身好本领,专喜在外尚义行侠,湖广一带都唤他做大侠艾春和。其时有个翰林叫石昆玉,做一部《三侠五义》小说,内中有个黄州黑妖狐智化,徒弟小侠艾虎。这智、艾二人,暗暗就是陈伯韬、艾春和师徒俩的影子。洪杨时候,石达开、李秀成都派人去请过艾春和出山帮助,艾春和没有答应。直到七十三岁归天,膝下尚是无男无女。因为他注意功夫,不近女色,从未娶过媳妇之故。归天的上一年,经人再三再四相劝,始勉强纳了一位小妾,等待身后,那妾有下三个月身孕,七个月后,才得着一个遗腹子,取名柏龄。六岁时候便跟艾春和生平第一个爱徒、汉阳归元寺内的方丈明光和尚学艺,十一岁便外闯江湖,善用家传的一对錾金护手虎头钩,和着陈家法派一口单刀。他们艾家的钩法,名叫"九鹰摩空法";陈家的刀法,名叫"追魂夺命八卦连环合扇刀法",已是世界闻名,无敌天下。艾柏龄射得一手好弓箭,在二十岁时候,他又练上七条连珠箭。那箭头上多上一些小小纯钢弯钩儿,人家被他射中了,就不是要害地方,外边瞧瞧,箭疤极小,谁知里头已被钩去了一大块肉咧。这一种箭是唐朝苏廷方行出来的,名叫倒须钩。苏廷方帮助了窦建德、刘黑闼,将罗成诱入淤泥河内,乱箭射不死他,后来被他一枝倒须钩射中在眼皮上,回头罗成打箭,别的不要紧,这一箭打出来,连眼珠都带出来,那才痛彻心肺而亡,后来就没人会用过这箭。艾柏龄就是闻得人家道及这桩故事,一时高兴也用起倒须钩来,果然箭无虚放,百发百中。他手中所用的虎头钩已是毒门家伙,加上又能射倒须钩,故而江湖上人多称他为双钩将。他生平交游满天下,跟于大明子虽未碰面,以前却有过镖车曾互相换保过,总算有下交情。此番到来,不单为拜寿,尚有别的事情须和大明子面谈。初九白天到了长春,晚上没事,忽而有兴,念了几句,却被苏二听见了。当晚却未曾认真地追诘,也就过了。

到了八月初十清晨,那是大明子五十大庆的正日,大明子自己早已依着苏二的计划带了十余名亲信,同着在长春监内保出来的穷不怕王第五以及朱三傻子、罗佩坤等诸人,先悄悄地离开长春,径到县东二十里许的安龙山安龙泉畔夫子庙内,布置一切。好在这所夫子庙是他自己的"家后堂",平日间也时常来此拈香,或是在此"开堂放布"的。大明子一早走了,到了上午八点钟时候,苏二便走到天达店对面,长通路路北高岗清真寺内察看所借用的寿堂。先把第二、第三、第四三处寿堂看过,这是和寻常寿堂相似,不必细说。一心却惦挂着第一寿堂的布置,虽则再四嘱咐高大锁小心承办,不知错了没有。慢慢地走到盥漱室门口,只见大锁亲自守在门口,不放一个人进去,遵照自己的吩咐,要待十点钟敲后,大家会齐了,方可按班进去拜寿。苏二一瞧这情形,觉得外表已当得严肃二字,内容想亦十分整齐的了。高大锁见是苏二,便丢了个眼色,乘人不觉,单把他一人先行放进。那寿堂是设在楼上的。苏二登楼一望,见正中悬着一方白布,布上钉着一方票布,票布之下,三个八仙桌,分品字式排列着。中间桌上供着六个神位,位上书明始祖刹利菩提多罗,上圆下觉,达摩祖师神位;二祖卢神光,上大下祖、慧可祖师神位;三祖马澄池,上镜下智,僧璨祖师神位;四祖司马德隆,上大下医,道性祖师神位;五祖周友樵,上大下满,弘忍祖师神位;六祖卢空我,上大下鉴,慧能祖师神位(按以上六神位,即五祖传六祖之姓名法号,江湖各帮尊崇之,青帮中开香堂有名"朝参北五台"一种,须摆一百零八炉香,亦当用此六神位矣)。靠左桌上,乃是供着蔡德忠、方大洪、马超兴、胡德帝、李式开、吴天成、洪太岁、姚必达、李式地、林永超十位祖师神位(按此十位,洪帮中谓之前五祖、后五祖,其余各种党会中谓之正副五虎祖师爷)。右边桌上供着陈近南、苏洪光、胡得起、万云龙、天佑洪、郑君达、黄昌成(以上七人,洪帮及其余各帮中,称谓开山祖师)、翁德慧、钱德正、潘德林(以上三人,乃青帮中之开山祖师)十位祖师神位。两边分摆着八张小半桌,桌上都排列好了八个茶碗阵,每一个阵图,都按着"海底"上的诗句抄录一首放在旁边。苏二见陈设得一点儿不错,方始放心下楼而去。

  直到十点钟敲过,大家同到第一寿堂行礼。这也是苏二弄的花巧,特将寿堂分为四处。第四寿堂,专为于家亲邻同族,以及没门槛(个中所谓空子)人而设。二、三两处,凡是辈分小的在帮之人,以及面子交情两皆不够的人祝寿之所。如今踏到第一寿堂这些人,都是矫矫不群之辈。谁知跑上楼来一瞧时,哪里是寿堂,简直是"香堂",而且司香司烛执事一样派定专人,只是那寿翁于大明子还是没有见面。大家便照例"参祖"毕,依照香堂规矩,不准开口多问的,所谓"开口洋盘闭口相"。便由贺客公推北京的混混太岁邰青云做代表,动问此是何种性质的公堂(帮中本有三堂六部:洪帮中之三堂,谓之审堂、巡堂、站堂;青帮中三堂,则有水旱之分,神堂、香掌、执堂,水三堂也;橄堂、灶堂、厨堂,旱三堂也)。但是也不兴开口动问,好在有茶碗阵摆在那里,便走到那八张小半桌旁边,将左手紧握了右手脉门之处,向大众恭恭敬敬弯一弯腰,好似唱一个撒网喏一般。这名目叫做"讨差"(差茶同韵,故亦可作讨茶解释)。当下便由派定司壶的小太保钱玉,提了一把紫泥胚子,外面用白铜包出许多花样来(在理之人,都用此茶壶,为山东青登胶莱四州出产,一称胶州茶壶)的大茶壶,跑到混元一气单鞭阵桌子跟首(按此阵暗藏求救于人之意,若然自忖有力可以救人,可径饮其茶;如其不能,则弃去其先洒之茶,再自倾茶饮之),把那一只茶杯满满地洒上一杯,邰青云向大众一瞧,大众一齐鼓掌。这是分明表示可以同力援助的意思,邰青云便把那杯茶一口气饮尽,即在钱玉手内接过茶壶,走到三教同源三清阵桌子之前,将正中那只空杯洒满了,然后将壶还给钱玉,拿起茶杯来自己喝去了十分之四,留下六成,向大众一看(此阵暗藏问讯及争斗两意。倘只洒两面两杯,乃与人争斗之表示;只洒中间一杯,自喝其半,乃系询问之意。即以目前论,即为询问帮助何人,到何处去帮二语。如果有人知道的,便来接饮此余剩之茶)。这都是苏二预先分派定妥,郜青云刚一抬头,便有侯七从人丛中出来,把那半杯茶接去,一饮而尽。当下大家便随着侯七下楼。楼上陈设,自有小华佗张景歧喊庄丁前来收拾。

  他们一行人众,一同出了清真寺。外边早有李长泰指挥着,备好许多马匹在那里。顺便和小太保俩留心一检点,拢总五十三人。当下由侯七领头,直到安龙山安龙泉畔夫子庙前。约莫离开四五丈路,早又有人上前伺候着诸人下马。苏二便把手一指道:"庙门口又有一个茶碗阵在那里,照此看来分明是于老三自己'告帮',现在我上前代表众位'问讯',若是于老三'告帮',哪怕血海干系,我也要答应下,众位有义气的,请伸左手赞成;如果不以为然,这种事不好勉强人家的,也请表示吧。"苏二这句话说完,大家都将左手伸了起来,苏二便抢先去问讯。那是和适才一样的两个茶碗阵,书中不必重赘。独有小太保当大家伸手的时候,暗中留心一数,好似连自己只伸了五十一条手,和刚才动身时候所点数目不符,缺了一人。故此走进庙门之际,悄悄地报告了苏二。无奈此刻乱哄哄的,一时也无法彻底清查,只索罢了。大家一进夫子庙头仪门,只见御道上竖着一块黑牌,上书"请分帮别会"五个大字。那大殿关夫子神龛前面也是悬着一方白布,布的上端也是钉着一方票布,下端却黏着许多小纸条儿,于是身在于门之下的人都上前去括下一条小白纸条,靠下首站着;凡非于门之人,大家挨着"辈分""山头"依次在上首站着。只见于大明子从神龛后面转到殿上,恭恭敬敬向大众作了一个团圆揖道:"俺大明子说也惭愧,三十年老娘倒绷孩儿了。生平对待绿林弟兄,自问也还过得去,况且洗手已经五年,万不料此刻再会有人找到我的头上,虽则我们帮里头有句老话叫做

'黑漆军棍两头红，孙子有理打太公'，但是我和来人从未照面，也不是少爷们得罪了人，和我当面提及，我是一味护短，所以他要用这副手段对付我。因此之上，我对于此事觉得实在心有不甘，而且为了我姓于的一人，连累'点理'同门，也遭龙华内八堂理堂东阁大爷通臂猴仙杨燕儿的嫉视，也实在说不过去。故此不得不向诸位禀明一句，求大家愿念祖爷的灵光、佛爷的义气，相助一臂之力。至于门下怎样去冒犯人家，人家怎样找寻我们理门子弟，横竖活口都在，容他们一一地报告吧。"

三

于大明子要向众人告帮，去和通臂猴仙杨燕儿决一雌雄，在夫子庙中，当着众人说了一番话后，也向下首一站。只见神龛后面又走出了一个铁头罗佩坤来，身上穿了孝服，走到殿中向外一跪，连哭带诉，把接到请帖从汉川动身到大连，在金沟子花下八十块钱购得名马，预备作为寿礼，如何半路遇见杨燕儿，行强夺去，并且兄弟佩巽被这厮用子母鸳鸯腿踢中要害，伤重毙命；又如何杨燕儿留下海话，要取于家三叔父首级。如今三山五岳的英雄，四海八方的好汉，都在面前，请大家公断一句，舍弟死得可怜不可怜，这仇该报不该报？如果大家肯念江湖义气，洪门情谊，和着亡过天伦铁背苍虬罗双喜，先师大刀王五的脸面，务恳大家拔刀相助。说罢，呜呜咽咽地哭个不了。照江湖规矩，断没有说出如此没种少出息的话来的，实在也是苏二有心教罗佩坤这样说法，说了并且要哭着。果然被他一阵子的哭诉，两旁站立之人，有关系的果然一挥同情之泪，欲得杨燕儿而甘心；就是无关系的，也都义愤填膺，怒形于色，不约而同地说道："罗兄弟，休得再哭，令弟已亡，哭也无益。如今你姑且起来，咱们大家并胆同心，找杨小子去挖他的狼心狗肺出来，祭奠令弟。总在我等身上，包替令弟伸冤雪恨就是了。"罗佩坤听了，才止住了悲声，又向外磕了四个头道："全仗众位帮忙，俺先行碰头道谢。如果拿得住杨小子，真个是存殁俱感，俺情愿代替亡弟，师事擒拿杨猴之人，以报大德。"罗佩坤拜完之后，站了起来。

只见下手于门生徒之中，又走出一个秃尾鳅陈海鳌来，一手捧着一把鬼头厚背刀，冷森森寒气逼人，一手执着一面三角小红旗，旗的中央一个白地黑"斩"字。走到中间一站，高声地道："本山'红旗'王第五，知法犯法，在下由'巡风'本职代行'红旗'职务。现在听王五当众报告犯法情由，如果天下英雄好汉都道罪在不赦，法不宽贷，在下便在祖爷下的票布面前，宣布王五死刑，立刻执行任务，将犯徒王五开劈，以谢他山。"说罢便扭项向后道："上来辩诉吧。"只听得铁索啷当，穷不怕王五也由神龛后面走了出来，两手虽然散着，颈上也未套枷，不过脚上却拖着一副核桃大小的粗家伙，行时铿锵作声，令人听了很觉难受。当下王五走到票布面前，将身跪倒。秃尾鳅问道："王第五，洪门三十六誓之中，第六誓是甚么？"王五朗声背诵道："凡我洪家兄弟，不得作线捉拿洪门弟兄，倘有旧仇宿恨，必要传齐众兄弟判其是非曲直，当众决断，不得记恨在心。倘有不知者捉错兄弟，须放他逃走。如有不遵此例者，五雷诛灭。"秃尾鳅道："二十一则罚则，第一条是甚么？"王五又背道："犯罪而波及他弟兄者，捕之处以死刑，轻则聀其两耳。"秃尾鳅道："十刑之中第五、第七两条是甚么？"王五道："第五刑是'结识外人，以侮辱兄弟者，笞刑一百八'。第七刑是'昏醉争斗而起葛藤者，笞刑七十二'。"秃尾鳅道："'光棍犯法，自帮自杀。'你现在已身犯这许多门规，你可知罪么？"王五道："知罪，知罪！不过可容辩诉？"秃尾鳅道："在天下好汉前辩来。"王五道："我在滦州，激于义愤，为着朱三傻子一句说话，帮助捉拿草包刘瘸子。我和姓刘的向来没有见过一面，并无私仇宿恨，所以不能按照第六誓言办理。至于罗佩巽九弟，被人殴毙，祸从夺马而起，不能指定为刘瘸一事波及罗九，所以也不能照罚则第一条办理。滦州捕快班头巧嘴金根和蓬头鬼黄三两，也都是'圈子'内'有门槛'的人，并不是我帮着外人侮辱门内,故又不能照第五刑办理。"秃尾鳅道:"你的说话果是有理,但是第七刑你总身犯了的。"于大明子听到此处,忙向大众作揖道:"王五身犯第七刑,'死罪可免,活罪难逃'。但是他在长春衙门当差,乃是替代劣兄。此番东三省总督衙门公事下来,说什么安武军统领倪道台丹忱,走失了一匹良马,据探报告,道是我于门弟兄所盗,故此要着在我身上追还这匹龙驹销案。可怜王五为因代我名字,在衙应卯,不能走避之故,所以已受了本官好几堂追比,打得他两腿皮开肉烂,并且还'上线'下大牢,既已受过官刑,今天这七十二下笞刑,要求大家公论,免责了吧。如其一定要依规则而办,那么劣兄情愿代替王五受责。"

大明子这套讲情的话刚说完,苏二正要接口,忽在那上首人丛中钻出一个四十多岁人来,此人赤膛色脸,广颡阔口,丰颐大鼻,浓眉小眼,嘴上掩着一片小胡子,秃着头,身穿米色府绸长褂子,双梁鞋,手中握着一对响球,不住地抡着,琳琅作声。抢步走到王五侧面,也恭恭敬敬下了个长揖道:"在下叫蓬头鬼黄三,北直隶丰润县人氏,曾在滦州府衙充当快班头儿,在去年腊月里头,南京的朱三哥路经敝处,他和敝同事巧嘴金根向来认识,所以留他度年。恰巧王五哥奉了此间长春府太爷之命,解了秋决重犯到北京法部交割之后,出关回家,在滦打尖,与三哥遇到。由三哥介绍我们会面,彼此一见如故,就是那一晚,刚逢刘瘸投宿在金根所开的合兴顺'琴头'之内,弟兄们见他来历不明,'放笼'给金根知道,是俺邀着王五哥和三哥同去瞧热闹。五哥因见俺和金根不是来人对手,那才拔刀相助。初不料闹成这乱子出来,事由俺邀五哥同去的不好,今天的七十二下,该由俺代表五哥受责,不能再叫五哥受苦,更无连累于三叔老人家的道理。大众以为如何?"侯七忙向众人提议道:"既是黄头儿如此说法,王第五受苦也够,不如就免了罢。愚见现在请大家要注意的,刘瘸被捕原因,为有那匹好马。王第五受官家追比,也为着一匹马。罗九弟被杨燕儿殴毙,又为的是马。究竟是三匹马呢,还是一匹马呢?这应该追问追问的,不知众位赞成么?"大家听了,自然赞成。

秃尾鳅见用不着他了,悄然退去。大明子也照呼王五起来,因为他两腿有棒伤,站立不便,另外掇一条长凳,放在下首殿角隐风之处,让他去坐着。这壁厢便由苏二追问黄三道:"巧嘴金根哥这回怎么没和足下同来?"黄三凄然道:"说也可怜,敝同事过房的了。大约在今年元宵节后,那一晚敝同事从赌场中回家,夜已深哩,有两个徒弟伴送他到门口,他一面敲门,一面打发两个徒弟也回去歇息。那两个徒弟才回身,不过走离十余家门面地步,陡然听得他师父一声怪叫,他两个回头时节,有一条黑影从他俩身畔掠过,他俩回过去一瞧,只见他师父倒翻在门首。那时候门内也有人出来,开门把火一照,只见胸前腰内连扎两刀,胸前那一刀是从背后刺进直透前胸,那把刀尚未曾拔去。我们当公事的人,外面难免有仇家,一时也认不准谁下此毒手。第二天由我等出头,将金根好好承殓,灵柩送至城外大觉寺停厝。起初三晚,有人伴灵,到第四晚,没人伴守。第五天朝上去瞧看,不料金根灵柩又被人撬开,将首级割下来,放在灵台之上,而且将两目挖去,那棺木之上,用白粉漏着一只燕子,当时在下得闻消息,即代替报官出赏格捕凶,并追缉盗棺狠贼。不料那晚舍间接到一封匿名信札,里头画着一个人,那人身上标着贱名,还判着'罪该支解腰斩'六字。下面又是画着一只燕子。那形式大小和金根棺上白粉漏的一般无二。在下对于此等事,司空见惯,不放在心。不过多招呼几个人加意防护就是了。就在那天晚上,在下有个师叔姓郝,他本在高阳班内唱花脸的,又特从山海关赶来,叮嘱在下,他在山海关坐地分赃的'海砂码子'刘二泼天家堂会,那天刘二泼天请个关外朋友叫杨燕子,无意中被郝师叔听来一句密话,说那姓杨的为他把兄刘瘸子报仇,先上滦州收拾金、黄二人,然后再依次地寻去。郝师叔一打听刘家从人知道这姓杨的熟练金钟罩、铁布衫,软硬功决非在下和金根所能抵挡,故而贪夜赶来知照。在下得知此信,便想出个金蝉脱壳之计,先装害病,后装过房,把衙门公事辞去。全家悄然搬到了卢龙县改名史再生,另开馍馍铺过活,所以这回到此祝寿礼簿上也用的史再生假名,本打算把此事告知王五哥,商量替敝同事报仇方法,谁知来了七天,老没见五哥的面。直到昨晚和陈海鳌说明来意,他叫我挨到第一寿堂,才同到此间。再不料五哥也背'四脚子'的'风火',只好求大众帮忙,替亡友雪恨了。"苏二又问道:"当初你们'扳翻'了刘瘸,惹起祸根的那匹马,又怎样了呢?"黄三道:"因为动手时候朱三哥曾受微伤,所以那匹马就送与三哥做了代步了。"

黄三说到此处,大明子把手一招道:"请黄兄站过一边,容三傻子来说吧。"那朱三在神龛后面,已经等得不耐烦,听见外边提及他名,也不等招呼就大踏步出来。侯七仔细把朱三一瞧,暗忖他如何也变了一只眼了呢?难道终日打雁被雁啄去不成?此刻朱三已匆匆忙忙地道:"刘瘸那匹马是我到手的,不错,我从滦州动身南下,到徐州害病,卧在客店中,被那一个囚娘养的暗箭伤人,拿人家代步,招呼也不打。我恼着追赶北上,在德州北八桑园地方,又被一个冒失鬼黑夜之中挖了我一只眼珠子去。俺入他的妹子,有朝被俺查明了这盗马挖眼的毛贼,我非把他捶做肉酱不可。非入他祖奶奶,掘他祖坟不罢。"

朱三正骂得高兴,忽听上首一个湖北口音的人怒喝道:"傻小子,自己无能少干,遭了人家暗算,受了一点小亏,背后'骂门',还带累人家祖宗内眷,到底懂得江湖规矩不懂?现在有你的救命恩人在这厢,成全你学了救命三拐,怎么你倒不谢人家呢?"于大明子忙把发话之人一瞧,只见一个壮年汉子,肩背虎头钩、铁胎弓,浑身穿的蓝纺绸褂裤,觉得英气勃勃,虽不认识是谁,却暗暗称赞此人的丰采不凡,气宇压众,一定是个关内有名人物。这边罗佩坤一听,也是湖北口音,嫡亲同乡来了,自然格外留神一瞧,不由得跑过去双膝跪倒,扯着那人衣角道:"艾大叔,我家兄弟丢了命啦!您老人家一向很疼俺弟兄俩,这回非请您老人家出手帮助不可。"大明子和苏二等一听佩坤叫他艾大叔,已猜着了八九成,依着朱三傻子要上前跟人家拼哩。幸亏有韩尚杰用力地将他拖住,大明子便亲过去下礼认罪。苏二也踏上一步道:"艾哥,昨晚好乐,唱得好歌儿。俺本来怀疑是谁,有这样文武全才,原来就是长江上游的量江水尺,双钩将艾柏龄艾大哥!彼此'红莲白藕青荷叶三教同宗',又道是'三教不分家,铁树不开花',于老三荒唐,一毫地主之情没尽,早知艾哥光临,应该三十里悬灯,四十里结彩,一请金驾,二邀银驾,三邀四请您大哥龙虎大驾,红花亭摆宴,少林寺设席,文从孔子,武学由基,叙叙咱们洪门三老四少的义气。艾哥此来,正合着'剑桥'誓言上所说的,'吾人当吉凶与共,以求回复天地万有之明。灭绝胡虏以待真命,今日在此邂逅相逢,彼此不是外人,共当虔拜天帝地皇,山河土谷之灵,六恶之灵,五方五龙之灵,以及无边际的神灵,同商各山头的洪门大事'。"艾柏龄一听此人一照面就是一套光棍"过门",背"通草"好比温熟书,自然不得不按住怒气回敬一套"春典"。心上又暗忖道:"久仰闹海神龙苏二,是富于'通草',熟悉'海底'之人,江淮泗海一带,大大有名。今日相逢,果然名不虚传。"

原来苏二不识艾柏龄,艾柏龄却早已认得苏二。此刻经不住于大明子再三再四地打招呼,罗佩坤苦苦地哀求援手报仇,柏龄一时要想向朱三傻子发作,倒也发作不出来,当下次第寒温过了一番,苏二又道:"'不嘘不亲,嘘嘘骨肉至亲'。如今旁的不说,请艾大哥把搭救三傻子性命一节事,和着什么学救命三拐一段情事,明示一句,可以不可以?"艾柏龄道:"怎说不可以?这一件事全在俺的肚中哩。于三哥,你们东三省有个托什套,你知道这人吗?"大明子道:"略略知道一点,此人还是在庚子年以后出世,本在奉西一带放响马,后来又跑到洮辽当胡子。他手下有六十个生死弟兄,号称斧头党,现在也已改名叫托什套,做那洮南索岳尔济山的当家,是不是他呢?"艾柏龄道:"照呀,他有一匹龙驹,那是在俄国地方得来,唤做铁蹄跑月小银龙。前年杨燕子的师兄三寸丁丁振宇,曾经向他要过。他没有答应。去年深秋时节,杨燕子的把兄草包刘瘸流落在库伦地方,不知怎样一来,那匹马被他盗到手中,便带进关去。"大明子道:"不错,那索岳尔济的后山是通库伦的小道。"艾柏龄道:"刘瘸盗这马大约就是丁、杨二人授意,也未可知。不料一进山海关,便在滦州出了岔子。故此杨燕子得了信,格外愤怒,情愿抛了龙华会义气,先找寻金、黄二人出气。金根是祸首,所以杨燕子把他刺死了,尚死不饶人要去割首挖眼。其时朱三得了那马,到得徐州,害起病来。这马便被河南归德府的'采毛桃'小偷儿范玉西偷到了开封,其时在下适在豫垣,花了一百八十块钱将此马购得。恰巧郑州有几个朋友接得黎天才的信,都要到奉天投军。那黎天才这时不是做第三镇马标标统吗,招呼俺同行出关,俺就将那马托他们带了先走。我自己上一趟天津,再行出关。不料到沧州遇见杨燕儿,被他硬拉着南下,到边临镇上,与三傻子碰头。杨燕儿就要下手结果他性命,在下因为和他师父马回子曾有数面,与他师兄马哀陆更有交情,所以极力劝阻。好容易燕儿答应挖了傻子一颗眼珠子,在下便假托感冒和燕儿分道。我知道傻子性拙,恐怕要行拙见,故此代他送信给就近泊头镇的李长泰,因为我知道他们是拜过把子的。李长泰在留智庙会见傻子,劝他去到沧州养病,又给他引见了廖合嘴,在望海市学会了合盘手(拳术有插手、切手之分,插切各立门户,不相联属,惟此项廖派功夫,插切并用,故名合盘手),而且还学得救命三拐。不知道的人,从今后动起手来,定被他栽几个筋斗。如今他竟背后'骂门',你道该训不该训?"苏二听了忙向侯七丢了个眼色,一面接口道:"该训,该训!你们快把目无尊上、不知好歹的傻小子带上来,让艾师父发落。"当下由侯七、钱玉、李长泰等硬把朱三傻子拖过来,向艾柏龄赔了一个罪,方算了结三傻子骂人的公案。

于大明子道:"那么艾大哥,那匹马现在如何了呢?"柏龄道:"郑州友人把马带出了关,忽然得知此马来历,恐怕带着不便,就托金沟子的神偷谢八百带至他们乡下喂养着,候我出关亲自定夺。不料谢八百家中女人,认是八百顺手牵回的东西,又到手了八十块钱,卖与两个过路客人。俺初不知道是谁,方才听罗家侄儿提及,原来是他们所买,想要作为寿礼。今被燕儿抓去,那么此马如今到了姓杨的手中了。"大明子道:"如此说来,小弟方如梦初觉。原来傻子和佩坤两方的马,起初听似两起,实在就是一匹马。但不知那倪统领丢的那匹马又是何等脚力,如何也划在俺姓为门下?"柏龄笑道:"何尝有第二匹马过,也就是此马。那刘瘸'失风'消息传到燕儿耳内,那时燕儿不知此马落在何人之手。他心狠手辣,特地派人'放龙吃水',让托什套知道此马是长春于家人盗去。恰巧安武军和托什套开火,连打几个胜仗,倪丹忱要托什套投降,托什套便提出几条交换条件,这追究失马亦是条件之一。倪丹忱便申详徐督,徐督便行文到此,追究此事。这是我到了奉天,在总督衙门友人方面得到的新消息,想来不致有错。"大明子恍然道:"如此说来,一枝摇,百枝动,一了百了,一和百和了。如今我们该上一面坡鸡冠山,去找姓杨的说话,并想请艾哥同去帮帮忙,好不好?"苏二忙道:"不,艾哥不便去,艾哥跟燕儿有交情,只好两面不帮忙,否则要做难人了。"柏龄听了苏二的说话,冷笑一声道:"我要是和燕儿合式,今天到此卧底,乐得暗中察听真信,要来露脸出风头则甚?如今俺也不必别人相助,单人独骑,先到一面坡向杨燕儿要马去。倘然能不丢脸,那你们两家免伤和气,就此罢休。如果燕儿不识好歹,那么我和他划地绝交,也许为罗家侄儿关系,暗中再出一点小力哩。"苏二听了,便拉着大明子,下了个全礼道:"承蒙艾哥如此帮忙,真是铭心镂骨。我们准其先听艾哥的回信,在横道河子候着就是了。事不宜迟,请艾哥立刻登程'得利'吧。"这么一来柏龄暗骂苏二奸刁促狭,但是上了马背,没有打退堂鼓的道理,便立刻向大众拱了拱手,说声少陪,先自走了。此刻夫子庙内众人,有了头绪,事便好办。即由苏二问明了谁去谁不去,然后支配人数分队前往,卧底的,当先锋的,充合后的,再都分派停当。再指定几个人,去分请几位老师家来帮助,自己也要打算上纪家沟去邀请善面大士。

　　正在忙乱的当儿,忽然一个庄丁从后面奔出来报道:"夫子庙后面小屋失火。"那夫子庙,书中早已表明是大明子的家后堂,所以那后面小屋之中,乃是大明子储藏军火之所。一闻走水,知道要闹大乱子出来了,忙地招呼大家赶去施救。连苏二这样一个机灵鬼,也没想到受人暗算。便一窝蜂拥到后边,七手八脚地忙着救火。虽在山上取水不易,幸亏大明子平日对于消防工作,预备得甚为周备;再加安龙泉近在咫尺,人手又多,所以不多一回工夫,已经将火救熄。毕竟苏二鼻尖,在那火里头忽闻着一些硫磺味道,暗想不好,着了人家道儿哩。忙地招呼侯七、钱玉、李长泰等三人,一同回到殿上。他并不怕惧别的,只因王五一来为了棒疮,二来足上还拖着家伙,行走不便,没随大众往后,仍旧坐在殿角。而今苏二灵机一动,生怕人家混到此地,用调虎离山之策,将人调开之后,对于王五生命,有甚不利举动。故此急急地招呼侯钱诸人,回到殿上观察。

　　及至回了出来,向殿角长凳上一望时,王五果然不在凳上,却已滚翻在凳下了。李长泰眼睛最最锐利,偶把眼向上一翻,觉得眼前似有毛茸茸一条好像尾巴一般的东西,在大殿东角檐上一缩,急忙窜到大殿天井内,手搭凉棚向上四周一望,却又没有瞧见什么。他是个十分精细的人,不肯冒失单身爬上屋面去,所以重又回到殿上。其时侯七、钱玉俩已奔过去,将王五从地上扶起,口内连呼:"王第五,您怎么倒在地下的呢?"那王五两手紧紧掩着面部,实在已痛得发晕咧。此刻经侯钱等一叫唤,方才悠悠苏醒。声音儿带着颤,很悲哀地说道:"唤我的敢是小掌柜和钱大爷么,可怜俺王五的两只眼珠子遭人暗算,已被挖了去哩。"侯七道:"怎么说?"钱玉就将他双手移开些,只见满面鲜血直流,眼眶成了两个红窟窿。王五叹道:"你们大家往后救火,俺低头坐在此地,静听后面声息。忽觉屋面上的瓦儿一响,我猜是又有什么夜行人到了。刚刚抬头望时,猛见一只披毛戴骨的畜生,已从屋上下地,向俺面前直扑上来。我留神一瞧,尚没看明是猴呢,是猩猩?不料这东西是经人教练过的,直窜上我的肩头,将尾巴向我项间一围,用后爪握住一条前爪,撅住了我的头顶,一条前爪将我左眼珠挖去,即向口内一塞。我喉间被勒,叫喊不能,二足被铐,用力不能,只用手向肩上混乱打去,打又偏偏打不着,反被它后爪抓着。我忙把两目紧闭,却已来不及,被它挖了左眼,又被挖右眼。可怜俺痛彻心肺,昏昏沉沉地倒翻在地,似乎听得上边有人打了一声哨子,以后我就人事不知了。唉!快拿口刀给俺,让俺自刎了爽快,免受这种零碎苦楚,往后去做无目之人,苟活在世上也没什么味儿。"说时竟呜呜咽咽地哭起来了。苏二蹬足道:"这一定又是杨燕儿来干的事,那毛团东西,说不定就是丁九麻子教的那只玉面青猿哩。"李长泰忙道:"奸细现在屋上,尚未去远。我还瞧见那畜生的尾巴,大家登高拿去。"钱玉道:"适才我本疑心,怎么会少伸一条手?"侯七怒声说道:"我们于门真惭愧,被杨猴子瞧得一个人都不在他眼内,所以敢如此大胆来做奸细。今天拿不到这厮,我们也不必再在江湖上跑路,以后常戴了鬼脸儿见人。"

此刻于大明子也从后面率领大众出来。一见这情形,一个个咬牙切齿,心火上冒,痛骂杨燕儿。侯七等几人,却都抄了家伙,上屋找寻。无奈四面只有树影,没有人影,只好搭讪着一同下地。侯七道:"人家欺负我们,已经到了恁般地步,如今莫怪我们不顾交情,也不必等甚艾柏龄的回信,'有种''懂义气'的叔伯兄弟少爷们,跟着俺侯小坡上一面坡去找寻杨小子吧。把这狠心小子拿住了,抽他猴筋当马鞭,剥他猴皮做猞猁狲马褂儿穿去。"说罢,第一个怒气勃勃先自走了。大家自然都赞成侯七的说话,连那曾经诈死改名的蓬头鬼黄三,也为义愤所激,顿然胆大气生,随着大众,向一面坡进发。苏二见拦阻不住,自己赶忙动身,上纪家沟去。于大明子也忙着招呼手下,安顿王五,又吩咐人把夫子庙和清真寺内寿堂中的陈设收拾起来。好在张景歧手无缚鸡之力,不必同去。再把陈海鳌留下襄助一切,足以了事。所有到夫子庙来的五十余人，除了奉天四方将和关外的几位未便露面之人不去，再派几个机灵同志，分赴各处，专邀几位前辈老英雄，赶来做后援队，以备万一之外。其余众家豪杰，都由大明子领着，不分日夜，追赶到一面坡去，和杨燕儿论理，不在话下。

却说双钩将艾柏龄在宽城子安龙山夫子庙内，当着众人面前，怪了朱三傻子一声。罗佩坤出头哭诉兄弟被害情由，江湖上全凭义气为重，所以他仗着自己手内这口九链苗钢折铁刀，腰间三枝倒须钩，背上一对虎头钩，所谓艺高人胆大，单人独骑向一面坡丁家庄拜会三寸丁，找寻杨燕儿，跟他说明原委，由自己出面调停，叫姓杨的交出那匹龙驹，今后不再跟"在理会"人为难。至于刘瘸子的仇恨总算挖了朱三傻子的眼珠，暗暗收拾了巧嘴金根的性命，平白地又殴毙飞腿罗佩巽一命；刘瘸一命，已经有金、罗两命，朱傻一目抵偿，也可以算了。大明子方面得到了那匹龙驹，也由他打招呼，祸由王、朱鲁莽，闹出这小小乱子。姓杨的不再替刘瘸报复，自然姓于的也好趁此收篷。好在朱傻曾由己暗中搭救过性命，反因之得蒙廖合嘴教会救命三拐，可以称得因祸得福。至于死于非命的二人，巧嘴金根并非于门嫡派，他自己有眼无珠，也有取死之道；就算飞腿罗佩巽那条命，比较金根着重。可是杨燕儿能允还马，不但保全了穷不怕王五一人，就是大明子自己也好脱然无累。将利害两字通盘地筹划一下，想起来这一回出头说话，或者不会丢脸，所以匆匆就道，离开宽城子，经由米沙子、窑门、陶赖昭、石头城子、双城保、交界、横道河子等处，往一面坡进发。

依了路程，自长春到一面坡，有五百五十六俄里。艾柏龄要是骑了自己家中豢养的那匹卷毛咬人青，十四天可以打一个来回。现在骑的那匹铁脚枣骝驹，还是在沈阳和奉天四方将一同到长春祝寿，自己说及没带脚力代步，吴堃芳代他在奉天小北关外一家鞭仗行挑的。如果没有柏龄这一身马背功夫，这匹枣骝也好挨上好马队内去了，无如遇着了柏龄的功夫，镇日地压在背上，赶路就打了折扣。所以走了三天，尚只得经过窑门。好在艾柏龄也不急急争先,由它一脚脚地开慢步。

谁知过了窑门近二十里路,老天不做美,蓦地下起雨来。那处地方又是前不巴村,后不巴店,只好冒雨前进,及至赶到陶赖昭,人马都和在水内捞起一般,忙忙地投店宿夜。先收拾了自己身上,然后再收拾那马。自己明知感受潮湿,须购发散风寒的中药服着,无奈陶赖镇上,没有大夫,没有药铺,除此之外或叫店家打他一角上等的真正洋河高粱,预备几色辛辣下酒菜蔬,和着胡葱、蒜黄、咸姜、辣子吃上一顿,然后蒙头而睡,出身畅汗,把那风寒驱出也就好了。可是柏龄也是点理的(点理乃个中人语,普通所谓在理是也),烟酒不问,现在虽然淋雨受寒,仍不能反理(即开戒吸烟喝酒,个中谓之反理;相传反理者多不祥。当加盟理门之初,手续较进青帮或红帮简易。不过须亲口设誓。誓言之首条即为:"此次加点理门门槛,出于自愿,永不违背理门堂规;倘半途反理,必身遭五雷殛顶之祸"云云。此系重誓。轻誓则为"子孙衰败""终身坎坷"等语,故如半途背叛,相传必应誓受灾云)开戒。故而只吩咐跑堂熬了些赤豆小米稀饭,喝了便上坑安息。不料睡到半夜,心头作恶,从睡梦中惊醒过来,竟然大呕大吐了。等待呕吐之后,浑身发烧,害起病来。这一病足足地睡了十天,才能离炕。又休养了两天,身子虽未复原,奈想起受人之托,必当忠人之事,不要再延迟下去。他们于、杨两方又闹出唏里哗啦的意外祸事出来,对人不起,所以也不管身子如何,急急地算清了店账,吩咐店伙代将脚力家伙配好,扶病登程,向一面坡进发。

究竟害了十天病,两腿乏力,只好缓辔徐行。走了好一回,大约离开陶赖镇二十里路光景,已觉得困倦非常。在马上两眼半开半闭,身子前磕后仰,左歪右斜的,勉强前行。耳边厢忽觉得前面也有马蹄声响,怕是迎面来的,留心两马相碰,故而忙把两眼睁开,将精神振了一振,抬头望前一瞧,原来面前一青一白两马,和自己一样望东进发。青马背上骑着一个猿臂熊腰、虎头燕颔的汉子;白马背上斜坐着一个侏儒。在这侏儒胸前,尚有毛茸茸一件东西,却被他的身躯遮盖着,一时看不清楚是什么东西。柏龄见了蓦然心上一动,暗忖那渺小之人,不要就是他么?重又留神上下一打量,果然有几分相似,正想冒叫一声……

在这当儿,那青马上的长人忽然开口道:"原来黑党和大哥互通声气的,闻说他们'老当家''失了风',现在谁把舵呢?"矮人答道:"他们一班人里头除却文菊林,还有谁比他能干,好掌这颗印?"长人又道:"请问大哥,江湖上都道黑山十虎将厉害,但这十虎将叫甚名字,毕竟有多大的能为,大哥可知道?"矮人笑道:"怎么不知道,大约提明白了姓名,您也有大半相熟的,就是以前专放俄罗斯和日本'兴隆票'的那班人。文菊林当了家,拔补了一个小幺文金巨进去。陈立成老二,推上去做了老大。底下便是洪骐堂、张鹏、文菊襄、殷锦人、葛超东、唐御林、薛利舟、王招,及那新补的小幺文金巨九个人。"长人道:"文小幺好福气,真是一步登天。"矮人道:"你莫小觑了文小幺,人小胆大,福命也比人家大。今春奉天东边道尹张今颇,用了个离间妙计,把洪骐堂和张鹏收抚了去,给了他们三品功牌,就叫他们俩去火并黑山老家。幸亏葛超东的天伦老阎王想得到,瞧得透,这时他自己已经病了,便把这班弟兄都叫到床前,说千万不要自相残杀,着张今颇的道儿。他既收用洪、张,你们也可投效到他手下当差司去。自己弟兄常在一起做事,你知我见,到底可占不少便利。唐御林道要去投效,门道是有的,不过先要犯本。如今一时大家手中拮据,凑不出这笔费来。那老阎王手内不是很有几个钱的么?他当下听了,就慨然地拿出来交给唐排七打干去。果然打通了东三省徐制台的脚路,上压下面谕张今颇,派人到高山子收抚这一股弟兄,张今颇没奈何奉令就委张鹏老三来招呼,唤文菊林去参见,菊林恐怕今颇有恶念,故此跟文小幺俩,更调过来。叫他冒名着去禀到,今颇不知谁真谁假,见面之后,着实褒奖了他一阵,也就给了一个都司剳子。将全山弟兄编入江防营内当差,并且说文小幺相貌非常,将来后福无穷,远在自己之上。事后方知今颇原意,要乘此下手,就为看中了小幺相貌,不忍加害,所以现在和洪骐堂俩,都成了道署红人,着实办了几件大案。今颇当他们两条膀臂哩。实在真的文菊林,反变不能出头,只好一辈子和张小幺倒换名字的了。"

长人道:"竟有此事,俺真有眼不识泰山哩。不过照此说来,那菊林跟骐堂俩,不是犯了心病,解不开的了。"矮人道:"现在表面上总算大家叫明一句,和衷共济着办事。不过骐堂近来,拼命和新调来东的什么混成协协统蓝秀豪,三镇六标曹标统,以及驻扎在我们吉林的三边统制第六镇吴禄贞,镇统分防黑省的第二镇镇统马龙标,打得火一般热,就是扩张自己声势,要藉新军势力,去压倒菊林。一方既然如此,菊林也不得不和专司剿匪的安武军统领倪丹忱及咱们一般土著军队联络,藉以抵制新军。那新军虽然人多械足,但是关东三省的胡子神出鬼没,天下闻名,岂是他们外来新练的兄弟们所能建功?办几起案,毕竟还要让我们占面子。倪丹忱虽也是外来的淮军旧人,隶属武卫右军的,总算运气在家,新近办那桩托什套的案子占了上风,把套胡子逼到洮南索岳尔济山内,不是北走呼伦,便只得束手就缚两条路了。故此也是很红,闻说徐制台要入京大拜,此地调赵礟来继任。赵是老倪的老上官,益发靠得住。同一外省调来军队,红黑之别,竟如霄壤。那些什么镇、什么标协,东奔西走一阵,竟是劳而无功,怪道气得姓吴的发昏章第十一,连军事都不问,不是逛窑子玩娘们,便和女戏子厮混呵。"

长人道:"黑山那班弟兄的资格,本来都不低微,照此看来,往后去真不可限量……唷,所以葛于畛死了父亲,要文菊林替他大大开丧,原来老阎王有解囊相助、成人之美这一件大功。菊林这回代子珍主持丧务,倒也是以德报德,理当如此。不过北京的小皇帝为甚要派这许多兵来关东三省呢?"矮人道:"现在的新军,都带着革党色彩,上头不很信任。东三省是满清祖宗发祥之地,当然特别注意预防,况且三省境内,大大小小一总有二三十帮胡子,故此把新军调来打头阵,我们土著军队却剿抚兼施,得现成功劳。即使新军死亡殆尽,上头也不见得可惜,正要借刀杀人。因此把北洋六镇,一大半都开向关外来了。可惜这班新军不肯自己服小低头一些,我们旧军谁愿巴结他们?所有土地沃饶,形势险峻,能战能守的所在,永不容他们新军插足的了。"

长人再要动问上去,后头的艾柏龄已把适才他俩一问一答的说话,听得明白,认定那矮人就是三寸丁本人。所以在他俩身后忙地开口,招呼道:"前面'线'上行的,敢莫是丁振宇丁统领丁大哥么?"

四

三寸丁听见有人呼唤,扭项回头一瞧,原来是湖北双钩将艾柏龄。其实他已早知柏龄来意,因为他这回也到过长春,做了人家贺客之一,来替师弟杨燕儿做卧底细作,暗中侦探他们怎样的对付方法。知道了实细,好做准备。

前节书中所说的王五,在夫子庙内被人挖去双目,于大明子、苏二、侯七等一班人,脑筋里总认道又是杨燕儿来捣乱,其实是三寸丁干的事,因为他久处边陲,少和中原豪杰来往,人既不去求他,他亦无求于人,所以谁都不认识他面长面短。他占了这一点小便利,果然被他混在贺寿来宾淘内,而且也落在天达店内住宿,始终没被人瞧破。直到苏二提议,到安龙山去邀请寿翁,他腹内已料到八九分,仍旧附和着大众一同赶到夫子庙前。遥见庙门口摆着茶碗阵,他完全明白,此来藉邀请寿翁为名,其实乃是避人耳目,到此会议。至于会议之事,不问可知乃是处置杨兄弟那件事情了。因又想起于大明子,江湖上多称他天生神眼,比众不同,自己面貌虽是无人认得,但是身材短小,容易被人识破;再者还随身带着了那只玉面神猿,愈加惹人注目,不要和大明子一照面之后,给他道破机玄。虽说仗了自己这一身软硬功夫,又得神猿相助,未必遭他们毒手,怎奈众寡不敌,好汉不吃现亏,还是小心为上。

主意打定，便乘大众推举苏二代表，上前受茶忙乱的当儿，私自溜到庙后，飞身上屋。比遥见苏二等由大门入内，大明子踏步招呼，他又窜了下来躲在关夫子佛龛内神座之下。所以他们历叙已往之事，及商量对付策略，都被他听得明明白白。三寸丁为人较杨燕儿稍微光明磊落，他此次到来，乃是信着杨燕儿一面之词，满拟要暗伤于大明子性命。现在窃听明白，才知此事全由巧嘴金根、蓬头黄三二人太觉贪功，穷不怕王五和一阵风朱三傻子俩太喜多管闲事，才闹出这乱子。与大明子不相干涉，更不能为了一二个人的交涉，牵动大众，以致江湖上纷纷传说什么龙华会与理门结下海阔深仇，两下非拼一个绝根断路不肯罢休。虽则杨燕儿也是为了一点义气，方替刘瘸报仇。如今总算占了面子，刘瘸一命已有金、罗二命相抵，朱三傻子又成了单照，大可以收篷哩。不过王五和黄三二人，不教吃些小痛苦，总觉对死刘不住。倒不如如此如此，乘隙下手。不论王五、黄三二人之中，有一个遭在我手，我也好回报师弟，并好劝他莫为已甚呢。主意打定，二次由佛龛内抽身往后，在厢房放火，调虎离山。

　　大明子以为在自己窝内，不必十分提防，所以未曾派两个得力之人在后把风，由三寸丁随便出进。他把火一放，便蹿到屋上，仰卧在屋脊旁边，侧耳静听。及见大众齐向后去，他便从屋上翻到前面，一瞧大殿之上，只有王五一人，而且身上还拖着家伙，益发无能为力。便在背上卸下豹皮袋，放出玉面神猿，口内打了一声哨子，那玉面猿便沿屋檐溜进屋子，挖了王五一对眼珠子，吞在肚内。正在此时，三寸丁瞧见后面有人退回殿上来了，好在他并未下屋，登高望远，格外灵便，赶紧又打了一声呼哨，将神猿唤回，收拾在囊。覆身卧到瓦上，轻轻滚到旁边围墙跟首。幸得庙屋四围大树甚多，他便隐身树上，觇探究竟。直待大明子等走了，他方安然下来，自顾自下树出山。天达店内并无紧要东西遗留在内，所以不必回去，便从长春动身。

　　先上了一趟奉天，因为奉天小西门外，他有个干娘在那里，不时要去探望。实在探望干娘是假的,他有两个干妹子,都在清吟小班当姑娘,长成妖冶动人,很使他挂怀不下。可是她们却真的卖嘴不卖身,并且嫌三寸丁长得人品矮小难看,并不十分欢迎。三寸丁有时和她们说说玩话,乘机想用强迫手段,偏偏这一对姊妹也懂得武行门道,休想近得身来。本则关东三省地方,这一对姊妹花也是有名人物,姊姊叫驼龙,妹子叫驼虎(这两个是龙虎正牌。光复后,又出过两个龙虎,那是冒牌货了。去年报上登的龙虎被捕枪毙,那是假冒之龙虎。至于真龙虎,至今尚在)。东省文武衙门官吏,当地贵绅富商,下至地棍土痞,和她们姊妹俩都很交好,故此把一个目无难题的三寸丁,也弄得无法可以如愿以偿。只好时常藉着探望义母为名,到奉天去走动走动。始而未便直说自己行藏,后来混熟了,为巴结龙虎二女,想讨她们欢心起见,把自己过去和现在的所作所为,以及手下多少弟兄,家中暗藏几处秘密机关,一古脑儿告诉了她们。故此三寸丁的庄子上,别人不知底蕴,只有龙虎姊妹什么都知道。

这回三寸丁又绕道前去探望,不料她们家中新来了一个女友,叫做什么凤姑娘。那是跑码头卖解为活出身,是南五省人。此次出关,一来从未到过关东放生意,这回想来做一注大买卖;二来凤姑娘年刚及笄,顺便要找个如意郎君,将终身付托。随行之人,男女老少一共有十余个,都是凤姑娘的哥嫂兄弟以及亲戚族人,没有一个外伙,将三寸丁干娘家中占满了,不能再留外客久住。三寸丁一见那凤姑娘出落得一表人材,不免又心动了。怎奈碍着龙虎姐妹面子,再加凤姑娘的举止,真所谓艳如桃李,冷若冰霜,三寸丁有意无意说了句重言,竟被凤姑娘当面唾辱。三寸丁自觉无趣,搭讪着辞行回去。

走在半路遇见了这长子,据他自通名姓叫张长福,山东曹州人氏,久慕吉林丁振宇为人四海,现在当了江防差使,驻守吉黑交界,管理水陆公务,一定需才孔亟,所以不远千里而来,特地去投效当差。三寸丁听说是投奔自己来的,便先试试他的胆量,果然着实有些能耐。心中暗喜,又得一条膀臂,方将自己名姓说出。张长福听了,自然喜出望外,拜恳录用,便同向一面坡而来。其实此人何尝叫张长福,就是朱三傻子的师父南京马回子。他在家乡得信自己徒弟受人欺负,连前人面子都丢失,所以动身来至关外,一路在绿林中打听清楚,知道徒弟的仇人是杨燕儿,不过门径不熟,一时无处找寻下手。晓得徒弟曾在长春于家结拜过十弟兄,因此他搭船到了营口,便取道长春,预备前去拜山,结识于大明子。行至半途,巧遇苏二往请善面大士昆瞎子,他们俩本是熟人,苏二一见马回子知道他虽不是童子功,却练过鹰爪功,红砂手也是铁布衫功的克星,便将于家之事,始末根由告诉了他,叫他先到一面坡鸡冠山丁振宇庄上卧底。事有凑巧,又会和三寸丁途中相遇,假献殷勤,一同进发。今日正谈及奉省黑山党的声威,后面倒又赶上一个艾柏龄来了。

柏龄和三寸丁未曾会面,只听杨燕儿道及他的形状,故此虽未曾照面,脑筋内却仿佛有这丁矮子影像。今天一瞧前面是个矮子,又听这矮子口若悬河,演述黑山党火并内情,要不是此道中有名人物,如何会深悉黑山党这样的详细?再加留神看清那矮子前面鞍上又有一只老猿躲着,因先心上猜透了八九分,冒叫一声果然回头观望,所以接着又高叫一声道:"前面银鞍背上那一位敢是一面坡丁振宇丁大哥么?"看官看到此地,一定要问道:"艾柏龄既然不识三寸丁,三寸丁如何会认识艾柏龄呢?"原来就是新近在安龙山夫子庙内,三寸丁在暗中窃听,因此认识了艾柏龄。事隔只有十多天,怎生会忘记之理?当下丁张二人的坐骑,缓行一步。艾柏龄的脚力已追上前来,再把那三寸丁鞍上那只猴子,留神打量。果然好东西,有赞为证:

  玉面苍毛(见桂海虞衡志),人间无两;臂长爪锐(见陆玑诗疏),世上少双。偃寒倒挂于危枝(见江总修心赋)。岷山产者(见拾遗记),其力甚于猛虎(见阮籍赤猿帖)。行止早通乎神明(见吕氏春秋),君子化焉(见抱朴子)。其啸可惊征雁(见高适送人贬长沙诗)。目凹视远,不爽秋毫,能避楚弓之箭(见指月录);善走身长,俨同霜鹜,尝追蜀道之人(见搜神记)。鸣啾啾(见九歌),灵逾恒兽,苦热啼饥(见鲍照诗);啼嗷嗷(见谢灵运登石门赋),声感畸人,谱传夜泣(见志奇)。合共一江红树,风月旌阳(见韦庄诗);本来石下三声,凄清巴峡(见杜甫诗)。王氏野宾,输其矫捷(见王氏见闻);李约山公,无此雄壮(见全唐诗话)。啮断楚州铁锁而来(见辍耕录),梁囿暂驻(见三辅黄图);狁等土星玉符之变(见云笈七签),越女敢逢(见吴越春秋)。

　　柏龄不由不暗暗喝采,默忖俺曾闻得天伦在日道及,猴子最最名贵,有难得的三种:一种金丝猿,毛片纯黄,远远望去,或是被风吹动,竟和金丝一样;一种玄猴,非但浑身毛片漆黑,连猿面也是黑的;一种玉面猿,白面黑毛,两臂通连,左长右短,左短右长,可以随时伸缩。现在这猴子,明明玉面猿,毛片却带青色,真是头一回瞧见的哩。猴心本来比人心灵活,若为金丝猿等,更较常猴狡狯多智。怪不道三寸丁家里猴、犬两兽几乎天下闻名,今日一见此猴形状,便知确是不凡。若是人和它动手对垒,一来不及它纵跳自如,二来猴臂可倏长倏短,人臂却不能如此,哪怕你一等一的好功夫,终不是它敌手。除非要用暗器取它眼目,或者可以取胜。但是猿目何等锐利,暗器发出去,恐怕什九被它接去或躲开吧?

　　正瞧得出神,三寸丁却在马上抱拳带笑,假意问道:"壮士尊姓大名,尚未请教,怎么知道劣弟贱名?"柏龄听说果是丁振宇,也便含笑拱手道:"冒昧,冒昧。在下湖北艾柏龄,跟令师弟杨燕儿是多年交好,因为听得杨兄时常道及尊驾大名和相貌身材。适才走在路上,瞧见大哥的后形,很似杨兄所道的神气,故而斗胆冒叫一声,望恕唐突。"丁振宇假作吃惊道:"原来足下就是双钩将么?久仰,久仰!从前天伦没有入山修道时候,那时兄弟年纪尚轻,常听见咱天伦和关内友人提及你家令尊的大名,真是人间寡二的好汉,世上少双的男子。后来又听得敝同门杨燕儿提起,说艾大侠的少爷更是青出于蓝,练就一身水陆马步软硬功夫,文通三略六韬,武功十长(按大刀、长枪、戈、矛、戟、槊、棍、钺、楂、铎,谓之十长)、八短(剑、鞭、斧、锏、锤、拐、抓、单刀,谓之八短,浑称为十八般武艺),真是世间之上不可无一,不能有二的人才。替南皮张香帅看家保院,暗中不知保护了多少江海湖三线上的弟兄,人人称赞,个个道好。今日邂逅相逢,觉得英风豪爽,果然名不虚传,使边陲小卒,有相见恨晚之感也。"柏龄忙道:"算了,算了。彼此不是外人,何必使小弟挨骂?大哥再往下说,真要使咱置身无地了。"三寸丁道:"但不知艾大哥此行何往?"

柏龄道:"小弟此次出关,本想投军,因为有事要和杨燕儿兄面谈,打听得杨兄现在宝庄,所以赶奔来前。一来想求杨兄引进,恭拜大哥金面。二来要和杨兄了开一件心事,不料天缘凑巧,走在此处,先与大哥遇到,真是如愿以偿。但不知杨兄是不是在宝庄耽搁?"三寸丁道:"敝同门一年之中,倒有十个月在兄弟敝庄。此次兄弟出门,杨兄弟比兄弟早走一步,上三十里堡祭扫坟墓。大约这时候,必定回去了。艾大哥此去,正好他乡遇故知哩。"说罢,哈哈大笑。柏龄自也跟着笑了一阵。三寸丁又给同行的那张长福替柏龄"拉场"相识,长福怕柏龄不知就里,说出自己真名姓,把机关道破,故此先开口道:"艾兄弟,劣兄和您在南京马哀陆师父马回子家中,曾有一面,不料又在此处相逢,真个两叶浮萍归大海,人生何处不相逢。近来和马回子碰头过没有?听说他两条腿,被江内怪风吹坏,现在老是卧床不能动弹了,这话恰么?"柏龄顺口答道:"我和他也好久不会了,闻说非但两腿受伤难动,性命也在呼吸,迟早怕要'过房'了嚏。"长福口内答应,心内暗骂小艾促狭,当面骂人。柏龄口内如是说法,心中也在那里暗笑。不过又转念道:"老回子为何要易名换姓呢?难道是于大明子请他出来相助,向杨燕儿要回龙马,利用他没到过关外无人认识他的面貌,故此叫他上丁家庄卧底不成?"

当下三人结伴同行,在路无话。那天午牌时候,已到了横道河子,距离一面坡只有一百零二里官站。三寸丁提议,今天须赶一个黄昏,务必要赶到敝庄才歇。艾张二人自也赞成。当下连夜赶奔,直到二更多天,方才赶到一面坡鸡冠山丁家庄上。那座鸡冠山并不高大,不过三面靠水,形势非常险峻。丁振宇的庄子分为上下两宅,下宅沿山脚建筑,上宅乃在岭上。

当晚到得庄上,三寸丁一问手下,杨爷是否在庄?手下忙回禀道:"杨爷睡在上宅。今日白天有一个江淮好汉,叫做闹海神龙苏二,前来拜山,说是为着索还托什套那匹龙驹到来。杨爷跟姓苏的斩牲打赌,限姓苏的七天之内,前来盗回此马。如盗不回时,姓苏的和着杨爷作对的那个于大明子,都情愿端正门生帖子,拜投杨爷门下。因此上杨爷送了苏二走后,便到上宅去的。不知如今睡了没有。"三寸丁听了不则声,先将艾柏龄安顿在客房歇息。他却悄悄地带了张长福,夤夜赶上家宅,和杨燕儿计议去了。

柏龄一到客房之内,略略耽搁一回,正想脱衣熄灯,上炕将息。忽听窗外有人低低唤道:"艾老叔,睡了没有?请开格子,让咱们进来谈话。"柏龄听了,惊问道:"是谁?报上名来。"窗外之人道:"愚侄小太保钱玉,白面夜叉李长泰是也。"柏龄闻说是钱、李二人,自然过来开窗,等待他把窗轻轻地推开,窗外接连蹿了四条黑影进来。除了钱、李二人之外,尚有他们十弟兄之中行四的黄面佛高大锁,老十神拳无敌金钟声,一共四人。

当下草草地剪拂过了,小太保不等柏龄开口动问,先行告诉道:"那天安龙山会议时候,您老不是先走吗?不料跟手就出了一件大事。"随把王五被挖去一双眼珠子的事情,如此这般地说了遍,又接续着说道:"当下大家怒火中烧,谁也拦阻不住谁。侯七和三傻子,先自赶奔一站。俺们三个一群,五个一队,也陆续后来。我们以为您老已先到此间,及大众赶至,方知您老未来。昨天傍晚,苏二叔去请善面大士昆化鲲的,却也赶来。一打听才知三寸丁赴奉公干,只有杨燕儿一人在此。并又得着一个好消息,这三寸丁名为受了招安,做了松花江江防营的统领,居然也称大人。其实他还兼做胡子买卖,手下养着不少敢死之士,什么老疙瘩、大王兄、西边好、大金牙、扎不死、洋鬼怕、溜溜腿、镇西边、全福寿等(按上述诸人,皆吉、黑两省著名胡匪,若大金牙、镇西边等,去年方被张作相捕获枪毙),一共有四五十人。这四五十人,也有一人独领着一二百、三四百人,也有两人或三人合领着五六百、七八百人,统计起来,武装齐备,有战斗力量的,足有四十余股,弟兄总数约近三万。这一班人和三寸丁相聚日夕,再加三寸丁为人爽直易与,故此感情甚佳。那杨燕儿也挂着一个帮统头衔,却因他过于精灵,那些老疙瘩等都和他冷冷的,不买他账。杨燕儿初不在意,新近忽也想扩张自己的势力,拼命地招揽人才。侯七藉此机会,因先单身投奔到他这里来卧底,好在燕儿和侯七从未会面,竟已坦然把侯七收用下了。侯七并说专能饲马,燕儿就派他管理上庄马号。我们几人,也即更名换姓,一起混了进来。不过杨燕儿虽已收用我们,却不许我们到上庄,只准在下庄出入。我们进门以后,方知燕儿回来好久,并未出门。那挖去王五两目的,另有其人,论不定就是三寸丁本人哩。我们自得到了老疙瘩等不买账的消息,便又天天鼓吹他们反抗杨燕儿,事情快要成熟。如果三寸丁再迟三天回来,恐怕杨燕儿要被大众哄跑哩。"柏龄问道:"如今侯七呢?"小太保道:"事情正多咧,您老听我说下去罢。侯七既管上庄马号,滦州的捕快蓬头黄三,要建现成功劳,也随大众赶到。当夜晚间上山想去盗马,不料走错了路,跑到了猎狗房内。那房内共有三十七条大种猱师狗,都经丁、杨二人的教练,专门啮人,可怜黄三本领又未见得如何,身上也没带军器,一人两拳怎敌得一群如狼似虎的恶犬?一条性命生生地被狗咬死,而且咬死了,再被群狗分尸,说也可惨。想来他和巧嘴金根俩都是当衙门的,从前必定伤了些阴骘,所以结果都如此凄惨啊!这消息透出去,朱三傻子又发呆性,偷偷地从小道上山,居然被他摸到马厩,寻着龙马。抚顺了好一回,此马他本乘过,所以驯顺非凡。他便把带去的败絮,分裹马蹄,俾减轻踏地声息。然后把马系索解去,居然又被他冒险牵出门外。超乘上勒,想往山下疾驰。不知怎样一来,朱三缰不能收,鞭不及挥,老在上庄左右前后奔驰来去,一瞬息间已经绕了数匝,把那裹蹄败絮脱去,蹄声渐大,惊醒人犬,一齐出来。三傻子既非燕儿敌手,又怕那一群恶犬,只好把辛苦得来的那马,决心丢着,单身跑了。杨燕儿后边紧迫,一步不松,幸亏侯七预伏在半路上,假意上前拦阻,算被朱傻打败,送了一条杆棒给他。三傻子既和燕儿照面,赛了几下手式,亏有救命三拐,施展出来,将燕儿扔了个筋斗,要上前结果他性命时,后面恶犬和庄客等已经追到。傻子无奈,只得再走。不料误到左山,临了水道,如换别人性命早已没有了。三傻子幸有水内功夫,便从山上使了个蛟龙出洞之势,两足腾空,一个'倒翻页子'蹿入水中,慢慢地游泳回去。自从两回不得手之后,直到昨天苏二叔和着家师大明子赶来,他们两位老英雄又上山去盗马,不料自经三傻子盗了一盗之后,燕儿已将那马尾上缀上无数鸾铃。家师一一将它解下,很费时候。好容易尾上所系诸铃,全都解去,牵了将走,偏偏马项之下还有一个大铃,一牵动,那马将首一昂,铃声大振,惊动守卫,都起来喊拿盗马贼。杨燕儿也亲自出来和苏二叔及家师照面,两下一动手,被家师用杨家小八手内一下绝手,唤做饿虎攒羊式,将他抓着蹶在胁下。不料这厮铁布衫内的二十四套小功夫都会的了,家师一个不留神,被他用了一个黄鳝吞饵把式,竟蹿了出去,仆在地上,一动不动。家师抢步上前,冷不防这厮忽地将左腿缩起,在家师面前虚晃了一晃,家师自然往后退让一步。他跟着一个鲤鱼打挺,翻过身来用足全身力量提起右足向家师左腰猛踢一下。"柏龄听到此处,掌不住惊道:"啊呀,这是咱们天伦的传派,唤做子母鸳鸯连环腿,也是毒门,难避难躲,令师到底被他踢中没有?"小太保道:"幸亏家师眼明手快,忙施展出一个风摆荷花式,向剌斜里一闪,虽闪得快,没被他踢中要害,但是肩尖之上,已经踢着。这厮穿的是双青布软底翻头鞋,那翻头的凹内衬着铁叶,所以着在肩上分量倒也不轻。家师便顺势侧身颠仆下去,把两条腿伸缩成一个三角形,满望这厮抢进门来掏肾囊时,用万蜂朝王式锁住了他双腿,然后用神鹰探爪势将他掼出去。专待他碰起来,趁势用一下头功,唤做飞鸟投林,把他撞死。不料这厮并不进门,又见随从人等,都非苏二叔对手,已经打得七零八落。他便打了一声呼啸,一齐退后,想要放这一群恶犬出来。苏二叔见不是头,也便打了个暗号,和家师退了下来,预备他追上来时,再下手结果他。因为苏二叔到孤店子纪家沟,去相请善面大士,可惜善面大士果已两目失明,不能出来帮助。说起杨燕儿的功夫,却说确是不坏,而且对于轻身腾纵功夫,当年用过死功,能着了钉鞋在竹架上行走如飞。竹上还铺一层油纸,他经过两三个回环,那竹上的油纸,可以一丝不破。又能直跃横跳,直跃不必说起了,横跳也可以一口气纵五六丈,而且只消两袖摆动,袖口被风吹得像帆饱一般,他便藉劲一纵五六丈,因此都叫他为杨燕儿。直是天下寡二,不特关外少双。不过他脚底下有照门,只要力大之人,能够将他揪倒,在他脚底心内用力一点,他至少三刻钟不能动弹。江湖上传说他怕我的童子功红砂手,乃是他放的谣言。不过他的破绽,确只有我知道罢了。苏二叔受了善面大士之教,故此预备发一腿鸡心腿,将他踢翻,然后点他照门,结果他命,替已死的黄、罗、金三人报仇。偏偏这厮乖巧,不追上来,依旧枉费心力。龙马仍未曾盗得到手,到了今日白天,苏二叔单身到此,和杨燕儿面约,七天之内必定将马盗走;如过七天,马不到手,承认燕儿是关东第一条好汉,所有死的伤的,一概揭开,不再与他为难。这条很爽快的办法,杨燕儿倒也赞成的。特地预备起盛宴来请苏二叔。二叔坦然不疑,入席畅饮,等待兴尽散席,苏二叔有意献一点能耐,伸两个指头擎住了一只台脚,平举起来,安置一旁。非但那台上的杯勺盆碗不曾移动半黍,连杯内余沥,碗内残汤也不有一滴倾溢。把台子擎开后,他老人家的座前,别无障碍,口内说声,讨扰,再会!人已蹿在七八丈外,拱手便走了。因此一来,那班三寸丁手下之人,背地都议论燕儿不是姓苏的敌手。咱们当家(指三寸丁)到底身为统领,不是容易得来,不要为着包庇此人,弄出些未便来。他们想结一个团体,把杨燕儿捆献出庄。不料三寸丁偏偏这时候回来,那局面一定又要大变了。况且三寸丁回来,那只玉面猿自然也带了回来,平添两个劲敌。恐怕我们于家镖活该衰败,咱们朱三、罗九、王五的冤仇,报不成了。"柏龄道:"不,三寸丁和玉面猿虽回来,却还带了个马回子同归,这明明又是来卧底的……"

正要往下说时,忽见小太保很惊讶地说道:"什么响声,啊呀!这不是觱篥么?"在房五人,除了柏龄初来,不懂甚么,那钱、李、高、金四人却都知道,这是丁庄告警的暗号,一定自己人方面,又有人贪夜上山盗马来了。书中交代,三寸丁领着张长福同到上庄,其时杨燕儿亲在马号之内,看守马匹,防备苏二到来下手,不愿离开。三寸丁便亲将猴子安顿在马号之内,替代燕儿,同到密室之中,商量要事。一面命人预备床铺,打发张长福安睡。侯七知道三寸丁回来,早在暗中留心窥看,不觉忖道:"义父做寿那天,此人一定来过的,所以如此面熟。那他或者也能认识我,如此我在此间也难站足。好在这几天下来,那马性已经被我弄熟,趁此三寸丁刚才回来,喘息未定之时,不如冒险先下手吧。"故而专待丁、杨二人一走,侯七便将马牵到槽外,一来他是生长吉省产马之区,生胚尚能弄熟;二来他已将此马性度摸熟,所以把马铃卸去,上到槽外,一些不难。谁知那只玉面猿见侯七牵马出去,比人尤乖,竟跳上前来,要挖侯七的眼珠,掐侯七的喉管了。侯七赶紧把绕在臂上的那条纯钢软鞭,哗喇喇施展出来,要成一道滴溜溜银光,保护自身上中下三部要害。怎奈这猴子跳东跳西,厉害得很。你把鞭舞动时,它蹲在一边休息,只要你手中迟钝一些,它又跳过来乱抓乱咬。虽没有伤及要害,但是浮伤已不知有了几处,皮破血流也很难受。人畜相持了一回,人力渐就疲乏,畜却一毫不觉得什么。况在夜晚,人目终不及猴目便利。侯七暗想,这怪畜生倒也和杨燕儿一般地难打发。今天我的性命,论不定要伤在这畜生之手咧。

　　正在危急当儿,忽然半空中一声鹰叫,接着有黑魆魆一件东西,直压下来。禽中之鹰和兽中之猿一样地阴鸷刁诈,活泼灵利,而且猴子最怕的是鹰,故此玉面猿一闻鹰叫,便似人一般先气短了半截,接着见有一大团黑影从空压下,它便向马号屋内直逃进去。它虽是逃得快,可是臀上早吃了了痛苦,不由得怪叫一声,躲到别一匹马尾之下藏着,再也不敢出来了。侯七此刻也不暇分辨是真鹰是夜行人。只要猴不扰人,便跨着滑背马,向外直冲出去。不料猴子一声怪叫,早惊动了屋内。丁杨知道于门中人,又来下手盗马,便传警号出去。所有在上庄歇宿之人,立刻都起来举火看视。侯七见他们都已起来,自知单身难敌,赶紧下落马匹。好在他捕马功夫高人一等,便缩身钻到马腹之下,将身子倒仰着,横躺过来。两足反伸上去,钩着马项,一手拉住马尾,用力扯住,一手也倒伸上去抱着马腰,身子紧贴着马腹,头靠住马臀的下面,全身用力,一挺一嚓。那马如何禁得起呢?自然也亡命地向外直奔。这手把式,名为吴王抱西施,那就盗马的必要法儿。等得那班庄丁闲汉迎面候上来时,那马吃了痛,像发疯相似,逢人便踢,遇物便咬。侯七在马腹下暗想,别的没有什么,倒是庄门阻住,今天恐怕我命还是不保。再加被猴子抓伤的几处血流不住,那匹白马一部分几乎要染成红马了。

　　从马号冲到庄门,距离三进房屋,恰巧假名张长福的马回子,他所卧的客房,正在庄门旁侧,一听里边呐喊声起,知道于大明子那方人来盗马,所以也赶紧起来,把庄门洞开。等待丁、杨二人出来,高喊大家熄火、闭门，省得马见前头有光，望着亮的地方跑去。不料迟了一步，已经不及。喊声未绝，那马已经冲出庄门去了。杨燕儿一见这种情形，明知有卧底奸细约通所做，不觉愤火中烧，便施展夜行术，直追上去。三寸丁也吩咐大家抄家伙，正要一齐追出去，忽然内庄失火，烈焰腾空，火势甚烈。究竟是自己家产完全在此，关着心经的，便招呼大家先行前去救火。只有那个张长福却在威武架上，拔了一柄单刀，也出庄门走下去了。杨燕儿功夫本是不坏，将要追着动手，不防后边那个张长福，也追了上来。杨燕儿正作一个猛虎下山之势，用力抢前去扯马尾，只要马尾扯得到手，他的身子便可跃到马背上去。不料空中嗤的一声响，落下一枝梅花钢针，正中在手背之上。那针尾之上拖着一个小小铁环，环下系着一只绒凤。燕儿明知这又是夜行人的标帜，也不暇细想是谁，好在皮厚肉糙，吃着一针，虽也有些分量，究竟不是吃不起痛苦的地方，故此绝不为意，依旧不缩回来，仍伸手上去捞马尾。忽觉头顶上冷飕飕一阵刀风，这却不能不避，万不容再顾抓马尾了。忙把头颈一缩，接着身子向地上一躺，望外一滚，躲过了一刀量天切菜。重又跳起来，向后一瞧，怒喝道："你不是丁庄主新带回来的张长福么？怎么也跟俺动起手来！"那人笑道："呸，瞎眼贼，连上元马回子马云程爷爷都不认识么？枉空常在江湖上跑路的。"杨燕儿一听暗道："不好，久知马回子有下鹰爪功红砂手功夫，虽是专破金钟罩的，但也可克住我的铁布衫，不能和他交手。"

本来爱惜名马，如今这马不要了，破釜沉舟让他们扛一骑死马回去，落一个大家不到手。所以他也不和马回子动手，仍旧往下追马。一转瞬间又被他追近马后，约离箭半地步，一弯身在地上拾了一块顽石，觑准了马臀下面和后蹄交界之处，用力打去。他也是盗马惯家，明知马腹下有人用煎海干法儿和着这马一同逃走。这一石如果打着，不但那马后蹄受伤，连那人的命也没有。此刻侯七正想翻身上骑，满拟杨燕儿爱马如命，不会便下毒手。二来燕儿身后，还要防朱三傻子的师父。三来下庄快到,一同到来卧底的共有四人,定有人来接应。所以心倒放宽多了。不料杨燕儿竟动了不望瓦全的心念,一石飞来。侯七眼皮向上一翻,虽已知道不妙,请问如何避去,只忙把抱腰那手一松,头向腹下一缩,可怜也是不及,虽没正中天灵盖,打得脑浆迸裂,却着在山根之下颧骨旁边的颊上,打得他眼前金星直冒,牙齿内鲜血直流,痛彻心肺,一时要翻到马背上也痛得翻不上去了。马回子在后看得清明,掌不住骂道:"好狠毒小子,前番挖了我徒弟的眼珠,害了许多盟侄的性命。今天尚敢出此毒计,暗算侯七兄弟么?俺不杀你,誓不为人。"燕儿方知盗马的是侯七,也知道他是于大明子的爱徒,又是义子。今天我命就丢,换上他们一个侯七,一骑名马,也不枉生一世。所以索性丢了后面追的那人,一心注意前面,正要下第二石时,不防两旁蹿出四条黑影,把他阻住。马回子见有钱、李、高、金四人车轮般挡住杨燕儿,谅不妨事,自己便抢前去保护侯七,把他从马腹下拖出来,镢了他一同上马再行,此刻侯七浑身血腻,痛得有些昏厥。幸亏马回子将他扶持着,冲到下庄庄后。

恰好于大明子、苏二等也由柏龄开了前庄门,一同放了进来。那班庄丁和老疙瘩等闻听上庄警声,也都起来,蓦然间见苏二等杀进庄门,知道不能抵敌,再者不知就里,呐一声喊四散走了。

那侯七和龙马,便由于大明子领着罗佩坤、朱三傻子俩,保护着先行,径到他们存身所在的横道河子店中等候着。这里由苏二、马回子,领着高福海、韩尚杰等迎上前去。只见钱玉、李长泰、高大锁、金钟声正把杨燕儿盘着交手,凡是于门中人,见了杨燕儿一个个恨得牙痒痒地,一齐蜂拥上前,亮刀厮杀。燕儿见不是头,凭着自己一身功夫,施展出空手入白刃的解数来,居然被他跃出重围,向山上便跑。不防就是标中侯七那块蛮石,将他双足一绊,扑倒在地。忙地向外一滚,想要站立起来,却被韩尚杰赶到,趁势抢起手中镔铁棍,往下捣去。燕儿一眼瞧见,忙再向外一滚,却忘记是在一条山涧旁边,这一滚自己害了自己,众目昭彰地见他骨碌碌地滚下涧底去了。

苏二抬头一望时,只见鸡冠山上庄火把烛天,杀声动地。原来三寸丁救熄了后庄的火,又亲自内外检点一番,查到马号之内,只少了那匹龙驹,其余马匹都在。却见那只玉面猿缩在一骑马后,兀是搛搛地抖着,知道是受了惊吓。忙把它抱过来一看,原来臀上还中着一支四五寸长的小小钢针,入肉足有三寸,拔出来一瞧,那针尖分做五瓣,和梅花一般,针尾上拖着个小铁环,环下系着小绒凤儿,很像女子所用的暗器。当下把针收过,忙取伤药替玉面猿把伤处敷好,吩咐平常伺候猴子之人,带去喂食将养。忽又惦挂着杨燕儿单身追去不知怎样,所以率领老疙瘩等追下山来了。苏二远远望见知道三寸丁率众追来,但是自己龙马已经到手,无心恋战,便嘱咐艾柏龄在下庄大门外左首那棵大榆树上躲着,作为断后。他招呼了一班弟兄,先自走了。那三寸丁一路赶来,不见动静,心上异常疑惑。直至追出下庄门,也不见个人影。正在狐疑之际,忽听空中喊道:"'三教不分家,铁树不开花'。丁统领是有官职在身,何苦与江湖上人苦苦作斗?令师弟也叫咎由自取,现已掉在山涧之内,生死不知,快请回去观看。至于龙马,早已物归原主,总之你我均是局外之人,在下不揣冒昧,留一点纪念,与大家解了这结吧。"三寸丁听了,惊问道:"听这声音敢莫是艾义士么?你藏在哪里说话,怎么不下……""来"字没有出口,猛听得弓弦声响,一点寒星直奔自己咽喉而来,三寸丁忙把头一低,那件暗器正射在自己头上那顶六楞便帽之上。拍的一声,那帽儿被射落地,却掉在离开身后丈外地上,手下忙拾取过来,三寸丁拿了一瞧,果然是条一尺三寸长,五指阔,扁尖头,旁有一只小钩子,拖一些些白缨的艾家倒须钩。明知还是艾柏龄手下容情,不然明枪易躲,暗箭难防。只消发一枝连环箭,自己性命早已丢啦。再把此事前后一想,杨燕儿先后伤了人家四条性命,挖了人家三颗眼珠子,又占了人家不少面子,也正好罢休的了。所以忙招呼手下,不用追赶,回进庄门,略略休息了一回。看看天已亮足,便又同着手下到四面山涧之内找寻杨燕儿踪迹。谁知寻了半天,终究没有寻到,只得罢了。不过他虽没寻得燕儿下落,却深信燕儿还没有死,故而目前不见,将来定会重逢。

其实杨燕儿呢,滚下涧去的时候,被荆棘刺破浮皮,山石碰痛筋骨,等得跌到底下,左腿被一个戳起的石笋尖一碰,欹斜躺下,左腿竟然跌折;右目又被荆棘刺进眼眶,用力一仰,将眼珠带出,痛得他昏过去了好几回。及至被冷风吹醒,自觉无颜再在此间站足,决计到别处隐下,再练软功,预备报仇。所以燕儿的踪迹,真要到民元冬季《三凤争巢》时候,再行出现。燕儿的结果,要到民国四年《独眼大盗记》中方才明白,眼前表过不提。

再说艾柏龄一箭挡住了追兵,候三寸丁退进庄门,他才下树,追着了大众,一同到了横道河子店中。虽然侯七伤势很重,不宜就道,但是此地未便耽搁,好在侯七受的多是硬伤,便雇了一乘软车,装着侯七一同回到长春。在路上得信,托什套又变叛了,那桩马案松啦。故此一到长春,大明子便另外弄了一匹川马,到衙门中销案,顺便将公事饭辞掉。王五眼是瞎了,从今后却可少闯几件横祸,倒也可聊以自慰。所有相助出力诸人,当然由大明子重重酬谢。那马,大众公议系侯七盗来,而且为了此马,身带重伤,等待伤愈了,此马即归他乘坐。侯七伤愈之后,仍旧同干娘回到吉林,主持店务,调包瞎子回转长春。苏二瞧见这情形,不是提亲当儿,也就辞别入关,自回江淮去了。

《龙驹走血记》至此已终。却又有人问道:究竟暗助侯七一臂,连放两支梅花钢针之人是谁呢?为何没有交代?著者道:此人的大略,已经在苏二口中表过。读者正可意会而得不必著者明言。至于那放针暗助,完全为《三凤争巢记》预埋一条线儿,与本篇不涉,所以不提了。

侠骨恩仇记

第一章 弄官

江浙两省腹部乡镇上的语言俗尚，比较西北各地格外烦杂。单就通用语言一项而论，有所谓"市言""窑谈"等三四种分类。非但空口谈说，竟然积习相沿，形之笔墨。譬如茶坊酒肆以及货客兼载的航船上，接火车班头的脚划船上，多贴出一条谨防扒"弄"的字条儿。这"弄"字，连字典字汇上都查不出来。字典上只有两个手字拼成一个字，没有三条手凑成一个字的。但是字典上虽无此字，如其写出来，连乡下妇竖也都承认它是偷儿的代表名词。为甚么呢？因为大江以南，钱江以东的许多地方，唤偷儿叫做"三只手"的，所以公认这"弄"字就是贼的别篆。

我现在先叙述一个贼出身的小军阀，如其直捷痛快写了贼官二字，似嫌草率乏味，故也顺从习俗，诌成这"弄官"的标题。谈到"弄"的一行营业，内容却也五花八门，一时也掏不尽它的底哩。竟有业中冒失鬼，一时尚回答不出许多冷僻门槛，何况我们业外之人。江湖上浑称一句叫做"七红八黑九江湖"，乃是说那下九流的三种行当。七红是拼班子开武差使,做临时强盗的一类;九江湖是二八月走码头,成群结队,向店家要钱,所谓江湖流丐流星水碗等一类;八黑就是说的贼。总称一句,贼也像佛学里头,有所谓灭宗、大乘宗、小乘宗等数行派别,这黑学亦然。不进这门槛当然不知就里,踏了进去方知其中的变化。

要分十二种名目:第一项是往客边放生意,飞檐走壁,轻易也不肯出手,所谓"翻高头",实则其名叫做"飞黑",不过飞黑也分两种。甲种是起码要离开本乡五六百里路之遥,方才出手,而且出一次手名为"卷一账",总要一千或是八百数目。卷了之后,回到家乡,总算往别处去做了一宗买卖,获利归来了。于是在家坐吃了一年半载,才再出门。有时卷着了大账,竟会三年五载不出去的。并且在本地面上,专门结交缙绅,乐善好施,上下中三等的人缘多结得好好的。这叫做"乌里王"。乌者黑也,言其黑门中的大王了。乙种呢,放起生意来总在三四十里外头,下手目的也不过几十至多一二百之数。一年不知要做几回,这就叫"夜星子"。大凡夜星子本地人多晓得他干这一手,遇到邻县捕快到来拍起来,尚拍得到的哩。如其乌里王,简直一百个之中倒有九十九个一世不破案的。

第二项是掘了壁洞,贪夜入人家,乘人熟睡时候下手,所谓"开桃源",又叫"放窑口"的,其名"钻黑"。

第三项专在水面上干事,名为"游黑",游黑也分甲乙两种的:在外洋或是长江轮船上出手的叫"海里疙",谓之甲种;在内河钻舱取物,所谓"跑底子",乃是乙种。甲种必定要与船上水手或茶房通相,勾搭好了方能上下其手的攫取。乙种是并船上人东西也要顺手牵羊,不一定坐舱客人的东西才拿,故而和船家不通相的。

第四项往店家柜上去调换正当买主的手巾包或皮夹子的,也有假意购买东西,乘机扒窃店中货物的,所谓"对买",名叫"笃黑"。

第五项弄一个哑巴小孩,替他身上贴了一张招贴,写明此孩姓甚名谁,家居何所,因其年幼不识路径,又是口喑不能言语,如此;孩有日走失,望仁人君子,送其至某处某号门牌屋内,当有薄酬奉赠,决不食言云云。其实此孩并不真哑,自小教导得非常伶俐,总在散戏馆或节场上,他专拣身装华丽之大家内眷,或窑子内红姑娘的身边挨去,并且这孩子一定清秀文静,讨人喜欢的。那么妇女们脑筋简单,这一手十有八九受戳的。于是将这孩子留住,回头派人送去,那边居然有相当酬资,拿出来给那送去之人。隔一天再备了盘盆,登门来谢援手之恩,实在就是看脚路,将出入要道,以及何处上房,何处账房,看的看,问的问,一一盘诘清楚,缓日前来下手。如其当日救了这小孩,内眷们亲自送去,那是更好了。当场估量了你身装首饰值得动手的了,于是用闹阳花、地鳖虫、六局子等等煎汤浸过的茶叶,假殷勤让坐待茶,来人一喝了这种茶,立时昏厥。他们从容不迫将你装饰剥去,俟夜深人静,将你移至其家附近空地;及至醒后返家,报警追辑,是屋已张贴招租。前房客已迁避不知去向。亦有用一年轻少妇,托言贫苦姑恶,逃避出外,意欲投充佣妇,因地陌生疏,不知荐头店所在地点,天又暮晚,不得已求寄庑下,暂宿一宵。如允留宿,有隙可乘,则进一步为"放白鸽""扎火囤"之举,否则亦窃取什物以去,此名"妖黑"。

第六项用种种拐骗方法,欺诈取财,或者白莲教徒,用五鬼搬运方法,以及吓诈党帮票匪软进硬出。"铁算盘"冒充官商之类,其名"风火黑"。

第七项,在热闹场合,剪挖人家袋内东西之"青插手",专摘取妇女们插戴首饰的"采樱桃",人家晒的衣服代为收拾的"拾琅玕",趁清晨掩入人家的"踏青",傍晚掩门的"黄昏探",白昼假问讯或托言兜售小本营生的"闯绣房"等几种,都包括在内,名为"杂黑"。

第八项叫"小黑",如偷鸡的"采毛桃",待乡农秋收以后,米麦栖糠,都要倒着走路的"拾账头",以及表面上好似沿门求乞的蹩脚生,如其人家冷不防,他顺手便捞,无论甚么东西,哪怕马桶便壶等污秽零星,也要带着走的所谓"拾垃圾",亦名"拾臭猪头",多属小黑一项之内。后因测字别名也叫"戳小黑",两下混了,所以改名叫"么黑"。因为拐骗硬扒,也隶属在这里头的,故而范围很广,江湖上也自成一道哩。

在前清光绪年间,苏州府吴江县属的同里镇地方,出过一个专在水面上放生意,大有能为的跑底子偷儿。不论何种船只,任凭你怎样防范,总之他不注意你这条船便罢,他若视线瞧到你这条船上,那么这船上所有好好歹歹的东西,全成了他囊中之物。他好任意拿那一件去变换银钱,买甜的咸的吃喝,绸的布的穿着。他能在水底伏七日七夜,在水内可以张眼视物,周围七八丈路内鸡鹅鸭三种毫毛可以一瞥辨清;坐起水来,一个没头功一口气可以直打一里,横打半里。再加天生大力,初出道时节,两个肩头能抗得行七八百担的重载驳船。曾在宝带桥附近单身赤手,拒敌过太湖网船帮的七十二条扁担;中年以后吸上了鸦片,自家知道功劲已散,不中用了,然而在盛泽镇上赌钱,和巢湖帮闹起来,二三十个彪形大汉围住了他,在一家小茶馆店的楼上,想擒住了他,不是活埋便是用香烫死他。他一瞧众寡不敌,一时不易脱身,瞥见茶店内小风炉上,炖的三四吊子水,倒吊吊滚了,水在那里沸起来哩。他触景生情,便一手执了一吊水,提到楼窗口,把沸水向四下浇了两个圆圈。凭你铜筋铁骨的好汉子,皮肉上被这百沸汤溅着,痛彻心肝,立时起泡。他两吊水一洒,顿时四面喧扰,自相惊噪,围绕那个圈儿,便有了空隙露出来。他在楼上居高临下,觑得准切,见东北方面围的人最少。便丢了空吊子,将自己身上长衣卸下,紧紧一卷,先提两条长凳往东北角上连续掼了下去,再把那卷衣服,往西南角上一撩,然后身子跟踪跳下。下边围困他的人,先遭水烫,接着站在东北角上的人,被长凳掷中头部,有一个立刻头破血淋的,有一个额角上顿起青紫疙瘩的,自然又是一阵大乱。又瞧见一团衣服,从西南角上下来。人多遮眼暗,多认是他的身子纵下来,那些不曾受伤的一声呐喊,多向西南角上拥去,想扑翻了他,撺殴了一顿再说。不料中了他声东击西的妙法,等待他真的身子纵下来,足甫着地,便由东北方空隙处,蹿出重围,撒腿便跑。那般蠢材等待瞧明白西南方下来的单是衣裳不是人,这边已经嚷道:"不好了,被他逃出了圈子哩,大家快走吓!"及至追过去,他已跳入市河,借水遁少陪的了。这种胆识,真不含糊。二三十名精壮,找他一个人的事,结果非但不曾碰伤他半根汗毛,反被他水浇凳打,弄伤了七八个人。据他自己说起来,已遭烟累不中用了,尚且如是。那他鸦片未曾上瘾,自信行的时候,可想而知是个何等样的人物呵! 因为他水里功夫更较陆上能耐优胜,所以有个诨名叫"鳌鱼"。至于他真名实姓,莫说旁人不晓得的多,就是本人到了暮年,人若问起他真名实姓来,恐怕也糊糊涂涂,一时回答不出的了。

其时沪杭干路尚不曾有影子啦,凡属苏常两府的迷信男女每年春秋两汛,上杭州天竺进香的,必须叫了船经行尹山桥、吴江、北圻、平望,渡莺脰湖到乌镇连市等处去的,恰巧自苏州葑门起,一路上的庞山湖、嘉兴塘、兰溪塘等几条水道,完全是鳌鱼的地盘,多在他管辖区域,应偷界限之内。这种送上大门的买卖不偷也是呆,于是由他拣中了下手,总是拣油水富足,最最肥美的香船动手。卷了这一账,半年用度可以不愁的了。好在春汛做了之后,度过夏季,钱用得差不多了;秋汛香船又来了,一块块肥肉送到口边,冬天开支又不愁没有着落。过了年关,钱又将告罄,春汛复来。如此循环不息,绵绵接续,好似有田人收大小熟两次米租一般。有田的收了租尚须完漕,或遇荒年减成色,惟独鳌鱼收这两次香租,既不必缴纳上下两忙银米,又不愁水旱蛊三种荒歉。俗语道:"家有三场赌,赛过苏州府。"像鳌鱼这样,直可以和上海道"困十万"的美缺相似哩。

不过鳌鱼看得上眼,然后下手的香船,此船坐舱不问可知,定是财势两全的巨家宅眷;若是男性,也是属社会上说得着的官商,决不会是拼份头烧香的寻常男女,一旦失窃,怎甘善罢? 自然报官追究,务期追转原贼。哪怕多花些悬赏金,不在乎此的。如此一来,连累一般捕快吃了苦哩。三天比两限,比得两条腿上没有一块不曾受过笞伐的原生皮肉,好容易打听着了做案之人诨名鳖鱼,想将他逮捕到案,按律究办,出出胸头毒气,无奈许多做公人,一个也不是鳖鱼对手。你们想去抓他,抓仍没有抓住他,索性多做几票大案子,使捕快们肩头上愈加吃重,抗受不起。硬工不成,改用软法。托人出来居中调停,要求鳖鱼放弃每年两次香汛,不再下手。这班捕快呢,公凑一份常例,送给鳖鱼买一个太平。本只有捕快向窃贼伸手拿陋规,如今反倒了过来,变做贼向捕快拿老俸。做贼做到鳖鱼的样儿,也可以说扬眉吐气威风十足的了。故而鳖鱼到了四十岁之外,受了江苏元和、吴县、吴江、震泽、浙江嘉兴、秀水、乌程七个县衙门的快班供养,入足敷出,吃吃白相相,竟同辞官告老,优游林下的大佬一般舒服哩。

他儿子是没有的,在三十五岁那个年头上,收了个徒弟,此人是安徽东流县人,姓袁小名叫做库儿。鳖鱼自从收了此徒之后,把生平艺能,一齐授给了他。论到水里工夫,和师父比较差得远哩,不过去得过而已;论到陆路上的能耐,徒弟反较师父胜了,可称青出于蓝。最最擅长的那是轻身腾纵,曾经踏了一张芦席,顺着风水,连渡芦墟镇外的三个白荡,所以诨名叫水上飘,又叫跳虱(按即北人所谓疙蚤)。此人轻身本领,已至若何程度,就他的两个诨名上看来,也就可想而知了。他跟鳖鱼磕头学艺,乃是他晚老子出的主张。他晚老子叫马大忠,南京人,提起来也不是外人。滚马侯七十弟兄当中,那个排行第五的朱三傻子,就是他的徒侄,三傻子师父马云程回子,是他的堂兄。三傻子师兄马哀陆是他从堂侄儿,也是清真教内的老前辈,金陵水西门一带的有名人物。其时江湖上传述南北两京,有十一个著名马回子,北京首座马龙标,二位马福祥,南京首座朱三傻子的师父马云程,二位就是马大忠。他本来是抱独身主义,不要娶媳妇儿的。自小喜欢拳脚,爱弄枪棒,专讲究在外交朋友的道理,其实就是帮闲瞎混,不曾习得正当行业。幸亏是个单独身体,并无室家之累,每天混一个儿的三餐茶饭，尚不十分艰难。到二十三岁那个年头上，和一个走江湖卖膏药的结交了，彼此一见如故，那人将"皮"行内九丁十三川的许多门槛，以及"放鞭汉"的种种秘诀，一古脑儿都教了大忠。他也竖起"金陵马大忠，专治跌打损伤，出售狗皮膏药"的招牌来。由浅入深，三年五载之后，索性也出去跑码头，靠此营生。始而一帆风顺，往来长江各埠，很积蓄些起来。不料到第四个年头的正月内，新年挡在安庆做着，谁知英雄只怕病来磨，一病半载光景，花去几文晦气铜钱，尚不在话下，不过经此一病，才知子身的苦楚，再加又在客中，愈感不便，所以病好了，反欲娶房妻小，省得再害起病来没有体己人服侍。

　　于是由安庆当地的游手好闲，辗转介绍，马大忠花了七十多块大洋，买得东流县这个再醮孀妇，并且有个六岁的小孩拖过来。人家和马大忠打哈哈道，你真是时运来，推不开。讨家婆带个儿子来，一毫吹灰之力未费，居然做起现成老子来了。谁知此妇前夫，也是汉口黄州武穴一带的有名水贼，诨名叫做浪里钻。所以这孩子的先天满含着贼的遗传性，其时虽身长尚未及三尺，倒已胆大包身，瞧见别人的值钱东西，便要顺手捞着走路。到了翌年七岁，索性爬高上屋，到人家屋内去拿东西。这一个字，出门人所最最犯忌，凡是吃空心饭的，瓜李嫌疑，尚且要分别得清楚，何况老实不客气干这玩儿。害得马大忠有了这个现成后辈衰库儿的淘气胚，饭都几乎没地方吃处。沿长江一带的金玉码头，险些儿都断送在这现成儿子的手内，一概卖绝。为了维持衣食起见，没奈何到江南苏松太，浙江杭嘉湖等六府地界走动，另辟新码头。等待到这六府地界内营业，便听得许多人谈起这鳘鱼的能耐。他见库儿天生贼料，没有挽回。恰巧在车坊镇上和鳘鱼遇到，便将这个拖油瓶儿子，表面上算拜鳘鱼做了师父，索性待他正式习练做贼去。实在就是将这宝贝儿子，送给鳘鱼，倒也一举而备三善哩。何以呢？一来这种玩意，乃是投这孩子心之所好、性之所近去学习，自然他比较学习别样来得专心，将来或者可以成就贼门中一个杰出人物；二来像鳌鱼这样一个贼道伟人，定有一种出类拔萃超出寻常的奇妙秘术，他现在膝下乏人，一朝身故，后继无人，从此他的奇妙秘术，亦随与俱逝，岂不可惜？如今有了这个天生贼料的好徒弟，得传他的秘妙，将来库儿再收了传人，一代代绵衍鳌鱼一宗的贼派，我道不寡，代有传人，真个好遗臭万年，何止五世斩泽，也是解决世界人生观上一个很重要的问题；三来马大忠送掉这个宝贝乖儿子，他们老夫妻俩以后度日，反能布衣暖，菜饭饱，省却不少闲是非，不然带在身畔，倒时刻要防他偷人家东西，累得个个码头要愁兜不转了。如今把库儿干脆送给了鳌鱼，岂非三方面都得益的吗？因此上库儿做这个"弄"业，确是奉着尊长的严命，又投拜在名师座下，埋头苦志，足足习了九年。到第十个年头儿上，连鳌鱼也称赞他水到渠成，功夫学全的了，可以毕业出去，自立门户哩。

跳虱暗忖如其就在下江营业，不要碍了师父的道路，所以辞师出门，先到南京去探望了一次母亲，住了些时，又回到东流原籍，祭扫了生父的坟墓。在路上闻人提及，那时由两江调回原任两湖总督的南皮张香涛，家财着实不少。跳虱听在耳内，记在心头。扫墓之后，便上武昌往督署内偷了一串朝珠，一件御赐的貂裘。这是出师之后头次放生意，居然马到成功。但是朝珠同貂裘两件东西一时难以销售，便带了进川去。

混了几年，直至得着师父西归消息，他方顺流东下，赶至师父故乡同里。果然鳌鱼已死了一年多，棺材露厝在坛地上，跳虱便拿出钱来，买了块地，把师棺埋葬入土之后，才再打算自家如何打江山、夺社稷的方法。总也要使得公门中人见了自己害怕，照旧出钱求太平，按期孝敬常例钱出来。一者总算不枉师父在世教训我九年的心血，江湖上三界弟兄谈论起来，提及这份血食以前师父打出来的律例，如今故亡了，徒弟能够继续享用下去，方不丢前人的脸；再者自己也年过三十，应该想个立定脚跟的计划，省得下半世仍去东飘西荡。到底在外奔波劳碌,今日不知明日事,究属苦恼的。像师父打出了律例,晚年来风雨寒暖,都不用操心,只消伸手出去,拿钱来花用,到底写意的呢!不过公门中没有善鬼,要他们肯情愿献出钱来,也非容易的事。若不三蒸九火燘,给真颜色给他们看,谁肯轻易买人的账?我既想要承继师父这个基业,应当先使那各县捕快,抗一点份量,弄得他们走投无路,叫苦连天之后,少不得来认识我哩。主见打定,便往吴江殷家、常熟翁家、苏州潘家,叠连做了三起大案子。这三家失主,全是财势两全的士绅,家内失了窃,向地方官发话。三处的知县自然把本衙门的快班,逢卯严比,莫道预备替打屁股的小伙计两条腿,固已打得皮开肉绽;连几个大名字的正身,也都捱着打的了。而且库儿是有心的,凡属他做的案子,总在事主家的墙上留下"跳虱就是我"五个大字。江浙乡间那些殷实富农,就为预防贼偷起见,所以先和附近市镇上的更夫或者丐头,坐码头老大等类接洽妥贴,一年三节出多少陋规,求保四季太平。那坐码头老大赚了你这票进款,便用白粉或是土朱黑墨之类,在这出钱人家的大门或者屋横头的墙上,画上一个太极图,也有八卦,也有双钱,最简单画两个套圈,算是一种暗符号。每至春二秋八,一般跑码头的东行乞丐以及黑道上过活之人,经过瞧见了这标识,不再上门恶讨,自向坐码头老大去算开销。就是方圆数十里之内的土相见了,亦然如此。故而跑到乡下去,瞧瞧那些人家门墙上,十有八九画这种符号的。除非从远道到来,未曾通相的道中,或者土相和坐码头老大,有了过不去,存了心迹,那才向这种有符号的人家下手偷窃。这是分明有意破坏他的威信,使他站不住这个码头,所以要如此的捣蛋干法。

那时的跳虱,他要使得远近威服,不论城镇市乡,全要买自己的账起见,故而做的小案子也专拣这种有符号的人家放去。果然出马不到两个月,小声名已经做了出来。乌镇、南浔、震泽一带地方的小客寓,以及茶坊酒肆等店堂内,也多贴着一张"顾客当心跳虱"的字条出来。公门中人也在那里互相探听这跳虱的根底,究属为甚难过,要和我们暗斗神通。这是太阳渐渐晒着跳虱的酱缸上,火候烧得差不多,达目的的日子不远了。

这一天是十月十二日的晚上,其时震泽镇上有一个掏乱把的白相人叫才宝,开着一局筹码,在镇上花山头地方赌钱。跳虱跑去押下风,输得出了火啦,索性做上风,摇的十三块头满头,又沉了四批。输得他志气灰颓,结过了账,跑到外边,烫了半斤孝真绍酒,拣了一只咸鸡腿,炒了两碗蛋炒饭,一个儿慢慢地吃喝。无意间闻得间壁桌子上,有个嘉兴航船上的伙计,同着一个全盛信局内走信的绍兴人,也在那里饮酒谈心。跳虱只听见船伙问那走信的道:"你今天从南浔走来,这条路上到底太平不太平呢?"走信的答道:"我也听见好多人说起不太平,但是我照常朝晨跑去,下半日跑回来,倒没有遇见什么。"船伙道:"你是白天走来走去,自然不会遇见;若是晚上,恐怕就不见得有如此安逸。"以下他俩的声音低了,听不清讲些甚么来。跳虱心上一动,自忖今天输僵了,本则要去放一账,一时想不着哪里有血点的人家,刚才听他们提起南浔,照吓!南浔镇上刘、张、邱、庞四大金刚的家内,一定有味,倒不如连夜赶往南浔去一趟吧。倒是他们又说道路上不太平,晚间不好走。可要问问明白之后动脚。又一个转念过来,自己哂笑自己道,所谓路上不太平者,无非有了断路打闷棍,剪径打杠子之类罢了。难道我尚是顾虑到这一层,怕他大水冲掉了龙王庙不成?说走就走,扒他一大票现血来,痛快点摇几场畅口,出出风头哩。于是身畔掏出一根大筹,一根须筹,向台上一撩,会过了账,可称酒醉饭饱。

仗着酒兴,离开赌场,撒开大步,往上南浔那条路上走去。这条道路相距只有十二里实路,名称一九。不过中有几处断水所在,白天有渡船候着,晚上没有渡船,要从里塘兜抄,格外远些。不过这种断头汊港,别人没有法想,跳虱既精腾纵,又识水性,全不在意。只消作势一纵,便可过去。他出震泽镇的市梢,听见典当更楼转三更,一轮明月照耀当空,如同白昼。他一路脚不点地如飞前进,走了一半光景路,又越过一条汊港。这条港门阔得多,加着两面浅滩险岩,不大好立足,跳虽仍能跳过,脚尖上踏湿了些。他想明晚回来,如果背了东西,此处不好跳的了,还是兜抄了多走几步路吧。这种暴冷天气,倒不高兴过水浴冷澡哩。过了这港,又往前进了半里路程,他的一双眼睛的视远力比众不同,越是晚上越加锐利。望到五六箭路外头,毫发毕清,累黍不爽。此刻遥见迎面隐隐间有个穿白衣裳的长大汉子,也似有甚要事,所以很匆忙在那里过来。不过更深夜静,再加十月中旬天气,尚在这乡村地方走动,并且月光之下浑身穿得雪白,十有七八是同道中人。本来他们黑门中人,晚上的服饰通例,有月光穿白,无月光穿黑。而且路上遇见了,不行开口招呼,彼此往地上一蹲,头上如戴有帽儿,须将帽儿除下来,向上一抛,暗祝升冠高发之意;如其未曾戴帽,则将左手大小两指弯转,中食无名三指伸直,也向上一戳,暗藏连升三级意思。彼此做过了这手势,就算打过招呼,各自走路便了。当下跳虱疑心迎面来的是同道中人,自然按照老规矩,自己先往地上一蹲,伸手将帽子除下,拿在手中待来人行近,向上抛去。等待跳虱这厢停步蹲下去,一转眼间来人已行至一箭路外。见他仍向这面行来,并不蹲下去。跳虱尚认是走夜路的乡农,自己误认了他为同道。正想站起身来走路,蓦然瞧见来人的两只脚离地有三四寸光景,并未着地,而且不是一步步跨着走路,乃是两只脚并拢了向前跳的。跳虱见了,心上别的一跳。抬起头来,将那人面部一瞧,不看犹可;看了,虽说贼人胆大,也掌不住魂消魄散,心头跳个不定,身了同酒榛般发起抖来。

原来那人面色灰白,一些血色也没有,两只碧绿眼睛,深嵌在眼眶里头,一条殷色的舌头吐出在嘴唇外边,约有二三寸,头上戴顶红缨帽,小部分戴在头上,大部拖在脑后,身穿素色箭衣,外罩玄色外套,当前一排钮扣都未钮上,散在两边,那下摆随风飘荡,好似鸟翅一般,脚上穿着玄缎皂靴,在那里一纵一纵跳过来。照这情形,分明不是生人:那是个僵尸无疑。跳虱自家壮了自己一下胆门子,将手中帽子用尽平生之力，向那人身上一掼，站起来掉转身子，拔步便逃。不料跳虱这一掼，虽则正中那个僵尸身上，但是能有几何力量？反引起他的注意，一声鬼啸，从后追来，这种奇怪啸声一起，非但忘命而逃的跳虱毛骨悚然，心惊胆落，连天边明月顿然也呈出一种凄惨颜色，树上宿的乌鹊，也都从睡梦中惊醒，乱飞乱噪。那些附近乡村人家豢养的守夜草狗，先吠了一阵，接着都嚎哭起来。并且这僵尸一面走，一面口内还不住地吱吱乱叫。如此情形叫跳虱心上安得不吓？而且心上担受了惊吓，脚也愈加跑不开，起先两下尚相差着一丈多路，越追越近，一转眼间已相去不过四五尺地步。此时跳虱酒也吓醒了，奔跑得汗流浃背，气喘吁吁，留神后面竟相差不到三尺路。跳虱暗忖我命休矣，别无生望，只有暗喊师父在天之灵，垂念阳世徒弟急难，到来援救。除此以外，没甚法想。正转念间，已到三叉路口。听人说僵尸只能直行，不能转弯，不知此话确不确，姑且试一试。说时迟，彼时疾。跳虱忙向左手小路上一拐，果然那僵尸煞止脚步，吱吱吱吼叫了一阵。跳虱暗暗谢天谢地，一条性命拾得来了，好放缓些脚步，找寻生路。不料心上刚转念着，那僵尸虽不能转弯，他却能带斜势三角跳的。一眨眼间，那僵尸也跳到左边小路上，又来追赶了，并且经了这三角跳，距离跳虱身后只剩尺半地步，格外近了。跳虱一见这僵尸又追上来，阿吓一声，忙再没命向前飞跑。心上懊悔转了弯哩，不然大道上那条阔港门快到了，越过了一条汊港，或者僵尸追不过河。如今反转到小道死路上来了，幸喜走不多路，瞥见小道旁侧有三间茅屋，屋内射出一条亮光来，跳虱也顾不得了，奔至茅屋门口，顺手一推，那草屋大门没有闩，被跳虱推开，便没命地逃入屋内，慌忙回过身来把门闭上，门闩竖在门后，跳虱便拿来拴上。然后将背心靠在门上，张着嘴喘个不定。隔不多时，耳畔又听得吱吱之声，料那僵尸又是一个三角跳，面对了草屋大门哩。心上猜想未毕，果然那僵尸已在外用力撞门。

跳虱喘了一阵，气稍会平定些了。将屋内留神一看，那是一并肩

三间柴顶泥地土堆墙的屋子,现在自己脚下踏的那是中间的主屋。只见靠上首搁了一扇板门,门上有个人直挺挺地卧着,遥望过去,这人面上盖着张纸,头边点了盏半明不灭的灯,脚上套了个木盆。跳虱见了犯疑,心想这个情形,这搁的又好似新故的死人。于是跑过去,将那头边火剔剔亮,走至板门旁侧定睛一瞧,果然是个死人。那张纸儿下面有几根胡子露出着,原来死者是个老头儿。但是这家人家倒也罕有,怎么陪死人的人都没有,莫非在那左右两间次间内睡觉么?跳虱故意连咳了几声干嗽,也不见有人走出来。于是回转身躯,欲思跑到偏屋中去瞧瞧动静。不料身子刚回过来,耳边厢忽又听得拍的一响,跳虱认道那僵尸将门撞开,先向外一瞧,大门却仍闭着。再扭项望望身后,原来套在死人脚上的木盆,不及巴斗深,套不牢多少地步,所以掉下地去,有了声音哩。跳虱暗忖,死人脚是不会伸缩牵动的了,这木盆怎会掉到地上,莫非这尸首也有甚么变动吗?不料这老儿生肖是属鼠的,跳虱是属马的,子午相冲,感触着了阳气,果也走起尸来。脚上如其套了巴斗,套得进深,不会落掉,那就走不成的哩;如今木盆套得浅,死人脚一缩,盆便下地,及至跳虱闻声回头再一瞧,那死人老实不客气在板门上直僵僵地坐起来了。跳虱心想用力扑上去,伸手揿住那个死尸,无奈浑身酸软,四肢无力,口内三十六个牙齿,作对打战,两条腿也由不得自家做主。一面簌簌地抖个不止,一面却自然地向后倒退,那死尸一坐起身,盖脸纸儿随风飘地,那张灰黄枯瘦的死人脸,全露出来。而且这死老儿断气之际,口眼没闭,此刻瞪着一双上翳的眼珠子,露出了一口黄板牙,格外觉得怕人。一瞥之间,已下了板门,向着跳虱身上扑来。幸而走尸的行动迟慢,非但不及活人手脚灵快,就比僵尸也滞钝得多。此时跳虱已退到大门后面,听听门外的僵尸仍在用力推门。两扇风吹雨淋、日晒夜露的枯朽木门,哪里经得起这长时间地猛烈推摇,轧轧作声。看来再加几推,那门曰要坍坏,门要倒下来哩。跳虱真个前无去路,后有追兵,绝地身临,万无生理。

在这千钧一发,生死关头,究竟还像名偷儿鳌鱼的及门弟子,况兼自家也出道这许多年头儿,可以说得见多识广。到此万分情急,无可奈何之际,仍能急中生智,死中求活。霍的掉转身躯,伸手拔去门闩,自身赶向门后一闪。他里头拔闩,外头的僵尸恰巧用力往门上一撞,那两扇门咣一声,双扉洞开,跳虱的身子恰好隐藏在门后,只有下边两只脚露出,其余都被门儿掩去。跳虱在门后,把头歪出着,斜觑动静,只见门口的僵尸好似离弦弩箭一般,由门外急忙忙直射进来。恰巧门内的走尸由屋中慢腾腾移步向外,两下不偏不倚撞个满怀。走尸两手便弯过来,把僵尸拦腰一㪗,便倒行步口,要将僵尸拖进屋去。大约这一㪗有千钧之力,㪗得那僵尸口内吱吱吼叫,也忙弯过两手把走尸的颈脖子抱住,张开了血盆大口乱咬。无如僵尸脚未点地,所以比走尸长得半个头,这一口只咬着走尸头上的蓬松发辫,也想用力把走尸拖出门外去,于是两尸扭做一团。

此刻掩在门后的跳虱,瞧得清清楚楚,胆门子也吓大的了,猛可精神一振,自忖此时不走,再待何时？忙将身子从门后转出来,用尽平生之力,举起手中那根门闩,在僵尸后背上结结实实打了一下,然后飞步逃出门口。人同发疯似的,肩头上扛了那门闩,也不辨东西南北,举步狂奔,一口气跑了五六里路。跑得上气不接下屁,再走也走不动的了。是处恰巧有条小石桥,跳虱便在桥栏上坐下,把门闩拄撑在桥面上,张着嘴尽喘,喘了好久,气虽平复了,不过两腿酸麻,身子和瘫痪了相似,休想再能动弹。心上寻思,万一僵尸再追上来,只好向河内一跳,顾不得寒冷,伏在水底内去避这灾难的了。抬头瞧瞧天上已经月色西沉,寒星疏朗,遥闻四周乡村人家的草鸡啼声喔喔,此起彼落,在那里尽它报晓天职。料想有四鼓左右时候,天明尚得稍等一回儿,倒是方才奔得浑身流汗,不觉着冷,如今坐了这许久,筋疲力尽,汗虽止住不流,汗毛孔都开的了,再加受了这样大惊吓之后,又是四鼓时候,格外寒冷。一阵阵西北风,吹得人浑身打战。这桥上有些坐不住了,那么这身子交代到何处去呢?

一个人正在胡思乱想之际,却望见桥东右首小路上,远远间候明候暗,好似五六盏灯光,闪闪烁烁,在那里走过来。跳虱是真个前三年遭了蛇咬,后三年见着烂草绳都害怕的了。暗忖这火光不要又非生人照的亮子,怕又是神火或者鬼火之类来了;不然在这天色将明时候,何来这一簇火光?若说是客商赶早站,何不待东方发白了上路,还高兴点了灯走?况且此地是腹地小道,并非四通八达的沿塘驿路,不会有远来客商,钻到这牛角尖里来的。如果是火居道士做了夜作,或是吃会酒吃喜酒之人散出来,时候嫌晏;赌场内散出来的赌客,时候又嫌早。这不是,那不是,仔细推想上去,这火又来得奇突。他在桥上猜摸不出,那灯光越走越近。听见了携灯人的谈话声音,一颗心才安定。原来真的是人手内提携灯光,不是神火鬼火。再留心侧耳一听,全是本地人口音。有个女子口音问道:"妈到了我家来,家中可曾招呼几个前村后巷的远邻照看呢?"一个老妪声气答道:"你难道不知娘住的是独家村吗?又遇这个当口,出去还租的、粜米的,不在家的多,在家的人又多忙着要牵砻掼稻,一时到哪里去寻闲空人来陪死人?莫说陪的人没有,我要紧来喊你,连大门虚掩上了,也忘记了锁。走了一半路,方才想着,意欲回去锁了大门再走,倒是又要多走不少冤枉路。横竖家内空空如也,一样值钱东西也没有,贼若踏了进去,要叹气的了,除非偷了你的老子尸首去。所以一径前来,门都不曾锁。"女子又道:"妈说尸身已移了下床,那么喊谁帮助的呢?"老妪道:"他断气时候,屋角头李家囤里有五六个长工在那里做生活,我就央告他们到家动手,把房门除了一扇下来,便将你死老子搁在大前头上首的了。"他们且谈且走,越走越近。

跳虱越听越明,不觉动了恻隐之心,寒冷也忘怀了,忙站起身躯,下桥向右迎上前来问道:"你们众位,敢是往四五里外,如此形式一所孤单草屋内,去料理一个老儿丧务的么?"那来的一行人众,共有二女五男,被跳虱蓦然候上来,说这句蹊跷话,七个人先都吓了一跳,都把手内灯球,将跳虱上下身照了一照。然后很惊异地答道:"你是何许样人,怎么问起我们这句话来?"此时跳虱却是一团美意,恐怕这群人果真到那草屋中去的,见了那走尸瞵着僵尸,吓先吓个半死哩。如今经他们异口同声一诘问,倒又愣住了。因为自己行踪,未便直说,然而倘不直说,一时又难取信人家。呆了一呆,究为天良发现,也顾不得了,便将自己是个贼,由震泽上南浔,在半途如何遇见僵尸,如何逃入屋内,又见走尸,一直说至逃到桥上歇息。听了你们谈话,故此上前阻止,如果真的是往那草屋中去的,我劝你们还是待天亮足了前去为是。当下跳虱拦住了这七个人,指手画脚绘色绘声地讲给他们听,等待他讲完,那班人面面相觑,齐道:"这怎么好呢?"原来这老媪是死者妻子,膝下没有儿子,只有个女儿嫁在此处。老儿死了,手头没钱,所以老媪忙来找寻子婿,不单喊去帮同料理殡殓,还要同女婿商量丧费哩。好容易东拼西凑,凑成二十块大洋,于是女婿又邀了两个表兄,一个兄弟,一个同宅基的,和岳母妻子一同前往。此刻遇了跳虱,瞧他说的不像谎话,一时倒变成没有主意。依着老媪,恐怕丈夫尸身被僵尸吃掉,仍要赶去。但是那女婿的表兄兄弟等四人,都不敢就去的了。两下相持在路上,不能解决。跳虱道:好在辰光已过四更,再等一个更次,天就亮了。僵尸如果吃你家老伴,此刻怕已吃掉,我们活人赶去,非但无法可救,并且还送些血食给他,不上算的。决定待天亮足了去的为妙。老媪一人拗不过大众,于是由女婿领了大众,连跳虱也一同招呼回家。好在就在附近,走不多路便到,到了家内,喊妻子烧些热汤起来,供给大家喝些。等待热汤煮就,东方已发鱼肚白色。老媪毕竟关己,又要催促动身。大家齐道:老太休要心急,多也等了下来,何必忙在一时。索性待亮足了发脚吧!转眼之间天光大亮,那女婿又去喊了七八个人,人多胆壮,结伴前往。跳虱因为要瞧个究竟,也随着他们回过去。在路上遇见别村上市之人,一提此话,人心皆同,这真是新鲜奇事,一生难遇到一次,多要跟来瞧瞧。一路过来,跟来的男女聚了头二百人。及至草屋到了,大家又多毛骨悚然,有些害怕,不敢抢先进去。究竟还是有关系的母女二人,同那女婿等众领头先走进去。跳虱因为想瞧个水落石出,所以也在头里进去,及至进屋一瞧,那老头的尸身打斜跌翻在板门旁边地上,两手紧紧抱着一段枯木头,像棺材上的前户头相似。老头的十个指头,多嵌在这块枯木之内,休想分得开他手。拿出这方枯木来,地上遗下一顶旧纬帽,一件铜钮子的黑布外套,一领素色箭衣,一双倒统皂靴。至于那个僵尸,踪迹杳如。当场如此情形,怎么办呢?虽则闲人七张八主,但是多说些不负责任的话,不能作用。

正在喧嚷嘈杂之际,本地的地方保董,以及震泽镇上的总董,多得了消息,亲来察看。到底董事称老爷的,和小人见识不同,一见这形状,忙差人往四处八路的附近去查看,可有没有前户头的暴厝棺木,此事关系一方公益,乡下人个个尽义务,帮同查看。一回儿在距离此屋三里路外,由震泽上南浔那条大道旁边一所颓败的庙宇里头,查见一口没有前户头的棺木,里头一个精赤条条的尸首卧着,上半身已生满了白毛,一口焦黄牙齿露出着,牙缝内嵌满了头发。本来跳虱亲眼瞧见这僵尸把走尸头发咬上一口的。于是由地方董事等做主,将僵尸连同破棺木,走尸连蹑住的那块棺材户头,以及纬帽皂靴箭衣外套等等,吩咐扛在一处,四周堆了松香树柴,浇了洋油,点上一把火,拿来一古脑儿火葬。十月内天气,日短得很,等待举火,已在夕阳时候。在场诸众,一个个色厉内荏,恐怕天色晚了僵尸和走尸同又发威,大家无法可挡。等待烧着了这股气味,臭恶难当。有人瞧见那僵尸在火里头好似尚疼上几疼,又有人听见火内果有一阵吱吱吼叫的声音。独有那个老媪,眼巴巴见老伴火化,一百二十四个不愿意,没甚出气,嚎哭了半天,却去寻着了跳虱恨恨地道:"多是这瘟贼骨头造谣生事,连累我家丈夫,不能衣冠殡殓,入土安宁。"那个女婿心中反很快活,这一来他省花不少钱哩,所以反居中做好做歹地相劝,一面令跳虱快快逃遁了吧。

　　跳虱受了这场大惊吓,总算代一方除了一害。结果非但没有得到一些奖励,反挨了那老妪一顿臭骂。不过他再留心将江震两县地界的乡间一瞧,那棺木不是停在寺院庵观,或者庙宇祠堂之内,便多浮厝在坛地上,须要财势两全之家,才有块坟地将棺木入土安葬哩。皆为此间风俗,若有人家打新坟,方圆十里八里内的居户多要拿着家伙来讨石灰,不行拒绝的缘故。因此上骷髅朽骨,随处都有,被那犬衔鸦啄的惨象,也时常发见,不足为奇。如其浮厝的棺木,恰巧对着太阳出没方向照了进去,若得尸身未烂,便容易要成僵尸。这只就江震两县而论,尚其小也者;要知道中国二十一行省内的府县市乡,对于这送死礼节上,十有八九是如此不了了之的。跳虱想着自己,若是永远做这营业,像这回如是的大惊吓,难保永不再遇的哩。越想越觉得业此非计,倒想洗心革面,改起行业来了。

　　恰巧鳖鱼有个拜把子弟兄,姓费的,向在飞划营当差,其时已当了统领哩。跳虱便丢了本行,投到费统领身边,补上一份口粮,当起差使来。本则前清飞划营的责任,专管缉捕逆贼。跳虱从黑道上投身过来的,自然缉捕起来比谁都在行,居然奇功屡建,差使当得很红。不上三年,全赖通家叔父的提拔,已保举到实缺千总,钦加守备衔,派到宜兴湖汊、蜀山等处去坐汛,手下管辖十二条船,煌然南面高坐的老爷,谁知道这老爷,倒是做"弄"出身呵!

第二章　北镇无谓的惨剧

　　江苏常州府江阴县属下,有一处市集叫北镇,虽然地处偏僻,商业不十分繁盛,但是乡下市面大抵靠着"烟赌"两字上支持。北镇这处地方,位居江阴东鄙,与邻县交界,易做手脚,故而烟贩、赌棍产出甚多,非但靠此营生的本地人有数十余家,连藉此两桩行业寄居在是的客民,也不在少数。

  镇上的总董姓王,家中很有几个钱。大凡当到乡董的人,穷苦出身的破落户居多。如其家境宽裕衣食不愁的乡下大户,他也不高兴来干这种牛童马走的事业。不过十停乡董之中有四停是富绅式的人当的,六停是破落户式之人。若是富绅式的乡董的政策,他对于处置地方事宜,总采取放任主义,不是事事掂斤估两做去,大有以德服人之势。倘是破落户式乡董,一朝得意,多任意恣为,往往假公济私,鱼肉乡民,将地方上挑剔搜刮,无微不至,乃是以力服人的。但是以德服人的乡董,容易博人的信仰,事事可望名利双收,非但自己能做一世乡董,倘能祖传父,父传子,一代代绵衍做下去,竟成世袭乡董哩。越是以力服人之辈,易惹本地方上人反对,他运动这乡董到手颇不容易,一朝被人攻讦去位,反不艰难,他因为下了资本,才得做着乡董,自然乡权入握,便同饥鹰饿虎相似,先思捞本,因此上空闲冤家结了满身,非但容易变成朝不保暮局势,而且时刻遭人咒骂哩。这也成了乡董天演理势,各地皆然。

  北镇的这位王总董,是属于富绅式的,所以地方上口碑载道,和邻镇后塍的王廷槐,同有"王好人""王菩萨"的名号。不过善人不得天佑,王总董虽有好人之名,膝下只生了五个女儿,没有儿子。这真是邓攸无子,天道不公。虽说中郎有女,究竟徒然,这是有钱买不到,有力没用处的事情。空常心头纳闷,郁郁不乐。五个女儿次第出嫁,内中第三个女儿王好人最最钟爱,嫁个夫婿乃是顾山乡下姓周,自小就在王好人祖遗的花米行内学生意,生得五官清秀,文质彬彬。这头亲事形式上固然经过央媒撮合、择吉完姻等手续,实际上竟是三小姐先看对了周郎容貌,王好人不忍侵夺娇女自由,才将这周百城招赘为婿。

  自从结婚之后,人家意谓这一对小夫妻一定伉俪情深,如胶似漆。初不料周百城外表虽是文弱书生,他的天性最爱玩弄拳棒,专心研究拳术。本则顾山周吴两姓,与习礼桥姓夏的,华墅姓徐的,周庄姓赵的,以及邻县常熟的金、顾、钱、严四姓,无锡邓过二家,常州白氏江宁甘氏等几家,在康乾时代齐名,所谓十八大好老,可称武行世家。周百城的族叔周楚珍,就是武举人,和常熟养马为生的顾二龙,抻脚顾三,金三铁头,无锡的小眼沙大等,都是当时舞弄拳棒之中的有名人物。百城八九岁时已喜好勇斗狠,自到王家行内,又遇着一个出店老司务,乃是此道中不出名师家。没事时候,教百城在米袋上练拳脚。好在他是一人独宿一个小房间,他便在梁上串了绳索,将麻袋内装了糙米,挂在绳上,当沙包练的。始而只能打三斗一袋米,一年年蓄心磨练,寒暑不更。练了三足年,他房内挂了七袋糙米,而且每袋装满五斗,每晚临睡之际,伸手推开房门,门后头按准尺寸,就挂端正一袋米在那里。房门推进去,巧将这袋米撞动,于是此袋撞彼袋,一袋袋挼次撞过去。百城却从容不迫进房,将门关上,回过身子去,那米袋刚巧回激转来,于是百城便跳入困心,练习功夫。头部额尖上管一袋,两肘管两袋,两手管三袋,两腿管一袋。等待头肘手脚四部并举打开了手,悬在当空七袋米东飘西荡,互相激撞,倏往倏来,虽只五七三石半米,实在分量不算怎样蛮重,因为四落空的,有股虚空激力,再加米粒是颗颗结实的,不比砂包内的铁珠打摇动了,中间互相搭架,会变空心,有借劲的。这七麻袋糙米却一毫不有假借,如没天生膂力,单仗功夫巧劲,休想开发得出。百城由一袋试练开场,练到能打七袋,真不是当玩的。再晚以打到背上汗出为度,只要觉得背上有些潮湿,便把身子一伏,躜向床上睡去。由七袋米去自相激碰,待它自然停止。他床上一觉醒来,见东方有些发白,又下床来练晨功。有时遇着夜短天气,晚间练时精神抖擞,打得用力一点,等待明晨一早起身再打,竟会米袋尚仍东摇西摆,未曾停止哩。不过这米经百城一番打练之后,凭你好稻种,大粒头,也要变成破砻米般,其中二三老官居多。所以开场打了七八天,换一回米,后来功夫深了,袋内的米竟须三天换两头。如其偷懒迟换,一袋米要大半打成白粞,不能出手粜籴。只好按准日期更换,一些不能含糊。这种私房熬工,确实非同小可。

　　大凡信了这门武功,那女色定然淡泊。三小姐看对了百城,认道结婚以后闺房乐事,更有甚于画眉,初不料成了亲,百城和妻子开非正式谈判,道自己想在武行中占把交椅,不肯轻开色戒,在三十五岁之前,要保养真阳,蜜月内同床各被,满了月索性分床,免得干柴烈火,临崖不及勒马。三小姐听了倒抽一口凉气,大失所望。故此出人意外,伉俪间的情爱非但淡泊得紧,并且三小姐把丈夫恨做眼中钉一般。王好人最疼三女儿,见他们琴瑟不甚和谐,误会了意思,只道女儿憎厌丈夫职小薪微,所以常听她批评百城没出息,特地极力将女婿提拔,就在结婚这年的年关,把百城越级超升,做了副账房兼出水买货。谁知两不讨好,三小姐意谓这种木瓜式夫婿,尚去提拔他则甚;在百城意谓,丈人命我兼了出水买货,时常要往无锡、常熟、上海去临市面,不能在家练功,真是一百二十四个不愿。他俩的心事叫王好人如何体贴得到?只有店中一个三伙胡季平,他同百城既是姑表兄弟,又属同学换过兰谱的,两人情同骨肉,最最交好,他明白这对夫妻不睦的所以然,就是百城私下告诉他的。舍此以外,竟没第二人晓得内情。三小姐因同百城不合式了,连面也不愿常见,横竖见与不见一样是守活寡。所以百城出门买货去了,三小姐倒住在母家;一旦百城回店了,三小姐反愿往顾山乡下夫家宅基上去住着。偏偏王好人三日不见三女面庞儿,便牵肠挂肚,连寝食都不安,必要赶去瞧瞧才放心。

　　这一次是八月初十,百城在店料理秋节账目。王好人又下乡到婿家探女,不料有一群郯城帮吃大户的假难民,男女老少共有二十八人,到周家宅基上寻吃用。这班人的表面穿得很体面,男的手上多戴了金戒指,挂着金表链,女的身上也插金戴银,一个个长得肥头胖耳,万万不像逃荒难民。到了乡村上强讨硬索,如果不给他们,便亮出真刀真枪大小家伙来恫吓乡愚。只要乡农家的大门开在那里,便内外不分,成群结队直闯进去。最可恶瞧见手边有值钱什物,或者家用需要东西,老实不客气同拿东西不打招呼的丘八一样,带了便走。实在这些人也是江湖上八黑当中风火黑内之一类,何尝真的难民。所以瞧见了孤单住宅的殷实人家,他们一仗人多手众,二乘措手不及,竟要动手抢掠。如其就一带乡村地方,第一次到来,得着些油水,见那乡人多是庸弱怕事的,他们尝着甜头,竟会年年来一趟,同业主收租相似。周家宅基上有知识的男子都在外经营生业,家中尽剩些妇女老弱,尽皆怕事的。故而上年八月初这班人已曾光降,尝着好滋味而去的,如今对年对月,又光降了。本来这一带的乡农,见了这班人的影子多恨的了,无奈站不出一个与他们据理谈判的为首之人。此次恰巧百城家内有个北镇总董王好人住在那里,于是男男女女聚了五六十众到百城家内,请求王好人代他们出头说话。

  王好人向来不喜多管闲账,此次一者为了爱女适亦在此,二来见这五六十众齐心协力,愿为后盾,大有敌忾同仇之慨。自古道众擎易举,众志成城,预料这交涉权操必胜,省得这班人年年到来缠扰不休。那才允许出头,定了个先礼后兵之策。命难民队里也推举代表出来谈判,于是有一个姓韩的前来,费了一番唇舌,总算言明给发十二千钱伙食,打发他们走路。这群难民虽则未满所欲,无奈光棍不谈无礼之言,难过也只好难过在心上,暗暗衔恨这个王好人。表面上只得拿了伙食钱开往别码头去了。王好人在婿家住了五天,家中专信来道,周百城要出门收账,正账房尚未到店,店中乏人照料,请王奶人早日回去。三小姐听说百城出门的了,便于八月十六清晨欣然随父回北镇。谁知十七下午那群郯城帮难民,也到北镇街上强赊硬买。这是王好人该管区域内的事情,理应出头说话。

  那群难民见又是王好人出场,想起周家宅基上的前仇,不觉同声啰唣道:"有了他,没有我们活命的地方了;左右没命活,倒不如和这姓王的拼了吧。"一唱百和,他们竟声称要放火烧王好人的住宅。王好人本地方上的人缘是好极的,这个谣言一放,镇上人也多发起慌来,道当真王好人断送在这般野猪手内,我们也不要做人了;这些野猪吃硬不吃软的,他们既先动蛮,我等也可杜干的。到底本地人齐起众来声势来得威大,一人领头一说话,附和的接踵而起。顿时有二百多人。不过大家乱出主张,只说不做,没有一个敢出头负责。幸亏胡季平想得到,晓得周百城还在陈墅收账,立即派人去追他回来做主。等待百城黄昏时分回镇,店尚没到,便有许多人包围住了,怂恿他做个首领。百城一因岳父的事情义不容辞;二因年轻面软,经不起你言我语,竟被众人轻轻捧上了台;三因自己学了这几年的功夫,从来不曾实试一次手头内究好打发多少人,所以一口应承。便好似韩信登坛挂着帅印一般,当即发号施令,遣兵调将了。总之此事的大原因皆为这班逃荒假难民平素行为恶劣,早已犯了众怒,而且年年要到这一带地方骚扰,何止一回两回?弄得方圆数十里内,鸡犬不宁,偶然谈起这厮人,乡农个个咬牙切齿,恨人骨髓。二来王好人平日为人和霭,附近民众对他多有好感,一旦听说有人欺负他,相手方就是本地人也要硬撑三分,何况今回的对敌便是久已衔恨的那帮假难民?三来周百城虽是个人不出众,貌不惊人的花米行伙官,却装着一肚子天赋将才,经大众推举他为了首领,他竟能唱做得下这出戏,三合六凑便闹出来了。

当下百城先挑选一个能言善辩之人,命他算是阊镇商民总代表,前去碰头难民头儿。双方开个正式谈判,劝阻他们毋庸动武,如其需要银洋,只要数目不大,何妨就大家拼凑,拿了出去,求个太平,免其真成骑虎难下之势,动手打架起来,杀人三千,自伤八百,彼此都讨没趣。不料也是这群难民大限临头,难逃定数。一听这番说话,反而误会意思,当做此间人士多是芥子般大小的胆,想是惧怕我们真的拿出杀人放火大手笔来,所以委托代表到来求了结。一转了这种念头儿,答复出来说话,自然南辕北辙,永远合不上龙门。他们提出的条件道:这姓王的屡次和俺等作对,再也饶恕他不得,务要将他本人用香烧死,将他房屋烧成白地;至于镇上的其他商民,本也不肯轻容宽恕,现在既然识相,愿意拿钱出来买命,那么男命五块一条,女命三块一条,小孩减半,有一个人算一条命,按人头计派,不折不扣,并且限二十四小时内将款缴到,不然家伙启了封,没挽回的了。那人照此说话回复百城等听了,真所谓是可忍焉孰不可忍,只得动手的了。于是百城将镇上不论上下中三等算得着的人物,派人分头邀到,挂起伏魔大帝神轴,点起香烛来参拜了。大家齐在神前立誓,喝了齐心滴血酒,议定有钱的出钱,无钱的出力,决定当晚三更出手。连驻泊市梢头的一条省水警巡船,也打过招呼,托他们留心在水面上弋缉。

其时那群难民盘居在城隍庙的大殿上,有七八个精壮汉子都在王好人家监守着前后门户,他们也准备当晚四鼓时分,要动手放火,乘势掳掠了一大票,走他妈的路。初不料螳螂捕蝉背后尚有黄雀。依理,八月十七晚间的月色应仍皎洁无瑕,不减中秋光彩。谁知那一晚黄昏时节,星月辉朗,很好的夜景,一到二更过后忽然愁云四合,惨雾蒙蒙,顿呈一股凄凉颜色,大约老天预知此人此地,今夜今时,有一场同种相戕无谓的惨剧演出来,所以特地幻出这悲苦气象来,凭吊无知众生。待到二更打过,百城先命人分头前往,把镇上四周围出路的木桥桥面,一齐抽去。有几条石桥派人分段防守。其余私街小巷、僻暗所在,也按段派人埋伏。各家妇女小孩,由当家男人自去关切,少顷听有声息,不准出来瞧热闹,断绝交通特别戒严。挑选四十多名壮健男子,着胡季平引领了,散伏在丈人住宅的左右附近,截住那七八个精壮难民,使他们首尾不相呼应,不能回头救护。自己率了七八十人直扑城隍庙去攻袭难民的大本营。

百城初意,想把这群狗男女,一个个生擒活捉之后,将那为首为头几个蛮悍的送官究办,其余协从的老弱以及妇女小孩,略给些小痛苦他们受了,然后勒令他们具着一纸甘责,禁止他们以后再来骚扰,也就罢了。谁知开拔到了城隍庙门口,首先自告奋勇,愿甘冲锋进去探道的,是个开肉庄的屠户。他拿了一柄斩肉斧头,奔入庙中,恰巧一个十四五岁的小难民,一觉醒来走到殿外御道旁侧的墙角下解小手,那个屠夫冒冒失失奔上去,就是当头一斧,将小难民的囫囵脑袋,当中开了一道很深的阴沟。可怜这小子只喊了个"阿"字,连"呀"字也不及出口,已倒地死了。屠夫劈了此孩,一声吆喝,杀上殿去,殿上究有近二十人,虽则横七竖八,卧倒在地,却大半不曾睡着。一闻声息,所谓人防虎噬,虎防人算,本都也提心吊胆。等待屠夫上殿,他们早齐做了准备。屠夫恶狠狠举起斧来,二次劈人,不防地上有两条手伸过来,抓住了屠夫两腿,往下一拽。屠夫自然站立不稳,被他们拽翻了。不过在黑暗之中,他们尚未曾瞧见一个同伴小孩,已遭这厮劈死,所以尚多顾忌,仅只爬起来,揪住了屠夫拳打脚踢,不曾亮家伙出来哩。然已打得屠夫忍不住高声极喊"救命"的了。百城在外听见屠夫喊救之声,忙身先士卒,率领着大众一拥而入。那班难民听得进来的脚步声音如此宏大,便知来人不少,自觉人微力薄,众寡不敌,不如先下手为强,故都爬起身来亮出长短家伙,上前迎敌。百城手下虽则人多,无奈全部不明战术,敌方虽然人少,倒连妇女们也明白巷战阵式。分了四个人一组,多是背心对了背心,可以四面应付。两下一接仗,工夫不大,百城手下已大部气馁,势将失败。百城暗忖这仗果真败了,北镇居户岂不要被这班人烧成白地?局势如此,没奈何要动火器了,忙命人送信给外头八个把门的,他们带有团防局内的三根毛瑟五枝手枪在那里,叫他们赶紧预备。自和大队在内,又相持了五分钟时间,百城拿出警笛来,用力一吹,这是一种预定的暗号,所有在内动手诸人,一闻警笛,故意向两厢散开蹲倒,让了一条出路,放敌人跑出门去。可怜这群难民怎知就里,自然直冲向外,不料冲到仪门内戏台底下,外间长短八枝枪,同时开放,一阵子乒乓劈拍,打得这近二十个难民落花流水,非死即伤,全都卧在地上哼着。百城才吩咐亮起火把来,将活的男难民捆缚起来,女的另行闭押在城隍庙后宫梳妆楼下。留下三十多人看守这班俘虏。他忙又带着那四十余人,赶去接应胡季平那路伏兵。走至半路季平派人来送信道,那方八个壮汉、一个小孩,个个手脚利索,真是眼观四处,耳听八方的。他们得信我们去围攻城隍庙,他们并不还兵搭救,反将王宅动手放火。季平见不是头,故也改变战略,包抄上去,便也交手开打,相持至目下,只打倒了他们三大一小四个人,我们这厢反有近二十个受伤的。他们现已且战且走,向东欲寻出路,大约要想过东大石桥。季平怕守桥的力薄,逃去了一两个,乃是大大祸根,所以特来送信。百城听了,赶紧率众抄小路去防守东大石桥,及至赶到石桥旁侧,那五个亡命相搏的难民,亦已退至离桥不远了。百城先指挥部众,抢先去占住了桥面,然后以逸待劳,预备捉死老虎。

转眼之间果已有个壮汉突围而出,飞步上桥。百城好似不曾瞧见一般,让他上了桥堍,一脚跨到桥面界内,百城蓦将身子一伛,头肘并用,向那人腰内直撞进去。那人上桥,只提防正面敌人,攻击他的上部,万不料刺斜里,倒有人暗算他胸膛之下的腰部。任你一等一老师家,也料不到的。偏偏百城出其不意,攻其无备,下这一手儿,自然撞个正着。腰内多受不起痛苦的,何况百城的头肘练得同双拳不相上下,只消被他撞着,那人已眼前发黑,陡觉心头跳荡,一口血向喉间直涌上来,两条腿顿然气力全无,身子便像临风垂柳,摇曳个不定。百城见这一头撞中的了,便伸出两条铁臂使了个就地拾金砖姿势,抓住那人两足踝骨,身子凌直,把那人倒提在手,又是一个作势,口中喝声:"去吧。"把那人向下桥堍直掼出去。

刚巧第二个夺围面出的难民,心慌意乱,正奔上桥。不料吃百城掼下桥来那人的身子,由不得自家做主,好比压顶泰山般,正对准逃上桥来的同伙当头,直压下去。阿呀一声,两人一齐倒地。被百城掼出去的那个,已经身受重伤,半个死掉的了,跌倒地上,一味哼个不住,爬不起来;那第二个被压而跌的上桥之人,还是全清未伤的哩,仗着身子灵活,跌着实地,已一骨碌翻身坐起。在此匆忙一瞥之间,再者天色黯黑，他也万想不到从空压下累及自己跌一交的，乃是个自己人。不管三七二十一，专待身子坐起，抡拳便打。地上那个受伤的，意谓举拳便殴我的决是敌人，自己虽不能挣扎起身还手，卧在地上，俗谈所谓跌倒了扳人，究尚能可扳翻几个的哩。所以也一声不响，伸手把殴人的那个腰间狠性舍命地一翾，往下便滚。东大石桥两桥塊砌有不少露天粪窖，两人冬瓜般斜滚下来，恰巧滚到粪窖边沿上，两人都嗅着臭味，你想立起来推他下去，他也想站起来推你下去，彼此用力一扭，扯上几扯，粪窖边沿哪里受得起这般大压力，自然窖边向窖内直塌下去，唅咙一声，将两个人也带塌到了窖内去了。而且这只粪窖深而且大，两个人跌了下去，上头那个未曾受伤的呢，实在可以爬起来的哩，无奈下面那个身带重伤的，此时存了与汝偕亡的心念，拼命翾住了，死也不肯放，拖累上头的人，要爬不能爬，只得一同浸在窖内。其时百城站在桥顶上督战，瞧得明明白白，见圈内又打倒了一个难民，只剩两个汉子动手，总容易掤翻的了。谁知瞧了半天，胡季平手下头二十人，攒打两个难民，竟难打倒。本来困兽犹斗，何况人乃万物之灵？此刻真所谓一人拼命，万夫莫当。再加这两个汉子，一是徐州有名土匪头儿于三黑的族人，一是台儿庄前辈老师家金狸猫的徒弟，所以两人背对背了，四条手挡东遮西，南掀北拦，索性站住在那里，不想打出来。别人要打进去，拆开他俩的和合榫头，也休想动一动。此刻天有四鼓，百城默忖迟一回儿，东方发白哩，天光一亮出路容易辨认，这一对棘手货恐怕难保不被他俩逃去，果真漏网了这两个，真是绝大祸根，后患不堪设想。又只能自家上前出手的了，当下叮嘱部众留神把守桥面，自己便奔下桥塊，蹿入垓心，仔细瞧瞧这两厮左右前后，遮拦掀挡，一毫不慌不忙，一点破绽没有。这是只能智取，不可力敌，故而百城站在旁侧，目不转睛认清他俩手脚门户，并不插挡出手，也不呐喊助威。只盼咐把所有灯球火把一齐点起来，照耀如同白昼，在这火光齐耀当儿，百城见那背南面北的那一个生眼癣之人,目光遭火光一射,手内略略迟钝了一些。百城就乘这点小破绽,猛从刺斜里作个乌龙探爪手势,觑准了一把抓去,左手把他右臂抓住,那人用力向内一抽,百城故意随了他的抽势将自身跟进一步,不知道的尚认百城被那人抽得身子发晃哩,其实百城借势踏好步口,待那人右臂抽到工门相近了,然后百城用尽平生之力,把那人望外一拽,那人心想挣扎,讵奈步口站不稳牢,竟被百城拽了开来,拆散他俩背对背互相倚赖的局势。百城又举起右手,向那人后颈脖子内直叉下去,同时底下右脚站稳左脚用力,在他步口内一钩,两厢帮忙助威之人,也挤上来动手,五六个人服伺一个,那人焉有不倒之理。那人倒虽倒,却破口大骂道:"好不要脸的狗男女,仗着人多,欺负客边人,一对一赢得老子双拳,才算有种的好汉。"他口内虽硬,脚下却软的了。百城连使了一个倒拔九牛尾手式,卟咚一声,那人才被拽倒地,一个倒了,净剩那一个,究也累乏了的,孤身双拳狠不出什么来。工夫不大,也被大家打倒。因为这两个难民最最蛮横,如今打倒在地,大家恨极哩,先拳脚交下结结实实毒打了一阵。大家意谓打得半死了,不料两人一样双手护腰,四门闭紧,任你们拳脚棍棒,雨点般打下,他们不住口地毒骂,身上一点伤痕没有。连百城也诧异得紧,不知他们用的甚么熬刑邪术。幸得一个地保伙计插口道:"莫非这两厮练过虾蟆功的,上部不见血,下部粪门内不插东西,休想打得伤。"大众听了,将信将疑,有人主张灵不灵,何妨当场试验。于是将他俩手指割破,见了血,再用两个猪鬃扎的帚儿,拣粗硬的一头,塞进粪门。然后动手再打,果然这一顿打下来,两个人也打得奄奄待毙做不成硬汉了。

其时天色已明,百城等同至王好人店内,歇息片刻,便先检点自己人方面,有十八个受重伤的,忙即招呼伤科调治,幸而只有四个危险些,余者尚没性命之忧。至于受轻微伤害的人,有七十多名,好在多无大妨碍的,自也不算一回事。其次再检查难民方面,原共男女老少二十八口,如今查下来当场格毙了九个壮汉,一个妇女,两个小孩;

俘获了七个老弱，五个年轻女子，两个小孩，尚有两名不知下落。百城便遣人四出搜查，务必查明。此时有人来报告，俘虏之中又有两个男子、一个妇女伤重身死。接着搜查之人也来回复，道已将不知下落的两名查获，都淹在东石桥大粪窖内。一个情似带伤的，已将咽气，一个虽能动弹，奈被下面垂死之人孵住了，也难逃命。于是大家仍公推王好人为首速定主见，处置这事。王好人道："依大家看来，该如何发落？"当下有人主张解城官办，但是经众仔细讨论，此法不妥。这班难民，论他们已往事实，无恶不作，固是死有余辜。无奈他们的罪恶，未曾彰著，法律上裁判起来断无死刑，如今我们已殴毙了大小十六口，就算大家再集资打这场官司，不怕活的难民发狠，预料结果他们已死的白死，生的释放。我们动手之人无罪，这已是占了二十四分优胜，打了赢官司的了。可知缚虎容易纵虎难，斩草不除根，逢春又要发。放了这几名活口回去，一定要纠众前来报复。从此冤怨相报，这扣儿不知何年才解。况且到官去，也许官司要输的哩。故而经官究治一法不佳。胡季平道："既然如此索性一网打尽，将活的十二名难民也处死了吧。"于是大家再又讨论这一法，虽然多数赞成，无奈昨晚是一股锐气，大家义愤填膺、争先恐后、勇往直前地干了一下。如今事过境迁，要定做弄死他们，这个刽子手反变没人肯当。大多手软了，抬不起来哩。再者尚有那妇女小孩按照专制时代酷刑而论，也有罪不及妻孥一句说话，何况是这种时代，这种罪人，妇女小孩，似应分别办理。因此议论纷纷莫衷一是，议了半天尚无妥当办法。周百城道："既不送官，又难释放，那么自然处死他们最好。至于现在没人再举得起这条辣手，那么将他们不是活烧火葬，便是种荷花水葬，不过水火葬，尚嫌招摇，不如掘了个大地坑，将他们一古脑儿土葬了。所有那四个妇女，立刻提来问一问，问她们愿死愿活。愿死的不成问题，若得愿活，那么代觅一个相当夫婿，养活她的终身。不过做她们丈夫之人要多费一番心思，步步监视着，防她们乘隙逃回故乡通风，又有大队人来报仇。其余的死胚，我们在市后掘了个深坑，里头化上几十担石灰，然后将活的扎了眼睛，扛至那里，就是已死的尸骸，也收拾了去。不问他生的死的，一齐丢入石灰坑内，然后将土掩上，土上立刻种下菜秧，泯然无迹。知照本镇上人，大家事后不许多说，就是别处的人得了信，赶来瞧着，凭谁也瞧不出一丝痕迹来。这法儿不知诸君意谓如何？"大家听了百城之计，虽嫌残酷，无奈箭在弦上，不得不发。除了此法，别人想出来的主见，多觉拖泥带水，皆不如百城的方法爽脆干净。故又空论了半天，结果总算一致赞成百城的法子。王好人道："这班壮男，果然死不足惜，那四个妇女，两名孩子，我想不用诘问他等愿死愿活，都保全了吧，也算我们体念上天好生之德。"百城忙双手乱摇，连道："不可不可又不可，容情不举手，举手不容情。如其现在稍存姑息心念，要遗将来无穷的后患。历史上报仇的故事，十有八九从女子小孩身上起的，背述起来指不胜屈。近的比例，前清光绪中年，浙江平湖县属的新埭镇上，为着一班温台帮种客田的蛮不讲理，也是动了阖镇公愤，出其不意将温台帮聚宿的草棚子，围堵烧杀，烧了两日一夜，火熄了前去查看，尚有一个残疾老汉，和一个五六岁的小孩，虽也烧得焦头烂额，不过尚未气绝。其时新埭镇董姓徐的也动了婆子心肠，又遇着一个迷信之人说起现成闲话来道，这老的是天可怜留他一命，那小的这样大火未曾烧死，真所谓逢大难而不死，后福无穷，前程定必不可限量。此话正打入徐董的心坎儿内，便留全这老少两命，以致斩草未除根。并且徐董尚豢养了他们一十二年，谁知私恩终不敌公仇。后乘徐董长逝，大家忙着开丧之隙，这老少俩悄然逃去，求乞到京，告了部状，此案查办起来，新埭阖镇之人，多受其大累。这就是个前车殷鉴。我们如今也是骑虎势成，不得不狠辣点干的了。"王好人听了女婿之言，再将此事利害反复思忖一下，确乎不容发那妇人之仁，只好付之一叹，听凭多数主张去干吧。于是将四个女子提来一问，其中只有个泰兴女子也是被这班难民拐骗出来，被迫入伙，愿走活路。其余三个虽是女流，反比听见上火线，便要一律向后转，丢枪开大步跑的蹩脚丘八，强硬得多多。铁铮铮回答愿死。百城二次出主意，先去看好了地段，掘下一个深而且大的陷人坑，尽十八的上午掘就了，等待下午便将死的十六个尸首，活的男女九口，以及粪窖内捞起来那两个半死半活的人，一扛同到陷坑旁侧，待坑内石灰化到热度剧烈时候，便如法炮制，一齐推下，忙着大家动手，将土掩好。上面一律种了青菜，一毫痕迹不露，事后虽有消息漏泄出去，公家风闻了，派人去调查。他们严守秘密，又无物证，加着这班难民平素行为可恶，就在本乡度活，也不是安分循良之辈，大都众叛亲离，所以一些反响没有，真合着乡愚那句"前世冤家今世遇"的俗语了呵！

第三章　江南忽有杨燕儿

这回北镇活埋难民的事情，虽说犯了众怒，众擎易举，又因王好人平昔行出去的春风，不知多少次数，才有此次夏雨收着。然而没有这个当机立断的周百城，调度有方，条理井然，指挥如意，克奏肤功，恐怕也未必便能立时解决。地方上生出这样人材，该当额手称庆的。不料中国人造谣言和妒贤嫉能的本领，真有一手儿，而且神经过敏之徒，往往有想入非非的谣诼造出来。中下社会之人又个个禀受着一副无事自扰的庸劣性质，故多因谣而成事实之事发生。北镇居民自从经过了那回事后，反多变成了临深履薄，栗栗畏惧起来。先谣言官厅要来追查此案，要一命抵一命哩。总算此话空谣了一阵，官厅不曾前来严究。又争传徐淮大帮难民，已从十二圩港，也有的从八圩港渡了南岸来，到此报仇雪恨。要杀得鸡犬不留，寸草不剩，才肯住手哩。胆小之人听了，竟会信以为真，迁避到别处去居住。幸得周百城是个好汉子，他始终未变态度，宣言一身做事一身当，决不有累别人，如因此事发生出来的枝节，不管是官厅来查究，或是徐淮帮客民来报仇，他总挺身出去担当,决不牵涉着第二第三者。

等待过了九十月,一交十一月冬至节左右时候,本属发病天气,老弱之人多在此际呜呼,实也是寻常之事。不料又有一般仵师巫为活之人,便附会出冤鬼告阴状的说话来,道阳间的官儿都是爱财趋势,审不清此案,所以要经阴判的了。这话一发生,自有一班好事的附和着道,怪不得近日晚间鬼哭神嚎,还有人夜里头瞧见城隍庙内灯烛辉煌,想来就是治理这案,阳间不发觉,阴间发觉了。新死的某人某人都在案内,故被阴差捉去。你言我语,装得很像一件事。不过这都是中下社会无形惊扰的情状,对周百城尚不生什么影响的哩。另有一班上流社会的衣冠中人,见周百城做了此事,由钦生羡,由羡成妒,私将百城下了"心狠手辣"四字评语,并暗中相约,以后周百城如有事交涉,大家须得仔细。也有人去忠告王好人道:"三令坦马是匹好马,不过不易驾驭。现在若不步步预防,将来恐生噬脐之悔。"同时三小姐也憎厌丈夫杀性太重,常在父亲面前进谗。王好人又最最信爱三女儿的说话,一闻这种浸润之谮,对于百城的信任心,自然不及以前专重。

百城遭了这种环境,弄得在本地落落寡欢,动辄得咎,自忖天既生我这昂藏六尺之躯,本不是这种小地方上所可容纳的,要干烈烈轰轰的事业,还是出门去吧。主见打定,便先聚集了一宗大款项作为川资,连丈人、胡季平等也未知照,一声不响,悄悄然离开故土,别寻安身立命之所。他生平爱慕乃是武侠一门,此次出去目的想访得一个侠义老师,跟他学一身盖世无双惊人绝技,然后飘荡江湖,随心去往。遇着贪官污吏、奸恶小人,便掣出家伙来代社会上除去一害;如有孝义气节之士,或者小民含冤莫白,替他们偿清恩怨,善恶昭彰,使得社会之上没有一些阙陷不平之事。但愿将来我这"周百城"三字,世间自有一部分人见了,从心坎上自愿发出"敬爱"二字来,那便算志愿得偿,死无遗憾。不过大地茫茫众生碌碌,这个师父一时到何处去寻访呢?因念大江南岸的通商巨埠,首推上海,从前找寻奇人逸士要向崇山峻岭内去访求,现来样样反古之道,欲求世间奇才怪杰,倒须往这繁华都市上去留心物色。姑且先到上海去碰机会,或者有缘遇合。于是由北镇搭航船先到无锡,再由锡乘车赴沪。在车上一人寂寞,便购份报纸瞧瞧,聊以消遣。无意中瞧见某游戏场有大力士献技的广告,此乃投其所好。

等待车抵沪站,下了火车,连客寓也不先看定,忙搭电车到某游戏场,买票入门,要紧参观这大力士去。进门之后,才知钟点未曾轮到,着实隔了许久,方得捱着。先是男女两个小孩同耍猴般耍了一阵,实在没甚稀罕。只因为这对男女孩子,都只十一二岁光景,格外见得奇异些,所以台下坐的站的观众,甚为拥挤,捧场喝彩之人也数不在少。这对孩子打毕,换了个肥妇耍坛,最后一套,将坛子搁在两只小足上,外加一个十五六岁瘦小女子扒上去盘腿坐在坛上,面朝着下,那肥妇是仰卧在一张杉木半桌上,两足叉天,脸向着上,彼此骚声浪气,合唱了几支泗州调淫曲,号召的魔力倒不小。台下看客比开幕时要加上两三倍,就是喝彩声浪,也较前紧疾。不过什么"乖乖""好心肝儿""乖肉""亲达达"等那种不堪秽话,也杂在彩声中喊出来。百城仔细将台上这对妇女瞧瞧,姿首未见得如何出色,但众生已如此颠倒,莫怪有人为了唱戏的吕美玉,唱大鼓的刘翠仙,竟致发疯哩。这场之后,才是真的讲究刀枪拳棒功夫的武士道。其中有一个老儿打的猴拳,两个少年比的单刀破花枪、李公拐破三截棍,确有解数,百城大加赏识,掌不住也喝起彩来。谁知台下看客,却一刻少似一刻。等到老儿打猴拳之际,台下的人竟寥若晨星,数得清几个的了。百城暗暗嗟叹那句"曲高和寡"的古语,方信是见道有得之言,千古不磨之论,一些不错的。可是到最后五分钟的那一场,看客倒又聚得多一点了。一来有许多人候听宁波梅兰芳的文戏,二来台上这临末一幕也人多见热闹,献的是容易引起外家兴会的技艺,所以看的人又多了起来。献的什么呢?就是打猴拳那个老头,双手举了一副百外斤的巨石担,担的两头站上两个人,两人手内,也各举一副七八十斤的大石担,担上又分站四个人,四人手中又各执一副四五十斤的中石担,担上再分站八人,手内也分举着一二十斤的八副小石担,最高的小石担头上,由场面抱送上去那是穿红着绿的两个八九岁孩子,在十六个石担头上,竖蜻蜓翻页子,做出种种花式。每个小孩管八个小石担头,以次做全花式,然后都是一个云里翻窜下来。两厢值场的便先将八副小石担卸下来,待八个人下地,再顺着卸四副中的,两副大的石担。那老头待上边人担卸空,他尚余勇可贾,把手中那副巨石担使个旋风,再翻七八个面背花,方才放下担儿。于是老小十七个人分了五六六三排站着,齐向台下行个鞠躬礼闭幕。按堆这座宝塔仙人担,暗按太极生两仪,两仪生四象,四象生八卦之意。上头这对孩子既可算金公木母,又好称亚当马丁。试问站在下面这老头,两膀若无二三千斤过头劲的臂力,如何经得起这许多重量压力?所以将台下的周百城瞧得呆了,暗想这老儿真我师也,不可失之交臂。

正想往后台去通款曲,却又听得邻座三四个壮汉,也在那里讨论此老气力。内中一个少年,向着一个四五十岁的干瘪秃顶老儿道:"袁老库照您内家目光中瞧来,究竟怎么样?"秃顶老儿拈髭微笑道:"俺不是常说的吗,任你硬功练得如何出色当行,总不及软功的门槛来得深奥。他们这一种好虽好,究竟硬的,已算造峰登极,再练没有什么练的了。我们行伍里头,像这献技老头儿功夫相仿佛的角色,目下新军官佐中恐怕没有,因为军中多注重追考他是日本士官,或者是保定陆军出身,最要紧的,问他曾否卒业,还是修业。竟把在这两处学校卒业与否,当做衡量军人资格完全不完全的标准尺,至于军人本色的武术,反多不去研究。晓得怎么叫软,如何为硬,如属是以前江防,或者飞划营内出身之人,十有八九习练过这一道的,要和这老儿硬功相等的人材,着实寻得到几个。不过自从改编做了水警缉私之后,饭碗主义的观念比着新军中人还胜些,那么要求一个和这老儿类似之人,也一百个当中拣不到十个的了。"少年笑道:"算你是老飞划营出身,懂得软硬的,只管张开了阔口吹大气。"秃顶老儿道:"这是要有真实艺能拿出来瞧的,不是一味空吹就可取信于人。谈到软功之中,有几项小小玩意,看来极易,却都不练不成。当场就可试验,你试将右手握了个拳头,左手五指伸直了,撇在桌上。右边拳头在台上一上一下地敲着,左手手掌在台上一伸一缩的摩着,不准弄错,要快了慢,慢了快,快的时候要右拳伸直变摩,左手握拳变敲。你试试可行不行?"少年果真依言试验,不料两手只能一个动作,不是两手全敲,便是两手全摩,果然做不成。秃顶老儿笑道:"如何?瞧我的吧。"他一拳一掌,一敲一摩,一快一慢,左右迭相更换,果真一丝不乱。他随又在身上掏出个铜子来,左手执着,举起右手食指,向铜子中心轻轻一点,那心即被点掉,四周那条铜子边圈,却仍圆兜兜地执在手中,道:"这虽是小玩意,就可分出软硬功的深浅来。如其专练硬功的,命他点碎这个铜子儿,是办得到的;如要他照我这样点去了中心,不行点坏外面边框,那就来不了啦。软功是阴阳和合手,没有一个动作,不是含全五行生克、八卦变化之理。硬功是独门单合手,只有一条'灭绝'路,能杀不能救。所以练软功要有天分的聪明人学的,资质愚笨之人练不成,硬功是阿猫阿狗都可学习,就为这点子关系。"

他们这厢无意么一谈,累及那厢有心旁听的周百城心花怒放,说不尽的欢乐,自笑自己到底是荜门褴褛出身,识见浅小,偶然瞧见一个江湖卖艺的把式匠,已经倾心拜倒,想去磕头投认为师。原来泰山虽高上有天,沧海尽深下有地,风尘中究多高手,嫌他这是硬的不甚稀罕,又反复推想一下,本则柔能克刚,稻草好捆树柴。譬如口内的牙齿是硬的,舌头是软的,人到暮年,硬的牙齿全落掉哩,软的舌头依然如故。从未闻有个老年人牙齿一个未动,一条舌头反消烊尽的了。如此比较,硬的确乎远不及软的厉害。这个秃顶老儿才是个非常人物,所以发得出这样透彻言论,又见他右敲左摩,并点铜子儿的手式,何等匾式。这是天可怜我求道心切,所以一到上海,就会邂逅这人,巧机缘稍纵即逝,断然不肯轻轻放过。他赶紧站起身躯,想搭讪着上前交谈时,不料那老者被同伴催促已离座他去的了。百城忙也离开此处,去四下找寻,好容易又瞧见他坐在大鼓书场内,不过见他们精神聚荟,正在那里听一个女角唱京韵大鼓。自己未便上前搭话,打断人家兴头。只好也坐下来,伺候一回儿,再作道理。不过独自呆坐在此,实属无聊,而且对于这大鼓一道,又完全是门外汉,听不出甚味儿来。然又不肯效学那些强作解人的轻薄少年,也去附和叫好,撩拨台上人使出浪劲来,向自己飞那含有讥性怒意的媚眼儿,更加来得乏味,如其不因候那老儿搭话,早已走的了。好容易大鼓告竣,苏滩上场,那秃顶老儿招呼了同伴回寓。百城方也追随在后,出了某游戏场。

且喜他们并不雇车,缓步徐行,百城方才得能追踪同往。百城究是个老诚店生,比不得那些嬉皮笑脸惯常的游生,往往在路上碰到尊姓大名,彼此未知倒已老兄老弟老三老四,自家人叫唤得很亲热的了。百城是万万做不出这种手面的,所以在路上屡次要想开口,终因面软不曾张得成嘴。岂知百城这边如此的神情,却早已打入那方秃顶老儿的疑城内去了。这老儿非是别个,就是第一章叙述的那个弃邪归正,向在湖汊蜀山坐汛,诨号水上飘跳虱的弄官袁库儿。自从辛亥光复之后,飞划营淘汰了,库儿又混在缉私营内做事,混得还不算歹,近因更换缉私统领,以致内外人员随着有番大大变动,跳虱的差使也新近被撤掉,恰好得着老上官到了南京,运动入觳,又有改任两淮缉私统领的信息,因此有班旧同寅,合了他伙同往南京找事,忙里偷闲,顺道弯到上海来玩几天。跳虱这对眼珠子,是何等的锐利,在出某游戏场门口的当儿,已瞧出百城是注意着自家一群人的行迹。但瞧那人表面,不像自己旧业中的同道,虽说人心难测,人面等于贼面,然而究竟总有一些破绽看得出的。可又不像盐枭私贩等众,出钱买来的暗杀党,意在报复仇恨的。好在自己扪心自问,一向做事不为己甚,在一般海砂码子面下,条条路都兜得转,走得开,从未干过吃里扒外、放龙取水的半吊子事情，所以就这人身装举止等等推想上去，十有八九是个翻戏党，或者乃是个出卖风云雷雨的充羊火黑，看上了我们来下钩哩。果真是这话儿，哈哈，管教你偷鸡不着蚀把米，吃不尽，喝不空，还留些兜着走哩。

两下皆且思且走，一刻工夫已到了石路上惠商旅馆弄堂口，凡在缉私营内混饭吃的人，到了上海大部分的人是住在惠商的。这回跳虱是因惠商住不下，独自住在老鼎升，故此与同伙道声明儿见。大家归湾，跳虱再向南行。暗中留心一瞧时，那人竟钉住了自己同至老鼎升开房间，而且就开的间壁房间。这时跳虱不等他先开口，反先去请教百城的尊姓大名。这正是百城求之不得的，自欣然地和跳虱交谈。不过百城不愿本乡人知道他的踪迹，故推说是无锡人，姓杨。跳虱问他到沪何干，百城又吞吞吐吐，答不出个实在来。跳虱愈加疑团莫释，仍认定此人不是善类。谁知事有凑巧，跳虱却就在那晚起身子发热，害起病来。病势很是凶恶，第二天便重得爬不起床，他向来诸人，口内尽多讲义气，实在全抱着饭碗主义出来，谁真心口如一？跳虱又无家眷，一旦病倒客地，谁肯来负这肩责任？况兼大家多忙着要往南京谋事，所以过了几天一个个动身去了。幸有这个萍水相逢的杨百城，非但代跳虱延医调治，并且还掏腰垫款。

跳虱这场病足足害了四十余天，若无百城，命定不保。等待病好了，对于这新朋友，自然很觉抱歉，而且十分感激。先忙着去设法归还这票垫款，谁知百城慌忙阻止他道："我所以要交结您老的宗旨，实因自己是求道外来，在某游戏场见了您老的手段，闻了您老的言论，知是非常人物，特地不揣冒昧，前来通了款曲，意欲求您老不弃把软功教我的。"跳虱听了，心坎上的疑虑方才为之涣释，不过想他要练习武功，我受了他这点私惠，势难推辞，只恐他受不下辛苦，学得半途而废，岂非枉费了一番心血。当时未便明言，姑且允许下来。

其时跳虱的旧上官果已得了两淮缉私的差使，跳虱便与百城先

同至扬州谋事,他本是那统领身畔的红人,所以一打干,便派往板浦去带船。跳虱有心要试验百城老诚不老诚,故命他往湖汊去将家用杂物贵重的搬迁过江,零碎不值钱的或卖或送,再有两个弟兄在身边当了好几年差哩,问声他们愿到江北来的,也一同带了他们过来。百城遵命前往,去了半月,已经回扬,将湖汊事情全已办妥。于是跳虱便又与百城同至板浦接了事,自身杂事妥洽了,然后苦劝百城还是回府去度安逸日子。无奈百城心坚似石,一念求道,跳虱才先代他补上一份口粮,名目是抄写公事,当司书生,维持他个人的生计。然后先教他两足拖铅跑路,始而只得拖二两一只脚。常言世间无难事,只要有心人。百城是自己蓄心要学功夫,所以愈加进步得快,不上半年,右足已能拖斤半,左足能拖斤四两铅了。等满一年,两足已拖满九斤十三两青铅。如其解除了铅走路,宛如风卷残云,可以追及上山的野兔。跳虱见他如此苦心习艺,真个寒暑不更,无间风雨,真是可敬又可怜。本来他打米袋的工夫,练得已经不浅,现在又和跳虱朝夕相共,随时指点,一个肯教,一个愿学,功夫自然更易进步。如是者过了三年,百城已练得行动疾如飞鸟,身子练得似落叶轻尘,因此同营之人,便公送了他一个"燕子飞"的外号,先只两淮南北的盐帮里头,互相传述。后来连非盐帮中人也争传板浦缉私营内有了个出类拔萃、软硬皆精的杨燕儿。名誉一天大一天,逐渐引起武行中人的注意。可是别人听了犹可,一传到徐州青草洼无鳞鳌单三英耳中,不觉大为奇异,暗忖杨燕儿是曾经我们大家同心协力,帮助侯七夫妻俩,将他在河南燕剪峪鸟巢禅院内擒获之后,押至许昌归案究治的。最近闻说戴昆代他运动,又早恢复自由,不过不明去处。原来到着江南来了,横竖由徐州到板浦,近在咫尺之间,倒要暗中去窥探他一个明白,果真是他,该去知会苏二哥,大家暗做准备,提防他来报复仇恨呵!

第四章　杨燕儿创立猩猩白骨教

却说和侯七作对在河南一度被缚的杨燕儿,虽经侯七等费尽九牛二虎之力,将他擒送许昌狱内,无端又生出那个豫西剿匪司令、河南省防军第三旅旅长王玉稚,看上了侯七妻子赵凤珍的面貌,心怀不善,想用棉里针功夫稳住了侯七之后,再慢慢设计图谋他的妻子。幸而老英雄苏二瞧出王旅长不怀好意,暗劝侯七莫贪眼下微末虚荣,致遗将来莫大的悔恨。侯七听了师伯的忠告,他们一群人便悄然离开许昌,分头归家去了。等待侯七诸人一走之后,五女店娄家苦主又催审得不甚紧迫,此信传到方城山强盗式绅士戴昆耳内,便遣吴玉深、殷振雄两个心腹分往开封许昌两处一打干。民国时代的官司,不论民刑诉讼,完全都是蛇吃黄鳝别长短的局面,彼此比较些金钱势力罢了,何所谓犯法不犯法?竟有这件事,小百姓做了,便干禁律犯法的,如属一个有势力人做着,或者这人势位虽微,他有钱使用上下买到之后做的,那么非但不犯法,公家还派人保护他哩。所以早有人说过,现时代是度的不情不理、无法无天的日子。杨燕儿既有戴昆援助,相手方又无有财势的原告顶控,自更易于设法,收押在许昌狱内,不过两月有余,便得安然出狱,恢复自由。

杨燕儿出狱之后,对于此次保全他性命的戴昆,自当感激得五体投地,便代他想出种种赚钱方法,骗取愚民财帛,算是报答他活命之恩。先私下同一杆旗蒋桂商酌妥了,然后到赤眉城去告诉戴昆道:"我们想创立一个猩猩白骨教,派人往各处宣传,引人入教。民国时代,本来人民有信教自由的权利,藉此结纳四方豪杰,暗中扩张势力,即推您老做个掌教祖爷。将来羽翼养成,事机成熟,登高一呼,众山响应,好干出一番隆兴大事业来哩。"戴昆道:"这事我早有此念,自然十分赞成,不过我家计有限。非有大资本干不出大事业来。近年豫西各地连遭兵火浩劫,横一次匪梳,竖一次兵篦,元气大伤,劫掠不出大油水。如其除了劫掠,一时又无他种妙法可筹巨款。就派弟兄们出去四处八路用力搜刮,怕也刮不着许多的了。"杨燕儿道:"关于筹款一层,在下亦早想到,豪夺不如巧取,一味差弟兄出去开武差使,搜又搜不到几何,反担着大大风火。不如更换巧取方法,拔准了苗头,再双管齐下派弟兄们去辛苦一趟,理想上去似较眼下尚硬不用软的独门法来得妥善哩。"戴昆道:"怎样的巧取方法呢?"杨燕儿道:"迷信这一道,是永远灭不绝的,我们只消如此如此做去,哄动了贫苦小民,就不愁没有大宗款项收入。俗语说得好,'若要发,穷人身上刮;若要富,穷人头上刲。'定有满意的结果的。"戴昆道:"你既早筹思及此,就同蒋桂俩去试办一下也好。"杨燕儿道:"遵命!"

当即回到方城山戴昆别墅内,立即亲自动身,走南阳新野,到了老河口,然后再由荆州入湘,从安乡渡过洞庭,经汉寿、安化、新化、宝庆、祁阳、零陵等处,自道县入桂。于是打听明白了道路,再经贺县、昭平、蒙山、修仁、柳州、庆远到思恩,出资雇了个土人作为乡导,渡过环江打狗河便已到了南丹州境内的山地了。此处名为苗岭山脉,一头在云南昭通八仙海南岸起,由黔省亘贯过来,直至广西柳州来宾交界的鸡公山为止,山脉虽广却不是处处产猩猩,独有南丹州属一段山内,产生的猩猩不计其数。杨燕儿到了那里,自己虽能武功,但是生擒山兽各种有各种的巧法,不是单仗着武力就能擒获的。譬如要捉虎狼熊豹一类,那杨燕儿是关东出身,就明白这门道,应用怎么法儿,即能活捉到手。现今要来觅一只猩猩,也只得求教南丹州土人。他自己就不行啦。若要捉一条癞象,虽也出产在西南地方,可又必定要云南土人才会下手。南丹州人又不行了。此所谓"一方曲鳝吃一方泥",一点都不能勉强得。

当下杨燕儿到了那里,地方也枯得很,人烟更是稀少。好容易觅到了一家山民人家,偏偏只有两个妇女,非但燕儿和她们言语不通,连思恩雇来那个土人的说话,她们也都听不甚明白。因为这两个妇女乃是苗瑶种人,并非汉族,所以彼此交谈不成的了。后来那个年轻些的女子幸尚聪明,跑出去不知到哪里去招呼了一个男人来,虽不是纯粹汉人,却懂得思恩方言。于是由这思恩雇来的土人居间通译,才知燕儿是觅购猩猩来的。幸而这两个妇女也能懂得捕捉,于是言明了代价,杨燕儿同土人俩也就在这家人家住下。讲定期限五天,保捉到一头活猩猩。当日天色不早,再者不有预备,未能动手。因为燕儿许她们捉到了,不吝重价购取,故而款待燕儿的饮食是十二分的恭敬丰厚,但是东北地方出生的人,如今跑到西南地方去,凭你如何食宿优待,总觉得不惯的了。

一宵过去,第二天燕儿见她们端正了无数酒瓶,又采了许多草,织了不少草鞋,然后再去喊昨天那个男子来,转告杨燕儿道:"如果见有猩猩到来,千万不可鲁莽上前捕捉,而且要脸带笑容,如其头次怒目狞眉,便赶上去抓它,它力大无穷,万抓不住。一旦受了惊恐逃去之后,至少要半年不见人面,躲在深山穷谷之中,那就永远捕捉不得哩。"杨燕儿自然点头应允。早饭吃过了,她们便把酒瓶内都泡了糖汤,与草鞋同携入山。燕儿也随着同去。见她们沿途留心地上的痕迹,进山约走了四五里路,在一个森林面前的土上,发现了几个足迹,七分像人三分像兽蹄。她俩见了,便将酒瓶草鞋放下,招呼燕儿也坐了下来。她俩便放开喉咙咿咿呀呀唱着。燕儿也听不懂唱的甚么。唱了约一小时光景,果然森林中悉索有声,来了三只猩猩,在树后偷偷摸摸地听着。她俩见猩猩来了,即将其中三个空瓶拿起来授一个给燕儿,都假作凑至口边,呼上一阵,然后又哈哈大笑几声。这么的笑罢再呼,呼后再笑。空做了好久,再将草鞋每人足上套了一双,于是站起来彳亍踯躅地走着,口中仍不住地大笑,装出很快活的模样。走了几步,再回至酒瓶旁侧,每人都将空瓶提在手中,又假装喝了一回。再笑,再唱,再走,如是者往返三趟。到第四趟,有意走得远些,那三只猩猩便都蹿出森林,走到瓶鞋旁侧,伸出掌来抚摩。其时猩猩口角边已有涎沫流出来,但是它也防人算计,不肯便上钩儿。见人又跑回来了,便仍逃蹿进森林去了。等待人第六趟离开森林,它们顾不得了,蹿出来将瓶内糖汤喝得精光,草鞋也都穿着啦去哩。于是她俩欣然收拾了空瓶,引着燕儿出山返家。赶再织几双草履起来,到明天再提了糖汤瓶和草履入山。仍至昨日那个森林前面,再同演戏般演起来。猩猩却来了七只。第三天又多来了两只。到第四天,人才走到,森林中猩猩早已来了。探头探脑一共有二十多只。到了第五天上,她俩身畔都带上火种爆竹和一团棉絮、一条很粗的头发练。瓶内都换装了闹阳花同制的烧酒,人喝了也要发晕的哩。草鞋之中却杂着一双牛皮钉鞋。再到山中的森林前面。

那群猩猩也不似前几天的怕惧人,等待瓶鞋放下,人稍离开,它们已出林来抢瓶便喝,抢鞋便着。她俩见猩猩已着了道儿,便掏出火种来,燃着爆竹药线,向猩猩队内丢去。它们尚认是可以吃喝的东西,有许多不曾抢着瓶鞋的,便来抢爆竹。不料火星直冒,砰的一声由地上直射高去,吓得这群猩猩没命飞逃,等待空中再砰的一响,它们都忙着找山洞藏躲,各不相顾。内中那只穿钉鞋的猩猩,你们试想,七高八低,如何逃走得快?以前捕捉猩猩,往往喝醉的未穿钉鞋,穿钉鞋的不曾抢着酒喝,捉虽总捉得住那只穿钉鞋的猩猩,但是它要喊同类来劫取,所以要用棉絮塞口。不过捉出山外,更加烦难一些。今番再巧也没有,那只穿钉鞋的猩猩,也抢着酒喝的,所以逃不上几步,连跌了三四交,跌得腹中酒性发作,仰卧在地,一动都不能动。她们上去一毫不费甚力,将发练系住了它的颈足,扛着便走。又打手势知照杨燕儿,托他代收拾了地上空瓶,安然出山返家。

那猩猩酒尚未醒,她俩便将竹箬编的篓子装了起来,再四叮嘱燕儿:第一,安置这猩猩的屋内要常有六十度以上的热度,才能豢养得活;第二,每天喂食时候不可参差过甚,要按准了喂的,多给水它喝,少给食它吃,它肚子饱足了,力气更大,便要想法逃遁的,而且给它喝的水要放少许糖的,切忌咸酸,如其要它格外通灵,可每天给些丹砂与它吃,便易于见效。燕儿一一听在肚内,即拿出钱来酬劳了她们。

翌日动身上路,就同那个思恩土人扛了篓子,到了河池县属的三旺地方,另行雇了短站杠夫,仍循旧路回转方城山。沿途自家饮食随便吃喝,反是猩猩的饮食两料较人注意。如是一趟桂省来回费了四个月工夫,总算如愿归来,非常欢喜。

等待回到了戴庄,自家足不出户,用心教练这只猩猩。一面挑选了二百多名精细弟兄,分派往各省通商巨埠,并教了他们各种赚钱方法,让他们各去进行,顺便传播谣言,唯恐纯粹男性的魔力不甚大,另再召募了近百个女性,也面授了机宜,使她们四出愚人。待到一月之后,各处地方的报纸上,都有新闻刊出,说本省郑州地面上到了一个西藏活佛,能知过去未来之事。这活佛修成金刚不坏之身,比普通众生不知要坚韧了多少。莫讲别的,单道他一口牙齿异样坚固,有人亲见用大铁椎敲打,亦丝毫不动云云。皖北蚌埠地方也到来一班募修嵩岳普照寺大殿的立关僧人,拣了一块广场搭着布篷,中间放着一座木笼,同前清衙门中的站笼一般,算是关的,这个立关僧人赤着双脚,立在黄山草纸上头,草纸下面并非寻常笼底,却是钉了无数近尺长的大枣核钉,笼外四周又套上大大小小金银铜铁等锁儿。如其善士们前往开锁拔钉,价目预先拟定。譬如单拔一钉,多少代价,开一具小银锁若干,中铁锁若干,如要开那具最大的金锁,当然代价也是最大。那个立关僧人耍待拔尽铁钉开尽锁,方才出关。站关期内,每日只喝三次清水,连米面都不沾唇的。居然也轰动一时。

同时沪汉两处,也发生了两件奇事。沪上有个浮滑少年在游戏场中,邂逅一个青年女子,彼此有意勾引成奸。这是沪上屡见不鲜常有的事,不料这女子竟然正式嫁给这人,而且此女举止豪奢,交际社会上时常有这对少年夫妇俩影。谁知结婚当儿,这少年正精神壮健,那女子已代为出资替夫婿保了寿险,结婚之后,非但闺房之乐甚于画眉,而且这女子的同性戚友非常之多,几乎每天有人来往,她又一毫不妒,任凭你们去干什么全不管的。少年哪明就里,只知贪欢,这样的双斧伐树,又狂购兴阳药物,摧他的骨髓。不上半载,这少年竟成了牡丹花下的风流鬼,于是保险公司内的一笔赔款,如数奉送到了那女子的袋内(按类是之同样事实,同时发生者指不胜屈,初时公司中人,犹恐摇动大局,讳莫如深,后因不堪赔累,幡然改计,反以之扬言于众,俾尽人而知,庶以后再遇类此之事,可以藉口拒绝赔款)。

同时汉口正街上有个少年乞丐,蹀躞街头,店肆中人大都认识他的。有一天,忽然在洋街上有一个坐摩托卡、鲜衣华服、操河南口音的中年妇人,遇见了此丐,特地停车招呼,认其为弟,便由汽车上载与俱去。从此以后,这乞丐一交跌到青云内,居然也衣文绣而餍膏粱,变了衣冠中人,而且此妇每逢出来购物,必定携之同往,使得汉口市面上的几家大店中人,多知道此丐得着好亲戚照应,从此不要饭的了。如是者过了两个礼拜,有一天上午,此妇本欲同了乞丐齐至参行去购参。临走之时,忽然有电话来邀她去打牌,于是妇人拿出钱来,交给乞丐,命他独往参行去购办。她自己要紧打牌去了。那乞丐拿钱出门,暗忖走她娘的路,不去购参吧。仔细全盘筹划了一下,买参款子能有几何,一用便完的,为了这一些些送掉一盏飞来舅老爷的金饭碗,实在不上算。于是很至诚地去兑了参,拿回姊姊公馆中,女佣人告诉他道,适才太太临走留言,道舅老爷兑了参回来,千万打个电话给她。乞丐道:"我不知那边电话什么号头。"女仆道:"我去接着了,待舅老爷亲去搭话。"于是女仆去接了电话,乞丐接过听筒交谈果是那妇人声口,而且在电话中问得很详细,参的兑价若干,分量多少,货色优劣?乞丐一一回答,并道:"货色据店中人说是最高的了,再好没有哩。"妇人听了喜道:"真的吗?我立刻要回来瞧哩。"讲了这许多话电话才摇断。当乞丐接电话的时候,买回来的人参搁在桌上,谁知暗中已经掉过的了。片刻之间,那妇人果已回来瞧参的好歹,及至打开看时,样样都对,唯独分量短少了一两多。妇人便道:"怎么会变轻了一些,莫非吾弟少给了他们一两的价钱吧?"这是人心皆同,乞丐暗忖,我是办的清公事,虽曾起过歹念,究因不上算,不曾实行,难道我全部分的参资不吃光,倒坏名坏气去打一两参钱的后手?及接过戥子来一横,果然短少两余人参。而且这乞丐为别嫌疑起见,特令参店开了发票。现在票货分量合不准了。那妇人笑道:"这是店中的邪气,想来认得你的,明欺你是外行,所以如此。"此话一说,乞丐脸涨通红,怒气勃勃,立即包了人参,要持回参行内去理论。妇人反又力阻道:"相差两外东西,值得同人去红脸?"无如乞丐要明自家心迹,必定要去。其时下人正忙着开饭,妇人便道:"兄弟一定要去,姑且吃了饭再去不迟。"乞丐自然遵命。谁知饭里头下了毒药的哩,而且这种毒物,当场不即发作,务必要动着真心火,那才药性爆裂哩。当下妇人与乞丐同桌饭罢,洗漱完毕,然后道:"兄弟你拿了人参和发票先走一步,往原店内去理论。横竖那面牌局未终,现在请人代着,我也须亲去结账。正是顺道,让我将车子也到那参店内来弯弯便了。不过你去交涉,千万不要动火。"乞丐应着,便拿了货票,先赶至那参号中理论。

店中人道:"这是适才当着你面秤准分量,钱货两交,况且还开有发票,岂有短少分量之理?我们店内一天不是做你一个主顾,哪里会有错误?再者你货色已经拿了出门的哩,回头再来论多少,按照商情上万难承认。你是偶然买一回参,我们的生意却非第一回做。"于是两下争执起来,乞丐始而并不动火,无奈店中人也认得他向本乞丐,一朝发迹,这是分明他从中打了后手,反来和他们店内胡闹,自然言中带刺地再三拒绝。于是乞丐实在忍无可忍,不免要发起火来,不料真火一动,顿时腹中药性发作,立刻大肠爆断七孔流红,一交攒下去,两足一挺呜呼的了。店中人十分诧异,忙即上前看视,恰巧外面汽车赶到,这妇人缓步下车来,口内尚道:"所差一些些分量,店中不认也就罢了,值得和人家翻面？"及至踏进店门，一见这情状，便将手帕向脸上一掩，顿然眼泪双抛，号啕大哭。一面立命汽车夫去请老爷来做主，道舅老爷被参店内谋死的了。顷刻间那老爷带了八个护兵，便也赶到，事实具在，这家参店内辩都没有什么辩的，明知他们是设计敲诈，无奈过门儿清楚，为求免事起见，这一下大竹杠，只得被他们敲去的了。

诸如此类的事情，东生一件，西生一件，真是花样繁多。各处的报纸上，自然目为绝好新闻资料，齐多刊载出来。初不料万流同源，这班男女或骗或敲，把钱弄到了手，并不是全归自己享用，还一齐做了杨燕儿的牛马，大部分要转献给他充组织猩猩白骨教的经费哩。

第五章　杨燕儿欲擒杨燕儿

话分两头，却说在板浦袁库儿身畔，专心习艺的江南杨燕儿，他自离乡井倏近三年，虽则身在客间，反暑往寒来较在本乡丈人行内度活来得舒适。再加库儿目前该管的缉私区域，只有从板浦到扬州这一段，好在是条死港，只能往来这两处，不通别条河的，所以公事容易办的。区域虽不大，出息倒不小，因为皖北一带用的淮盐，全由板浦运去，滋味自然厚了。跳虱在板浦市梢僻静所在，盖了两进茅屋，同百城住宿在内。门上也煌然贴起了袁公馆的条子，其实公馆内下人都不用，打杂夫役就是船上弟兄，按月轮选两个上岸当差。跳虱除了每月上扬州开饷，顺便算查缉一趟，在船上住几天，此外总是住在岸上的。

那一天乃是夏历的冬至节，百城特地买了些鱼肉，白天煮就了，到晚上同跳虱酌酒谈心。庆赏佳节席间，跳虱道："杨老弟，自前年在沪结交到今，一向承你以师礼待我，其实我并没有大不了的惊人能耐，你全学会了也不过成就一个高等的偷儿罢了。像你这般才具又加天性好学不倦，据你说虽曾娶过媳妇尚未破身，你有了这点根底，再经名手指授，小心习练上去，将来竟可以练童子工、鹰爪手，像《彭

《公案》上玄豹山那个金眼雕邱老英雄一样哩。不过你再跟我这个朽木在一块,怕要耽误了你的前程,辜负着这一身筋骨。白日等闲过,青春不再来,转眼之间你也要跑入衰老境界。到那时,心力相违,悔恨嫌迟。今年呢,为日无多,不去提它。我代你打算,待到来春,我备了一封书信,你上湖北去寻访一个师家叫艾柏龄,我介绍你投拜这姓艾的做了师父,经他手教了你三年五载,那时你软硬皆精,水陆去得,才能在扬子江下游占一把交椅哩。"百城道:"我是个无家可归的畸零人,一心只想学习武功,将来成就一个行侠尚义之人。自家两眼墨黑,前路茫茫。前年遇见了您老,我就当做您一根明杖看待,一切总唯命是听,全仗照拂。您总不会再将苦楚给我受的了。"他俩正在倾谈肺腑之际,蓦地窗外起了阵猛烈狂风,飞沙走石,连窗户都被吹开,台上点的灯烛也吹得暗而复明。百城站起身来,亲自过去把窗户重行闭上,口内却啧啧称怪道:"这阵风确实不小,在灯光暗下去的时节,我眼前似觉有条黑影一闪,好比这阵风内吹下了一个人来,您老瞧见什么没有?"跳虱本在那厢疑惑,认是自己上了点年纪,多喝了几口酒,灯光之下眼花缭乱。现在听百城如此说法,那定是有个江湖同道,借这阵狂风的机会,光降到了屋内来哩。所以待百城闭上了窗,跳虱也站起身躯,先将烛花剪去了些,然后向空自言自语道:"如有我道能人,承蒙不弃,光临蜗舍,真个蓬荜生辉,不嫌残羹冷酒,请出来畅饮三杯。大丈夫做事情要光明磊落,何必如此鬼鬼祟祟?"百城笑道:"适才恐是我一时眼花,未必真会有人乘风入户,您老这般说法,难道真认做有人来了不成?"不料百城话声未绝,台底下早起了一阵笑声,接着钻出一个人来,浑身夜行人装束,腰内插着一柄短把钢斧,向跳虱拱拱手道:"我道是谁,有这等好眼力,原来是袁八十儿。"跳虱也笑嘻嘻地还礼道:"怎么单一百也会来割自己弟兄的稻树头,莫怪日子一天难过一天了,请坐,请坐!"一面忙向百城道:"杨老弟,劳驾你去烹些热汤起来,泡一壶浓浓的好茶,来给这贼伯伯解渴。他是多一道门槛不喝酒的,让他喝三碗热水下去,挡挡寒气。"百城自忙答应,往次间内去烹茶。

原来来者非别,就是徐州的单三英。二十年前彼此都在黑道上度活之际,袁库儿放生意至少要值八十块钱一票,才肯出手;单三英的吃心更狠,起码要一百。不然两人情愿束手不为,所以他们有这"袁八十""单一百"的名誉。黑道中人差不多晓得的,他俩曾经拼了双挡,在嘉善乡下的西塘镇上,取了一家当铺内一千多现款。有本领使这家当铺中人,非但未曾报官追缉,还认是财神借饷。第二天端正了猪头三牲,大烧其路头哩。后来跳虱洗手改行,单三英松江也不住,乔迁到徐州去了。从此两下音讯阕绝,久未晤面。今宵单三英贪夜到来,那装束完全是放生意的神情,无怪跳虱要当他来割自己人的血哩。当下两人先聚了一番别后契阔,都把已往经历之事,粗枝大叶述过一遍,渐次谈到目下景况。跳虱方知单三英是为侦察杨燕儿而来,自然要将百城来历,从头至尾告诉三英。三英道:"我原有些疑惑,一月之前接到河南范玉西的信息,晓得那个杨燕儿又在豫西方面创立一个猩猩白骨教,哄骗愚民财帛。据说闹得很像一个局面了,料想这独眼贼定是教中重要分子,主持一切事务。如何又会跑到江南来?却原来另有其人。"他俩谈论间,百城已泡了好茶,拿进屋来。跳虱便代他们两下拉场,照例寒暄几句。然后百城静坐在旁,听他俩谈话。跳虱道:"我同一百儿虽则久不见面,但是你的消息曾经听人说过。据说你在河南省军第三旅内当差遣,搅得很好。"单三英道:"唉,还去提它则甚,我往河南去完全是为了江湖上第一个着重的'义'字。再者丁字巷吕祖庙的当家董长情老道,他是个出家人,尚且受了侯小坡夫妇俩的材器,也溷入红尘,帮助他们一臂之力,何况我辈靠朋友吃饭的在家人呢?故而一同前往的,到了豫西总算没有丢脸,把这独眼贼正身拿获,完了一件心事;初不料那个王玉稚旅长真是个混蛋,他竟会看对了侯七的媳妇赵凤珍,害起单相思来,一味地想把侯七身子搭住了,图谋他的媳妇。幸而苏二老角色瞧出这个混蛋旅长不怀好意,主张大家散伙,离开许昌为是。等待我们一走,那独眼贼有个赤眉城姓戴的强盗绅士靠山,代他上下一打干,竟然宣告无罪,释放出狱了。"跳虱道:"哎呀,如此说来,你们变了白费辛苦,一点功劳没有。"单三英道:"岂止白费一番手脚,反变有了罪名哩。"跳虱道:"怎么不但无功,反成有罪呢?"单三英骂道:"这混蛋旅长想必自己受了贿赂,把独眼贼正身当了从犯,减轻罪状,拿来纵放去了。反指侯七希图邀赏,将小匪指为罪魁,行文到吉林去仍要将侯七调到豫西,着落他身上交出杨燕儿正凶。侯七当然不会再去自投罗网,置之不理,混蛋旅长第二角公事更加令人可恼了,竟指侯七把匪首杨燕儿窝藏在家,索性把我们也要当匪党办哩。"跳虱道:"怎么会如此胡扯诬良呢?"单三英道:"因由是有一些儿的,皆为侯七有个寄名徒弟,又是内亲姓陶的,那面庞儿和独眼贼竟是一般无二,在许昌动身,乃是一同出关去的,所以有这张冠李戴的枝节。"跳虱道:"据我猜想,这多是借因,那祸根总是在姓侯的媳妇儿身上而起呵。"单三英道:"谁说不是呢?侯七因为了此,曾同他媳妇打哈哈道,我为娶了你,恐怕吃饭家伙都要出租哩。谁教你脸子生得匾式,害丈夫受累。"偏偏那赵凤珍姑娘又是受不住闲话的,侯七同她这么一说,当晚她就用小刀子将自家脸上划了十余道刀疤,道"从今后谅来无人再会爱我,免得当家的受累了。"跳虱道:"这赵家姑娘的烈性,真是了不得。不过这姓侯的和媳妇儿闹是枉闹的,这王旅长方面总要想个釜底抽薪的方法才好哩。不然倒弄得终身难以出头了。"单三英道:"听说五站地方有一师甫经募练的新军,内中有个团长兼旅长的褚三儿,上回侯七到徐州来,此人尚在那里推二把小手车儿当赶脚的哩。就是侯七那回资助了他,叫他去投军的。现在倒已做了军官,且喜就驻在吉省,故此侯七去央告了褚旅长请他答复王旅长,只说侯小坡在他身边当差,也是懂公事的人,决不曾窝藏匪首。让他们官官相护,包庇一下之后,或者可以缓和。同时恼了我们朋友艾柏龄,他发起英雄性格,私往许昌,要去警告那个混蛋旅长。他去了曾否得手,现尚没有信来。那么你想吧,我到了河南,眼下是这样一个情形,谁告诉你还说我搅得不错哩?"跳虱道:"真个传来之言,不足凭信。不过我才与杨家兄弟谈起,预备明年叫他上湖北去拜投在艾柏龄门下为徒。现在听你说来,柏龄到了河南尚不知什么时候返家哩。"单三英道:"我虽不曾亲见杨老弟的把式,但是既有这个'燕子飞'的外号,又在你手内教练出来,决计不会含糊。据我想来也不必再经艾家教化,你若要使杨兄弟早成大名,现在这个很好机会,千万不要错过了。"跳虱道:"什么机会呢?"单三英道:"那个独眼贼的杨燕儿,行为不轨,天悯人怨,现在他又发起一个猩猩白骨教,瞧这名字就是一团邪气。范玉西来信提及这厮表面创组此教,劝人行善,信仰佛家因果,实在暗中招兵买马,筹饷购械,何尝真的是修行拜佛?方城山四围附近男女多被这厮诱入教中,事无巨细都要依着他教中规约做去,凡有客商经过他势力范围内的地界,须纳出一笔常例,名为保护,实在就是买路钱。纳了这费之后,他们有种口号教你,方得安然过去。如其不曾纳费,非但行李有失,竟有性命之忧。如此举动,尚能算是修行人本色吗?故此有人如能投身入教,探知了他的秘密,然后伺机会来吧,倒反猩猩教,刺死独眼贼,为民除害。即使无隙可乘,弄不死这贼,就把他们的阴谋诡计大白天下,俾小民多知道这猩猩教不是正当组织,少受愚惑,远而避之,那么这首先捅破奸谋之人,非但可以成名,冥冥中并且积德匪浅,这岂不是一个绝好的机会吗?"跳虱听了,看了百城两眼,微笑道:"机会确是好的,不过我那杨兄弟胆门子虽也不弱,而且敢作敢为,只恐玩意儿还软一点,万一画虎类犬,反要被天下人耻笑咧。"

　　此时百城在旁听得明白,口虽不言。心中暗想,姓单的此话确是不错,我自离乡迄今,此身如寄,生死早已置之度外了,至于跳虱道我不愁无此胆量,只虑技能欠精,这倒也是深知肺腑之言。但是我自己想来,人生在世,自幼到老,不过数十寒暑,日月易逝,一瞬即已。与其病死在床,何不管它技能够得上够不上,跑往方城山去,亡命干它一下,如能侥幸成事,固然最美;倘若失败,至多丢了一命,似较病死在床上算一些。宋朝的寇莱公尚且请真宗驾幸澶州,孤注一掷。以前万乘之君,也肯拼这么一拼,难道我周百城区区一介细民,反而顾前虑后,投鼠忌器了吗?他在旁边一刻不宁地打主见,单三英和跳虱又谈了些别事。跳虱留三英吃了些面点,然后三英向袁、杨俩告别,仍从屋上回寓,到明天自回徐州去讫。

独有百城自冬至晚间听了三英这番说话,从此变得坐卧不宁,寝食俱减,镇日愁眉不展,好似有件大大心事,常挂胸怀,不得解决一般。同事的见了多当他离乡日久,际此长夜衾单,挂念着了家中媳妇儿,所以终日闷闷不乐。问他为何如此,他又说不出什么来。其实大众所猜多是隔靴搔痒,就中只有个跳虱知道百城是为想上河南方城山去,窥探猩猩白骨教的内幕,建立非常事业,图个名震江湖,故而如此的。所以时常隐而不露地暗暗讽劝百城,万事须三思后行,不可刚愎任性,倘若鲁莽胡为,非但枉送性命反而惹人成败论人,徒贻后来笑柄。因此百城屡次要想拼一拼,走险道,多被跳虱这种老成持重的说话所阻止。

忽忽冬尽春来,又已虚度了一个年头儿,恰巧那天又遇元宵佳节,跳虱购办了牛羊菜蔬将自己部下都邀来喝个痛快,也算莫负良辰,庆赏首节。不料忽由邮局内递来一通书信。凡属跳虱的往来函件,本则全由百城经管,自然拆开此书观看,不看犹可,一看此书,立时雄心勃勃,顿然打动他心坎上久蓄未发的壮志,再也忍耐不住的了。

第六章　错走慈涧镇巧救玉姑娘

却说那独眼杨燕儿自亲到广西南丹州,觅了一只猩猩归来,特筑了间地道密室藏着,自己用心喂养,食料之中常用辰砂拌和着给它吞吃,渐渐地把它豢养得驯熟了,于是教它说话。教灵之后,命人往附近城镇上播散流言,道方城山后面燕剪峪的鸟巢禅院中,到了一个猩猩,能够代人推算运命,晓得穷通富贵。这话传了出来,杨燕儿白天便将猩猩迁到了后山,晚上再回戴庄,将关锁它的铁笼外面,再套上一个工细雕刻的神龛框档,当面前也张起黄绸神幔,又制起七梁纶巾、八卦道袍,代它穿上。居然很像个摇鹅毛扇子的角儿,等待有愚民来问休咎。先将年庚要去,向幔内送了进去,隔了一回杨燕儿暗中布置得秩序井然,自有人将黄幔揭开。那猩猩见了那个生人便道:"推算你的命,你要发横财了,送尊财神给你供养,待你早日发财。"这四句说完,黄幔已经扯上。另有人将一尊装金的玄坛小法像,授给那人。叮嘱他供养方法:务须静室,生人不易得见之所,千定不能随便供在家中原有那种小神堂内。因为这个神道,形似玄坛,其实名叫金危危,乃是专管飞来财饷的野财神,所以不可与他神同供,而且外边不可用甚围罩,若得围罩了,分明就是拘束他的野性,不发财的了。单只露供在静室之内,那么你或者购奖券,或者往大阵内赌钱,保你稳中头奖,有赢无输,财饷自会飞来。三天之后,必见效验。那人受了这小神像,多要问声代价若干,却又分文不要。道是星君说出送你,我们不敢私取一丝一毫。那人自然很高兴地回家,如法供养去。

　　不料过了三天,那个装金小财神的法像,竟是踪迹杳无,横财倒也不发。人心皆同,自然又要去问问猩猩了。不料二次前往,等待黄幔揭开,猩猩鼻子内就哼了一哼道:"你供养得不虔诚,财神昨天已回来了,你还想发财吗?"这三句说完,黄幔又早扯上,仍是上次授像与他的人重来同他搭话,果然把那尊小法像拿出给他观看,并且埋怨他何以怠忽如此,致财神动怒归来。那人当时财迷心窍,一时不去研究他们的门槛,反多自怨供奉不诚,致财神动怒而归,要求再请回去供养。那个特别香工便道:"此事我不能擅主,须请示星君。"于是向黄幔内问道,某某人意欲再请财神回去,星君许他吗?幔内答道:"此次请是可以让他请回去,不过要他出几文香金,方可待他再请回去的了。"于是此项香金瞧了这人身装讨价,没有一定的了。其实杨燕儿预将此项财神小法像制成一种模型,做时却用两样质料,甲种是鱼肉拌和了面粉做的,乙种纯粹泥质。第一次给人的是甲种,待他拿回家去供了,那股腥味猫鼠闻着了,都要衔去吞吃,所以供了三日,会踪迹不见。第二次卖给人的是乙种的。一毫破绽不露,这一票财神法像的交易,竟然轰动一时,等附近愚民的信仰热度,将要退步,又有黄河两岸豫东一带的男女,多到方城山来,访问乌巢禅院的猩猩星君。他们远道之人,多知这个猩猩尚是汉朝时代,有个封溪猎户叫陈廉,捉住了它,装在袋内,同着一缸酒去送给封溪知县黄霸的。黄霸问陈廉送些什么东西给他,陈尚未答,它在袋内代应道:"一只猩猩一斗酒。"黄霸因爱它通灵能语,故便开袋放它还山。从此它朝星礼斗,修真学道,现已修成正果,名登下八洞仙箓,能前通五百年,后知五百年过去未来之事。此次是奉着玉虚四相之命,特地送一方印绶下凡,授与人间真主。这个真主就生在豫西地方。不过猩猩星君不肯说出名姓来,它爱那乌巢禅院清幽僻静,暂时寄居,我等特来烧香礼拜,问问终身休咎。

方城山附近之人听了,崇仰敬信的心肠,重复热烈起来。扶老携幼,成群结队地再去瞻礼猩猩。这时候豫西一带又发生一种童谣道:"草头王在后,猢狲王在前,不要性命只要钱,有钱无用处,十八笔头真帝主,真主出世甲子年,天下太平不重钱。"此谣一发生,自有一般人当件大事讨论着。有人道真命帝主莫非姓李,也有的道姓戴,又有人道姓瞿、姓魏,多是十八笔。议论纷纭,莫衷一是。

杨燕儿乘着这个当儿,便将戴昆名姓宣布出来,凡来入教的,不论远近,都发给一块竹制腰牌,作为凭证。他本来是红帮出身,所有红帮内的规仪肚内很熟,便同殷振雄商酌之后,将原来红帮的法则,改头换面增删一下,拣紧要的喝什么水哩,点什么香哩,以及山名堂号,内外口令,并定的年号等类,都写在凭证上头,另外议定的一种语言,分别抄在经折上面。譬如这人属于文部的,自有文部的应用言词;属于武部,又有武部的应用话儿,不相混杂。所有文部事宜,归殷振雄、吴玉深俩主持;武部方面,自然燕儿和蒋桂俩了。并且他参透人民的心理,对于名器上的阶级观念,始终打不破的。故此他定出许多大小官名,居然也分品级,降调升迁,赏功罚罪,很郑重其事做去。入教的人络绎于途,确实不少。燕儿又想出煽惑军队的方法,请殷振雄做了一篇东西,油印了由邮局投送到各省各种军队中去的。这篇东西既似宣言书,又好比誓师文。本来红帮里头,有个新山头开辟出来,也要发一种出山柬的,不过非同他们现在,不论新旧军队、水陆警士、缉私营、商民团等等,凡与军事有关以及兵式组织的公团,都有一份寄去。乃是通告一般同帮的各山主,余外都没有的。上章所述百城接到开视之后,便打动心事,投袂而起的,就是这纸油印的猩猩白骨教宣传文字。这上头道:

　　窃思世衰道微,正英雄建业之秋;水秀山清,本豪杰立功之地。古帝王乌牛白马,告天地而起义桃园,破黄巾而三分鼎足。继起者,或据瓦岗而立寨,或镇梁山以称雄。贤豪之崛起,不一而足。迨至前清康熙间,我江湖诸祖,平西戮力,功不加赏,劳不擢爵。我江湖诸祖,乃独霸中原,建筛出师,登坛拜将,兴起虎龙之弟兄,栽成仁义之英豪。此则当世之俊杰,固尽知为我辈之渊源。方今天下扰攘,四海沸腾,军阀专横,分崩割据。小民孱弱,鱼肉刀俎。居上者不以至公理物,为下者必以私路期荣,御圜者不以信诚率众,执方者必以权谋自显。是以古道离而名教薄,世多乱而时不治,苟不起拯水火,直将世复洪荒。爰本祖意,推而行之,未敢改易前章,用谨少参末议,是以有猩猩白骨教之组织也。昆等少读诗书,粗知礼义,飘零山岳,托迹江湖,鲜受仁兄之指教,又乏前辈之栽培,睹此世变时艰,焉敢不一动念,识时务者乃为俊杰,知世道方不愧英雄。昆等虽未敢自居,但既与兹教，悉作龙头，当有以企慕前贤，追随骥足。爰览中州居天下之中，关东占形势之险，故即名山曰方城山者，既因山势挺直，卓尔不群，又愿万方同志，来作干城故也。名水曰西江水者，既因水势活泼，清澄且涟，且冀掬此清泉，洗彼浊恶故也。得山既厚，得水复深，兼有人文之蔚起，故名其堂曰"北汉堂"。祝我诸祖威灵，馨香勿替，山岳禋祀，千秋永存，故名其香曰"南岳香"，取南方以火德王也。兹当天朗气清，惠风和畅，谨选吉日，诹良辰设五祖之灵，虔伸祭奠，当三光之耀，共矢至诚。伏愿当代俊彦，执事仁兄，踊跃急公，指挥美誉，倘蒙不弃，来赞襄敝教，辅弼厥成，尤不胜欢迎之至。俾将来豪杰同心，雷雨拟经纶之盛，英雄同志，光耀如璧月之圆。聊志无词，用伸小引。

百城见了此文，默忖如再不往豫西投入该教，乘机起图，他那里基础日固，势力日广，愈加难以收拾。如和跳虱说明前去，他定要阻挡，倒不如一声不响，私自动身吧。当晚百城收拾了自家细软，和着自己常用的那柄三面开口尖头攮刺，到十六清晨，便离开板浦，悄然启程。果然神不知而鬼不觉，沿着陇海路线，径向豫西进发。在路晓行夜宿，走了几天，那日过了中州府，地名慈涧宿夜。此地在晋代属于东垣县，后周添设个孝水戍。隋朝大业年间，杨素的儿子杨元感，起兵围攻东都，曾分兵防守。唐朝初年，李世民差罗士信攻王世充，曾于此处大战。唐朝以后，划给新安县管辖。在中州西面，距离四十里路。

当下百城打听客店中人，上方城山去如何走法？他们都道："你走错了道路哩，不必走到这里，你只消在中州府搭洛水内的上水船，到卢氏，船资不过几百文。到了卢氏之后，然后再搭短载至三川镇，上熊耳山，过天息山，便到了裕州方城山哩。"又有人道："连卢氏都不要到的，如此走法，不知要走多少冤枉路。实在你从豫东来的，到了偃师,出轩辕关一条大路,由襄城叶县到方城山,极其便利。现在你快回中州搭洛河内的上水船,在永宁登岸,然后经嵩县、伊阳渡、汝水至鲁山,再过去就是方城山了。"百城一一听了,自怨不曾早些问道,致多走了不少瞎路。当下晚饭过后听同寓中人的闲谈,大半谈那猩猩白骨教的事情。有个从内乡县来的人道:"现在世界连路都不好跑了,我们那里西峡口、马山口等处的年轻子弟,全入了哥老会哩。如其单身客商经过,他们就要三人欺两,上前盘诘,倘然回答得出打过门话儿,便放你安然过去,不然非但行李跟钱保不住,连性命多有碍哩。"有人问道:"你可知道这打过门的说话,是怎样几句呢?"那人道:"俺也是拾来的话,据说他们先上前喝道'莫跑'。客人便站住道'莫跑就莫跑'。他们问你是什么人,你不可说出自家真名氏,要说'我是唐朝秦叔宝'。他们又问从何处来,往哪里去?你答是'从来处来,往去处去'。又问你路上曾瞧见什么来,答道'我路上瞧见一台戏。'又问唱的什么戏,答道'唱的是桃园三结义。'那么他们必道'原来是自己弟兄,去罢,莫误了你的前程'。如其回答不出这些噜噜苏苏说话,就有危险。"又有个陕西人口音接嘴道:"咱们敝省褒城沔县一带,现在也有了这个玩意,据说就是褡州分去的猩猩白骨教。你们那里盘诘的说话,只有这几句,简单得很,我们那儿花样更多。始而也喊人站着,问从哪里来,你要回答'从梁山忠义堂上来'。又问'梁山有多高多宽,周围多少里数,设立几堂几卡几酒店,酒店设在何处,有多少景致,有多少仁义弟兄,威风大的怎么样'?你须答道:'若问梁山根本,有三百六十丈高,周围八百里,山上有四门四关四卡,山下有东南西北四酒店,前有金沙滩,后有鸭嘴滩,左有明月洞,右有娑罗树,聚集一百单八条英雄豪杰,所以有天大般的威风。'他们再问:'四门通哪里,关卡酒店哪位弟兄把守?'你又要答道:'东通广东福建,南通河南湖北湖南江西,西通云贵四川,北通济南府和北京。四关八将镇守,头关大刀关胜,双鞭呼延灼;二关豹子头林冲;三关霹雳火秦明,小李广花荣,白面郎君郑天寿;四关金枪手徐宁,铁叫子乐和。四卡守将,头卡摸着天杜迁,二卡云里金刚宋万,三卡白花蛇杨春,四卡跳涧虎陈达。山下酒店镇守英雄,东方菜园子张青,母夜叉孙二娘;南方矮脚虎王英,一丈青扈三娘;西方双尾蝎解珍,两头蛇解宝;北方笑面虎朱富,旱地忽律朱贵。山顶造有五堂,头堂忠义堂,及时雨宋江,托塔晁天王;二堂公义堂,玉麒麟二大王;三堂仁义堂,智多星吴先生;四堂忠孝堂,入云龙呼风唤雨赛纯阳;五堂天罡地煞堂,八十四位仁兄义弟把身藏,山上遍插蜈蚣百脚幡,暗合五行生克;另树镇山大旗两面,一书"替天行道",一书"水泊梁山"。堂前建筑点将百花台,后造鸣金擂鼓台,左有花木树,右有金鱼缸,圈子之内,所有英雄豪杰,一概归宛子城宋大爷督理,前人旺,后人兴,代代兴旺到如今。'要回答得出这许多说话,才让开生路,放你过去,不然没有买路金,休想会太平。做现在世界上的人,难不难呵!"百城斜躺在床上,静听他们闲谈这些江湖黑话,很有滋味。讲的人娓娓不倦,听的人津津有味,正彼此入魔之际,忽然外头人声喧嘈闹将起来,大家奔走出一瞧,原来邻居失火,延烧过来。于是大家忙着搬东西,觅路逃命,此处起水既嫌不便,加着消防事业又不讲究,偏偏天又在此际刮起很大的东风来,风助火势,火借风威,顷刻之间一路顺风烧去。靠西居户,有好几家烧着的了。

　　这家客寓里头有一班山东唱梨花大鼓的人们住在那里,一闻起火,男子都跑了出来,独有那个女子叫玉姑娘的,尚在屋内收拾东西,未曾出外。他们同伴诸人老在外边叫唤,不进去救她。皆因他们虽则合伙来去,其实做的拆账生意。这玉姑娘是孤立的,和这班男子全没大关系。故此他们不关痛痒,一味干嚷。倒是百城看不过了。他是天生侠骨,见义勇为。他倒不顾什么,冒烟夺火,冲进屋内。可怜那个玉姑娘,因为舍不得几件衣服,忙忙收拾了个包裹,迟走一步,岂知竟困在火里头,逃不出来了。两只眼睛被浓烟迷住哩,休想张得开,一时不辨方向,望那边走不出,向这边走走又不行。火势一刻紧一刻,周身觉得发烧,脸上手背上已被火舌头灼焦了几处。外面呼声,她不听得。她想呼救,俾救火人闻声觅救,无奈也被烟呛了嗓子,一个字都不能叫喊。若得百城迟一步冲进火屋内来,此女竟要烧死的了。这也是命中注定,不应死在火内的。所以百城一闯进来,即便撞着,忙喊她身子趴下地来,匍匐了好出去,因为烟头是向上冒的,人趴了下去,便可分出门路来逃命。百城也不顾男女之嫌,将她一把拖出门外,连百城的肌肤也灼焦了好几处。玉姑娘是更不消说起,极声喊痛,要命人去觅凉水来浸洗着。百城忙摇手止着道:"若得在凉水内一浸,火毒攻心,无法可治。你今宵熬痛些,到了明天命人去觅一种砻糠杨树的树皮,拿回来在瓦上炙了灰,用麻油调敷在那火烫伤痕上,莫说这一些轻微火伤,凭你烫得厉害,也敷得好的。"旁边一人插嘴道:"若是被滚水烫的,此方可有用呢!"百城道:"如属水烫的,此方无效,要用最好的锡箔,在上等高粱酒内浸透了,拿来贴在伤痕上,也是立见功效的。"玉姑娘道:"此刻不是讲闲话的时候,你瞧那火势,烧了这许多辰光了,尚一些不退,到场施救的水龙,虽都拼命打水,无奈水力不足,浇上去一些些的水花好比浇了煤油一般。我幸得这位爷救了出来,不然准烧死在内无疑。"

这场火直烧至将近四鼓,方才火势自然减退,方得救熄。一共烧掉了三十多家。等待东方发白,百城就要赶路。玉姑娘哪里肯放,道:"你是我的救命恩公,因为救我累及你也遭火烫,又承传授秘方,无论如何屈驾小留一两天,待我去觅到了砻糠杨树皮,代恩公伤痕上也敷了些树皮灰,然后就道未为迟也。"百城见她诚意挽留,再加伤痕的确也疼痛得难受,既然她去觅树皮来炙灰了,也就在此再留一天吧。于是先往慈涧东镇,央告了一家小杂货店把大家身子安顿下来,玉姑娘便命同伙男人去觅树皮,一面请问百城的姓氏,百城道:"我是名唤杨燕儿。"玉姑娘惊道:"原来尊驾就是猩猩白骨教中武部正龙头杨大爷呵?"百城道:"不是,我是江南杨燕儿。这一个是吉林杨燕儿。我是五官端正,喜干路见不平拔刀相助之事;他是残疾废人少一只眼珠子的,而且心狠手辣,专干不端之事。我和他还是仇家对头人哩。"当下玉姑娘很殷勤地问长问短,回头树皮觅到,炙灰之后,玉姑娘亲代百城调敷,倒同自家人一般,知心着意地伺候着。百城道:"我瞧你这种性格,不配吃这跑码头开口饭的。你还是回家去为是。"玉姑娘听了,忍不住两泪交流。告诉百城道:"我是山东长清县党家庄人,父亲是个武秀才,姓吴,家中向来开设合兴安寓客商。只因生母早死,天伦续娶了,生有一弟二妹。爹爹是专门教练人家拳脚,一年三百六十天,倒有三百天行教在外。家里店事全由继母做主。自家配了个男人,十二岁童养过去,谁知不曾结婚男人死啦,于是退回母家。在晚娘手内过日子,当然不好过的。自己心高气傲,背地里常说要自食其力,此话吹入继母耳内,恰巧她有个表弟,乃是孙家徒弟,向替孙大玉弹三弦的。继母便将我送去,学了这牢什子,学这行行业,如其有赞敬贴饭金的,学成了便得离家自立。像我那样不出学费,饭钱也贴不足的,须要学三年,帮六年。如今出了师,二年尚不到,实在为了自己糊口之计,没奈何才出来走江湖的。"说罢,呜呜咽咽地哭起来了。

　　百城本则女色一门,看得非常淡泊。这次萍水相逢,劈空遇着这个吴玉姑娘,说也奇怪,铁石心肠也会钟起情来。见她一哭心上万分难受,便极力劝她止着悲声,又同她谈了半天肺腑之言,才知她倘未曾重嫁丈夫。如今出外营生,顺便也在那里留意可人,将终身托付,愈觉得她举止大方,性格温存,一毫没有江湖习气。百城便吐了一句半耍半真的说话道:"可惜我现在尚有事在身,连自己不知以后如何。再者我家中曾娶过媳妇儿的了,为着自己要练武功,保守真阳三十五岁之前,不肯破身。以致夫妇不睦,不然……"玉姑娘接口道:"爷现在贵庚?"百城道:"我如今二十七岁。"玉姑娘道:"再待八年工夫,眨眨眼就到啦,算不了什么。爷果爱我,我就做二奶奶也愿意。不过这婚姻大事,须由堂上做主,爷既喜拳棒,我爸也最精这一门,爷河南事情干了之后,可能屈驾上咱们党家庄玩几天,跟我爸爸讨论讨论武

功,顺便提起这句话儿。我也就此回家去,候爷的信如何?"百城道:"我河南事情,说不出一个准时候能够了结,老实说吧,连自身的生死存亡,尚且没有把握,不要误了你的大事,不当稳便。"玉姑娘想了一想道:"这样罢,我和爷约下三年为期,无论怎样扎手难办的事,大概有了三年工夫,总有个结束的了。如果结束了,请爷就上我们那处小地方去,和我爸碰面。我待爷三年不到,再出来走码头,找别路。在这三年之中,我在家熬清甘淡,专候爷驾光临如何?"百城见她如此爽脆,更觉合意。自便答应,并将自己来踪去迹,上河南来的真情,一齐说给玉姑娘听着。好在自己行囊简便,随身携带,昨晚一点没有遗失,便在包里取出自己的川资,分一半给她,数目虽甚式微,聊表心上一点敬爱真意。玉姑娘不比寻常女子,有婆子气的,竟然收了去,她也拿出一些交换品物来,赠与百城,作为纪念。那耆糠杨树皮灰治火烫,真同仙丹般灵,他俩调敷之后,立时止痛。因昨宵未睡,今日早些安歇,两人都能照常熟睡,伤痕上一些没什么。过了这晚,第二天清早百城吃了早膳,别了玉姑娘上路。玉姑娘送了一程,又再三叮咛百城,牢记这个三年之约,然后洒泪分手。她独自回至慈涧,果也收拾东西,招呼同伙,真的回党家庄家内,实行静守三年之约,不再干那沿门歌唱的生活了。

第七章 巧刺猩猩倒反白骨教

百城在慈涧别了玉姑娘,回至中州搭船,取道永宁至裕州。那天到了目的地,去买个红全柬,将自家真名隐去,单用了姓,又捏造了个履历,亲自送至方城山戴庄上去投效。他们叫百城后三天去听回信,要待文武两部首领,将你名氏履历告禀了星君,然后星君暗中查察你是否诚心投效,再定收与不收哩。百城自然也只能依着此话,待到三天之后,再去听信。其实这也是杨燕儿的主见,故意如此试试投效之人,如果诚意前来投效的,叫他三天以后再来,自必如期重至。倘然穷极无聊,不是诚意前来投效的,决不会如期再来,所以要有这一度周折。当下百城等过三天再去,门上守卫的将他领至里头,先和寄名处的职员碰头,诘问百城道:"你是自家情愿进教,还是有人劝你进教的?"百城道:"这是我出于自愿,故此不辞道远,从江苏到来投效。"寄名处职员听了,把百城自写的履历单,翻出来瞧了一瞧道:"你叫周世英,前来投效武部中充当教友的?"百城道:"不错。"他们便将百城名氏登了花名册,然后道:"你既自愿入教,须纳入教手续费一元,茶水费一元,祀祖费一元,服装器械费两元,总共五元。"百城如数付讫,他们收了这款,便拿出一个肩章,一个护心兜,就算服装的,一根丈许长的木杆,杆上套着个点钢尖矛头,矛下挂着一绺红缨,这就算军械的,一齐交给了百城。然后去喊散值班头领姓金的到来,把百城交给他,领至庄后那一带新建的竹柱草屋中住下。

从第二天起,由姓金的喊去上操。原来新入教的概名散值教友,犹如军队内的备补兵,要操演了十天或者半月之后,这个姓金的瞧此人才堪造就,于是报告上去方得去参谒星君,由星君颁赐一个法名,法名的辈分也同粮帮内的前念四、后念四的四十八个字辈相似,有一定的字眼儿,乃是用"阴阳合化成彪,寿合和同,公侯伯子男,金木水火土,天地日月年,龙虎风云岁"三十个字轮派的,另外用"虎彪彪麐麐"五个字当做队伍的符号。每三十人为一组。这三十个人的法名,恰巧从阴字起,至岁字止,名为虎字第一号。第三十一人的法名又叫阴什么起始,轮至第六十名的岁什么,便算彪字第一号了。等待满了五组一百五十人,仁义礼智信五个虎字全了,这算第一队完全成立。那么第一百五十一人起,至第一百八十人止,便要称做虎字第二号的了。百城这次进教已经是第九千八百六十二号教友,轮派到麐字六十六组之中当差。法名叫阳镖。将那护心兜吊进去,由星君念了七七四十九遍咒语在上,从此刀枪刺不入,枪炮打不进,又将那杆红缨木矛的杆上刊上"周阳镖"三个阴文字,从此平日不操演的了,只消每日清晨到祖

4	14	15	1
9	7	6	12
5	11	10	8
16	2	3	13

师堂去行一回三跪九叩首的大礼。但不过到了朔望,要往乌巢禅院左近的大操场上,由杨燕儿或蒋桂到来指挥,每组添上一个组正,三个组副,合成三十四人操演一个三十四暗阵。表面上瞧去,右边站着一个人,第二行十五个人,第三行十四个人,靠左首站着四个人,共分四行四批人(如图式),好似四四十六个人,成个小方阵。其实一个小方阵,恰巧容纳一组教友,如此站法,凭你横点、竖点、斜角点,点来点去暗里总含着三十四的总数目。燕儿亲自嘱咐道:"将来如其祭旗出师和敌人交战起来,就摆开这个阵式,使敌人一时瞧不出我们究竟有多少教友。倘然他们前来攻打,我们就散开来,包抄过去。先像宝塔式头尖底阔,等待把敌人包围住了,改用胡蜂阵的战法。虽似各个作战,其实仍旧三十四个人互相策应。如此战术,前所未有,竟可百战百胜哩。"别人听了唯唯而已。独有百城听了,心中暗暗好笑。默忖这厮尚想祭旗出师,果真有这日,依这法儿打起来,确然敌人不易抵御。但是我既投了进来,早晚要下手暗杀,流血五步,使你们蛇无头而不行,到那时不战自溃,这些法儿也是白练习的了。燕儿又道:"众位操演纯熟之后,星君还要亲来教授你们一种咒语,你们读熟了,星君再画上大力灵符,化灰吞服,每人一道,临敌之时,非但一读这咒语,敌人刀兵枪炮,多难损伤我们毫发。并且力增十倍,人人好比唐朝李元霸、李存勖那般力气。真可所向无敌哩!"百城随着大众唯唯答应,一点声色不露,且待机会。

又过了几天,忽传文部首领吴玉深在燕剪峪谷口山地内,掘着了一方断碑,碑上有不少古篆,没人识得,现在戴掌教下了手谕道,如有人能识得这碑上篆字者,平升三级。百城暗哂道,他们倒也效学秦末汉初的陈胜吴广俩哄弄愚民的老法儿了。隔着三天,武部中有个小头目识得这篆字,拿来注了正体,呈送进去。这小头目果就升做了组正。不过这篇碑文辞句奥妙,一时识虽识了,又莫解其意,所以又抄录了一大张,挂在戴庄门外,征人解释。倘句句解得有理,也立升三级。百城也跑去一瞧,那纸儿上道:"二四一旗难蔽日,思量辽阳旧家乡。东拜斗,西拜斗,南逐鹿,北逐狮,分南分北分东西。偶遇夷人在楚乡,马行万里寻安歇。残害中女四木鸡,六人不才会,山水到相逢。黄龙早丧赤日中,鸡羊猪犬九家空,饿荒灾害皆并至,何似丰登民物同。得见金龙心花开,刀兵大将一齐来,一钱升米无人籴,父死无人兄弟抬。金龙绊马手乱伸,二十八宿问土人。蓬头幼女蓬头妇,揖让新君让旧君。手执钢刀九十九,杀尽胡奴方罢手。炮响烟火迷去路,迁南伐北六三秋。可怜难度雁门关,摘尽李花灭尽胡。黄牛山下有一洞,一投一万八千众。先到之人得安稳,后来到此半途送。难怨有罪共不罪,天下算来少人民。火风鼎,雨火初兴定太平。火山旅,银河织女让牛星。火德星君来下界,金殿龙楼尽丙丁。一个胡子大将军,执戈勒马问情形。除害去暴人多爱,永享九州金满籯。四人八方有文星,品物咸亨一样形。琴瑟和鸣成古道,左兴帝,右中兴,五百年后出圣君。圣人尚闻与真人,传流天下贤良辅。气运南方出军臣,圣人能化乱渊源。八面夷人进贡临,宫女勤耕望拜月。乾坤有象重黄金,北方胡虏害生灵。更尽南耀诛灭形,匹马单骑安外国,众军揖让留三星,三元复转气运开,大修文武圣主裁。上下三元无倒置,衣冠文物一齐来,七元无错又三元,大开文风幸对联。猴子大槃难逃架,太平犬吠猪尽鸣,文武合在才一茂,流血千军难民逃。爱民如子亲兄弟,创立新京修四京。千言万语如灵实,留与苍生长短论。"

百城一见此文,自觉眼中已曾见过。不过《推背图》上是没有的,袁了凡的《未来世界》上也没有这首歌谣。想了半天,恍然道,这是刘伯温《烧饼歌》的下半首。他们把上半首截去了,叫人推详,这都是未来国事,一时哪能全详得对?除非要这事发生以后,再由好事者细将这辞句和事实去对勘一下,尚不过有点影子罢了。真的能事前预言,到那时事情发生出来,和他所说的一丝不错,恐怕现代生不出这样人才。果真有这么一个人漏泄造化先机,也要为造物所不容。迷信家所谓要犯天条的了。

又隔了数天,杨燕儿接着派出弟兄的报告,道郑州方面的假活佛遭人识破,口内装的钻牙被人用羚羊角打碎的了。那一晚杨燕儿同蒋桂等齐往赤眉城戴昆处议事去了。此间防卫稍懈,百城暗想,我要下手去刺那猩猩,此其时矣。到了晚上二更过后,百城扎束妥贴,轻轻离开卧所,到戴庄后面,翻身耸上屋去。好在猩猩起卧所在,百城随了大众参祖时,常常留心。就是内里头一些小机关,也明白的了。他从屋上一路穿越到了祖师大殿,先丢了个石子下去,一无人声,二无犬吠,他便下了屋面,脚踏平地。轻手蹑足上了大殿,晓得琉璃灯畔有一口报事警钟,暗中有铅丝通在密室门上。如其去碰动密室门户,那口钟便要响起来的。所以先爬上供桌,身畔掏出预备的湿絮来,借着那琉璃灯光,把铃舌裹了起来。然后跳下供桌。百城自从投身入教之后,处处留心和一般值殿的教友,尤不惜工本地结交。故此殿上暗过门儿,多从这些人口内探听明白。现在好似熟手一般,便伸手到供在黄绸幔外,正中间那个齐天大圣的长生禄位上;表面上看去,供桌上一字并肩供着九个神位。左首是庞刘苟毕四天君,右首是邓辛张陶四天君,同正中孙大圣的神位,都是一样做煞在供桌上头。其实孙大圣那个位儿是活络的,百城伸手上去,把那神位用力向下一撅,供桌下面做就的两扇门儿,便砰的一声开了。不过手若一松,那个神位便要弹上来,供桌下的门也就跟着闭上。百城一个人两条手,顾了这边不顾那边,没奈何只得放了手,再下殿去在庭内操了个小石磴上殿,压在神位之上,使它弹不上来。然后伛着身子,进了供桌门,一步一步遵着石级走下去,一共三十六步石级。走至一半,晓得有个壁洞,内藏着火把,便伸手取出来,将那外边竹套除去,顺手一抖,抖着了火头照得雪亮,走下密室。此时室内忽起了阵阴风,手中的火把几乎吹熄,并好似在这眼前一暗的当儿,有人交肩而过。百城却认是自己眼花,并未注意,及至走到地窑一瞧,密室的门儿已经洞开。进去看时,那只猩猩已不知被谁先来对胸戳了个窟窿,仰躺在铁笼中,鲜血直冒,早已死的了。百城暗忖奇怪,原来已有人先得我心,到来把这畜生刺掉,不必再劳我手。此间不宜久留,快些退出去吧。于是百城忙退出密室,仍遵石级上来,经过壁洞依旧将火套套上,照常藏过。匆匆走出门来。不料已早惊动值宿之人,待等百城的身子从门内钻出来,两相觑得真切,一声呐喊,伸过几把挠钩来,将百城钩住。然后大家上前,用绳把百城四马攒蹄地捆了起来,亮出火来一照,大家不禁诧异道:"我们认道是外来奸细,原来是周阳镖。自己人,黄夜前来何事?"百城道:"我是下地室中参祖的。"这班值殿之人和百城多很知己,听了此话要将他放的了。内中有个精细之人道:"且慢,往里头去瞧了星君怎样,再放未迟。"于是下去一瞧,回出来高嚷:"了不得,星君被刺,这干系不小。岂可擅放周阳镖?且待首领等回庄审问之后,再放未迟。不然我们肩上抗不下这份斤两的。"于是把百城提至后面空屋内看守着,一面连夜派人上赤眉城去,报于杨燕儿等知道。

燕儿得闻此信,如同当头打了个霹雳下来,忙同蒋桂俩匆匆赶回方城山查看情形。猩猩果已被刺身死,追究昨宵夜班值殿教友,方知当场捉住了个周阳镖。虽无人目睹他刺死星君,但是嫌疑颇重,我等拿住了他捆缚了手脚,严守在后面空屋中,候首领归山讯究。燕儿听了一叠连声吩咐将周阳镖押上来,待俺亲自讯鞫。手下答应,忙至后屋中去提周阳镖,不料走至后头一瞧,事中又生出了事来。只见收押周阳镖那间屋子,双门半开半俺;推门进去,昨夜派的四名看守之人皆身首异处,不知又被谁杀死在地。捆缚周阳镖的绳索,割做了一段一段,散弃在地。至于周阳镖的身子,早已暗有人到来救去,变得踪迹杳然的了。

第八章　练五毒功背袱寻侯七

戴庄上猩猩星君被刺,嫌疑犯周阳镖又遭人救去,当下再去报知杨燕儿,恼得他三尸神暴燥,七窍内生烟,一肚子怒火,无从发泄。只得迁怒到这班值殿教友身上,把他们个个重笞一顿,一齐开除教籍,赶下山去。不料杨燕儿这一干,更不得了咧。这班人受了这顿冤枉毒打,再加又被驱逐,他们便在外宣扬道:什么猩猩星君,上天降下,能知前后五百年事情,全是吹大气哄骗人。这个畜生乃是独眼贼往广西南丹州去弄来的,教导得灵活些罢了。如果真是汉朝时候有灵的猩猩,有了仙气,此次如何再会被人刺得死呢？大家快不要上当,我们拼性舍命,将来代他们去打江山夺社稷,事成之后,他们受用。一朝事败,我们伸颈受戮,他们好逃往东洋去躲过了一个锋头,回头花一票运动费,仍得安然返家度活,我们死的白死,活的也弄得苦不尽言。什么封王拜帅出将入相的日子,命内不曾注着。大家若妄想做那开国功臣,将来弄得饭都没处吃。还是大家趁早回头,回到老家去穿布衣吃菜饭,倒好安逸度到老死哩。大家快些散伙,走他娘,莫去做他们傀儡吧。

天下无论大小事情,成功艰难,破坏容易。而且自己人倒戈攻讦起来,那效力更加宏大而迅速,除非被败坏的一方,要花加倍的金钱,或者可以收买人心,不被破坏者搅散局面。所以此话一传布,不免大受影响了。偏偏这个当儿杨燕儿面授机宜派往各地的筹饷教友,那些门槛又多被教外识破,大一半失败了回来；就是未失败的一小半人,虽仍在外照常进行,也只能做个日用开支,没有盈余汇回来。戴昆家私虽大,但是没有收进,净仗一些死铜钱,要支应这个局面,却有些来不了。非但一班有月薪的教友领不到薪水,简直连每日三餐都开不出来。因之反对论调的功效格外大而且速。可怜杨燕儿费了好多心血勉强做成这个局度,谁知人心一涣散,失败起来,顿时同滚汤泼雪一般,眨眨眼儿已是四分五裂,拆得不成模样了。戴昆本来极信任杨燕儿的,到了此际也说起闲话来道:"照旧做了码子,请请财神财童,开开武差使,何等不舒服？凭空要组织什么教了,组织到如今,一事无成,反白丢了不少心血和金钱,真不上算。"

此话吹到燕儿耳内,很觉难受,只好私和蒋桂计议,重新大干劫掠生涯。蒋桂摇头道:"现在比不得前一时,以前豫西剿匪司令王玉墀一来本人吃得进药的,好做手脚。二来地方名色虽枯,实在不枯,他们的饷糈,尚可领一半欠一半;如今地方实在真枯了,他们军饷全欠了,连伙食都要自家想法,于是多方搜刮,连蟹脚内都搜空。俗谈匪过如梳,兵过如篦,目今榧篦木梳全属他们兵做去了,挹不着我们匪去染指。再者那个王司令为爱上了滚马侯七的妻子,屡次用手段逼迫人家,以至恼了个湖北双钩将艾柏龄,私到许昌,乘王不备,用鸡鸣断魂香闷倒了,将他的眉毛头发全行薙去,而且枕畔尚留下一封柬帖,一把明晃晃的尖刀。柬帖上竟然书明我是某人,因你身为堂堂剿匪司令,竟好色忘公,谋夺一介细民妻室,所以特来警告一下,首级暂寄尊项,姑取尔之眉发以去,如再不改恶行,则当收拾尔命不贷云云。可笑王司令经此一吓,竟吓得不敢再去转侯七妻子的念头。不料他没有了眉发,威严也比前大逊,恰巧现在军队中又时行倒戈的风气,于是他也被手下倒戈,被逼去位。这些说话上回已经告诉了你个大略,你忙着要紧整顿教务,所以不曾记清,如今这一般新军阀并非真是果敢善战,实因他们兼做了盗匪生涯,若是我们再出去放生意,不啻去夺他们的饭碗,故多舍命极拼,倒较从前来得认真。我们老行业也吃穿哩,变成没有好味道了。"杨燕儿听了这话,忽然又触动一桩心事,不觉拍案而起道:"蒋大哥,俺自从猩猩被刺,就在心上思索,究竟是谁来下这辣手,要使得俺哥儿俩没有饭吃,并且嫌疑犯周阳镖一转眼就被劫去,可知暗来卧底的党羽定不止一两个人。我仔细猜想,生平别的仇家没有,只有以前为了刘瘸子的事情,同侯七们一班人破了脸,那时俺本在鸡冠山丁师兄处不愁衣食,却被他们找上门来吵得我存身不住,并且弄瞎了俺一个眼睛。还是俺自家劝阻自家,让人一步罢,不要再在关东三省了。便进关来到了河南,在蔡家汇站足。不料又被侯七们来拆毁基业,等到我投奔了戴庄主,他们又追踪到来。上次在鸟巢禅院,把我跌进了暗房,幸蒙众朋友帮忙,戴庄主义气,方将俺周全出圈。我是因为要报诸君活命深恩,所以才兴行此教,想在后半生大家可度几年舒服日子。谁知这一班狠心贼明里不来下手,却又用暗箭伤人,竟至再至三同俺过不去。现在俺这跟斗,看来又栽定了。唉!世间之上,有了侯七便没有我杨燕儿;有了我杨燕儿,没有他侯七。我现已定下主意,此地无颜再住下去。明天立即动身,往山东长清县党家庄去,寻那双翅虎吴大龙。以前他族弟吴大洲在周村作事,我曾略尽能力帮过一回大忙。我们吴杨两家很有一些交情的,我想求他将祖传的百步打牛、隔山打空的五毒独门手教给了我,待学成了便背着黄包袱出关,找至长春天达店,同侯七小子拼命去了。不过我若身亡在长春,哥如得了信,务望念这一时的友谊,代我出来报仇,再去寻找侯小子去。届时哥若要邀帮手,一面坡鸡冠山的丁家师兄,他知道是我的事情,定允出手。那我虽死在九泉之下,也感恩不尽的了。"蒋桂听他出言不吉,力劝他不必如此固执。无奈杨燕儿此时心已横了,再也劝阻不住。到第二天,果然命人分向戴昆吴殿三人处告别,自己匆匆收拾东西,辞了蒋桂,径离开方城山,往山东党家庄去求道了。

话分两头。却说吉林长春那个侯小坡,自从豫省归来,又增了一番学识,息影家园,无心世事。所有店中大小杂事,大明子虽托付了下来,他也不亲去管理,仍托陈海鳌、包贤训、张景歧等三人共同管理。他连账也不去瞧一瞧。光阴如箭,过了几年,陈海鳌也老病死了。独有于大明子,老虽老,精神依然如旧。倏忽之间,年已古稀。侯七要替义父开八庆寿,不过外客不邀,无非预先传信给李长泰、高福海、高大锁、韩尚杰、金钟声、米金镖、赵匡忠、赵匡孝、单杰奎、单元奎、单三英、董长清、艾柏龄、罗佩英以及王凤珠、杨凤英、铁头妈妈赵氏、赵金娇、赵玉娇、单刘氏、单孙氏等女客,好在大家多是知彼知己,有交情的朋友,已经久未把晤,借这名色也可聚晤一次。所以在大明子寿诞前十日,已经陆陆续续地来了。内中单三英到来还带上苏二一份寿礼,道老英雄本则想亲自出关,实因年迈力衰,力不从心,大概是年轻时候多耗了一些心神,照他现状看来恐怕要不久于人世了。单杰奎弟兄提及师父通灵真人往四川朝山去了。吕祖庙的事情已交给首座,不愿问的了,也不知何年再返徐州。范玉西也道及河南猩猩教事,闻被一个自己人从中捣乱之后,该教便无形停顿。那个独眼贼无颜再在方城山混饭,不知躲到何处去了。

  过了一天,山东帮的李长泰等到来,关切侯七道:"我们新近得的确信,那个独眼狠心贼,自豫西失败了便跑至党家庄,习练五毒拳。双翅虎吴大龙倒愿意教他,不知怎样一来却把大龙前妻生的一个女儿杀死,以致在大龙处也存身不住,又不知鬼鬼祟祟躲往何处。不过他练成了五毒拳,闻说要背着黄包袱来和你拼一下,你也应做些准备才是。"侯七听了不禁双眉愁皱,上起心事来了,道:"从前为了罗家兄弟之事,一时激于义愤,同这厮挽了这扣儿,而今仇仇不解,不知如何才了。我倒已没有从前的豪气,不愿再和这厮闹了。"于是大家计划退让方法,可是座中缺了个苏二,一时竟商量不出善法。最后包贤训想出一条金蝉脱壳之计,主张赶紧设个灵堂起来,如果这厮真的找来,我们便推说小坡已经过亡。专制时代的罪臣只消一死,尚且生前所有过失,可以一概豁免,何况我们江湖上人,从来没有死不饶人的。这样退让总算仁至义尽的了。在座众人听了,却大半反对道:"败军之将不足兴言勇。这独眼贼乃是我们手中败将,何惧于他?他不来便罢,他若来时,我们大家并胆同心和他干一下,咱们性命又不是租赁来的,就同他见个高下也何妨?"侯七道:"在众位哥弟呢,都是瞧得起在下,始终如一愿意援助,所以对于包瞎子主张的这条哭丧计不甚赞成。但是照在下自己想来,倒很乐从。何以呢?我们弟兄而今托赖天佑,多已有家有室,有妻有子,不常在外干那枪尖上舐血的危险事业,况且年纪也都到了立身时期,不比前的十年八年,正是血气方刚时代,要争一些闲气,跟人拼闹到如今。如要和人交涉,先要忖量一下,上算不上算。像独眼贼那种东西,我们如跟他再去较量,好似不上算的了。不如自甘没种,退让一步,解了这扣儿罢。如他竟不识相再逼一步,那时我们不妨再出手。哪怕把他剁为肉浆,江湖上人也不会再有闲话说。不然倒算我靠家大欺负他折足孤雁了。"包贤训道:"小掌柜此话一些不错,我的主张也并非一味软让到底。好比晋文公遇了楚子玉,吩咐退军三舍以避之。他若就此收篷,省得往后去缠绕不休,自然最妙;如其他不识高低,再要什么,然后使出杀手锏把他除去,也可不落外人的褒贬。并且他此回练了五毒手,背着黄包袱前来,可称一股锐气,实是忘命之徒。我们先这么一让,孙武子所谓避其朝锐;二次里再跟他对垒,就是系其暮归。此较初来盛气之际,容易奏功得多着哩。"张景歧笑道:"小掌柜赞成了瞎子的话儿,你们瞧他多么高兴,又要书腐气焰腾腾,闹出什么孙子十三篇,吕望六韬来了。"大家见侯七愿甘让步,旁人也未便一定叫他硬出头,再者年纪大些,阅历深一层的人,也是如此说法。于是侯七就命张景歧主办义父的真寿堂,命包贤训主办自己的假孝堂。而且装龙像龙,装虎像虎,居然棺木牌位,孝幔灵台,遗容挽联等等一应俱全。反是假孝堂的布置比较真寿堂累赘,而且包贤训预料杨燕儿来者不善,所以格外布置得周密,特地请保家的狗师父,挑选一头最最凶恶的辽獒,赶紧教练起来,扎了草人,实地试教。教得这头辽獒,只要灵前有人走动,灵台上的引磬不响,它卧在棺木之下很是驯良,若得引磬堂的一声,它便由孝幔内直蹿出来,对着人的要害便咬。包贤训道:"杨燕儿来了,定必要求灵前拜奠,他若拜了不有甚么举动,我们当然也不有什么。他若要显功下毒手,我们就放出辽獒来,取他性命。"

事有凑巧,大明子庆祝千秋的正日才过,祝寿诸人正要分头动身,杨燕儿果然来了。他此次是拼性舍命而来。自山东动身,出了山海关,他先到吉林,见侯七当初开设天达分店,后遭火废的那块瓦砾场上,已经盖造房屋,开着一所药房。他便上前去一打听,原来早已不是侯姓产业,姓侯的售与山东孟家,开设瑞蚨祥绸布分局;而今姓孟的又转典给他人开西药铺了,燕儿摸清了根由,才再搭吉长火车别长春。下车之后,先去饱餐了一顿,顺便访问侯七父子俩在家不在家。自有闲人告诉他道:"七掌柜代他天伦庆开八寿诞,昨天正日各处来的拜寿英雄,男男女女近百名哩。并且有老鸿昇男班,王家髦儿班,两班唱戏的男女合演堂会,热闹到三更尚没散哩。您老想也是来拜寿的,可惜来迟一步。寿虽可以补祝,昨天那种好戏却瞧不到了。"杨燕儿探听明白,侯七在家,再好没有。东西吃罢,会钞出门,竟向东大街天达店走来。恰巧范玉西站在门外闲眺,远远望见杨燕儿到来,犹恐误认,特再复了一眼,又见他果然背着一副行囊,用杏黄袱子裹着,这是镖行中规则,所谓"黄袱背上身,打死不偿命",定是至此间来找寻侯七的。忙进店内通风。大明子便同侯七藏躲到密室中去,余众也就按照预定计划,分头埋伏,店堂中只留下包张二人,以备对付。

说时迟那时疾,杨燕儿已跨进店门,把背上黄袱包裹卸下来,向柜上一搁道:"快唤你们老小掌柜出来,说有个死约会不见不散的朋友来了,大家当面晤谈一句要言。"包贤训忙过去招呼道:"您老贵姓?"杨燕儿瞟了包贤训一眼道:"休问俺名姓,横竖你家老小掌柜全认识我的,唤他们出来一见便知。"包贤训道:"我家小掌柜一共只有四岁,怎会和您老结交?"燕儿愣了一愣道:"不是最小的一代,那是上两代的两个当家人。"贤训假作一想道:"哦,敢是七掌柜?"燕儿拍手道:"照吓!"贤训道:"七掌柜过亡了两年多,快要除孝出殡哩。最老的老掌柜既老且病,不下床的了。"燕儿猛向贤训脸上啐了口涎沫,怒道:"好小子敢撒这样的瞒天大谎,你当爷不知道的,人死了还能替老子庆寿么?"贤训笑道:"您老想是误会了,我家老掌柜既因七爷伤发过亡,悲痛成病,病得十分厉害,故此七爷媳妇儿前去算命,据云须要见见喜,所以小孙儿出面,代祖爷庆开八,并非儿子替天伦祝寿。"燕儿听了,眉头皱了几皱道:"原来七掌柜当真死了?你说快要除服出殡,分明柩尚在家,你快领俺往灵前去拜他一拜,也不枉我们生前一番结交。"贤训答应着往里头去挨了一刻工夫,重又出来回复道:"七爷媳妇道,尚未知道您老贵姓高名,不敢当拜灵。命小可出来挡驾。"燕儿暗想,侯七妻子赵凤珍同俺也是对头仇家,俺若说出真名实姓,一定不容俺到七小子灵前;但是若不说出名氏来,恐怕也难瞧见侯七的棺木,沉吟了片刻,忙再道:"实不相瞒,俺是黑龙江老昏皇股内的银銮老三叶九皋,同七爷在九年前头彼此寄居哈尔滨,逛窑子玩姑娘,两下闹起醋劲儿,曾经交过一回手的,谁知不打不成相识,我俩一打之后反打出交情,由靴友变成拜把子,故而此次到来,专程拜访他们爷儿俩。现闻老的病了,小的又殁了,心上很是难受,务必要到灵前一拜,烦你转告七嫂子,乃是自己人,不客气的。不过表表俺交朋友的心迹,并无别的关系。"贤训也早料到辞却不掉的,于是再向内去,关切狗师等众,往灵堂小心伺候。他又回了出来,先行声明道:"只因老掌柜病重,医生叮嘱家内不可再有哭声去打动老人心事;而七爷的孩子,又因前几天老掌柜寿诞期内多吃少睡,也有些感冒,所以少顷孝帏内既没人哭灵,灵台旁也无人回拜,望您老要海涵一二,万弗见罪。"此时杨燕儿听说容他入内拜灵,已是如愿以偿,这些小关节目,一概满不在乎,便点头答应。于是贤训才引领着他,往灵前去瞻仰。

第九章　闹灵堂真杨燕儿分尸应誓

　　杨燕儿随了包贤训,径向天达店里头走去。他张着一只眼珠子,步步留意瞧着,心中暗暗记忆清楚:何处可以上屋,何处不能爬高。岂知有心人遇有心人。贤训引领着他,也是有意七曲八弯,东转西折地大绕圈儿,并非走的径直路,就提防他认清了路径,再来闹着玩。兜绕了半天,方到灵前。燕儿抬头一望,那是一并肩三明两暗五间平房的一个小院落。天井内栽着五六本芭蕉,一颗龙爪槐树,居然也有一些太湖石堆叠的小假山儿。中间那间主屋,六扇长窗,多是冰纹梅格眼,用明瓦嵌着。屋内下面砖地,上头却有天花板,把蓝色花纸糊着。一只灵座,一个青布孝帏,灵座上有个雕花嵌玻璃罩的神主。孝帏中间剪开的那个当儿内,还有一个青绫牌位供着,位上是"亡男小坡之灵位"七个字。位上头悬着侯七的一个油画小照,装在镜框里头。两厢挂着一副挽联是于大明子署名,联语道:"尔何之,未来日月正长,忍教撒手;我老矣,此去桑榆已晚,不耐伤心。"靠上首那个孝帏洞口,空洞无人,下首那个孝帏洞口一个庄客模样,手中携了根哭神棒,准备吊客拜过了,将棒代表孝子还礼。另外有十二个家人,分做六个一面,左右站班。贤训便抢上一步去,把灵座上的香炉燃点起来。燕儿假作瞧那挽联,有意走至孝帏上首,举起左手把孝帏掀起来,伸开右手五指指着那口灵柩道:"此中真的是侯七爷吗?"贤训未及答言,燕儿已经暗运五毒功,对着那口灵柩远远地连戳两戳,里头虽装满的石灰砖瓦,分量不小,谁知被燕儿在五步之外,遥指这两指,顿然豁豁两响,那口棺木在搁材凳上要跳下地来。贤训明知燕儿在那里用功暗算,如再被他一指,恐怕棺木要迸裂开来,露马脚哩,所以忙回身将香授过去道:"请您老上香主祭。"燕儿来不及再指第三指,只好接了香,走至灵座前,插入炉中,然后退下三步,行了个凝神礼,倒身下拜。此刻贤训忙向下首拿哭神棒的狗师,丢了个眼色,狗师便提起棒来,对着引磬上"当"的敲了一响。那头辽獒本则见棺木发跳,它卧在棺下,已经要发威。现在一闻磬响,即从孝帏下钻出来,直奔灵座前的吊客。恰巧燕儿二叩首毕,头抬起来。那辽獒对准他的咽喉扑上去便咬。燕儿忙举双手向辽獒一拱,自顾自三叩首叩下去。那辽獒嗥的一声,依旧钻回棺底卧着了。狗师也不知它为何临阵脱逃。唯有贤训心上已猜着了八九分,专待燕儿三叩完毕,忙喝孝子出幕叩谢。狗师便将哭神棒在地上点三点,贤训即很客气地邀燕儿出外待茶,不容他再在灵前盘桓。他俩一走,狗师进帏一瞧,非但那棺木接笋处,已有了裂痕,就是那头辽獒的眼睛,也被挖去,斜躺在棺下,口眼中一齐流血,看来去死已近。所以它只作了一个虎势,便逃回原来卧处,不动的了。

　　此时贤训陪燕儿到了外面店堂内待茶,燕儿便把掌内一对鲜血淋漓的狗眼乌珠,向地下一丢道:"你们的畜生怎么这般无礼?今天若是别人,难保不伤在这畜生口内。"贤训忙先道歉,并道:"您老若不动孝帏,棺木不跳起来,这守灵犬也不出来噬人的,大约您老指动了灵柩,这畜生虽则披毛,却极有忠心义气,所以要蹿出来哩。"燕儿本想借此翻脸的,不料被贤训绵里针一刺,竟翻不成脸。坐了一回,明知侯七是毕活鲜跳在那里,自己要报仇只能另想别法。这回是白到天达店来的了,故也仍背了黄袱包裹,起身走了。贤训仍很殷勤地送他出店,暗中却早已按段派人,监视他的行止。贤训自己要紧回至里边,大家共商对付方法,都道独眼贼这回所用的功夫,非同小可,恐怕在场诸人都非他的对手。这便将若之何?包贤训道:"我瞧这厮的功夫,虽练的毒门,然而大概只练了五步,还没练到塔顶七步哩。咱们万一跟他动手之际,只消站在五步之外,用暗兵刃对付他,就行啦。"李长泰道:"昆瞎子已死了吗?"侯七道:"岂但昆老英雄死了,连熊金钩同他二儿仲斌,也都去世。如其罗公八一手门内,留有能者,早就邀来助威。无奈满肚子想不出一个人来。"金钟声道:"童子功门内虽少能人,鹰爪功门内的好手现尚不少,就是朱第三的义儿龙无畏和他师父马哀陆、师祖马云程的功夫,都不含糊。好在又都非外人,立刻派快腿去邀请到来吧。"艾柏龄道:"目下俺等所虑者乃是独眼贼新练的五毒功,并不是同从前这般忌惮他的铁布衫了。所谓本同末异,就去邀了鹰爪或是童子功门内人到来,一时也奈何他不得。包先生所说的话,叫大家留心五步以内,这却是句行话。至于用暗器送他终,七娘子的梅花针,李第二的弹子,高昆钟的飞蝗石,单兄弟的铁蒺藜,以及绳镖袖箭,在座之人十有八九能够使用,就是凤珠姑奶奶,从我学的紧背低头花装弩,虽只一年多工夫,也足制这贼性命。我尚有一件新发明的暗器,将倒须钩尺寸收短了些,把手枪作了模型,用纯钢仿造着一个,中间不装子弹,却把倒须钩纳入,射放出去,较以前用弓射出去的力量猛而且远,工夫又省不少。我已实地试验过好几次,颇能百发百中,故定名叫百灵机,也可处死这小子。无奈总要有人跟他放对,乘其不备,大家诸器同发,使他措手不及,方有奏凯希望。若然一上手就使暗器,他要留心防备,岂非徒劳心力?叵奈同他去放对交手之人,眼前尚乏其人。"范玉西道:"跟他交手之人,不一定要有如何功力,只消葛藤绕树一般,缠住他的身子,好待旁人下手。"艾伯龄道:"照吓,可惜眼前诸人皆未曾习练过这猢狲套功夫,轻身腾纵,蹿东跳西,多不甚专精。"单三英道:"若说练猢狲套功夫的,我倒想起一个旧同志水上飘袁八十儿啦。他尚有个浑号叫跳虱,他的轻身功夫,已至若何程度,也就可以想见。"侯七道:"这位英雄现在何处?三叔知道不知道?"单三英道:"人是现在敝省板浦,当个缉私分队长,无奈他一者年老,二来身为队长,未便擅离汛地,不见得会来。"韩尚杰道:"那么袁八十收过徒弟没有?"单三英道:"正式徒弟未曾收过,只有个把弟,曾非正式拜他为师,由他亲自教练成功。最奇怪名氏也叫燕子飞杨燕儿。"高大锁道:"天下人心,同行一辙,不好沽名,定乐射利。袁八十既然教出了这个把弟,又有这外号,玩意儿一定去得过,我们可立刻派人前去接洽,顺便带您老一封介绍书,以及金珠厚礼,见了他时先提着江湖义气为重,把名缰去牵他,如若牵不牢,再将金珠献上,用利锁锁他。或者竟是双管齐下,总可以把他邀到此间。由他绕住了通臂猴仙杨燕儿,我们伺机齐放暗器,定可成功了。"单三英摇头道:"难哩,二三年前,有一次冬至节晚间,我就因风闻这名氏奇异得很,故而亲到板浦在袁八十公馆内,和这杨燕儿见过一面。那时我早蓄此心,故即劝他切莫错过千载一时机会,最好去行刺独眼杨贼,倒反白骨教。回头白骨教中,果有人倒反,却是一个姓周的,并非姓杨,我又疑惑是姓杨的易名换姓,所以又往板浦去访问一下。不料第一次去，非但姓杨的莫明去向，连袁八十也请了长假出营，不知何往。二次重去，袁八十回营的了，不过卧病在床，不见客。姓杨的依然失踪。第三次仍待夜间翻高头进去，方知袁八十是假装病，在那里服伺个真正病人，这病人不是别的，就是他的把弟杨燕儿。我在屋上见了，相也不曾亮，立返徐州，每月委人探听姓杨的病愈否，直探听至此回我动身出关。据探听之人报告，姓杨的病症依然不增不减，卧床难起，似此一介病夫，就聘请了来也无甚用处呵。"张景歧道："在下倒有个主意，不知用得用不得。据众位所谈，乃是提防那厮一把空捉，最怕同他交手起来距离他四五步路。他不问情由，便是一把空捉，被捉得非死即伤。我想小掌柜的软鞭十三节统要开了，周围要近十步路的地步，再跨了那骑铁蹄跑月小银龙，进退迅速，就不怕他的空捉，尽可和他对敌。只要小掌柜同他敌住，在两下酣战之际，旁人就可乘隙施放暗器，取他狗命的了。"于大明子道："这法儿甚好，我儿准其同众位如此办吧。"米金镖道："但愿他就此一去不来，那是最好。如若来时，眼前既有练过猁狲套功夫之人，也只能照张先生的计策办了。"天达店中众人计议妥贴，暗做准备，暂且按下。

先提杨燕儿他背了黄袱离开于家，另去找了一家客寓住下了，再向这寓中柜上去细细打听。他们栈房同业的消息，自较业外确切。燕儿一提这话，他们都道天达店的老小掌柜安然无恙，怎说小的死了，老的病了呢？燕儿一闻此信，明知侯七自甘让步，不肯出来和自己照面，明白找他，一辈子也找不到的了，除非要暗去寻访才行。依着江湖上规矩，他如此躲避，我已占了点小面子，也可收篷下马的了。无奈自家退也无路，留他在世，自己终究难成大事，斩草务必除根，决计晚间再去。当下回至客房将息，直至晚饭过后，店中内外诸人俱已熟睡，他便结束停当，飞身上屋。一路穿房越墙，二次重往天达店来。转眼间到了那里，好在日间已经留心路径，仍旧寻到那间安灵设座的院落，先投石问讯过了，方飘身下屋。只见正间次屋的门窗都闭得好好的,静寂无声。燕儿正欲上前去开窗,忽然身后的小假山内好似有脚步声响,忙扭项一瞧,只见一件亮晃晃的东西直向自家上三部射将过来,分明他们早有埋伏,假山石内有人藏着,用暗器来算计着自己。虽则艺高胆大,不十分惧怕,但是未知敌情虚实,行军尚且犯忌,何况是单身黑夜亲临虎穴。所以赶将身子一蹿,蹿上了龙爪槐树,伏在树桠杈内,借树叶隐着身子,静观下面动静。若是侯七本人露脸,便跳下去和他拼着;倘非侯七自家出现,尚不愿下去哩。等待蹿到树上,耳边厢闻得拍的一声,想是那件暗器着地。他正睁着一只眼珠子,全神贯注在太湖石上,瞧有无人影闪出来,不料那厢芭蕉叶底弓弦响处,又是一支羽箭,对着槐树上射来。莠的一响,正射在燕儿藏身的桠枝上头,若这枝箭偏过一些,不着燕儿的咽喉,便是射着燕儿的肩胛。燕儿暗忖不好,原来我没瞧见他们,他们反瞧见了我哩。此处又难暂躲,须得换地方藏身。忙从树上爬过去,跨至屋檐。正在度量藏往何处,忽有一声马嘶,顺风吹入耳内。燕儿默念今晚来这一次,他们暗地早在严防,定要找侯小子,怕是找不到的了。回想从前杨侯结仇的因由,那骑铁蹄跑月小银龙,也是一根导火线。今晚既候不着人,何不就去损害这哑口畜生,也算出出胸头毒气。主见打定,便从屋上往后来找寻马厩,居然一寻便着,其时这骑龙马口齿已满,眼力不及以前瞧得远了,就是赶路驮重,多已退化,所以此次侯七各处多派人埋伏,独有屋后的马厩四围,不曾预埋伏兵。

杨燕儿下屋一瞧,果然那骑祸根孽苗的龙马卧在槽内。燕儿想若得把它牵出来尾上系了柄竹扫帚,然后将它赶走,那它后蹄提起来,跌着竹帚,竹帚便向它臀上敲打,越走得快越打得紧,任凭它是识厩老牲口,这一走也不知要走到何处才止,这是最妙的法儿。不过把它牵出了槽头,又要去找寻竹帚系尾,不免多费时候,不要它叠连地嘶叫起来,惊动了人,反而画虎类犬。就算今晚任我摆布,将它赶跑了,回头侯小子一出赏格,方圆数百里路内,爱养牲口之人已多知此马是侯家东西,再加口齿满了,犯不着为骑老马跟人结恨,定要把它送回来,我岂非白费手脚?还不如暗损为上。好在损马的东西地上总有的。忙取出千里火来一照,果然瞧见有不少鸡粪在地。他便收拾了许多,走近马厩又照着有一堆草料,便伸手拉过一大把来,将鸡粪和在里头,送到龙马口边。可怜这忠实畜生哪里晓得奸人机诈,见人来喂食,张口便吞。谁知马吃了鼠粪,要腹胀暴死;吃了鸡粪,要生骨眼。从此同盲种一般,不能行路,这是物理使然,连《本草纲目》上也载着这一条。依着燕儿心上要用鼠粪的哩,只因事出仓猝,弄不到许多鼠粪,少吃无效,故而就把鸡粪拌料喂它。见它已经下口,方狞笑了一声,仍由屋上回寓睡去。

到了来朝,天达店内众人谈及昨晚独眼贼果曾到来,李长泰一弹,王凤珠一箭,虽都未曾打中,却竟把他惊走。下半夜安然无事。单三英道:"此贼心地较前更加狠辣,况也是临过大敌之人,我想区区一弹一箭,不见得能吓走他。怕他得了手什么,才自回去,可要往各处仔细查查,有无他项损失。"大家听了道:"三叔此话虑得极是,我们该去搜查。"于是大家分头往屋内屋外四处找寻一下,并无查见什么。包贤训防他掘地道埋炸药,侯七听了也觉有理,再至各处地上去瞧看,也没甚么痕迹。自然三番两次查不出甚来,也就过了。克至三四天后,马夫见龙马吃水食,有些瞥形,便请张景歧去瞧看,景歧医道甚精,非但能够治人,就是看治牛马也有能耐。他去一看,知道此马吃了鸡粪,要生出骨眼来,不比乌梅僵蚕涂了牙齿,不吃食,只消用桑叶一喂,便可复原。现在吃了鸡粪,一点救治法儿没有。侯七闻得大怒,便去究问马夫。马夫道:"因为此马是小掌柜爱物,小人喂养格外留心,连它的食料都和它马不同。三天之内要喂两次细料,每逢放出去啃青,小人必随往照料,哪会吃着鸡粪呢?"大家将日子一抡算,都道此马不要被独眼贼来暗损的吧?侯七掐指一想,果然是弹箭惊走杨燕儿那晚之后,此马方始起病,八九成是这厮来下毒算计的,只好将马夫申斥几句,也就罢了。

　　从此这骑龙马变做老病无能,只好养它到老死。但是马乃将军性,况且又是上驷良材,更非寻常驽马可比。等待骨眼生成,两目无光,它天天悲嘶哀叫,连水食也不进,除非要侯七亲去抚喂,它才勉强吃些。若是马夫喂的,嗅都不嗅。不到两个月工夫,此马竟然奄毙。侯七见了恻然,吩咐马夫去择了块空旷山地,将它埋葬了,并堆着个马冢。这都是后事,现先提前表过。因为本书行将归结,此马乃是书中要物,故而郑重其事地把它收束。

　　侯七见马受病,不禁心头怒火顿然提高了三千丈,再也按捺不住,反要去寻杨燕儿说话。单三英、艾伯龄等几个老成一些的人都劝他,先前既已忍耐,何必又发呆性?索性让了他三回,待第四次来时,再和他对垒未迟。讵料杨燕儿暗中天天晚间上一次天达店。幸得侯七父子俩仍未被他溜眼。那一夜来了,被包贤训又料着。他端正着琉璜烟硝,要放火烧房,幸亏人多手众,防范严密不曾成事。至此侯七再也忍不住的了,差人反找到燕儿寓所,向他道:"七爷并非惧你不出头,因念你最初是为友报仇,懂得江湖上义气,故而留下这份交情。你如今再三逼迫,七爷忍无可忍,所以传信给你,你也不必鬼鬼祟祟,黑夜前来扰人,准在后天清晨八时,七爷在回回教礼拜堂后面的空场上,候你前去。彼此清拳铁臂,一不用家伙,二不用人助,别个高下。谁先到先等,死约会不见不散。你若有种的就前去,若然没种不去,也不必再在此鬼混,快回老家抱娃娃去吧。"燕儿听了正中下怀,暗骂小猴头也是活该被俺三番两次相逼,到底忍不住,要出头哩。你一出头,可使你尝尝杨爷爷的好味道。当下自然应了。这两晚便不再上天达店,整日整夜在寓将息精神。

　　一到约期的那天清晨起身,已听钟打八下,连脸也未洗,将黄袱中的东西移出,单将空袱背着,径觅路前去。礼拜堂后面那是回教中公立的一所中学体操场,地上收拾的很平坦,三面森林,一面是礼拜堂的后墙。燕儿走至那里,侯七早等候在此。一见燕儿之面,话也不搭便扑奔上前动手,而且上下左右抡开两个拳头,使得风雨不透,拳拳是取攻势,使燕儿忙着招架,不及还手。这一套拳法,足足使了一个时辰,累得杨燕儿招架得也有些乏了,好容易得了一个还手当儿,想施毒手,忽听左首有人高喊道:"不要脸的独眼匹夫,冒了俺杨爷爷大名,河南失败了,跑至此地来猖獗。"燕儿斜觑过去,一看不是别人,原来是刺死猩猩的嫌疑犯周阳镖。他见了此人,比见了侯七还要愤怒些,不禁大吼一声,便舍了侯七,直向左首扑去。不料百城是袁库儿教的猢狲套功夫,倏前倏后,忽左忽右,或上或下,将杨燕儿打了好几下。燕儿想去捉他一把,却始终不曾捉着。经侯周两人一个车轮战,已将他膂力渐渐盘尽。此时天已有巳末午初时候,日光正在猛烈之际,晒在身上格外焦灼,容易出汗。等待身上一淌汗,任你何种功夫,都要不行。三面森林之内,众家英雄却全都散伏在内。艾柏龄瞧出了便宜当儿,便将百灵机配好,等待燕儿的脸子对着自己埋伏的方向转过来,忙将机扳动,喝声道:"着!"那一枝小小倒须钩早已钻进杨燕儿那只好眼睛内去了。燕儿觉着中了暗器,忙伸手去一拔,那颗眼珠子便在钩上带出了眼眶哩。至是两目失明,无能为力。大家便都从树林内跳出来,他们把这厮也恨透了,奔上前来,你一刀,我一斧,大家抢着动手。片刻之间把整个儿的独眼杨燕儿,剁成了一味双料炸八块。他学艺之际,曾对天立誓,将来学成了,如其为非作歹,死后乱刀分尸,而今果然应了他亲口的血誓了。

第十章 恩仇了了归结全书

江南假杨燕儿的周百城,自从在方城山戴庄祖师殿上、猩猩密室门口,被值殿教友捕获,锁置空屋之内,明知独眼贼回来性命难保,实在密室的暗门,虽属我开,这猩猩不知被哪个长手臂已先刺毙,并非死在我手。不过这些说话,说与不说一样的,独眼贼总之要我抵偿那猩猩的命了,与其说出实话,情同怕死,结果仍不免一死;反不如明天见了那贼,挺硬到底。这畜生性命,竟自承被我刺死,再把那贼骂个痛快,就做伍云召的老子伍建章,明朝建文君手下忠良方孝孺,一个野史上的,一个正史上的,被隋炀帝、明成祖敲牙割舌,我抵桩也被这贼如此惨酷刑掠,一定至死不变。将来外间人知道此事,要将我和伍方相提并论,这是何等有幸呵!百城转了这念头儿,故心上一些恐惧没有。好在家庭方面又没有牵肠挂肚之人,就算慈涧镇上邂逅的玉姑娘,似乎有一些些小悬念,究竟萍水相交,并无十分割不断、解不开的情爱。心头此事略转一下,也就丢开。大约被缚了一个更次,自家心上竟是无挂无碍无恐惧了,所以倒照常发倦,就蜷卧在地睡着哩。合眼了不多一回,忽被外间一个防守他的教友哎呀一声,惊回好梦,侧耳一听,好似门外有人争斗般,过了片刻,又叠闻了三声哎呀,接着又是三声噗笃,类似人身跌了地。正疑惑间又听门上的锁儿轧拉一响,门便开了。有条黑影闪进来,随见他取出千里火一照,百城早已看清楚来人面貌,原来是把兄跳虱袁,忙问道:"方才那头畜生,想来您老下的手。"库儿笑道:"自己手足被缚,不先喊我解去,反急着追诘此话,老弟也算是特别人了。"一面说着,一面再晃千里火,用三棱鹅眉钢刺,将百城浑身绳索割断。待他血脉和一和,便催他走路。百城还想放火烧山。袁库儿道:"你听时候已交四鼓,若不乘今宵杨蒋吴殷四首领都不在此,防守松懈,混出山口回去,倘然少顷天色明亮,他们回来,一见猩猩被刺,格外戒严,注意出山之人,那时便难走动了。你倒尚思放火烧山,不要做了烧穆柯寨的孟良焦赞,想去烧人,结果被穆桂英宝扇一扇,逆风点火,自被人烧。你呆得同焦克明相似,我却不是孟伯昌,不贪功的。总算刺死了猩猩。我和你目的达到,这所房子,留给他人活活手骱儿,我等不要管吧。快走快走!"百城无奈,便随跳虱离开戴庄,同返板浦。

在路闲话起来，方知跳虱自正月十六不见了把弟，心上时刻悬念，后在扬州落子馆中，遇着一个女大鼓家玉姑娘，问她可有丈夫，她说出百城假名氏和诨号来。跳虱大为诧异，追究详细，才晓百城实在行踪，唯恐有失，不是独眼大盗敌手，故也请了长假，也投效入了白骨教，暗加保护。此回杨、蒋等上赤眉城议事，跳虱料定百城要动了，果被料着。于是私下紧紧追随在后，百城头次掀开暗门，跳虱便下去动手，及至百城二次下来，跳虱又借火把遭风吹得发暗之际，先出暗室。恰巧一名值殿教友上殿查缉，瞧及暗门洞开，即忙回出去，招呼人来同拿奸细。跳虱幸而先走了出来，不然两个要被擒一双哩。如今暗赖神佑，功成出险，横竖猩猩一死，那白骨教即刻要自相践踏，瓦解冰消了。等待他俩回了板浦，不多时便从个中州府商人口内传述出来，白骨教果然自相攻讦，黑幕揭开，无形消灭的了。百城甚为喜悦，不过经了此回阅历，自知玩意儿幼稚得紧，务须努力再求道行。跳虱见百城有如此血性，一意除暴安良，更加敬爱，故将前此藏去未教的猢狲套功夫，重行指导百城习练。这套功夫练成了，又即端正了介绍书，仍令百城上湖北投拜艾柏龄去。不料柏龄离乡他往，不知身在何所，连家中人都不知道。百城徒劳跋涉，只得三次回板浦。跳虱道："目下要做你前人，非轻容易。除了艾家，此外我所认识或知道的人，都没有这资格。"百城忽想起了玉姑娘叮嘱的说话，便转诉给跳虱听了。跳虱道："照此说来，玉姑娘的天伦，便是双翅虎吴大龙了。真属此人，所有五毒拳，太祖点血拳，形意八卦太极诸拳，他皆擅长的。大可拜他为师，就不过家货只能一把单片子，其余皆不如艾家。至于拳脚一门，艾家却又不及吴家多而且精了。现既找不到艾家，你上党家庄去找吴家也好。"百城唯唯答应，预备翌日动身。

不料天有不测风云，人有旦夕祸福，百城忽然身子发热，害起伤寒症来了。从前在上海时候，跳虱病倒客寓，百城尽心服侍。如今倒换了一个头，变做跳虱来服侍百城了。这场病卧了好久，方得起床。

病势虽退,可恨不生气力,又只能耐心将养了好一时,总算死里逃生,身子复原哩。百城晓得病了这几时,功夫定已散了不少啦,于是同小孩温熟书般,先把功劲仍练得同未病之前一样。那才辞别跳虱至徐州搭津浦车到党家庄,访寻双翅虎。因为吴家开设的是客寓,容易找到。和双翅虎见面之后,百城具道来意,并云:"前曾和令嫒订交,她愿代小子先行致意,要拜您老为师,后因患病,所以迟至今日才来。"大龙听了叹息道:"既然是亡女阿玉介绍,承蒙老弟看得起我,若再推却,反觉作伪少诚意。老弟不嫌我家功夫浅劣,就在此盘桓几时。"百城闻阿玉上头加了"亡女"二字,非常惊悼,忙追问大龙。大龙道:"说出来亡女好似犯了神经病般,自家寻死的。老拙有个亡年交的友人,诨名叫通臂猴仙,真姓氏和老弟一样,也叫杨燕儿。他从河南路远迢迢前来投奔着我,加练五毒功。不料小女听他提及经过历史,便揑紧着问他,可是做过白骨教武班首领?他始而不肯直说,后来伴熟了,才承认做过这名目的事情。亡女听了顿然触动了心事一般,天天跟他吵嘴。有一晚竟拿了家伙去行刺他,被他夺去家伙,反把亡女刺死,老拙想跟他交涉时,他已跑了。据他说学成了五毒功,要去同一个亲同乡滚马侯七会武的,后因刺死了亡女,当夜就溜去了,所以五毒功只得了七八成,尚未学全。只好五步之内,取人性命,不能七步伤人。这也不必论他,倒是亡女不知为何要跟他如此,想来前世冤家,今生又遇到了,所以要这样的呀。"百城听了,不禁两泪交流,便将慈涧镇上如何从火中救出,如何彼此钟情,虽未明言,暗中已有白头之约。如何告诉他上河南真实宗旨,赠银分别,如何蒙令媛答允等守三载,再提别家亲事。一一地告诉大龙。"据此推想,令嫒想必就为这独眼匹夫是小子仇人,故要跟他作对,以致枉送一条性命呵!"百城说罢不觉放声大哭起来。大龙听了,也恍然大悟。怪道替玉儿提亲,她说要迟去三个年头儿再说。现在将双方的话儿合勘一下,她的性命确实因此断送掉的。现见百城哭得伤心,反去用话安慰道:"死者不

可复生,哭也无益,待老朽教你一种功夫,是专破五毒功的,去找寻那厮,代亡女报仇罢。"于是百城收泪止悲,先请问大龙,玉姑娘的坟茔在于何处?大龙指引他去一看,可怜尚未入土,暂厝荒郊,受那风吹雨打。百城便去买了香烛祭品,在她柩前祭奠一番。默默祝告道:"我练成了破五毒手的功夫,当即前去找寻独眼匹夫,为卿雪恨。卿如阴灵有感,请暗中来助我一臂之力。"

拜祭之后,百城便蓄心跟着大龙练功。大龙询知他练过猢狲套的,即顺着这条轻捷路教他。百城一来好学,二来又有玉姑娘关系,格外用心练习。功夫一日千里,学了几时,大龙许他行啦,于是命他追踪出关,找寻杨独眼。如其同他遇到交手之时,切记不可近身,须知五毒功中的捉手,除非要练过肚腹功,能够运气的,才不怕这把捉。你若与他交手,先当蹿来跳去,将他膂力盘净,然后伺有破绽下手。

百城遵命动身,临行之际又至玉姑娘柩前作别一番。方登程就道,出山海关,先到长春找寻侯七,及至见面交谈,才知独眼匹夫也在这里寻衅,于是约期会武,居然马到功成。

当下大众把燕儿乱刀分尸之后,这堆肉糜,如何处置呢?百城主张快取柴草引火诸物,拿来焚化掉了,可以泯然无迹。包贤训也是如此说法。于是大家动手,把这厮火葬,烧不成灰的几根大骨,百城又去弄了一个大破袋,将这骨儿装起来,他有用处哩。此贼既除,侯家父子可以高枕无忧,故再大摆宴席,请大众欢呼畅饮乐了几天。然后各自分头回去,等待李长泰和周百城等走了不多时,于大明子年纪究竟大了,油干灯灭,害了不满十天病,竟然逝世。临终时候再四叮咛侯七:"将来后辈千定读书习商,不要再吃这碗镖行饭了,为父一辈子七十多年岁月,挣下这份小小家私,都是拼着心血性命去倒换来的。江湖上已多称羡我是个福将,出道至今,不曾结一个死对头,解不开的大仇家;也未栽过大筋斗,保了客货出门,未生大乱子,更未被码子诬攀犯案,背大风火。然而我事后想想,已觉得危险万状,没有一天是定心吃喝,并且走了这道儿,安分循良不去犯人是万万做不到的。因为这么一来,不免落了庸庸碌碌,一辈子也做不出名誉来。没有名誉,只好年年在家抱娃娃,休想出门走步路。自然客帮的货物,决不会来邀你无名小卒去保护哩。故而要想自家的镖旗响硬,传出去,绿林三界,江湖八黑,都买你账,见镖低首,不敢侵犯,势必横冲直撞,亡命地干几回。要干出一两件逢龙拔爪,遇虎敲牙,惊天动地的非常大事,又须照子放得亮,结识一般忠肝义胆,患难相扶的生死朋友。并且要走运走得顺利,方得成功一个镖客。客商慕名登门,邀去保护。到此地步,自己阅历既深,经验也多,不愿去惹人家,可是人家倒又要诚心来犯着你了。譬如我满了五十岁,已经不常出去走镖,就是衙门公事,也仅挂过名儿,不是认真去干的了。尚且有那个通臂猴仙杨燕儿,无端岔出来捣蛋,枝枝节节,闹了二十年才休,所以我越想越觉这牢什子饭没有味儿。况且以后社会上生出来的人,更加枭恶,欺诈相乘,决计没有像我一辈,有苏二等这种人交着。在外愈加不好混,还是早早改谋他项生计为是。"侯七一一答应,故而侯七的儿子,武功是练的,乃是练着防身,这碗保镖饭竟弃行不干,就是遵守大明子的遗嘱。等待大明子咽气之后,自然侯七披麻戴孝,同亲生儿子一般。丧中诸务仍由包、张二人共同主理,内里头有于大娘领着媳妇赵凤珍安排。侯七仍得清闲自在,不料五七开吊过后,方城山的一杆旗蒋桂,探听着了杨燕儿身亡消息,又去合了鸡冠山的三寸丁,找上门来同侯七说话。

这时候的侯七百念俱灰,万事看破,不愿再争甚虚荣浮利,所以一味让步。将丁二人误认侯七真的无能怕事,故反得寸进尺,道杨燕儿是替刘瘸子复仇,为朋友死而无怨,你姓侯的也为了罗佩坤、朱三傻子等几个朋友,仗义相助。加之燕儿又是背了黄包袱卜门找你的,现在被你打死,本则没甚话说。不过你们不应倚仗人多,把他攒殴死了之后,还要把他尸首火葬。目今尸骨无踪,江湖上万无此理。你现在羽党四散,落了单哩,倒想用软功求了结么?也罢,要了结此事不难,好在你丧服现成,只消你仍头戴麻冠,身穿麻衣,足蹬草履,手拿哭神棒,替燕儿扮个孝子,大大地开三天吊,两下便解开这个扣儿。不然咱们来较量较量,也抵桩遭你殴毙了,毁尸灭迹的。这个条件,你想侯七如何忍受得下?又欲拼着一身,要同蒋丁俩斗哩。恰巧这个当儿,孟长海和董长清、石道姑三人同伴了往青海去朝参昆仑山,特地大宽转绕到吉林来探视侯七夫妻。他三人一到,蒋桂不知轻重还要多话,三寸丁是晓得这两个老道,一个老道姑,都不是好惹的。忙便口风落软,不似登门时候的强硬态度了。孟长海先问明了双方纠葛主因,便道:"二位既知彼此都为了朋友仗义起衅,优胜劣败事理常情。杨燕儿自己玩意儿不行,所以死了还有什么多话?不过二位也是为了朋友而来,这样吧,由我等做主,喊侯七出来先招呼二位一声,解开这个扣儿,如再有甚多话,请瞧一个榜样。"长海道罢便拣天井内一块长而且厚的大石条,用中食两指轻轻一点,那石条立刻断做两段,吓得蒋丁俩面面相觑,不敢再有多话。石道姑便喊侯七出来,先叫应他俩一声,便算两下难过一齐叫开。蒋丁二人无奈自去,孟董石三人在侯家住宿了几天,也就分道回山。从此侯七等一般生龙活虎的英雄,多化为彬彬文雅的平民,不喜再管闲事。

再说周百城携了燕儿骨殖,由长春回至党家庄,将燕骨祭过了玉姑娘,把来抛弃郊野,任凭犬衔鸦啄。他又拿出钱来,买了块地,将玉姑娘灵柩埋葬之后,再回至板浦,辞谢了跳虱,便出家去做和尚。曾至著书人的家乡宝严寺,朝山挂单。其时著书人也寄居寺中避暑,同他结了个方外交。乘凉月下的时候,他便把侯、杨交涉事由从头至尾说出来,著书人即把来分段演述。至此已结束。

盐枭残杀记

一

小子肄业的时候，从地理上看下来，晓得在江苏山东交界地方，海州东海县管辖，有一座山叫云台山。层峦叠嶂，回环抱合，周围四百余里，自恨无缘一游。

民国七十一年的春天，小子代表花旗烟公司，到江北去推广营业。从上海搭车到了镇江，然后换坐小轮，经由三江营、高邮、兴化、宝应等埠，直达清江浦。同行的一个张少良，乃是扬州分公司的营业部副部长。他的老子在日，也是家门里的大字辈。少良自己和南京的马爱陆是同胞弟兄。对于江北淮河一带，人头熟悉，很有点儿面子。我指定要他作伴，乃是有作用的。因为这一带地方，土地枯瘠，风俗强悍，若没有个人保镖，难免要闹乱子，得他同行一路上好借重些。到了淮安之后，我就要从原路回来。少良说："出门不走回头路，我们既已到了淮安，何不索性望北，从西坝、沭阳去到海州、赣榆，然后南下。走青口、东海、灌云、涟水、阜宁，直到东台分手。你可经如皋、南通，搭船回上海。我也由泰县回扬州。如此一走，江北淮阳和徐海道区，总算走遍的了。以公事而论,东海的新浦,乃是有名的码头,大可推广营业;以私事而论,也好顺便去逛逛云台山临洪口,赏鉴赏鉴黄海的景致。"当下我听见云台山三字,不觉触起向愿,自然一口允许。

在路无话。到了二月十八。在新浦镇上办完了公事。第二天是观音诞日,就和少良俩,裹了糇粮,雇定了两匹骡子代步,去游云台山。打算不游则已,游则须要深入山坳,穷探幽谷。即由山兆望东行,足足行了一日,但见岗峦起伏,仄径仅通南北两道,山势绵亘,围环作抱合状。经猴子嘴,越黄泥岭,达留云岭,回顾什么清风顶,凤凰台,东磊等名胜之处,已在背后数十里之外了。那天借宿在法起寺,寺在万山丛杂之中。平旷约八九方里,四面多是摩天高岭,只留云岭那里有个缺口,作为出入孔道。本来这座岭叫虎口岭,就为陶澍修葺法起寺,嫌那岭名不祥,所以改叫留云口。那一晚月光皎洁,山色凄迷,和少良缓步徘徊了一回,也就归寝。

第二天的早上,和尚请我们吃过早餐,指点我们道:"从寺后逾岭而北,再过一涧一峰。仰望大山腰里,有座古寺,乃是本寺的上院,俗名三教寺,其实叫悟真庵。两位檀越,可要去随喜随喜。"少良说:"这条山路,难爬得很,不去了。"我说:"既已到了此地,索性畅游一下,怕甚山路崎岖呢?"少良拗不过我,只好一同攀藤附葛,联袂而行。十停中走了五停,已都觉得筋疲力竭。在路傍休息了一刻,再鼓勇前进。好容易到了三教寺,和尚先领我们上了钟楼。向下边一望,只见云雾迷漫,看不清甚么来。在那东南角上,山腰边际隐隐约约露出一些海岸线,也不大清楚。少良主张说下山吧。我想即已到此,倘再跻登峰巅,必能下见海面。故而和少良说明了,叫他在三教寺等我。

我在三教寺内,匆匆吃了些东西,另外拣了一个年轻力壮的沙弥,陪伴我。由三教寺再往上行,始而峭岩峭壁,拾级而登。继而荒草蒙茸,旁行斜上。又越过了两道岭,才到山顶。沃土平圆,约有五十丈方,就云台山全体观察,恰成一个缺顶圆锥形。据云台山志上载,太古时代,此地是座火山,时时要喷出火来的。所以顶上反而有五十丈方的平坦地,想来就是喷火的缺口了。那时日已过午,雾散天清。偏北有块大石,高约丈余,我就攀登石上。这是云台山险的悬崖,下面就是黄海了。那沙弥恐我心寒脚软,闹出乱子来,所以紧紧捉住了我的衣襟。我停睛四环一望,只见那天然军港的临洪口,已悉呈眼底,一览无余。我立足的地方,距离港口约二十里路,适在港的东南。那隔着黄海对面的东连岛,西连岛两处岛屿,望过去,宛如临洪口的屏障,和云台山恰成一个品字形。山脚之下,有一道三四十里长的海峡,两头出口,约摸有四五里阔。中间最宽广的所在,大约也有十余里海面。水深浪静,一毫不像海的形状。至那东连岛和西连岛接界之处,相隔不过一线。据那沙弥说,潮平时,这一线之地可以往来行人。一到潮涨,那条线岸就好似剪断一般,不通连了。我仔细察看,这两岛之间,只要稍加人工建筑,便是极险要的门户。如果和临洪口同时开辟,成了军港,那容纳一两万海军,一毫也不觉得,比较的还在象山港之上哩。

那时日轮渐西,海风渐起。四面的峰顶上,渐呈一种狰狞飚恶之象。那沙弥因连连催我下山,说如再隔些时,那落日余光,映着海水,反照到山顶之上,景象更加可怕哩。我听了此话,不觉好奇心动。心想再留片刻,无如这小沙弥执意不肯,拗不过他,只好一同下山,回到三教寺。这一天又不及寻路下山,只得借宿在三教寺里。那寺僧的款待,比法起寺下院来得殷勤。就是客房,也比下院幽静。床铺一切,都比昨晚考究。我心上非常纳罕,暗忖这两宵的代价一定可观哩。

晚饭吃过之后,我们俩就到客房之内,预备睡觉。因一瞧表上七点钟还没到,故仍和少良闲谈。我便问我们下山时节,这法起寺上下院,要酬谢他们多少香金。少良摇摇头道:"彼此都是自家人,后会有期,何必费这冤枉钱呢?"我听了"自家人"三字,颇为纳闷。暗想这寺里的和尚,难道也是在江湖上混饭吃的朋友么?但是我和少良,虽同在一家公司中服务,可是没有多大交情,未便挨三查四的诘问,况且在外边走走的人，都该明白一点规矩。听人说了门槛话，不能寻根究底的追问。如果逼着追问，就叫做"摸海底"，又唤做"捞要"。除非诚心要和这人寻事，才如此哩。

所以我听了少良的话，只能闷在胸头，不便再说什么。只好把山顶上所见的情形，和我开辟军港的主张说出来，跟他瞎谈谈。谁知少良一闻我这番话，顿时眉飞色舞，不像方才那种不高兴的神气了，欣然的说道："姚君，（指我而言）你的主见，倒和我过房的敝前人（死曰过房，"实恐故亡之讹"老头子曰敝老师，亦称敝前人。前人者，犹言先人也。）不谋而合。"我随口道："贵前人上下？"少良道："论理，咱们自家哥儿谈心，并无什么大事，何必提起他老人家的名姓？但是承蒙下问，所谓人不留名，不知张三李四；鸟不留声，怎辨珍贵鄙贱？"我笑道："少良，咱们何必闹这江湖礼节，说这一大套套话？"少良也笑道："不谛不亲，谛谛骨肉至亲。既然承询，应当依着大路走上去。"我道："看你不出，你倒是个'富通草'的老大。（个中秘语摘录一小册，凡皈依者，皆有一本，名为"通草"，"实恐统钞之讹"又称海底。而熟读此小册子中之语言典则，凡一切举动行止，均本此小册子中所载而行者，名之白：富通草。诸凡稔熟了解者，总称曰富。）闲话少贫，贵前人上下，到底是哪两个字？"

少良道："敝前人盐城沙沟出身，生长在淮阴清江浦五里庄，姓曾，上国下璋。"我听他一提名姓，便知道是前二十三四年的一家著名好汉，在水路上颇颇有名。无论沿海沿江，以及黄河淮河一带，上中下三等社会，都知道他这人。故而改容起敬，规规矩矩地问道："贵前人难道也和我谬见相同，主张开辟临洪口军港么？"少良道："不错，敝前人素有这种主张。反对开辟临洪港的人说，此地门户太多。其实门户多，则防御力省。防御力，常与港口数成反比例的，故军港以复口为最最相宜。况此地这条海岸线，向下东南千余里，直至吴淞口。向上东北千余里，直至山东之成山头。全海岸线计算起来，适成百度角的交点;地点适中,可以扼黄海渤海两海交通线的总枢轴。加之那东西连岛,既不临洪口成犄角之势,又足为临洪口的屏蔽。遍中国找起来,没有第二处海口,再比临洪口好的了。所以前清甲午那年,德国人在西连岛上。树起德国国旗,意图侵占。是见他们的眼光不错。连这云台山后山的海滩,与西连岛的斜对角,都看上了。你是初来此地,人地生疏,只知海口险要。可知这西连岛的斜对角,就是东路镇的墟沟。将来陇海路线东段一告成,运械运饷,与夫货物进出输运,都逃不过一道要道,真所谓军商两便之地。敝前人常说,这临洪口控黄海之腰膂,扼通商之脏腑,为海军之根据地,亦即商业竞争之决赛场。在南五省中,实是第一海口。而且东北方面吹过来的海风,有山东的青岛,替它做了屏蔽,所以一年四季,气候温和,隆冬也不会封港见冰。如果开辟了军港,把离开东北方百余里的奶奶山,筑个炮台,做了门户。把青口安东卫,做了掩护。再把在东南方的列子口,响水口,做了尾闾。防备下游,真是再好也没有。至论到水浅水深问题,从前德国人经营青岛的时候,有条巡洋舰改造的商轮,名叫'山东'。行驶青岛临洪口间,每星期一个往来。它那条船吃水丈余,载重三百吨。无论水大水浅,这船从不曾停过班。那么就把这条山东轮做个榜样,难道还愁甚水的深浅,说它不能辟作军港么?……"

我道:"贵前人即有这般卓见,应该献策当道,大展经纬呵。"少良道:"话且慢讲,你要知道,敝前人是生长在临洪口附近的一带地方,自幼就是志气远大,识见过人。所以他在日,经营那海砂(即贩卖私盐,江湖上称曰海砂。)生涯的时节,手卜一内十弟兄,都寄居在东西连岛上。四五百条底子,(船曰底子)也散泊在列子、响水、临洪各口。他自己就住在这寺内,作为总司令部,指挥一切。买卖最盛的当儿,一面要销到浙江温州,一面要销到奉天盖平。每年要做四五百万生意,所以远近知名,声势浩大。在海面上,如有贪官污吏,带着民脂民膏,碰在他老人家手内,决难幸免。若遇稍有气节之人,非但禁止弟兄不许碰伤人家毫末,倘然是穷苦的,他还得掏腰接济哩。每年到了荒三苦六这两个月份,必定带了二三千块钱,在这淮徐青海各路地方,好像放赈一般。少穿的便施衣,少喝的便施食;有志气的穷苦子弟,读书缺少本钱,即便资助膏火;无资本做买卖的,便派人到青岛或是上海,办齐货色回来,交给这人经营商业。他老人家排行第三,所以在大江北面,和着邻封鲁皖两省边界各地,周围大约二千里当中,提起曾三爷三个字,可称哪个不知,谁人不晓。哪怕问女娘们,及略通人情的八九岁小孩子们,都能知道。他老人家天生的隆准广颡,熊腰猿臂,脸子白得如同无瑕璧玉。天性喜欢修饰,气宇不凡,随便走到哪儿,总当他是个宦家子弟,哪里看得出是江河上义重如山的好汉?谈到武行,拉得开十七个力的铁胎弓,一百二十八的镔铁大斫刀,可以抡动如风。又仗了天生神目,黑暗中能够用步枪打靶,二百步内用手枪射人,无不稳中要害。论到文事,写得好一手赵字,排律不会做,七绝五绝,会吟几首。文章不会做,八股论说,和四书义,都会做的。吹得好笛子,下得好象棋。无事时欢喜唱小曲,天生俊俏的嗓子。窑子里的姑娘,没有一个不爱他。现在盛行歌唱的那支泗州调,就是他老人家好白相编弄出来的。总之,像敝前人这样的本领,虽不能说上通天象,下明地理,可是自从他过房之后,一直到现在,我眼里头白相人也见得不少,却从来没有见过像敝前人一样本领的人。他背了风火,在下游福山海口出岔之后,凡是受过他的恩惠的人,哪个不呼天抢地,设座抬魂,尽怨老天不公平,无端断送掉一尊万家生佛?至今若得提起,还有人和着眼泪,连道可惜不置哩。"

我听少良细细道出他家老头子曾国璋的声容笑貌,和着一生所作所为,忍不住又插嘴道:"令师既有此才干,何不投身军界,为国干城,图个出身,不是可以免去后来一劫?"少良道:"先师天生成不事王侯,高尚其志的脾气。再加看看书,明白了夷夏之防,万不愿意替满洲人做事。尝向我们弟兄辈道:'我为何要叫曾国璋,因为以前湖南出过一个自相残杀,为虎作伥的曾国藩,把许许多多汉人的鲜血,染红了他的顶子,实在是我曾门的不肖子孙,坍了上祖曾点曾参的台。我要一雪此耻,所以取名国璋。事成了,不要说起;事不成,老实说,我那贩私盐头儿的名誉,比他认贼作父,谄媚得来的毅勇侯爵好得多哩!'先师的志趣如此,怎肯投效军前呢?泗州的杨士骧很识人,屡次托人来劝他洗手,出山去起码保举一个参将。无奈先师真不愿意,他跟浙江的汤寿潜,也很有交情。那年姓汤的,从安徽青阳县知县卸任回乡。皖南道袁爽秋,把所有宦囊,统交给老汤带回浙江去办实业。从淮河南下,声名颇颇,惹起清江浦金头太岁注目。便合先师,去放远票大生意。其时先师甫出茅庐,自告奋勇,充当头阵。谁知一打听沿途百姓的口碑,都道是一位好官。所以先师非但不动手,反而一路上替他保护着,直保到镇江才罢。故此老汤后来以道衔起用,来做两淮盐运司,虽然严治私贩,独有打曾字旗号的盐船,一条都没碰一碰,就算报答当年保护之德。"

我道:"照此说来,令尊很有脚路,面子也总算足的了。"少良叹道:"面子是有了,要晓得先师的性命,一半也就断送在这上头呵。"我道:"令师失慎那件事,我也略有所闻。据云有妖(女日妖)的关系在里头。"少良道:"你的说话不错,是为着妖的关系。但这不过是导火线,其实却为了这不碰曾字旗号船的缘故,惹得人家眼红,致弄成这般僵的局面,言之真可发叹哩。要是先师今日还在人间,莫说做中流砥柱,撑住东南,大约长江以北,淮河以南,不会被隔省人占去,各事要他们来越俎代庖罢。谈到先师对于家门一道,也着实费过一番心血,想切实地整顿一下,把那不良的成法,根本推翻彻底改造。以前谈到家门的辈分,有的说什么'大通扶学',也有的说做'大通无血'一样有人盲从。实在这前后四十八个字的派衍,跟那和尚一般无二。前二十四字是清静佛法,文成佛法,仁能慧智,本来自性,元明兴理,大通悟觉。后二十四字,是万象依规,界律傅宾,法度星回,广照乾坤,普门开放,代发修行。清清爽爽四十八个字的辈分派衍。因只家门一道,在清江浦一带最盛,别处的人,进了这条门槛,踏上这条跳板,哪怕他是姑苏人,也要学几声似是而非的清江浦土语,才把悟觉二字,讹作扶学。再由扶学一误再误,索性误做无血了。实是可笑之极。也有把本来自性的性字讹信,元明兴理的元字讹玄,理字讹礼,万象依规的规字讹国,广照乾坤变成朗照乾坤。你想身入个中,尚且不知谁的通草真确,各人各说,怕不要被外界隔教的人耻笑么?故此先师特地派人,到东京大相国寺,嵩山少林寺去,不惜金钱,贿通僧众,在他们镇寺宝藏的大藏佛经上,查封更正回来报告。先师即便雕了版子,印好一两张,分送自家人。使得往后去各地一致,免被外人取笑。当先师干这件事的当儿,年纪尚未满三十。谁知一张单儿,发到嘶马孙七那里。孙七自己倒没有甚么表示,他那里有个拜把子兄弟余海峰,(著者按,余海峰并非真姓名。)见了大不谓然。当着先师差去的人面前,大说闲话,言中带刺大有叫先师臣服于他的语气。回头先师得报,气得暴跳如雷,便有心找到那余海峰头上。先黑吃黑,假装着盐哨,吞没了孙七余海峰两三次海砂。两下明枪交战,在洋面上开了十几仗。余海峰又私下派人来行刺过先师两三回,先师亲到嘶马戏耍了余海峰四五回。结果两下打赌盗印,先师换烛更衣,寄柬留刀,把余海峰气走金陵,投身行伍最后的结局。先师到底还是丧在他手。现在横竖国体已更,不妨原原本本告诉你一个痛快。你把他编成一部小说,刊行出去,使得天下后世,明白他们曾余交哄一段公案,也可以算是清廷野史哩。"

我听了自然赞成,以下的事实,都是少良口述出来的。不过著书人不能也像少良所说平铺直叙的写下去,免不得要把他饰成小说体裁。所可惜的,我没有不肖生那样大手笔,恐怕辞不达意,辜负这些好资料。如今楔子叙明,请读者阅看下文吧。

二

要叙述曾国璋在江淮一带称霸的历史,却不得不先述他师父的来历。他的师父姓苏,是阜宁千秋港人。弟兄二人,夙以保镖为业。哥哥叫苏大,兄弟叫苏二。以前也是淮扬徐海一带有名的乱人,而且天生神力,胆壮气豪。现在江北方面,等待青纱幛起,那些土匪的喊钱法儿,就是苏家兄弟创行出来的哩。(喊钱,乃盐枭之中隐语,实即江南之无头榜。不过其上书明,某人纳资若干,某人纳资若干,限某月某日送至某处,逾限不缴,毋贻后悔云云。被喊者不敢违抗,须如数送去,不则灵祸立至。盖与沪上之投函恫吓者类似,第恫吓者?由邮投递信札,此则用黄纸书成,高揭于通衢。)你想匪人向平民借伙食,敢用如此明目张胆的手段,那苏氏弟兄的势力,也可想而知了。

苏大并且好包,气力却不如乃弟。他们有个表亲,家住在沙沟,姓赵。男人当兵出外,五六年生死不知,信息全无。后来苏大在仙女庙得着一个口信,是跟姓赵的一同出去当兵之人传来的,说赵某已死了。苏大便亲自送信到沙沟,那姓赵的妻子,听说男人死了,家无恒产,何以为活,很是踌躇。好在平日里跟苏大感情甚佳,苏大又是个好色之徒,至此地步,苏大便担任了她的衣食,她便做了苏大的外室了。谁知又过了两三年,那姓赵的忽然回来了,而且很带几个钱回家,说一向在刘永福那里当黑旗兵。那时候交通不便,还隔重洋,所以信息不通。因和法国人打仗,曾在火线上受伤,所以同营弟兄,对于他有身死的谣传。在赵妻所图者,不过衣食二字,不管姓赵姓苏,只要不愁穿喝就是。但是姓赵的回来之后,难免有点风吹草动,吹入他的耳朵内。这些军人,粗莽成性,肚子内哪里按捺得下,便回去盘问妻子。他妻子吓昏了,就一本直说,并且道这是出于无奈,我为维持衣食,故而失节。那姓赵的一听,实在没有办法。况又知道这位表弟,力大无穷,是杀人不眨眼的魔王,不好和他讲理。但要隐忍下去,面子上又怎生担当得起？踌躇的当儿,忽然想着一条意见。便问他妻子道:"你当真为了衣食二字,没奈何失节么,那么你的心是不向那人的了。现在你得依我一句说话,下回等待苏大到来,你须想法把他上下身的衣服骗去,骗得他身子精赤,就算是你表明心迹,确是为了衣食二字,顺从苏大,我再也不来难为你。"那妻子对于这条件,无甚大难,自然一口答应。

也叫合当有事,他们夫妻订立条件的第二天,苏大恰恰从南京绕道到沙沟来了。苏大完全不知表兄没有死,已经回来一节事,此来还是一段美意,送些银钱给赵妻。当他一到赵家,那位表兄早已瞧见他来,特地避开,叫妻子设法去骗他的浑身衣服。赵妻自然照常跟苏大来厮混,苏大一时倒也没有看出破绽。恰巧那天天气很热,赵妻便劝苏大洗澡。苏大尚没答应,赵妻已硬作主张,忙着打水烧水,催他脱衣下水。苏大没奈何卸下了衣服,走到侧厢里头,赵妻却很殷勤地在旁伺候,待等他衬里衣服脱下来,也替他收拾过了。苏大暗暗奇怪,心想今天她怎么如此的殷勤。正在想念,赵妻藏过了衣服,又来替苏大擦背。在这当儿,苏大正想止住她。姓赵的却已怒气冲冲执着一把明晃晃的尖刀,恶狠狠推门进来。苏大一瞧这情形,心内明白,但是小衣又不在面前,只好顺手抢了一条浴布,将下身遮盖了,在浴盆内站起身躯,拔开脚步就走,口内一叠连声的谢罪。说时迟那时快,姓赵的早已一团怒气,用尽平生之力,把尖刀向苏大腿上戳上来。苏大毫不在意,由着他戳,口内还是谢罪,说表兄饶恕了我吧,下回再也不来了。姓赵的听见这种说话,好似火上添油,见一刀戳不翻他,跟手又是一刀,如是的连戳了八刀,苏大的下身,已经变成了血人一般,却仍谈笑自若地向外移步,口内还是一味谢罪。姓赵的因为身材矮小,所以戳来戳去,只戳在苏大下身,一时戳得性起,第九刀便向着苏大肾囊上刺去,一连拼命喝道:"没话说,要你命！"这一刀戳着了苏大肾囊,苏大方扭项回头道:"表兄,我做错了事,挨了你八刀,又如此的哀求谢过,自问可以过去了。谁知你尚一毫不肯放松,你大约非要我命不可,那我也不能饶你了。"说时,即扬起右手,在姓赵的头部,用力一折,顿时把姓赵的五官打成一气,变做了一个肉饼子,上面露了七个小孔。当下两人都跌翻了,后来有邻人出来喊地方,把他二人都送医院。结果姓赵的当晚就死,苏大延捱了半个月才死。在这半个月里头,声闻远近,谁不知道挨九刀的苏大。但是据苏大说:"我这一点武艺,有甚稀罕?像我家兄弟的本领,才能处得中国一条好汉咧。"

苏大死了之后,苏二好似失群孤雁,也无心再贩私盐,在淮安乡下大户人家,当了一名长工。恰巧附近出了个僵尸,一到傍晚,就没人再敢经过此处。那一晚黄昏时候,苏二从远处赶集回来,仗着自己能耐,一丝不怕坦然地打那边经过。果然有僵尸出来挡路,跟苏二打了一夜。打到天明,僵尸终被苏二打倒。回到大户家中,招呼了人,重到那里,把僵尸焚掉。从此苏二的名誉,一天大似一天。再加有苏大临死那句说话,所以周围三四百里之中,提起打僵尸苏二的名字,哪怕女人小孩都知道的。实在苏二的为人,再也仁慈不过,而且很肯吃亏。无论什么事,只要有他在里头,总是一人认罪,使得各方气平。附近数百里之中,凡是年轻子弟,大概都来拜过他做师父,跟他学习几手拳脚。每次遇着负气起衅,两造各执一见,争执不下,哪怕官厅都难判决之事,只消苏二到场,说一声谁是非,当下便可解决。苏二说某人是的,谁再敢道个不字?苏二说这人非的,这个人非但一时不理人口,竟有终世被摒于社会,以后无论甚事,都挨不着他插嘴的,真好比受了永远剥夺公权全部处分一般。除了请求苏二口头宽恕之外,竟没第二个方法,可以恢复人家的信任观念。但是苏二为了自己说话有这么重大的价值,所以他轻易也不肯编排人家一个不是。遇着人家请他去评判曲直,他总抱定排难解纷,两无所袒的宗旨。并且他虽有这一身的好武艺,却从没强吞弱食过一次。他的所以能够取得公众敬仰,的确是以德服人,完全出于王道。别省人士,闻名而来,一见了他那种和蔼可亲的面目，莫不疑心这莫非是假苏二吧。照这般走路怕鞋底响的性格，一阵风吹得翻的身躯，如何能打得过僵尸，又如何一言之下，可以折服淮扬一带壮男豪客呢？但是跟他一盘桓三天两日，不由得不从心上钦敬出来。这也是时势造就这位草莽英雄，有一种说不出的神秘，包含在内哩。

苏二在三十岁那年，他手下情愿听他指挥的心腹壮士，已有一千多人，拜投在他门下为徒的，也有三四百人，而且内中不少淮扬有名的富家子弟，因见他还是受雇人家做长工，便多劝他不必再干这件事情，异口同声地说："凭着我们这许多师兄师弟，每人供养您老人家一天，不过一年半的时间中，轮着一天，大约总还供给得起哩。"苏二笑道："你们劝我不要受人家的雇用，却是一段好意。可知我的所以不能摆脱，也有两层原因在里头，要不说明，莫怪你们怀疑。第一，在这种承平之世，首重文治。像我多年失学，不能站到文学界上，做些事业，留个身后微名。便该要有个专门艺能，在工商界上生活。如今一技之长都没有，心既要劳不能劳，那么只好凭着天付我这点子蛮力，扶助资本家作事。要知道天付与我这点力气，原教我正当使用，不是叫我收徒弟，卖拳脚度日的。况且像我这种人，容易使得公门中人注目。如果没有恒业，一朝地方上出了乱子，首先抓问的，便是无业流氓，那我也就脱不下嫌疑。因为这个问题，所以我至今还是安分守己做我的长工。第二，我的东家，待我不薄。老实告诉你们吧，他家的二儿子，也是我的徒弟，并且我生平最爱的徒弟就是他。并非我受了他家十多年的雇用，占了一些小惠，不惜人格和身分，要谄媚人家，实在这孩子聪明伶俐，处处使人怪疼爱的。况且还有我们侠义关系在内。……"那般徒弟听了苏二这话，互相讶异，不道师父还有个不出面的好手爱徒，藏在暗里哩。

看官们可知苏二的爱徒，又是他的小东人，到底是谁呢？那就是本篇的主人翁曾国璋。国璋的爸爸，乃是监生出身。同治九年庚午科江南乡试,中试了第一百六十二名举人,官名上达。他到南京乡试,必定寄居在贡院附近一家冯姓考寓之内的。在获中这一年,填了清供,拜了老师,鹿鸣筵罢之后,因为生性风流,便和开考寓的一个侄儿,也是和他一科中试的,时常合伙了到秦淮河钓鱼巷一带曲院中去游玩。但是姓冯的脾气怪僻得很。走马看花,心中无妓,没有一个看得上他的眼,后来伴送上达回家,顺便一同去逛扬州。在上达旧相识小翠子的院子内,却挑中了小翠子的义妹小喜子。费了重价,替小喜子梳拢,不久,竟又把小喜子量珠聘去。过了一年,上达也娶了小翠子做侧室。无意中谈起小喜子的身世,小翠子便说,那是妈在山东买的。据说她是著名发匪林凤翔的私生女。那时上达已决计不去春试,大挑得了一等,分发山西。到省之后,在宦海中浮沉了二十年,官运很佳。至于南京那个姓冯的同年,久已音沉信阁,存殁不知了。

直到那年署理成泉县知县,为了一件教案,得了休致的处分。同时长子既丧,正室又死。因此上达百念都灰,决计回家养老。那小翠子呢,虽未扶正,事实上,却可称得代理夫人。所缺陷者,上达膝下只有一个儿子,二个女儿。如今儿子死了,存着两女,休致回去。依了古人无官一身轻一句,却不能达到有子万事足那句下句。在万泉临走的时候,先打发家眷到德州等候。上达自己,尚须进省料理未完手续,直待诸事就绪,方才由太原动身。兼程赶上家眷,准备一起南归,不料在将走未走之际,忽然有个年纪三十以外的女客,浑身缟素,骑了一匹黑马,一路访问到上达一行人从驻宿的店内,指明要拜望曾家二太太。小翠子出去一看,初竟茫然。仔细辨认,方知是小喜子。旧时姊妹,在客地意外相逢,也可说是他乡遇故知,自然很快乐的同至房内。她们俩唧唧哝哝,诉不尽别后相思,而且禁止旁听,连上达都挥之门外。从下午谈起,直谈了一晚。第二天朝上,小喜子走了,上达自然也要催促启程。小翠子却拦阻道:"慢着,姑且等候二天。待小喜子有件东西送了来,我们再走不迟。"上达归心似箭,很不愿意等候。小翠子便责备他道："她新死男人，论起交情，她的男人在日，是你同年至好。就她嫁给姓冯的，也是你的撮合山。我们现在左右是闲散之人，又不是限期赴任，何必忙在一时，未免太不念旧了。"这一席话，说得上达哑口无言，也教出无奈，只好耐心候着。

等到第二天，果然有个长髯黑大汉，送来一个牙牙欲语的小孩子，说是冯夫人命他送给曾太太的。小翠子自然欢天喜留下来，向上达道："小喜子说，这孩子乖巧异常，一天到晚没有哭声。你瞧，皮肤白得如粉装玉琢一般，何等的可爱啊。好在我家大少爷没了，我们就算他二少爷吧。……"那时来人去了，那家客寓中的掌柜，便来盘向上达来历。并且再三动问，跟昨天来的女子，今天来的黑汉，是有何等交情？上达心知有异，没说实话。只说并没交往，那是有人介绍来此，向他们花钱买了这孩子的。掌柜将信将疑退去。上达知道此地再也不能存留，一到天明，便匆匆收拾动身。在路上，却听得下人和赶脚的闲谈，说山东这几年不太平，常有发捻余匪，骚扰地方。新近闻说匪巢火并，把一个运筹帷幄的贼军师马二大王哄死了，往后去，或者可以太平些。不过这马二大王的妻子，江湖上号称四喜碧霞娘娘的，也不是好惹的。还有马二大王一个随身保镖的沧州秀才，黑胡宝二，也没收拾，留这二人在山东道上，恐怕还不十分安逸。曾家的下人奇怪道："怎说武秀才会当起捻匪来呢？"赶脚的道："那有甚稀罕？就是马二大王，听说也是文举子出身哩。"上达听到了这些话，便想起德州的店家那种奇形怪状的向他盘诘，两面一参考，心上便老大的疑惑。一到家中，就几次三番地诘问小翠子，说到底小喜子现在作何会在山东？那送孩子的黑汉，是不是姓宝？你们长谈一夜，总该知道。小翠子却笑说不详细。不过这孩子呢，确系姓冯的血胤。至于送孩子的来人是否姓宝，又没有人跟他交谈，况且是个男人，叫我女流怎生知道？现在你有现成儿子，保住家产，又何乐不为，何必拔草寻蛇呢？上达又被小翠子连讽带嘲，讨了个没趣，自然心上更加纳闷。

如是者过了几年,这孩子转眼间已经七岁了,原来名字叫祖云,小名叫凤生,都是小翠子提的。上达明知中有作用,又未便明言。至于外间人呢,都认道这是上达第二个儿子,小翠子所出。上达一时又不好不承认,心坎上却大不为然,真是哑子吃黄连,说不出的苦。所以父子间的感情,很是平常。幸而上达见小翠子,颇有三分惧怯。凤生仗了娘偏爱着,不啻一个保护律师,倒也不愁冻馁。始而上达存心不教这孩子读书识字。说也奇怪,他们村集上,这时忽然来了个挂单和尚,借在一所小小的关帝庙内,专门施药送诊。凤生既不读书,自然一天到晚闲着,无非在外胡闹,常到这庙内去玩耍。跟那和尚厮混熟了,和尚便抽空教他读书。凤生也要读书,不上一个月,已经识了两三千方字,读到论语公冶长了。上达知道了,禁止孩子出去。凤生便去告诉母亲,小翠子听了,又和上达大闹,反逼着上达把那和尚正式请到家内,做凤生的先生。凤生正式上学攻书,和尚替他把祖云二字,改做国璋。其时的苏二,也早已受雇来做长工。一见国璋,便说这小孩的筋骨,小时候受过药水洗炼,要习起拳棒来,真好见功。国璋听了又中下怀,暗暗地便拜了苏二做师父。白天读书,晚上习武。

到十五岁那年,论文,已能握管成文,诗赋咸工。四书五经读完之外,又读了《史记》《国策》和着《孙武子》《诸葛新书》《黄公三略》《太公阴符篇》等各种子书。而且遵着先生之命,专习《左传》。但是依上达的心思这些子书,都不应读。要读还是小题正鹄,八大家试艺一类书籍。无奈那和尚偏不依上达的教授法,并且说照东翁的教读法则,岂非要消弭丈夫壮志,把令郎造成一个冬烘头脑么?若说功名的话,不必老在闱墨上用功夫。遇了识者,也会飞黄腾达。果然,国璋初次出去观场,那时国家锐意维新,当道正用心访求匡时良材。国璋这一路笔法,正对主司目光,所以文场一战,便成了一名生员。国璋既进了学,那和尚便不辞而去。上达并不可惜失去了这么一位方外良导师,倒是国璋着实难过,足足的用心寻访了三个月,脸子也瘦去了一半。后来接到和尚一封信，说数由前定，后会有期，只就所学，已当世无两。国璋方稍息念。这是国璋的所具文才。论武，国璋既有天生膂力，复有苏二悉心指导，沙包可以打十一个。每天清晨，不是打井嘘气，便是打马鞍，操木马，一分钟时候可以走全二十五个梅花桩。一二十个庄客，跟他练仙人担石锁，或者掼跤，（即武当拳中之跌人法）都不是他的敌手。什么金枪十八手，醉八仙猴拳，武松脱铐，抄水燕子等那些花脚绣腿，也无一不精。依了他，还要跟苏二学家。苏二道："现在不比从前，正式的开战，都在火器上分高下。这些刀枪剑戟的古时军器，都失了效力，与其下这种冤枉工夫，不如去购一枝洋枪来，天天熬练瞄准和打靶吧。"无奈国璋一面自顾练洋枪，一面却仍旧要求习家伙。苏二见孩子诚心求道，只好再教他一套六合刀的单刀法，又传授他八八六十四手的少林棍，一路杨家小金枪的枪法，另外一两套剑法。临了又教会了七支紧背低头花装弩，说这倒是防身必要。那时和尚尚没走哩，回头和尚走了，苏二也预备辞歇出去。国璋急得跪了下来，苦苦的哀求道："先生走了，弟子已好比失却了一半灵魂。如果师傅再一走，弟子完全无人指导，真好比盲子没有明杖。年纪尚轻，将来怎好做人呢？"苏二见他出乎至诚的挽留，不能不答应他再留几时。但是国璋的爸爸，却还没知道他儿子已经成了文武全材。

有一天，到清江浦金龙四大王庙内去拈香。在大殿墙上，无意间瞧见一首诗道："我是人龙神亦龙，我今胡为乎泥中，一朝际会风云日，与尔同酬济世功。"上达心想何处狂生，出此大话，竟敢形之笔墨。若在文纲严密的时代，岂不是又要兴起一件大案，株连别人了？及一端详字迹？写得一手好苏字，看去似乎很熟。再把下面一瞧，却有国璋醉笔的署款。此刻的上达，真是吓得丢了三魂，失了六魄。草草拈香之后？便赶回家去，暗想这野种，如果再留下去，恐怕连累我家三党九族，都要受灭门之祸。还是趁早结果了他，以免后患吧。上达回到家内，恰巧国璋站在厅上，指挥下人，在那里收拾尘垢。厅上本有两扇古铜屏,就地起有三尺多高,八尺多阔,至少要有四十余斤一扇。却见国璋问了声屏下已打扫干净了么,便从身畔,很轻意的伸手把两扇铜屏一提,从容不迫地提回天然几左右的原地方放下,面不见红,气不见喘。上达亲眼看见,不免暗暗地抽了口冷气。忖道:"咦,想不到这野种竟会有这许多气力?照此情形,我想要收拾他的性命,他如果发作起野性来,我的性命不要反被他收拾去了么?"又只好按捺住了心头火,忍气吞声,跑到小翠子房内,把庙中所见题壁之诗,跟小翠子说了。并道:"留这畜生在家,迟早要受灭门之害,究竟小喜子跟谁养出这野蛮狂童来的呢?"小翠子见事已至此,索性一本直说。上达不听犹可,听了更觉心惊胆战,竟惊出一场病来。

原来那姓冯的同年,乃是太平天国南王冯云山的侄儿。小喜子的真是林凤翔的女儿。自从他们配了夫妻之后,都想替父亲叔父报仇。便到山东道上,招集亡命,意图大举。不料自己人争功攘能,姓冯的被手下哄死了。其时小喜子也常常扮做男子,帮着丈夫做事,目见男人被戕,心灰志夺,便散了伙,隐到沧州宝二家中,带发修行。不料那年宝二又为地方官逮捕甚急。小喜子正急得走投无路,恰好打听得曾家南归,她便赶来,把孩子付托给了小翠子。她自己,便到泰山结了一所茅庵,落发修行。但是旧部虽散,依旧常常的聚会,商量报复之策。后来想出个神教的方法,故又分头组织什么黄崖教、红灯教、神拳教,秘密进行,非常发达。小喜子既恢复了绿林势力,想起这儿子,便令党徒,暗暗地来保护。照小翠子的目光看来,教授国璋的那文武两教授,也都是小喜子直接或间接派来的哩。你如今倘然要摆出父母势头来收拾这孩子,我们一家性命,也难保不生意外危险。其实小翠子也是在一条线上的,不然如何肯允受小喜子的重托呢?因为小翠子的生父,就是跟林凤翔一同率师北上的李开方,自然有历史上的关系,岂有不尽心协力的保护国璋咧?这一席话,从小翠子口内出来,钻入胆小如鼠,而且满口我皇上深仁厚泽的曾上达耳朵内,当然要惊吓出病来了。究竟年迈之人，经不起这种风浪，病不多时，上达死了。

小翠子虽然妓女出身，究竟阅历已深，处理家政，久已井井有条。一旦遭此大故，并不慌张。外人不知，以为上达有子。她却明白国璋非曾门的血胤，若不早为分析，别的不打紧，还有上达两个亲生女儿，对于当年德州收作螟蛉一事，虽不十分明了，可是都疑国璋来历不明，将来定有口舌。故趁上达五七家奠之际，曾家的亲族寅年世邻等众，都来吊奠，小翠子便请族长公亲作证，把上达遗产，分做三份。上达两个女儿，各得一份，余下一份，又分上两小份，一小份付与国璋执掌，一小份为自己养膳。将来自己身死，即捐入曾家义庄，作为上达公支祭田。不明白的人，觉得小翠子并不因国璋系己所出，稍存偏袒之心，如此分析国璋未免太吃亏些。内中也有略知内幕和着上达正妻方面之人，本来预备要提议处置遗产方法，万一小翠子袒儿欺女，便要出面辩白亲生与义子的问题。如今小翠子如此支配，再公允也没有，谁都不有闲话。倒是有几个好事族人，反替国璋大抱不平，背后教唆国璋闹家庭革命。无奈国璋一来别具大志，区区遗产多寡，毫不为意。再来这些代抱不平之人，何尝真为国璋打算，无非想于中取利，这一层也早被国璋看破。三来上达承殓之后，小翠子特地招国璋到僻静所在，将他出处，原原本本一齐说个明白。国璋听了，大大伤感，自忖枉为昂藏七尺男儿，连生身父母的面目都不曾认识。依着本性，立刻就要到山东找寻生母。无奈为遮人耳目起见，未便丧中远行。无论如何，须待服阕或周年之后，方可借游学为名，远游赴鲁。故而对于分家那件事，完全不在心上。莫说分得这一小份，一毫没有怨恨小翠子之色。就是并此而不分，他也坦然。本来他已知身为冯氏子，如何肯来占有姓曾的产业呢？有了这三层意见，一般族中败类，自然教唆不成。

不过从此以后，国璋决意蔽韬功名，不乐仕进。暗想，我既属太平天国南王的侄儿，又兼着这一身文武本领，便当烈烈轰轰在这长江一带干番事业。犯不着再替满洲人出力，把我们同种汉人的鲜血，拿来染红自家的顶子。好在上达已死,名义上已经析离自立。正当壮年,大可作为,不要把光阴错过了。故而国璋从此广为交结,并延揽江湖上的有名汉子,仗义疏财,扶危济困。就是那些秘密会社方面,什么"天地会"、"八卦教"、"大力会"、"哥老会"、"小刀会"、"神拳会"、"三点会"、"两杯茶教"、(按即青缨,白缨,黄缨,青缨,黑缨枪会五种)"黄崖教"、"自团教"、"五枪会"(按自团者,犹言自行团结也。世俗均误称粢糊教,并云奉粢糊为祖师,是诚数典忘祖矣。)"无为教"、(按此系黄崖教之分支,亦以拜大学为功课。正名舞讴教。故至今佛偈中,有一种名舞讴调,乃取曾点浴乎沂,风乎舞雩之义。一说,首创此教者,乃安徽无为县人,故曰无为教。孰正孰为,不能断定,姑两存之。)"在理教"、"洪江会"、"公口"、"粮帮"、"袁家"、(按此即中国势力最大秘密结合,公口,盛于川陕甘等省。集哈缠蒙藏一部分民族组织而成。与回教对抗者,粮帮即青帮。袁家即红帮。江湖上所谓青红公口,三界弟兄是也。)他也都有来往。国璋自己便又拣选势力最强大的红帮,投身进去。好在他是苏二的徒弟,也可称近水楼台,更是容易出名。从此凡是走码头的汉子,踏桥梁的爷门,路经江北淮徐海一带,只消提起曾国璋大爷五个字,打尖过夜,可以不费分文(江湖上谓之一宿三餐)。乘航船或搭羊角小车,只须一半代价(江湖上谓之半通)。若是登门造访,说话投机,哪怕留在他家一年半载,衣之食之,曾国璋不行鼻子内哼一哼半哼。要是缺少盘缠,讲得出交情,立刻资助。小的一百八十块,大的一千八百块,毫不为奇。

不到多久,国璋便受了各方的推戴。组织起山头,开起忠义堂,分散票布,大规模的举办起来。袁家的规矩,凡是有势力,有义气的,便可开立山头,招贤礼士。山名各各不同,堂名却是普天下一样,皆唤做忠义堂。曾国璋因为爱那云台山形势,又和着家乡邻近,所以叫做云宝山。(后来因为遵守红帮的统一规矩,凡是山名,须用自己名字的一个字。下面必须用宝山二字,故改称国宝山。)国璋自己,当然是山主大爷。然后大家公推定了看家二爷（专司本山赏罚），当家三爷（专司银钱出入），以及红旗老五（专司杀人），巡风老六（专司稽查）。派定了正副三堂六部，其余都混称老么。另外又由国璋指定几个有才干的弟兄，到各处去结纳好汉，招请入伙，总名叫做访贤，内分老四老七老八老九四种。不过国璋有了这种举动，那小翠子分给他一些些的家私，不够一年使用，早已告罄。那么他开山辟土这笔经费，从哪里来的呢？那自然靠贩卖私盐度日的了。而且国璋眼光远大，并不注意在江淮内地。他的目光，完全注射在黄海渤海两海岸线上。所以他的大本营，就设在黄海头上，云台山后的临洪口，用以控制胶州群岛。至于他的势力，莫说越过黄海，一直到中俄交界的海洋岛，僻在一角的辽东湾，自然亦包含在内。（按现在锦州湾一带，日俄役后，已由俄租借地，而变成日本殖民地矣。）并且连日境的长崎门司，韩境的釜山一带，都有他的潜势力。就是内地呢，大约苏浙直鲁豫奉吉七八省地方，也多有奉他的号令的。把他手下弟兄，合并算来，总数着实可观。他散放在外的，除了票布以外，另有一种尖角的小旗。红色白镶边，角上绣一个黑色九字。因为他跟金光祖，王五，老疙瘩等九个人，结拜过十弟兄。他年纪幼小，排在第九，大家称他盐烟曾九爷，（指他专营盐烟两种贩卖事业而言）所以旗角上绣一个九字。凡是领他那面镖旗的，他必定有幅简单地图，附带着交给人家。说这图上注有地名的地方，就是我这面小小旗儿，发生效力的区域。图上没有这地名所在，那就管不了许多。（著书人因好奇心胜，向口述此事的张君，索得曾九当年赠人的地图样张，附刊于后，庶读者容易分清眉目。）不过就照他这幅地图看来，已好比战国时代的秦楚诸霸，不是郑邾滕薛等小邦诸侯了，研究他的势力，何以能如此的广大，到底得力在一班同盟弟兄的互助力量上。

谁知国璋虽有如此喧天的声势，竟尚有人敢于出头反抗并且始而反抗的力量虽极其微弱，然而有志竟成，最后国璋竟断送他手。真可称强中更有强中手,能人头上有能人了。要知道反抗之人姓甚名谁?何方法推翻曾九,以及曾国璋所以弄得失风的历史。请读者少待,统在下节中明白宣布。

三

曾国璋所以能够称雄一时,虽仗自己的本领不错,也是风云际会,天于良机。原来这时两位威镇长江的水师统领彭玉麟,黄翼升都先后死了。两江总督刘坤一,两湖总督张香涛,素嫌这个长江水师统领职权太大,于自己的地位冲突。因便乘此时机,联名具奏,请改为长江水师提督,专管水师营务和沿江各省的湘淮绿各军,协防长江治安。清廷本来不放心这个长江小皇帝,见了这道本章,自然立刻准奏。这一改,名称上虽然没有多大的更动,可是权限上头,跟从前不可同日而语了。

这个当儿,恰巧曾国璋已明白祖宗之仇,要分夷夏之防,正是开基创业之初。本来两淮差务,对於禁止私贩,有缉私营负责,淮南淮北,各有统领封统分统各官。不过前清缉私营的军械,不甚精利。实力疲乏得很,不及现在多多。但彭玉麟在长江梭巡时节,那缉私营好似被那长江水师在旁督察着,不勉力从公。而且彭、黄做水师统领的时代对于缉私勤务步步干涉态度。略一废弛公务立刻便要军法从事。那些缉私营内的军官目佐,都是忍着苦痛过日子,背后时常咒骂。等待清廷准了刘、张之奏,一朝把长江水师统领名称改去,减小权限,缉私营的事权,为划起见,由盐捕营自行独立处分,他军不得干预。这一道圣谕一下,那些在盐捕营当差的见了,哪一个不是欢天喜地,没口称颂皇恩浩荡,帝德浓厚。累那隶属城守营、防营(即绿营驻防旗兵)以及督抚提镇各禁的弟兄们,也一个个羡慕不止。都道同一吃粮当兵,要是投在盐捕营内当弟兄,真是几生修到呢。

有人说同一当兵,何羡慕之有？原来前清军界要推盐捕营的进账最佳,事情最简。每逢春暮夏初洋汛一动,那些靠水吃水的商人都要放船到洋内捕鱼。在渤海洋面,和着中日边界一带捕鱼的,唤做东洋海船。在黄海洋面,从成山头一直到东海洋面为止的渔船,唤做北洋大沙飞船。在东海洋面舟山群岛起,到福建的江口一带为止的渔船,叫南洋钓船。自台湾而起,一直到南海的西沙群岛为止的渔船,唤做南洋广艇。这许多洋面的渔船出口时节,须到盐捕营报明装载食盐多少以便腌制鱼之用。这一来,盐捕营中人就有好处了。其实呢,那东洋海船捕捉的鱼,以青参鱼、油筒鱼为大宗,兼捕明暇、海参等杂鱼。北洋大沙飞船捕捉的鱼,以黄花鱼为大宗,兼捕鲥鱼、刀鱼、着甲、沈枪、白扁等类杂鱼。南洋钓船捕捉的鱼,以黄花鱼、鲞鱼为大宗兼捕带鱼等类杂鱼。南洋广艇捕捉的鱼,以鲞鱼、带鱼为大宗,兼捕乌贼鱼、海螺龙暇等杂鱼。如果盐捕营认真清澈地追究,那除捕捉黄鲞青和油筒等鱼,要用盐腌,其余是不必用盐的。无如成例如此,出口的渔船,定须带盐将来装了满船的腌鱼回来,这盐名唤鱼盐,准许在沿海口岸的小镇上廉价售出。要是出口了捉不到鱼,空船回来,照例船上的净盐,只好抛弃海中,不能再带了进口,要是带进口,就作私贩论罪。

在这种种上面便发生了许多弊端出来。譬如那呈报出口的渔船,分明装了三百担盐,却只报一百担,等待载了满舱腌鱼回来,鱼已起上了岸。分明鱼盐只剩四五十担却又浮报九十担。这以多报少,和以少报多的一个反覆之中,那刻管的盐捕营内酌量情形,私收贿赂,就可不言而喻了。所以俗语有一句"醮着咸淡"(醮字俗音读如载)即指此辈此事而言。又譬如明知这船出去捕捉江鱼,(刀鱼鲥鱼之类)不必用盐而亦准许其报出口载盐若干,进口准销鱼盐若干。这里头的好处,就更加来得大。简直不仅似经纪人之提取佣金,真好比不投资的股东稳享赢拆输不管的权利一般,所以有时在盐捕营差之人要一注急用的钜款,便向这班海面渔商筹措,或者叫他们代自己贩卖一次私盐,名为借顺风,那班渔商不能不依着他话办。不然,逢到了洋汛,故于他们为难起来,那就受累无穷。也有奸商教唆营中弟兄,干这私勾当。像这种神在鬼莫测的积弊陋规,一时笔不胜纪。也是由前代辗转流传下来,弄到如此腐败。其中最最坏的,便是那般灶户莠民有时在营内吃粮,一朝营内出来,便又托名去做渔商或是灶民。其实专做私贩。贩了一阵,积蓄了几个钱,心术工巧的,又到运使或盐道衙门去运动一下,顿时摇身一变,又变了盐捕营的领哨船长。昨日贩盐,今日居然做了捕捉贩盐之人。也有昨日捕人今日反被人捕的。这些事情,屡见不鲜。

冷不防发捻乱后,蓦地有了个彭玉麟,来做长江水师统领,盐政也有权干涉。他手下炮船多不过,他的权柄又大,随地随时可以行使特权,治理别营事务。监捕营内的人,如果对于缉私不认真,他老人家老实不客气,就越俎代庖了。并且他时常青衣小帽,私自跑到穷乡僻壤的小码头上,第一就是注意这件私贩食盐事情。要是被他查着了,不要说芝麻绿豆大小的船长领哨,抓去当鸡鸭宰杀,就是盐捕营的统领帮统分统管带帮带,轻也难保前程丢掉,重则难保首领乔迁。况且老彭是有先斩后奏的特权,连运动走门路都来不及的。故此几百年的积弊,在彭玉麟监视时代,也曾澈底改造过一回。居然盐捕营内也兵额实足,辩公认真。谁也不敢捞一个小钱的外快,后来换了黄翼升来。萧规曹随,虽比老彭好服伺些,终究还不敢胡作胡为,现在得到了盐捕营仍归独立的消息,不愁长江水师的飞划营,再来多眼。自然好照二十年前的老法儿来,调派一般渔商盐贩。官长和弟兄,多不怕不有发财希望,当然兴高采烈。怪不得其他各营的官佐目兵,都要看得眼红,有那前生修这名话咧。

不过我们中国人的脑筋,对于营私舞弊的法儿,很肯殚心极的去研究它,结果总有很神奇很奥妙的新发明。那些别种军队,始而羡慕盐捕营的进账好,继而竟想出了一个方法来了。推说自己贫乏无以生活,以友军资格,向那盐捕营官长商量,可能照应一次,让我走一趟私运,弄几个钱花,至于弟兄的规矩当然照送。不然呢,老哥们的进项甚多,既不能允许我私贩,便得允许我告贷若干。在盐捕营当差的人听了,此事横竖于自己毫无损失,乐得卖这现成情面。好在规矩又照送的,更何乐而不为呢？当然答应焉。但是一答百答,允许了张三,不能拒绝李四,这戏法几就渐渐的多起来了。而且出了面讨情的人,他自己何尝亲身下船贩运。等到要求如愿之后,好比捐客一般,出去还是另外转包给人。头上来讨情的,至多一两条船一趟,后来非但船数多了,而且规矩也减短了。如此一来,和那盐捕营中的基本有些冲突,不得不翻脸抓了。谁知这班私贩,并非纯粹的渔商,肯受你盐捕营中人的压迫。他们却也带好家伙,预备碰僵了开火的。区区几条捕盐,船上的弟兄如何禁得这般亡命之人,拼命的拒捕,自然吃了亏了。弄假成真,便去告诉他们的上官,把那出头要求之人口粮开革。若是他们的上官庇护着,那么备文申详自己的上官,正式大办交涉。结果也许两败俱伤,或者就以事出有因,查无实据八字了案。有时盐捕营或占了些上风,那仇寇便更解不开的了,这班游失散勇,就勾通了流氓土痞,索性招呼不打,大贩特贩,遇到了预备,大家打得稀里哗啦。如此一来,事情闹大了,盐捕营的上级军官,便禀明了本省最高的军事长官,领足了械弹,调齐了大队人马,雷厉风行地大施剿袭。一面由军事长官札饬各标,以及防营水师,大家挑选出一部分的少年丁壮由督练公所及清乡局的委员统率着协力的兜抄。那班私贩,恁你人多手众,总不及这种混同组织的选锋队,只好匿迹销声远而避之。那盐味道,依旧让他们盐捕营独享权利。

恰巧那时候的曾国璋,从山东探母回来。虽仍没见着生母的面目,可已知道母亲是受了直隶总督裕禄的聘礼,到天津跟黄莲圣母俩同心传道,扶清灭洋去了。就是鲁省方面,由他母亲苦心孤诣,陆续成立的神拳会、硬肚子教等等,都为原任巡抚毓贤调了山西,袁世凯继任鲁抚,严拿教匪,举办清乡,不能立足,都已分头散去。大部分到了京津,小部分往河南、山西、陕西、四川、甘肃等处去了。国璋寻思,我要是赶到天津,见了母亲,碍在她修行人门面上,未必肯明白承认我做儿子。况且这种神道设教之事,乃是愚人所为自己颇有些不赞成。再者扶清灭洋这四个字的宗旨,恐怕于现世潮流不甚相合。虽然使清廷相信了可以借此棉里针的方法,戕丧他们的元气。但是若说要借这名义,恢复我们汉室江山,那是万无此事。我既然胸怀大志,何必抱着这妇人之仁,定要跟母亲在一起做事?何不回去培植势力,到将来由他们破坏现局,然后我乘机突起异军,使得清廷措手不及,推翻了他建设新国呢?主意打定,国璋便回到家乡,收容豪杰广布腹心。

恰巧那班盐枭失败下来,陆陆续续的多归了国璋。等到庚子义和团事起,国璋便想起事。因为饷械两亏,再者他不赞成那些大师兄红灯照的行为,又复忍耐下来。一过夏天,八国联军入寇中国,义和团果然失败。国璋暗暗的说声惭愧,幸而没有附和。自己眼力还不算差,但是北方义和团失败,有一小部分的人多慕名来归。国璋如同韩信将兵,多多益善,自然收容下来。并且于无意中,在他们口中探出自己母亲的消息。却也为看破了那些大师兄大师妹是乌合之象,不能成事,早已入川隐避。国璋更为安心,自顾自的进行事业。无奈部下既多,开支浩大渐渐出入不敷。便和几个老贩私盐的,讨论了几次。明白盐枭之所以不敌官兵,皆因人少械乏,战斗志力薄弱之故。国璋乃费了两三个月工夫,想出一个三才梅花阵的方法。先弄了五条小船做着模范,亲自督率着几个有军事智识的弟兄,操演操演纯熟,便又添上二十条船,共成二十五条船,再行操演。不上半年,已经有一千二百五十条小船,操演得进退疾徐,指挥如意。国璋便把他分做五十组每组二十五条浪里钻。笑向弟兄们道:"如今基础有了,我们一面操演,一面好放几组出去做买卖哩。"

看官们,曾国璋的三才梅花阵,是怎生的组织法呢?让着书人细细讲述出来,庶读者一目了然。原来国璋的编制方法,以五为本位。每一条船六个人,名为一艇。每二十五条船成一小组,名为一甲。每二十五条船成一中组,名为一班。每一百条船成一大组,名为一联。每二百条船成一军,名为一部。每五部成一总,每五总成一阵。要是遇见敌人开战的时节,以两总当先,两总掩护,分左右翼前进。中路一总,乃主力军队。平时逢五,战时逢三,所以叫做三才梅花阵。至于那艇船的形式,于龙舟相似,头尾不甚分别,船身狭长,船舱极深。头尾上各坐一人,头上的叫艇正,尾上的叫艇副。艇正指挥全艇,且司船头小炮的射击;艇副司舵,兼顾本艇和进退安危。舱内左右各坐两人,共四人。两人执火枪。两人执桨,那桨和舵,都用镔铁铸成,三面出口,如同令箭形式,和那古时军器中的三尖两刃刀类似。既可左右劈人又可直径刺人。若是行驶时候,便划水代桨。这是一艇的支配,其余可由此类推。

　　国璋的志愿第一步想先组成一阵,自己做阵长。如果事业兴旺,作事顺手,那么一阵阵的推广出去。故此他主张操演自操演,出去贩盐自贩盐。并且他再订定一个章程,出去贩盐,并不以强为胜,专用硬功,总是先礼后兵。譬如派五条船为一小队,由正甲长统率了,出去贩盐。所有货色,都分装上一二十包盐,归副甲长管辖着。预先规划路线,打算从江北崇明或是如皋偷出了口,向那江南的白茆口或是七鸦口进去,贩卖到内地去。但是白茆口或是七鸦口,那里有盐捕营的巡船停泊着,如何过去呢? 好在要走这条路,早已派人侦察明白,知道守某处口子的官长,姓甚名谁,自己部下某人,是跟他相熟的,就先派这某人去,跟那官长说明办法。得了那官长的同意,又约定了日子,然后知照守候在江内的一甲船支,专拣二十以后,天气星月无光,由江北直驶进江南口岸。那巡船上弟兄,早已疏通就绪了,始而盘诘都不盘诘,任凭五条小艇过去。直待殿后的那条买来的乡下破船驶过来,那才上前拦阻。故意争执几句。这边盼咐上船看舱,那边驾船的副甲长，便丢了船逃命。行在前面的艇船，但等后面闹了，赶紧放上一排朝天空枪。盐捕营弟兄，居然也应了一排朝天枪，这五条船自顾自的分头脱货去。那官兵方面，得了一条破船。又到手了一二十包的货，大家把来摊分，到了明天，还可申文请功。叙上"某月某日，有大帮盐枭过境，胆敢开枪拒捕，被我军奋勇围抄，截获私贩盐船一艘。船中尚有余存私盐五六包，枭匪弃船遁去。现在所辖汛地内，安谧如常。所有抄获私盐，已交本汛某盐公堂，给价官卖。除委专弁详陈颠末外，合先禀闻。"这些话。这么一来。盐捕营方面，名利双收，何乐不为？其实于国璋方面，就是不丢这一些些货物，和一条破船，也要花钱买交情。营里头受你的现资，反不及这种做品来得欢迎。所以就太太平平的，照这方法做下去了。这尚是一甲过境，所贩不多。推而言之，一班一联一部，都可照比而行。那盐捕营的上官，接得这种报告，初尚不以为意。日子多了，瞧瞧各处情形，大抵相似，未免要疑心那驻守在各地的哨官，诳报邀功，便私下派人去查。当地百姓，却又都异口同声，说某月某日。确有盐枭过境，亲耳听见枪声之人不止十个八个。调查之人，据实回禀，任你上官精明强干，一时万万想不透他这个玄虚，也只好不问了。

如是者不上一年，曾国璋三字，真好比民国时代的白狼、老洋人、孙美瑶等相似，很是震动一时。后来他更好了，非但自己贩卖，还替人包送到埠。如此一来，淮盐的私烧灶户，也不知添了多少。芦浙等处的盐务，便人受影响。官厅方面，倒还懵懂未觉。那些淮引盐商，却多受了痛苦哩。便联名具禀本省盐政大臣，说如再不澈底整顿榷务，认真剿抚盐枭，则盐务前途，不堪设想。事关国家课税，万不能再玩忽视之。这种公禀一上，照例盐政大臣要咨会各该鹾务衙门，务必切实办理。私灶之事，归各场盐尹盐大使，按户查办。私贩之事，还是援照成例，责成盐捕营。另由营务处组织联合军队，协同办理。大举清乡。无如那时的曾国璋已非昔比，手下兄弟已经组成两阵，有六万多人，大本营早已移到云台山上。连年收入又一年胜似一年,除了开支之外,盈余的多向外洋购买军火。自己又专门做那行侠尚义之事,方圆几百里内的人缘是好极了。万一官兵开来剿抚,兵尚没有开发,曾国璋早已得到雪片的报告。对于那军队的数目多寡,领兵主帅的贤愚,随从诸人军事学识的优劣,军士战斗力具有几何程度,所用的枪炮利钝如何,预备了若干日子的饷糈,后援队有多少,统统完全明白。并且等待该军开到防地,那些乡村镇市上的居民,十有八九袒护曾家弟兄的,又对于军队方面,极力宣传曾家战斗力的强盛,寒他们的心胆,淆惑军心。一面得着了一些些消息,便又互相传递到曾国璋耳朵内,使可早作,哪里会有打胜仗的希望?老实说,没有开火,军心已不一致,锐气亦都减削,既失人和。而且地理又不及曾家弟兄熟悉,自然十有九败。至于水路上面,更非国璋的对手。那些官兵最感困难的,就是出没无定,专用奇兵袭击。所以剿只管剿,曾国璋他们贩归贩。

为了此事丢官的,前后不知多少。官兵方面,后来自己也明白了,实在非曾之敌,不得已去央求了苏二,和国璋讲明条件。彼此混饭,叫做各人保留各人的面子。每当官军到来,先行通知曾家弟兄。曾家弟兄特地避了开去,买卖也暂停进行。让官兵驻防在那里,见神见鬼闹得附近居户鸡犬不宁。过了一时,抓了几个已定罪的死囚,拿来当做替死鬼,算是捕获的大枭匪。在当地砍了,居然传首各盐场,晓谕各灶户。最后把那颗首级,高悬在犯案最多的地方示众,然后大吹大擂的奏凯班师。一到官兵走后,曾家弟兄再行出山,继续营业。做了一时,公事又吃紧了,官兵再行调来,曾家弟兄,仍照旧章避开。如此一来,大家不愁没有饭混。彼此的饭碗都保得住了。这种兵来匪去,兵去匪来的车轮转法儿,兵匪两方,果然都有饭吃,不愁什么了。但是无辜的小百姓,吵扰得够受了。依着曾国璋心上,害民太甚,还不肯答应。实在是自己师父居间调停,不好不买一点儿账,只得勉强赞成。但是对于被累的百姓,他仍旧另外提出一笔费用来,暗地托人散放。只推说是无名氏行善求子,独立赈济。始而百姓们真认是大慈善家所为,不过暗地奇怪,这个无名氏,倒是世上无双的大善士。不然我们这里遇到一次兵变,他为何必定要来放赈一次呢?日子长了,不期然而然地探知是曾国璋大爷所为,这消息传扬开去,都把曾国璋当做万家生佛。一般中下社会,没有一家不供奉曾大人的长生禄位。万一有人盘诘,就推说是尊敬湘乡的曾文正公。当地那些小孩子,其时曾有一支歌谣道:"官兵去,盐枭来。大家有得吃肉饭,曾家大爷真四海。官兵来,盐枭去。这兵好比黄梅雨,只有坏处无好处。"从这支童谣上听去,也可明白曾国璋在当时之声威,确有众望所归,有口皆碑之象。人心对于国璋和官兵之向背,也于此谣可见。

曾国璋到了这般地步,虽尚未能算是素志克偿,但也颇足自豪。不过有句俗语,叫做满极则必衰。正在这绝盛的时代,忽有件事情发生了,原来忽有个冒充国宝山陪堂的沭阳县人,姓尤,到丹徒乡下四方桥去招摇。被春宝山的弟兄盘破机关,便送到国璋那里去发落。这时是他们袁家的规矩,凡捉到了假冒之人,须把他送到所冒的山头上,由那山主询明口供。吩咐红旗老五,将此人开劈祭旗,以杜后患。国璋一问这人叫尤冠众,也是苏二的拳棒徒弟,看他年纪尚轻,而且骨格雄健,臂力也很好,便叫他折箭为誓,破格收留下来,给一名艇副给他当着。这消息传到春宝山山主的耳朵内,不免咆跳如雷。说这是曾国璋给我们抬杠,瞧我们春宝山不起。非得邀齐天下水旱英雄,跟他评评这个理儿,到底谁是谁不是。这风声又传到国璋耳内,便派专人到春宝山,向山主道歉。顺便说明,并非破坏天下山规。因为姓尤的和敝山主的拳脚,同出苏家门下,所以碍在二师父情面,不好正规。贵山主如果一定要取这人性命,那么就请贵山的红旗辛苦一趟如何。春宝山主总算占了点小面子,又一打听尤姓小子,果真是苏二徒弟,也不好意思下手,就含糊过去。

不料隔不上几时,却又有人在海州冒充宝山弟兄。就被尤冠众盘出根底,派人送到镇江,请春宝山主发落。这人知道春宝山主生性蛮暴,此去断无命活,为全尸起见,乘解送之人一个不留心,私下吞了五六钱生鸦片,自寻短见死了。谁知那时候的春宝山主,将近要受清廷招安,当差使去了,得到此信,一口认定是曾国璋放刁,存心要丢我们春宝山的脸,非捶他不可。看官们,你们道这春宝山山主是谁。原来不是别人,就是那鼎鼎大名的余海峰。他跟曾国璋俩,本来早有积仇(限于篇幅,容另篇详述。)现在为了这一些小小交涉,两下不免又留了一点心迹。

事有凑巧,那余海峰的春宝山,本来是和任春山、蔡金标共同组织的。其时任春山已经死了,春山在日,大权早在海峰手内。何况春山又死了呢,自然海峰独揽一切。不过蔡金标未免心有不甘,只因海峰非但占有指挥春宝山大部弟兄的势力,而且他的盟兄孙七,其时刚被扬州运使抓去,收押江都狱内,定的终身监禁。所有孙七部下,散处在淮河以南,和着安徽寿州、凤阳、山东、兖州、济宁、泰安、济南等地的弟兄,都受了孙七入狱的劝告,悉听海峰约束。如此一来,海峰的势力很是可观。那蔡金标只有春宝山一小部分的势力,当然不敢和海峰出面抵抗。可是一时又不愿示人以弱,久思引人援助。这回听到春宝国宝两山闹了小小意见,金标便到海州,拜曾国璋。国璋因为金标是镇宁瓜扬一带的有名汉子,论起辈分来,也不是草茅新进。为着自己扩张势力起见,自然乐于结纳。而且蔡金标并无一点前辈架子,一定要和国璋结拜弟兄,国璋自也未便反对。从此曾蔡两方,很有联络。就是蔡部心腹弟兄,知道有了曾家后援,也都心胆为壮。对于本山余海峰派的态度,不比以前那样一味的畏缩了。

其时官场中对于盐枭,却并不以心怀大志的曾国璋为虑,反全神注视在春宝山一般弟兄身上。那年甲午,中日开战。社会上互相传说,都道春宝山弟兄,要乘机扰乱长江,累得官场提心吊胆。沿江各省,都无形戒严。后来刘坤一总督,很想招抚春宝山弟兄,教他们去邪归正，无奈居中缺少一个有力的介绍。刚巧长江提督黄少春，新授了署理江防全营统领的兼职，驻节镇江。刘坤一便下了道访拿春宝山弟兄的密札给他，授以全权，叫他剿抚兼施，相机办理。那黄少春军门呢，和蔡金标是向来熟悉的。一到镇江，便派人到蔡金标家内，将金标邀到提署，命他设法消灭春宝山的潜势力，并且向他叮嘱，最好恩威并施，将春宝山有械的弟兄，改编入伍，无械的给资遣散。如果实在无法招安，那么只好用武力解决了。第一须先把为首之余海峰除去，蛇无头而不行，便不妨事。你若能办妥此事，立刻保你做缉私管带。蔡金际本来为着春宝山面子，被余海峰一人做去，久已四处八路设法，要想推倒海峰。如今一面有了曾家的后援，一面又受了官厅委命，顿然间气焰甚张。便昌言无忌，说奉了提督军门密令，要拿余海峰首级回话。

　　风声传到海州，曾国璋大不谓然。向自己的亲信道："天下成大事者，岂有这样鲁莽的？我看在拜把子份上，不忍他受人暗害，还是差人去劝劝他吧。"谁知曾国璋的人还没有差出，第二个消息又传来，果然蔡金标反被余海峰火并杀死了。国璋顿足道："果不出我之所料，他这种呆头呆脑的直性汉子，本来哪里是人家的对手？往后去，我自己没发展，也就罢了。要是有一日得偿素志，务必替他报仇雪恨，保持我们江河上的义气。"国璋此话一出口，自有一班献勤讨好之人，传送到余海峰那边去。海峰听见了，口内虽说我何惧于他。他若来讲义气很好。本来我们俩要较量较量，谁怕了谁，便不算是好汉。且瞧瞧我们俩手段，往后去到底他杀我，还是我杀他。实在海峰心内，对于别人，虽一毫不以为意，独对于国璋，却又三分忌惮。不过口内不得不硬罢了。这么一来，反促动了余海峰投顺清廷的决心。恰巧有个仪徵县的李绅，平日和海峰是朋友，得了此信，替他先向南京刘督先容。刘绅一本来很爱海峰的胆略，常夸赞他是有用之才。居中既有人出来说话，并且担负不轻背叛的责任，自然准许改编。并且赏了海峰一个守备虚衔,由李绅带去谢委。问明所部党徒多寡,翌日牌示,着余海峰挑选精壮亲信,编练一营水师,直辖督标,驻扎镇江瓜扬,以厚江防。其余编为虎字队一大队,亦由海峰举荐任春山的儿子小山,为虎字队管带,受两淮缉私营节制,分驻扬中、泰兴、泰县三江营、十二圩等地,以资震慑。所有海峰旧党申正帮、赵鸿喜、杨瑞文、沈朗、马玉胜、陈开扬、张晴湖等人,仍归海峰差遣,自行加委。帮统、领哨、舱长各职,呈报到案。如此一来,海峰一班弟兄,便变了缉私和江防官兵。从此专跟曾家作对,拿到就办。凡是曾家货色。运到淮南或是白门以下长江各口岸,以及皖北的寿凤山东兖济泰等孙七原有地界之内,便休想偷漏一粒盐颗,逃逸一条性命,铁青着脸子办公。

这一下,国璋可恼了。也在两阵弟兄之内,挑选了五六千精壮,自己统率了,开到长江江阴口外的东兜山,准备和余海峰大大的交战一场,分个最后胜负。而且也专拣在海峰辖地内滋事,使他不安于位。偏偏海峰来得乖巧,并不轻举妄动。如是者又过了一时,曾余两家的恶感,一天深似一天,和解者不好和解的了。始而国璋部下是久经训练之卒,再加数目比海峰多,海峰手下虽多猛将无奈兵力太薄。所以国璋一到东兜山,曾经连打了几个大胜仗。后来海峰忽然改变战略,一面宣言有逃走的整备,以懈国璋之心,以老其师。一面细细地调查国璋平素作为,以乘其隙。直待柯逢时侍郎由部曹出任淮扬运使,很是赏识海峰,信任他的说话,在江都牢狱内,将孙七开释出来,派他做新胜水师营的帮带,带罪立功。一面再委申正帮做丹阳丹徒缉私营管带,赵鸿喜做三岸缉私营管带。这当儿,虎字队管带任小山,急病死了,又由海峰保举黄凯臣接手。那黄凯臣也是海峰心腹,而且骠悍出众。于是海峰缉私的势力,一天大似一天。便暗中关照黄凯臣的虎字队,开到淮河以北,逐步去消灭国璋在淮泗一带根本势力。一面托孙七以新胜水师帮带名义,号召旧部,在鲁皖边界同时搜捕曾家弟兄,消灭国璋在徐海一带势力。

国璋不合一时之愤，不主张回师抵御。信了投顺来的蔡金标旧部的说话，老驻在东兜山。不动不变，连苏二的信都不听。以致经营了二十年的势力，从此一天不如一天。这也是天助海峰成功，故国璋会棋错一着，大局全错。等待风声紧了，国璋有些觉悟哩，偏偏生起病来。这一病坏了，各方情势就在这个时候大大地变动。余海峰见时机成熟，探知黄凯臣孙七都也得手。他便亲到南京去，面禀赵滨彦方伯。说这姓曾的不但贩卖私盐，侵蚀国家课税，暗中并且招兵买马，积草囤粮，联络海外亡命革党，密谋反叛。若不趁此羽毛未丰之际，调集大兵，肃清匪窟，只恐养痈贻祸，再蹈发捻覆辙。并且带有证人，证明曾国璋罪案。要知道清朝官吏，闻得革党二字，谁敢怠慢。因此赵滨彦方伯，赶紧以营务处总办名义，命海峰掌讨伐全权。一面备文申详督抚，请由督抚二标，抽调劲旅，选派统兵能员。并照会福山狼山两总兵，亦加派大兵，与余军会师长江，夹攻匪巢左右两翼。再知照松提台杨景隆，迅即出兵吴淞口，堵塞下游，以防匪众窜入浙海洋面。并阻海州老巢余匪，由黄海南下，为匪声援。余海峰在南京等候苏松各地的照办回文到了，又在南京营务处，请了一支大令，方悄然的回到镇江，密调中正邦赵鸿喜两路水师，进攻东兜山。

当这余海峰在宁告密，督抚提镇各标军队调动的时候，正是曾国璋在病重的当儿。各地方的同志，得了军队出动消息，暗中便飞报到云台山去。殊不知国璋尚未回去，后来是淮徐海泗各地，都有了虎字队新胜水师驻防，要传递一个消息到山上，很不容易了。山上的人，有识见的，已知大势不对，都乔装离去。国璋苦心编练的水军，小部分随他自己，到了东兜山去。大部分不能再在临洪响水旧黄河各口停泊，便都避到对面东西连岛的山㟏港内去。两三天得不到山主消息，便由总长做主，暂且散伙。因聚在一处，容易遭人注目。那么归农的也有，就在东西连岛做岛户的也有，还有一大半人，另行推了首领，都向北开去。好在一过岚山头，到了胶州湾，便可依赖德国的势力，不怕官兵再来捕捉。暂且做起渔户来,徐图再举。云台山的老家,本来外边知道的人很少。所有留守之人,都是国璋心腹。事到如今,都剃去了头发,在上院做和尚,把那重要物件,一骨脑儿埋入山阴石隙之内。即使军士入山,表面上一点都看不出痕迹来。可怜曾国璋一番心血,从此都付流水。倒是他本人,还卧病东兜山,一毫没有知道。

　　直到中正邦赵鸿喜两路兵来,围困东兜山了,才知道不妙。东兜山是无险可守,只好设法退回去再说。论他的识见呢,毕竟不凡。明知这是余海峰存心作对,来者不善,不可力敌。故而他命手下几个部长,率着大股弟兄,顺流出去,往下游觅路,以乱官兵耳目,使自己好脱身。他自己呢,反轻装易服,带了几名亲信,从东兜山偷渡到崇明惠安沙上。料想走江北岸天生港,由如皋、泰县、兴化、宝应到淮安,或由东台、盐城到阜宁,一定节节有官兵把守,万难过去。所以到了惠安沙,便从吕四场到庄家沙,绕过暗沙,一径到了大沙,然后打算从五条沙进开山口。不料一到五条沙,便和许多在东西连岛散伙下来的弟兄遇见。方知苦心经营的基础,已经无形消灭。大事无望,依着部下主张,劝他上辽东去找寻冯麟阁,或是到姆矶岛去投奔盟兄活阎王张四。况且胶州湾海面上,有不少弟兄在那里,不妨收拾了重振旗鼓。国璋却叹道:"小不忍则乱大谋,我不应轻视了余海峰。又为急于要替蔡金标报仇起见,千不该万不该,不该移师到东兜山绝地,白取灭亡。如今有何面目,再去依人肘腋?况且天既生了个余海峰在世,我在他手内栽了这么一个大跟斗,即使将来再辛辛苦苦地布出个局面来,恐怕又要受他的暗算。你们尽可去投奔冯麟阁或张四,万一你们有义气的,有朝一日推翻海峰,总算替蔡大哥报了仇,替我雪了恨。我死在九泉之下,也就瞑目的了。"

　　当下国璋便把亲信遣散,自己打算到山东崂山,出家做道士去,但是又放心不下那往下游开去的一班弟兄,要暗中打听了确信。再定自家行止。谁知不打听独可,一打听不禁五中摧裂。原来这一班人,自和国璋分别,便想出长江南口,果然申赵两军,错认国璋在内,拼命追击。始而倒还可以抵御,且战且走,到了常熟的福山港口附近,忽被福山镇禁截住。对江狼山镇禁也派兵三路夹攻至此,三才梅花阵的阵势,竟被他们冲破,而且申正邦知道曾军此阵厉害,故此专拣把舵的艇副先打。要知艇副一失慎,那条艇上的四个艇丁,一个艇正,便要紧自顾逃命,无心恋战的了。好容易冲出重围,又得着长江南口已有松江提台杨景隆,带着三条浅水兵轮,堵守在那里的消息,他们没奈何只得散伙,各寻生路,大多数向内河乱窜。谁知余海峰自己的新腾水师精锐,却分布在许浦、白茆、七鸦、刘河各口,以逸待劳,竟被他一网打尽。十停只有半停,总算逃入了太湖。(参观第十三期血誓)其余九停半,都被余海峰捉死蟹似的,捕捉住了。海峰初尚认为逸去的几条船当中,一定有曾国璋在内。亲自带了马玉腾、陈开扬、张晴湖三个亲信,在白茆起旱,追到常熟走江阴。声称要单骑捉拿曾国璋,跟他俩比较比较,才算个英雄好汉。走到常熟江阴交界的陈墅地方,果见有一条曾家的败残艇船,三个弟兄,在那里避风头。又被海峰顺手牵羊似的带了去,此外别无所获。海峰再出江阴口,会齐了各路水军,班师回镇。一到镇江,一面先行报捷到宁,一面把俘房严刑审问,追究国璋下落。这些国宝山上弟兄,倒也义气。都拼着一死,情愿熬受毒刑,始终只说不知山主去向。也有的说死在乱军之中,也有的说已投江自尽。可怜这些人,十有二三都活活熬刑而死。你想这信息传到国璋耳内,真是乱刀刺心,比死还要难受。

恰好黄凯臣巡查到沭阳。国璋便从五条沙渡海,到了灌云县界的沭河,在一家乡下人家打尖。不料这家人家是认得国璋的,国璋便跟他们的当家说明,说我想自尽在你们屋后的旷野中,你帮我救救一般旧日弟兄,把我的首级割下,送到沭阳黄统领那里,使得在镇江落难的弟兄,可以免却再受苦刑。你呢,论不定还好领一注赏银。苦念相识微情,买口薄薄棺枋,把我无头的身子,埋葬掉了,省得狗衔鸦啄,那就感恩不尽的了。那家人当是玩话,倒极力劝他暂避锋头。国璋叹道:"天生我才,本可大用。不过在世四十余年,连生身父母的面目都没认识,一点人子之道未尽,自应该这般结果。倒是辜负了义母抚育之恩,和着文武两位师父一番教诲心血,都只好来生图报的了。"那天国璋守到傍晚,才作别了自去。一到第二天,果然曾国璋自刎在旷野了。那乡下人看见了,一者有点不敢,再者不忍动手。忙着喊地保报官,反便宜了灌云县令,得了一桩现成功劳。这消息传报出去,拘押在镇江的弟兄,方才免了苦刑,解县发落。而这样一个顶天立地的奇男子,再不料如此下场。真是言之可叹。

后来国璋的心腹,投奔了张四。张四到底替国璋报了仇,雪了恨。可是事情已隔了十年多哩,谁还记得以前曾余两家残杀之事,重提旧案啊。(此事当另篇详述)

著书人听张少棠君从游云台山凭吊古今,过渡到曾国璋一生历史上头,源源本本告诉了个透彻,便也照了笔录下来,以供谈助。既可算党会秘史,又可当作清末轶史啊。

(原载《红玫瑰》第1卷第29、30、31期)

甘侉子

日本人在吾国经营的大商店有一个三菱公司,很出名的。殊不知在清朝光绪末叶,北京官场中,也有个三霖公司。那是三个御史,名字都叫春霖,而且都不避权贵,参劾显要,故得名振一时。大有头可断、正言不可不陈气概。好在时候又在差不多儿,所以当时于右任先生办的《神州报》上,便将他们并称为三霖公司。

不过现在人家传述起来,指是赵春霖、江春霖、刘春霖三人。小子听顾巨六君说起道:刘是末科殿元,其时才得开坊,尚无备位西台资望。赵江二人之外,还有一个乃是入民国做过福建巡按使及肃政司等职的胡春霖。究竟是刘是胡,现姑不去管他。单道那个四川赵春霖,自从参劾庆亲王奕劻的折子一上,恼了西太后,立即将赵褫职拿问,打入刑司狱中,俗谈所谓"下天牢"。雷厉风行,案情重大。不知道结果是杀头呢,还是充军?无如那时候四维不张,网纪沦夷,正应着"天大的官司,只消有地大的银子去料理"的两句俗谚。赵春霖本人下狱之后,自有他的寅年世谊,门生故旧,嫡亲同乡等,四处八路走门路。好在那时朝中大佬,没有一个吃不进药的,居然强心针打准,案情渐渐地缓和下来。不过金钱却花掉不少,京中一时周转不灵,没奈何由赵御史夫人出面向几个有交情的外任官儿告帮借贷。

一壁再致电故乡亲友，求他们尽力援助。再命在家用功的儿子，速即变卖产业。像伯邑考相似辇金入都，搭救生身之父的性命。在专制时代，又是政以贿成的当儿，这些手续都是题内应有文章。官宦之家没甚事儿发生便罢，一旦发生变端，大概都是如此的呵。

这位赵公子，虽已幼童入泮，是个秀才相公，无奈从未出过远门，真和《儿女英雄传》上的安龙媒仿佛。一旦接到了生母电报，可怜急已急得神志昏迷，忙得祖遗的若干田亩，拿出去三不作两，卖的卖，押的押，勉强凑了近三千块钱。至于一般亲友，人情势利，所谓"时来谁不来，时不来谁来"，非但不拔一毛资助，还要责备赵公太不识时务，在这个年头儿上，想做包铁面、赵琴鹤么？真正呆子！庆亲王上得两宫欢心，名倾朝野，巴结他尚恐不及，怎么敢去捋虎须，参劾他？这是活得不耐烦，颈内热血发痒，自讨苦吃。快快断绝往来，不然要遭着夷及九族的飞来横祸呢。但是赵公子钱倒不一定要向他们移挪，只希望他们有老出门的亲友，陪伴着上趟北京去。殊不知求张良拜韩信，始终没有如愿。安公子到淮安，倒先有奶公华忠同伴长行，后来华忠病了，又转荐妹婿褚一官同去。如今赵公子，连华忠其人都没有哩。最后却恼了他两个同案，一个叫冯鸿宾，一个叫郭希仪，都是血气方刚的少年。因见赵公子情实可怜，那班至亲近族实在可恶，所以他俩仗着一时义愤，自备资斧，譬如游历，情愿作伴赴京。有了他俩同行，赵公子才稍定心神，敢收拾了银钱上路。

其时的交通，虽比不上现在便利，较之以前，已经大不同了。他们由四川赴京，实在可以搭短载到了重庆，然后趁下水江轮到了汉口，转平汉火车北上的了。不过彼时人民对于江轮，所谓洋船，不时有爆烟囱水火著，走错水线，轮船和轮船互撞，船上边消防器具又都不完备，故而每逢出一回岔子，往往全船之人白死，因此咸有戒心。并且有种专门造谣生事之人说起来道，洋船上每月暗杀几个客人，抛下去祭江祭海的。至于火车，称为"旱火轮"，指是外国人办的，谁去乘坐了,他们要把你姓名八字抄录去,用钉头七箭书将你咒死了,然后摄你的魂魄回国去,填筑炮台。宛比秦始皇捕捉孟姜女的丈夫万喜良去填筑万里长城一样,不然合不拢龙门哩。故而乘车之人,愈加稀少,像赵公子和冯郭二人,都是有知识的,对于这种齐东野人之语,固然不至于相信。不过乘车搭轮,迅速虽较迅速,无如川资要多花一半,恐尚不止。自知元气不足,为贫所累,只好仍照从前的驿路。由四川上京,乃是一路向东北前进,计共五千七百里旱道官站,实只四千七百五十里足路。乃是经由栈道到了陕西,出潼关折入山西,再由井陉获鹿,进直隶的正定、保定,也必须走南大道入都。而且雇了长行的驿车,他们一般鞭仗行内揽客的赶脚夫,也有一定行程的期限。按照钦定吏部赴任凭限例则,打个八折(查前清部则,由北京至成都、潼川、绵州等处赴任,限八十日到省缴凭倒换饬知),大约总两个月挂零三四天赶到。如其雇主多给酒饭,或者老交易卖买,那么叫飞车偷站,最快四十多天或五十六、七天亦可赶到,这是例外的。若是雇车主儿逢山玩山,遇水赏水,或是逢站调换的短载,那就没有准确日子了。也许在路上行了三四个月,近半年光景都有的。这回赵、冯、郭三人上京,那是雇定罗家老行的牲口两头、骡车一辆、二名赶脚,一个叫曹六儿,一个叫烟鬼熊四,都是著名飞毛腿,而且都是老江湖。赵公子许了他俩重酬,所以也走的飞车偷站。一个月出头三天,已经出潼关,到风陵渡渡过黄河,搭进山西永济县境下马口歇店,总算迅速极了。

他们三人到了下马口客店中投宿,照例看定房头,卸行李。跑堂的打洗脸水泡茶进屋,先代三位爷搁去身上灰沙,然后请他们擦脸漱口。他忙着替客人摊铺暖炕,然后再出去拿灯烛进房。顺便带菜牌进来,请客点菜下锅,并问明喝什么酒,做面呢还是做米饭,要不要喊娘们暖被窝。这都是北五省下宿店的一定程序,赵公子等也不比初起手几天,老是瞪着眼儿发愣,一时找不出话发放跑堂的。现在都会依次回答,像老出门般,不慌不忙的了。当下打发过了那跑堂出去预备夜膳,他们三人对灯围坐,喝水闲谈,等吃了夜膳睡觉。忽然闯进一个六七十岁的老头儿来,此老生得面如重枣,颏下一部络腮胡子,根根同银丝相似。身上行装打扮,像个当公事的武官模样,就不过是眇一目,欠些仪表。但是他的举止行动,非常大派,礼貌亦极周到。自承姓高,那是太原府威远镖局的把局达官,新由咸阳收账回来,也在此落店,卧房就在对面,遥见三位仪表非俗,故此冒险进来谈谈。敢请教三位贵姓高名,从何到此,现欲何往。赵公子等早由曹六、熊四俩叮嘱过了,出门人少开口为是,万一有人动问,那么逼不得已,也只得三真七假地回答人家,所谓"逢人且说三分话,未可全抛一片心",所以躬身回答那老头道:"小子姓赵,这两位姓马。我们是中表弟兄,由四川到来,入京游学去的。"

高老头听了,仰天打了个哈哈道:"既然三位是赴京游学,行囊中要携带二千不到、千五有余些现款干么呀?老朽是个热心人,因见三位都是初出门,带了这现款,自己不知危险,故此前来关切。吾辈走惯江湖的,只要瞥见车轮入土多深,尘土碾飞得多高,便已知道有多少水头油花。如今山西省内,正闹义和拳、黑边钱、连环党、臂花党、大刀会等土匪,路上实在不太平,常有三人欺两,谋财害命的事情发生。咱们当了镖局达官,尚愁过门不到,腰手不灵,被土码子拔了镖旗去栽跟头;何况你们初出茅庐,不知江湖险恶的好世兄?哥儿们呵,再加从此下马口过去,就要进猗氏县的水稷山山道;再过去所经的榆次、寿阳、平定州等地,虽是平原,因为地气和太岳山山脉贯通,所以全是黑石子路。黑石子经日光一晒,炙得牲口脚底发热,人足是踏都踏不下,故须下半天就道,搭夜站赶路。你们想罢,地面上出了歹人,你们赶夜站,正对他们胃,好似小羊入了虎口。单身孤客,囊内一无所有的经过,尚愁打杠子、霸王卸甲,剥剩一条单裤。你们又带了这许油水,怕连性命都要失堕。老朽是热心好事,专门锄强扶弱,打抱不平,有心爱惜三位,所以会闯进来多嘴管闲事。你们还是说了老实话,待老朽与你们出主意。"

赵公子被这老儿说话,句句打入心坎上,不禁把自己入京救父,他俩是仗义做伴等等老实话,全都吐露出来。高老头听了便闭了一只眼,思忖了半天,然后开眼嘱咐道:"你们不走大路,从小径兜抄,索性走平陆、翼城、安泽、沁源,由砥柱山翻走霍山道,出马陵关、大黾谷,径由井陉山出井陉关,路程并不远。不过多是山道难行些,但是太平却太平的了。老朽也暂不就回太原,在暗中保护三位,至多十一或是十二天,可到大黾谷,谷口有座白云道观,那时老朽在观中候驾,再同三位见了一面之后,那才分手。这也是天缘前定,有老朽暗保,决不再会出岔的了,你们可以毋庸害怕啦。"赵公子等听了,再三致谢。恰巧跑堂夜膳开进房来,高老头便起身告辞。赵公子要留他吃饭,老头说:"我也预备的了,彼此出门人不必客气,不过你们牢记着莫走大道走小路就得啦。"嘱罢翩然出房去了。

赵等三人听了老头说话,心上愁急万分。夜饭哪里还吃得下,大家只勉强吃了一些,差不多剩了十分之八的菜饭。忽然房门外又闯进一个蓝布衫裤、高腰袜子、山东皂鞋、头发稀少、小辫挽了个得胜髻、手中执了黑漆短旱烟袋、形同赶脚的黑麻大汉进来,他一进了门,也不招呼人,一眼瞧见桌上的残肴,口中便自言自语道:"可惜这许多东西,着实要几文啦。你们不吃掉,也是造化跑堂的,待俺修了福吧。"一壁说时,一壁已一屁股坐下,狼吞虎咽,踞案大嚼。席上那许多残余东西,顷刻间被他风卷残云般吃个罄净。连那大葱、清酱、辣子姜丝、拌酸蒩菜等五六种堂菜小碟子,也吃得盆底向天的。此时的赵公子有事在心,对于这个下流混混,非常厌恶,一进门就要开口下逐客令的。还是冯鸿宾眼力凶些,忙在旁向赵连连摇手阻止,直待他把桌上残肴吃光了,鸿宾才从容询问道:"老乡够么?可要再添些什么?"那人两目一瞪,向鸿宾上下身一打量,扑哧一笑道:"够了,瞧你这笔管生不出,倒懂得江湖上交朋友的道理。罢罢罢,吃了你们这一饱,也该报答报答。方才那个老头儿，不是个好人，但是所说的话是不错的。你们不可不听他，准其走小道，莫走大路。横竖暗中有俺保护你们，放心走好啦。大约十二三天之后，你们赶到大龟谷白云观了，那时你们经过马陵关，代俺打好四五斤白干，买端正七八斤牛肉，一大包三山灵鹤牌的老黄烟，俺自然代你们两家来解扣儿。这酒肉烟三项，千定不可忘怀了。"说罢自顾自走了出去。赵冯郭三人被这两个怪人儿来一搅，搅得睡也睡不稳，整整计议了一夜。因为两人都说大路走不得，决定翻山行小路。第二天算清店账，照旧套车就道，望北进发。

离开下马口二三里路，就是大小路分道的岔口来了。赵公子吩咐径进山套，由小道往井陉。曹六听了忙道："爷敢是信了鹞子的说话，要走小道，昨晚为何不提这话呢？早提及了，好在有大行家同店，好和他打商量。"冯鸿宾忙问道："什么大行家？姓什么？叫什么？"熊四忙向曹六丢了个眼色，接口道："不是武行内的大行家，昨儿有班西帮皮货商，和咱们同店，也是上北京去的，他们都是宣化大同一带，开设皮货行的大商家，人多势大，又备着长短风炮，爷们早说走小道，咱们好跟他们合伙同行。如今他们在四更天起身做饭，五更天出门赶早站，咱们追不上了，只得单帮进小道山套。不过咱们情愿先君子后小人，什么话都得说明。走小道是爷们主意，万一有个三长两短，咱们不负责的。并且牲口车儿等，倘被山嘴碰砸，或其他意外岔子闹了出来，还得向爷们说明，须照价赔偿。"冯鸿宾笑道："坐车的教你们走小道，自然没有你们事。果真车马有损坏，自也该赔便赔，该修便修。这些打过门话儿，也何消说得呢？"熊四听了便高声喊道："曹六儿，您听明白了没有？这是坐车主儿的主意，没有咱们份，咱们说不得，这一趟多辛苦点了。"曹六口内虽然无话，照他脸上形情瞧去，不用说了，他心上有一百二十四分不愿意走这条羊肠仄径哩。

他们一行五众，两骡一车，进了这山道，果然山连山，山套山，山接山，两边都是高山。居中一道山弄，仅容一人一骑行走着。迎面如有行人过来,不能交肩而过,只好拣稍微广阔些所在,由轻载退让一旁,待重载过去了才能再走。而且一回上坡,一回下坡,高低起落,实在难行。凡遇到山坡上下所在,两旁必定又是深不见底的山涧。在上头望望,已觉阴森森冷气扑面,令人毛骨悚然。如其失足跌下去,万无生理。耳边厢常有猿啼、虎啸、狼嗥、狐鸣的声息,不要说人听见了心别别跳哩,连牲口闻了这声浪,有时也浑身发抖,拳毛跳动。怪不得曹六不愿走这条路,实在难行。走了十一天,果然到马陵关宿夜。一问店家,明早果然进大鼋谷口哩。又问及白云观这处地方,一个年轻店伙骇然道:"前两年正是块好地方,香烟茂盛,看庙的吃喝不完,穿着不尽。现在可不是劲儿了,因为有……"他再要往下说去,却被一个年老店伙跑过来喝住道:"排五的又要口健哩!前三月找的麻烦,难道已忘怀了吗?"年轻店伙一闻此话,伸伸舌头,截住话源,搭讪着走开去了。赵等三人明知这白云观不是好去处,已经到了此地,只好明知山有虎,故作采樵人了。唯有冯鸿宾心上较为放宽些,想起那个蓝衣黑麻壮汉的嘱咐,竟然在马陵关集上把酒肉烟三项办就了动身。

第二天一出马陵关,愈加地土荒僻。山谷深邃,人烟稀少。走到未末申初,才有个小村集打了午尖。依着曹熊俩就此宿夜,明早再走,恐怕过去没有宿头。无奈赵公子救父心切,恨不能一步跨到北京,催着上路。曹熊俩拗不过他们,只得勉强就道。果然走到太阳沉西,尚没有尖站走着,更莫问宿头哩。直至皓月东升,已届黄昏时分,目前才发现在四五箭路外,黑沉沉有座庄院来了。大家很兴奋地赶到那里,赵公子借着月光,抬头停神一瞧上面一方匾额,乃是"白云观"三字。他们三人心上都忐忐忑忑,晓得今宵是生死存亡的紧要关头了。但是两扇朱漆山门虚掩着,推开了进去一瞧,正中朝东出向的一所大殿,虽已不是墙坍壁倒,然已败旧不堪。倒是左右有三间一边,南北六间配房,好似新收拾过,非常洁净。北耳房三间,那是像灶间食堂下房,南耳房三间是对面卧房,留出正中一间像会客厅般。他们站在庭中叫喊了半天,庙内不见有人出来答话。那个蓝衣黑麻壮汉,却从山门外移步进来。赵公子等见了,如同小孩瞧见了乳母一般。冯鸿宾要紧告诉他东西已代为置办妥洽。他便走至殿上,拿了许多烧残蜡烛下来,叫赶脚的点了火,将行李卸进来,车马安顿在殿上。吩咐曹六、熊四去睡在南厢下首房内。赵等三人,睡在上首房内。好在多有现成床炕,只消把被褥铺上去好啦。火速弄舒齐了,吃了些干粮睡觉。晚间若是听见什么响动,千万不可声张及窥探,天坍有俺长人在此支撑哩。

赵等三人,虽则遵教睡觉,但是哪里睡得着,不时蹑手蹑脚,偷偷摸摸,轮流到门隙中去张望。始见蓝衣黑汉,将牛酒吃喝。后来把三斤白干饮尽,七斤牛肉也留剩不过一斤光景。又打开了烟包抽烟了,横一袋竖一袋吸个不了。外头非但山门仍然虚掩着,连南厢正间内的四扇长槅子,八扇短窗,也洞开了未关。天交三鼓,忽听大殿屋面上瓦响,接着便有一团黑影,向南屋内扑来。那壮汉依然端坐在那里,好似没有听见般。直待那黑影跨上台阶,他方抬起头来,把口一张,将适才抽的回笼烟,向窗外一喷。那一股黑沉沉白闪闪的烟头,喷至窗前,恰巧将那黑影罩住,只听得"阿唷",接着扑咚一响,烟也散了,黑影也不见了。壮汉又低下头去抽烟,大约过了一盏茶时候,又有两条黑影,一前一后,一东一西,由北耳房上扑下来,直奔南屋。壮汉又是吐了一口闷烟,依旧把黑影喷不见了。此时忽闻南厢屋上有人问道:"下面是谁?"壮汉低低答了一句,赵等三人没有听清楚,好似"甘侉子"三字。上头又问道:"和您沾亲带故吗?"壮汉高声答道:"一不沾亲,二不带故。"上头道:"既非亲故,为何吃里扒外,伤自家人和气?"壮汉道:"姓赵的是孝子,冯、郭俩是义士。咱们江湖上人所恨的贪官污吏,所敬的孝子义友。咱路见不平,尚且拔刀相助,何况是孝义之子?再者他们近二千块钱也是卖田卖地,拼凑了去赎天伦批鳞大罪,怎忍下手呢?"上头叹道:"唉!再不料您来管这闲账,也算俺三个孩子晦气,青山不减,绿水长流,往后去总有相逢的日子,再见吧。"

只听得屋上一阵脚步响,大约那人走了,从此直至天明,太平没事。不过那屋上人的声口,山西土音中间杂些陕西三原话,和下马口遇见的那个眇目老头声口,竟有七八分相像哩。

到了翌日清晨,赵等出房来,向那壮汉致谢救命之恩。只见庭心内横着三个尸首,倒卧在血泊之中。曹、熊俩走近去瞧瞧,三个人别处并无伤痕,只喉间有个小孔,那鲜血都从孔内流出。因为时候相距已久了,所以孔内流出来的黄水不是血哩。当下壮汉向赵等三人道:"你们此次遇见这个半吊子老儿,就是连环党的首领,专做这种软硬两戤的捉羊事情。且喜遇见了俺,也是你们的运气。好在至多再行了两三天,出了山西地界,就不怕这老儿报复了。不过你们年纪轻轻,都是手无缚鸡之力,带了这许多圆圆头,就到了北直隶省内,难道就没有歹人转你们念头么?俺敬重你们三人孝义二字,现在管了你们闲账,索性管到了底吧。"说时便从胸前袋内掏出一方尖角小旗,上绣着一条独角蛟。那蛟头在水浪内高高透起,授给冯鸿宾道:"三人之中,你头脑最清爽点,俺就交给了你,回头进了北直地界,把旗儿插在车上,保你们平安抵京,不会再闹甚乱子出来。到京之后,你千定把这方小旗送至骡马市大街、虎坊桥附近,有一家姓李的开设牌号'天达'旅店之中,有个烧火兼担水的山东老甘,把这旗儿交还了他就得啦。"当下非但赵公子等连声道谢,连两个赶脚的也跪在地下,不住磕头。壮汉笑道:"萍水相逢,前缘早定。四海之内,皆兄弟也。你们又何用道谢,俺就此去也。"等待"也"字出口,人已到了屋外。眼睛一瞬,已经出了白云观大门,走得不知去向。赵公子等也忙着收拾了上路。因为观内有三个尸首,恐怕有做公人遇巧到来瞧见了,要遭着一场冤枉人命官司打打,所以也要紧登程上路了。

回头出了井陉关,一进北直隶地界,冯鸿宾依那壮汉嘱咐,把尖角旗儿插在车上,果然一路平安无事。有时朝上赶早站,或者搭一个早黄昏投宿店,也有一般不三不四的尴尬人碰着。但不过走到他们近身,樱桃要蹦出来之际,一眼瞧见车上那方小旗,他们仔细认了一认,自淘伙内丢了一个眼色,自然地抢前或是落后,散开去了。那天将到北京,车儿过芦沟桥时候,忽然迎面起了一阵大大旋风,飞沙走石,扬尘舞土,吹得路上往来行人都把双手掩了脸面,眼都张不开来。等待风定重行,冯鸿宾惊然道:"咦!我们车上的镖旗被风吹掉到了地上去了。"忙停车扣马,人打回头仔细地在桥上桥下,找寻了七八次,也没找到。他们三人都异常懊丧,心上觉得很对不起那个蓝衣黑麻壮汉的一番美意呵。

到了北京,赵公子和母亲见面,当然先忙着走门路搭救爸爸。冯鸿宾却要紧拉着郭希仪,同至虎坊桥天达店内,去会晤了山东老甘,声明失旗原委。岂知跑至天达店一问,水火伕山东老甘是有这个人的,不过上两天,为害了肚薄,向柜上自动辞去了职役,回山东登州府文登县原籍去了。冯等迟来一步,没有遇见,心上还怕往后去那壮汉要来讨取原物,一时将何言对付人家。但是这壮汉始终没有来。后来和武行中人谈起这两人状貌,探听探听究属何许样人。年轻的尚不知道,有人转述北五省有名教头单刀李的说话道:"那眇目老儿,准是陕西三原的高鹞子无疑。至于那个黑麻壮汉,既似德州的马龙标,又像沧州的独角蛟韩成公。照他的作为,又同文登追风大侠甘疯子,不过年纪又不对了,甘疯子要七八十岁哩。"究竟是哪一个,莫说传述者未曾认准,连受恩未报的赵公子三人,也至今耿耿,未曾弄明白是谁哩。

周四先生

前清光绪庚子年,那件义和团、红灯照等扶清灭洋的拳匪玩意,也算得中华近代历史上一件大大的辱国痛史。著书人以前听见同邑做过河南按察使的幼兰俞钟颖谈及,那时有一个周四先生,确然有些奇怪的。我因这周四先生的举止行为,和"武侠""党会"多有点小关系,故而现在不惮烦屑,把他夫妻俩的往事追录出来,供阅者的谈助。

在戊戌政变之后,天津县署后面,王店前的杨家余屋,来一个口操安徽庐江口音的人,租赁了去,此人就是自称周四先生,虽只夫妻二人一个小家庭,排场倒很阔绰。而且这位周夫人生得丰姿绝世,真个有减一分太瘦,增一分太肥之概,并又擅长交际手段。住下了未满半年,已经和旅津那些大佬的阔姨太太,结了手帕之交。她偶尔一天不出去,这班阔姨太太就一日不快活。就是周四先生,也算得一件"大物事",当门客的箴骗手段,和《品花宝鉴》内的张仲雨相似,也能占全"一团和气不变,二种才情不露,三斤酒量不醉,四季衣裳不当,五声音律不错,六品实官不做,七言诗句不荒,八面张罗不断,九流通透不短,十分应酬不俗"的十个字,可以算得优等毕业的上等头串客。故而受他们夫妻俩笼络的显宦富商、男女诸色人等,真不知有多少。一到庚子年,就为拳乱关系,从北平搬至天津住的王公大臣,同潮水般迁来,于是周四先生夫妻俩的交游更加广阔,简直天天在外应酬,寓内连伙食都不需开的了。

辛丑回銮以后,那些王公大臣的姬妾,愿甘住在租界上,不再迁回北平。故此周四先生夫妻俩,依旧很忙的。不料到了秋天,这许多王公大臣的外宅,都同时失窃,而且起码失去两三万金。最大的,要失去珠钻珍饰,价值十五六万,自然都要报官请缉,而且都是碰不得的人家。天津府县两署的捕快,为了这一大叠窃案,都屁股打得烂的了。追究追究土相,一毫影踪没有。不知是哪一帮人来开的生意。

其时租界方面有势力的白相人,首推部三父子,同着一个无锡小丁。他们也重托过部丁,要求帮助一臂之力。部丁虽都答应的,但也是空口说白话,久久没有确讯报告来。讵料官厅方面越是捕治严厉,那个窃贼在暗中案子越做得多,并且案情越做越大。索性刃伤事主,事主伤重身亡,而且这个死胚,乃是荣中堂爱姬所出的宝贝肉心肝。那时候的荣禄真是炙手可热,他的爱子一旦被贼戕伤致死,这还了得。可怜那班快班公人,肩头上愈加扛不起哩。

有一天,有个快班小伙计,乃是头儿派他在城门口留心瞧那进进出出的人们,可有形迹可疑之辈。他无意间和守城门的老将瞎谈谈,谈出一点线索来了。老将道:"我等每逢清早开城,倘瞧见一个个儿这么高,脸儿这么胖的人进城,或者出城,而此人手中又必飐一包东西。那么这一天上,必有一家绅宦报失窃。而且此人飐包进城,城外宦家出事;飐包出城,城内有人家闹贼。咱们暗中留心探访,倒屡试不爽哩。不过咱们又打听打听这飐包之人名姓,原来就是王公大臣们奉为上宾的周四先生。想上去,他不见得会做贼吧。"小伙计得闻此话,回头忙告诉了卯首。卯首始而也不相信,回后仔细一打探,果然遭窃的几家巨家,周四先生夫妻俩都时常进出的。而且越是相交得割头换颈、不避内外的人家,越是失窃得多。这一下,就不能不疑心到他夫妻二人身上,暗中派了专人监视了。

监视了他好久，虽没抓住他的真赃实据，不过地方上却安静得多，不是东闹贼西报窃了。故此府县两班捕快，多好似鹰犬一般，将周四先生当作野兔子看待，专待有隙，就要下爪。无奈他照旧出入豪门，做他的诸侯上宾。一无过失，总不敢下手。因为前清定例，如其白捕反坐起来，要加等治罪。何况周四先生是何等人物？所以始终没有这胆门子动他的手。而且有一天傍晚时候，周四先生经过天津县署前，经人一挤他好像挤得要跌了，顺手抢扯一把石狮子借借力。岂知石狮子经他一扯，竟扯歪了二尺多，他又起中食两指，钩住了石狮抱球那条腿的空隙内，轻轻往那边一带，又落槀按正的了。捕快等见了，暗暗伸出了舌头，缩不进去。晓得周四先生明知暗中有人"临"了他，故意显这一显功夫。但是快班等为衣食所迫，哪怕明晓不是他对手，也要冒险试一试。于是商量了一条诡计，翌日清早，前去叩门找他，因为晏了他总不在寓里的。待他开门出来，后面众人有意呼啸道："你害得我们好苦，今天找着了，光棍些归案罢。"瞧他神色如其略变常度，不管三七二十一，解了进去再说。谁知众捕快依计进行，门倒确是周四先生自己来开的，神色一毫不变动，大家仍旧不敢冒昧下手。反被他诘问得无话可对，讨了场大大没趣退下来。只好自淘伙内廿四个人，互相埋怨而散。

　　距离拍门恫吓的后三天，那站场的二十四个人家内枕头边，都发现一百块钱、一把尖刀，不知从何而至。大家会齐了一商量，这周四先生愈加是重大嫌疑犯了。自淘伙人无人能够抵敌他，便公求本官，动公事到徐州铜山县衙门内，去借杨独眼来办这案。独眼到了天津，先问明了经过的大概情形，便端正了名帖，单身前去拜会周四先生。当天没有见面，第二日，周四先生反差下人到独眼寓内，专恭其诚请回家去。备了盛筵款待，席间所谈的说话，全是拳棒行语，没谈别的。因为苍蝇飞来飞去很多，独眼是抽水烟的。便用烟尺去击苍蝇，一击一个，百不失一。周四先生笑他只会捉死的，不能捉活的，便伸出两个指头来，一壁照常谈话，一壁顺手拈拈，一刻工夫他面前积了近百个苍蝇，都是拈去一扇左翅、两条后腿。回头席散了，独眼告辞出去，在下阶沿上滑了一滑，周四先生带醉送客，指阶沿石欺生谩客，只轻轻用足一跺，一条五六寸厚、六七寸阔的青石阶沿，已跺了三四道通天裂纹出来。杨独眼回寓之后，便告诉大众道："俺也不是此人的对手，容回到南边去访问了淮安的瘸三妹、昆山的洪九老胡子两个老前辈，再行给信与你们，目前千定莫去惹他，一来枉送性命，再者打草惊蛇，反为不美呵。"

瘸三妹同洪九老胡子俩，都是彭玉麟赏拔的人物，大小疑难案子手中也不知办过多少。那时都因年老退卯洗手了好几年哩。等待杨独眼亲来访道，提及周四先生这个人，瘸三妹只知此人好像是孔雀党内的当家，别的不知道。洪九老胡子听了皱了一皱眉头道："真正扎手货，也说不出他根底。"经杨独眼再四央求，九老胡子逼不得已，才指引一条线路出来道："彭宫保有个亲信刽子手，现在江西石钟山出家当老道，他见多识广，您上江西去，访问访问他，或者可以掏着这周四先生的底盘。"杨独眼自便搭了长江船，赶至湖口上陆，寻找这个老道。直寻到景德镇那边同安徽交界的石城山内，才同这老儿遇到。跟他一提此事，那老儿骇然道："怎么这夫妻二人，又出来开玩笑了？啊呀！克制得住这对怪男女的人，现代怕没有的了。两广云贵四川五省的在门公人，断送在他夫妻俩手内的，真不在少数。如今又闹到北五省去了，这家伙太高兴啦，同他去对垒没有便宜讨得着的。不过他生就受软不受硬的英雄脾气，如其向他善言软求，或者好打动他强盗发善心。除此以外，别无方法对付他的。他七岁就出道走江湖，小人胆大，那时连我们老宫保也不曾奈何他。你去想吧，这东西扎手不扎手？"杨独眼听了这套说话，回至徐州，他自己怕丢脸，也不曾二次上天津，仅捎了封书信去，指点天津府县两署捕快道："稻柴能缚树柴，树柴缚不住稻柴的。要动这厮的手，只有一条苦肉计，或可成功卸肩。"云云。

津门快班接到这信,自己人再会议了几次,然后两署两班快健大小三十七人,那一天约齐了,都一早赶至周四先生公馆内,都跪在他面前哀哀求告。说也古怪,周四先生好像已经知道他们要来软求的一般。上一天将家中男女佣人一个个结清薪工,打发他们回去或另寻新主,连房子也退了租。所有软硬家用器具,都是租赁来的,也喊原店里来一气搬回去。这班捕快来哀求他慈悲方便,说可怜小的们三十七家男女老少,倒要有一百二三十条性命出入哩,总求您老人家怜念了这一点,成全了小的们吧。此刻家住店内,正也派小伙计领了出店,到来搬东西。周四先生笑向大众道:"你们起来,不用这样儿,被那'店主''苦力'瞧在眼内,有关你们县前大叔自家的体面。莫慌,待他们搬空了东西,俺自有交代,决不再使你等受排挤了的了。"于是大家都站立起来,呆呆地等候在旁。回头东西搬空,周四先生正要开口向大众说话,忽然他的夫人从里头赶出来,向周四先生道:"总怪那老不死多嘴的不好,现在您也不用再累他们,这场官司准其去打了罢。侬先走一步,到那里去候您啦。"说罢,匆匆出门,门外忽来一个黄头发赶脚的,牵了一头红毛大骡,好似预约定的,周夫人一出门,便跨上这马骡,两腿一搋,赶脚在后一打号子,两人一骑一瞬之间,跑得不知去向。周四先生笑向大众道:"咱们走吧,上天津县销案去哩。"于是大家欢天喜地,前呼后拥,同至县衙。其时天津县是苏州的李振鹏,天津府是湖州的沈子惇。周四先生一到堂上,把天津新发生的窃案,全都承认是自己所做。李知县问他为何要刃伤荣中堂的少爷,周四先生道:"一来他是满洲人,非吾族类,其心必异。再者他老子专门献媚那拉氏,六君子的性命固然伤在他手内,就是最近那件拳匪事情,始而荣禄也附和着端刚,高嚷扶清灭洋,后见风头不对,又去调那董福祥进京,做他傀儡。袁、许二人的性命,端王曾请问过荣禄怎么办,荣说斩首尚不足以儆众,非腰斩不可。如今倒又附在李少荃一党之内,自夸反对义和团的了。那么最初袁世凯到了山东,将拳匪驱入直隶界内来的时节,那时直督就是荣禄,干么不同袁慰亭联络了,派兵到直鲁交界去会剿余孽,使匪众首尾难顾,腹背受敌,反纵容他们窜入直省呢。这种首鼠两端,陷害正人君子的骑墙满奴,真正祸国殃民,罪案擢发难数,俺早有心要做掉他。因为做不着他老子,才把这小杂种来代表的。"李令因为关系太大,所以不再追问,回头和沈太守商量了,详文上把这节话也捺掉了,将他定的绞罪。等待刑部回文倒转,照准原拟,就地施行。岂知周四先生晓得明午要处决自己了,当晚便翩然出狱,恢复自由,海角天涯,任兴动止,不知跑到哪里去了。当时天津官场,为了此事,曾雷厉风行搜捕过几次,结果,府县都记了一次大过,公差手内添了一张海捕文书而已。

  癸卯年恩正并科的北场乡试,乃是借河南开封府的贡院举行,有几个天津士子,到汴梁赴试,偶然上街散步,却和周四先生碰着了。本都认识的,被他硬拉到家去,乃是寓在南鼓楼街,门上贴着"广东周公馆"。周夫人也出来相见,姿态依然,不见老颜。一切排场,比在津时更阔。这班士子留心一打听,才知周四先生为资助山西赈灾得的保举,乃是个道班分发河南候补,而且很得上峰欢心。现正当着铁路局差使,也是中州官场中的红人。等待场后,周四先生又为这班士子饯行,每人都有份厚礼馈赆。并且在席间说心话道:"自己既是广东九龙山的当家老三,又是中国同盟会的经济主席委员,实在名字叫周木天。内人焦氏,乃是湖南哥老会老大哥焦大鹏的族妹,也是革命老同志。"他再要说下去,却被他夫人出来阻住道:"二呆子,您又多喝了一杯酒,在那里胡说乱道哩。难道新近在杭州找的麻烦,又完全忘怀了?"周四先生听了,便仰天打了个哈哈道:"小金编排我醉,我就醉了。"当下尽欢而散。这班士子既有大嚼,又有回头货带回家去,自然十分倾向他。不过在路上研究研究,这周四先生终究是官呢?还是盗?还是窃贼?党人?会匪?清客?始终没有研究出来。

俞幼兰廉访,就是在河南臬台任内和周四先生见面的。但是周四先生的大名,俞在北平当七品小京官时候已早耳闻,及至晤面,见他胖胖的个儿,说话略带一些皖音,大半是广州土音。因俞也做过广东的琼崖兵备道,所以分辨得出。后来忽然弃官而去,不知下落。光复以后,俞闻得苏州有个开古董铺的老板叫周木天,特去瞧瞧,不是周四先生。后在上海窑子里,碰见一个广东人叫黄云山,声音笑貌,直和周四先生一般无二。同他交谈交谈,又似是而非。这个周四先生,可称奇怪人哩。著书人后来晓得那"脚鱼顾问",又就是他。惜乎俞公已逝,无从证实呵。

喳叭全全

我们常熟地方,从前欢喜养马的豪贵公子实在不少。每逢春秋佳日,骑马出北门,到破山寺(俗名兴福)去打一个来回,也算一件时髦行乐。因此旱北门大街上,十家居民倒有六七家是喂养牲口的骡马行,土语所谓"马槽上"。小子九岁那年,由苏州搬回故乡来。那旱北门大街上的马厩,依然望衡对宇,鳞次栉比。听先君子提起,在考武未废时候,此间的马槽还要盛哩。以今视古,已经衰落了多啦。然而到了目前,交通一天利便一天,漂亮朋友,考究够摩托卡;其次,坐叮呤当啷的橡皮轮包车,骑马不出风头的了。故此北门大街的民房,虽比前多造了大一半起来,不过马槽只剩得七八家老牌子,马也不到五十匹,而且多是槽上豢养的,毛长膘瘦、口齿将满的疲癃货色。户头上够的良驹宝马,寄槽代养的,甚少甚少。莫谈武科未停辰光,就小子童年所见情形和目下现状相比较,那荣枯盛衰状态,已有天渊之隔,使我脑海里平添无穷感慨。区区一街,一业首尾,仅只二三十年的小沧桑,已足令人凭吊唏嘘、抑郁寡欢的了,更无论襄阳重到,化鹤归来等年月长久,黍离麦秀、荆棘铜驼般国家大事,自然愈加使人难受的了呵!

当养马时髦年代,那般骡马行老板和饲养牲口专门家的马夫,吾乡所谓"马牌子",自也人多势盛。在中下社会上,自有一种潜势力,很可震慑一般无智无识的乡愚；并且还有那些没出息的文童、武庠等辈，不惜自身人格和这般人互相联络，实行折节下交政策，俾达狼狈为奸、敲善诈良、欺贫压苦目的。故此吾乡至今有一句"某人是'牛头鸟鬼马牌子'一类人物"的比例话儿，言其此辈近之则不逊，远之则怨，不是好相识，宜乎当心亲热为是。因为这般马夫十有八九是孑然一身的光棍改造，倒又懂得几下三脚猫，三言两语不合式，便邀人打架；存了一些小意见，就拚性舍命穷并包；有时还铤而走险，合伙出去开武差使。一旦破了案，又要把平日有睚眦之怨的熟人，信口诬攀入案，累得人们了家了命。故此正当民人家的父兄师长都要管束子弟，不准同这些人混淘。至于牵嫖引赌，或者教唆你买马豢养（你分明花了好行情，购了一匹次脚力，于是他又来怂恿你贩卖掉了它，再往某处去挖一头什么伏骥出来养。一出一进，把你袋内的银钱间接都转到了他的腰包内去）以及偷料加工，一再连三藉辞索借，或者暗中招呼客籍同党来盗掉你的心爱代步，诸如此类的种种弊窦，真个写不尽净。确然不相结交为是，也是社会害虫，人类蟊虫之一种呀！

孔仲尼说，十室之内，必有忠信。古人又有"君子中亦有小人，小人中亦有君子"两句传说，这话都有道理的。普通人士，皮相月旦，大抵指"马牌子"队中没有大好老的。其实据小子知道，当时有"二龙""三搭脚"弟兄俩，虽也是当马牌子的，却可称鹤立鸡群，比众不同。就算不能恭维他俩是完全行侠尚义、顶天立地的奇男子，也可谓是庸中佼佼、个中罕有的奇怪人物了。小子听人说，他们弟兄俩是姓顾，也是很好的出身。他俩的高祖在前清康熙、雍正时候，乃是大江南岸的著名武术家，跟习礼桥夏竺孙，周东庄周蔚若，江阴王寿山，长泾华天述、包祖赓，徐野徐大郎、徐二郎，华墅徐琛如等齐名，当时所谓江苏十八根头庭柱，都有明初"常胡李沐"诸众等开国元勋福命。后经一个湖南人姓王的，乃是少年科第。十七岁点翰林，散馆考在四等，变做榜下知县，俗谈叫做老虎班，分发江苏候补。十八岁冬天，就到江阴做百里诸侯。此人深通地理专门学,他一到任上,亲自往四乡去一踏勘,指坐落澄东华墅镇上那座沙山是天生龙脉。其时已经长到长泾,如其再蔓衍出去,和邻邑无锡龙山、常熟虞山两山山脉勾通了,此间必出真命帝主。所以他一壁亲自督工,用了铁屑石灰等物,在沙山上龙脉发源之处,掘泄地气;并施出种种厌胜方法,同铁屑石灰等一淘掩埋在那地下。一壁又利用治下乡愚夏某,在那龙脉挺生出去的当头,盖了一所祠堂,将地脉斩断,不能再长出去。现在虞西澄东一带乡民,提及这件事情,所谓小王知县破龙脉,能绘声绘色,详细追述的人很多。并且有"先有夏家祠,后有长泾镇"等附带传说。这十八根头庭柱,就为被小王知县弄了这下玄虚,至于都老死牖下,姓名不出里间,辜负着这一身好本领。这些老农暴日闲谈,虽则正史邑乘以及前人私家笔札,多不有一言纪及,然而言者凿凿,不尽无因。在清德宗末造,伶人赵如泉、李春利等,于上海石路开天仙茶园,曾经排着一出连台本戏,名唤《十八大好老》,它的材料,大一半就是采取这节野史做蓝本的。

二龙、三搭脚俩也是十八大好老队中一分子的后人,因受环境的逼迫,家道中落,没奈何才流入马夫淘内去的。所以他俩一生的行为举止,和寻常马夫不同。二龙出道时候,年少气盛,曾经干过几件恃强行霸、蛮不讲理的横暴事情。后经无名英雄大力瓜贩的教训之后,顿变初行。如北门打丘八,和三峰禅院巡山和尚赌力,计退铁香炉化缘和尚,打倒江淮帮吃大户暴客,义释两头蛇,以及三搭脚挖墙沙代眼睛,保全冶塘石寡妇,抚养小癞痢等事,多有侠行义义,值得代为宣传,鼓励士气的。可是这许多事情的详细因由,不是三言两语可以了结,小子准备纳入《奇鹰怪象录》长篇内去哩。在小子始初意谓,他俩的拳棒不问可知,乃是出于家传的了,不料新近探访明白,他俩的爸爸乃是个轻风吹得倒的鸦片鬼,尚是年轻当儿练过一年多沙包,后来有了嗜好,并喜渔色,这一门不谈了。三搭脚的功夫出于乃兄指授,二龙的能为却是从北外一个沿山居住的乡农,名叫"喳叭全全"手内套出来的。小子一闻这话,千方百计地设法打听,总算探访着一些些地方小历史,便代这湮没无闻于当世的"喳叭全全"胡乱凑成这篇东西。

全全家居在北外兴福头出门口,有人说他姓邵,他家所做的烂粉甜饷,外拌芝麻屑的团子,有特殊风味。著名的叫邵麻团,就是由全全始创出来的。又有人说,全全初时虽挑麻团担,做这行小生意,不过他实在不姓邵。全全究竟姓甚么?姑且不去讨论,因为他左眼有病,瞧起人来一瞟一白,俗名"喳叭"眼,故此人们多叫他"喳叭全全"的。在那专制时代,并且是四维不张、牝鸡司晨、权奸柄政、纲常紊乱的清朝末造期间,有谁留心识拔到小本经纪人队中,显扬出这喳叭全全一个拳术专门家名誉来。非但外间无人知晓,就是常熟本地方上和他生长在同时的人们,也没有一个深知他底蕴,把他另眼相看的。

其时有位陆大少,乃是陆云孙太史的大儿子,欢喜驰马击剑,寻是生非,实行旧小说上所载的"小奸""恶少"等腐劣行为。他养着一匹走马叫掼头黄,它走了二三丈路,要昂起头来,忽左忽右地望后掼一掼,这一掼至少要五斗米重量。所以骑在它的背上,须把缰绳扯得长短些,时时当心它这掼头玩意。同时有个姓屈的武秀才,在南京买着一头青鬃马,除了主人和服侍它的马夫俩外,不愿驮第三者。陌生人跨上去,它虽照常开趟,走到半途霍的回过头来,要把背上人的膝盖滥咬,轻则被咬得皮开淌血,重的竟被它骨头都咬碎。马确是匹好马,屈武庠逢人便吹,指这青马,莫说小小一个常熟城内没有第二匹,竟可算得苏州一府九县地界之中翘起大拇指儿。陆大少听了不服气道:"你的青鬃虽好,究不及我养的那匹黄骠来得壮健。"两下话说僵了,便同西人赛马般把它俩实地较验。不料两下赛跑了五、六次,竟不相上下,于是掼头黄同咬人青的声名传播全城,都说是无独有偶,天生一对龙驹良马。殊不知马的名是出了,可是住居在北门内外一带的妇女小孩,却着实遭着它俩的害累。有的跌开头,有的踏断手足,甚至于才会走路四、五岁的孩子小命,在这两头马蹄下牺牲的也不少了。人家惮于陆大少的势头,只得饮泣吞声,背后空自咒骂一顿,真正敢怒而不敢言。

有一天,喳叭全全的麻团担停在张家的半野新庄门首,有七八个男女小孩围立在他担畔咽馋唾。恰巧那一青一黄两头马又从北门外跑进城来。回槽马格外走得快,风驰电掣,向南飞奔而来,那群孩子听见鸾铃响亮,吓得齐向自家门口躲避。偏偏有两个五、六岁的孩子,家在路东,究竟年纪幼稚,也不向北瞧瞧,那两头马已经在两箭不到路外,不及奔回自家门首的了。这两个孩子尚不知死活,拼命从西首窜过东边去。全全想要抓喊,已嫌迟了。眼见这两条小命,起码又要被马蹄踹得半死。全全此时恻隐为怀,一不顾自身危险,二不买马背上人的穷账,忙也站起身子一个箭步窜到当街,把两手向左右一张,身子同电杆木头般一根,面北背南,挺立街心。咬人青和掼头黄跑上来,跨在背上人眼前发现有人,要喊人闪开来已来不及,想用力扣住它,手内多欠缺这一把功劲,只不约而同齐嚷一声"啊唷"。两个马头已撞到全全胸前的两乳旁边。此刻全全不慌不忙把两条铁臂弯转来,对准它俩的嚼口环上,用力抢住,顺势望北一送,八个马蹄立时停止不前。马头都向两边一侧,极声嘶叫,嚼环半边的口缝,已被全全扯碎。本则白沫同小雨般吐射,如今喷出红沫来了。只要全全这一挡,两条小命保全。全全仍旧将身子望路西斜刺里一闪,再伸出手掌来对准手边的那头黄马颈脖子内,拍了一掌,口内吆喝道:"去吧!"掼头黄果然又打了个喷嚏,放开四蹄仍望南面奔去。马是将军性,只要打头的一走,落后半步的咬人青也如飞地追了上去哩。马背上人目睹情形,惊叹这个挡马之人,是天神下降,不然如何能有这点膂力。多想下骑订交,岂知坐骑又被他拍了一掌,它不由你背上人做主,又开趟了。好容易用力横扣竖扣,勉强扣住,已跑到了监生堂门首。及至带转马头,放妥辔头,重又往北找寻过来,谁知全全不愿露脸,已挑起了担子向路东横街上急急走避,躲得不知去向了。据云这天骑咬

人青的,乃是本主屈武庠;掼头黄背上,乃顾二龙代表陆大少骑着。等待回过来找不到了挡马之人,屈武庠并不十分在心,寻不着也就罢了。唯独二龙素喜这一门,一旦遇到这种大力奇人,怎肯放过?故而被他千方百计,访问着了,先交朋友,后来索性拜他为师了。

全全自在半野新庄门口空身挡马之后,本人非常懊悔,晓得要有麻烦找上头来。幸亏得社会上识货人少,初时确有人疑心是他的,后来因见他常被家内的妻子,一把揪住了打耳刮子,他吓得动都不敢动,不像是个大行家,否则岂甘受媳妇儿的殴辱哩?其实他只好任凭妻小殴打,他不是不敢还手,实是不能还手;若一还手,就要还出性命交关来,故此挺身挨打,横竖尽妻子用足了劲,打到他身上,他一毫没有觉着,只当整容辰光喊薙头的敲了一阵膀背哩。到了这年年底,往北市心陈东阳号内去办年货,为受了店伙的说话,他伸手在胡桃栲栳内用力掏了一下,一栲栳二三百个大胡桃,都被他掏做两半爿。翌年春天,南外修理总马桥,惊动了火龙。大火着起来,阖城水龙齐到场,依旧救不熄,而且地步狭窄,不能施展手脚,有人主张水龙内装足了盐卤,扛到城墙上头去浇。法子虽是不错,无奈龙内装满了盐水,往高处抬上去,不容易哩。恰巧全全也赶来救火,风闻此话,便自告奋勇,他单人双手,举了四条盐龙上城墙,从此他的名儿响起来了。是年秋天,又在牌楼档鹤岭泉茶馆门首,见一般昭文县衙门内的跑腿小差人,有意和卖蟋蟀的乡下小儿捣蛋,全全上前去仗义责难,以致触恼了这班人,一共四五十名小差役,攒殴他一个人。始而他老是不还手,听凭近百个拳头在他浑身打遍;不过想上前去揪翻他倒地,休想休想,非但他被揪者不倒,想揪他的人反而要栽一个筋斗。一条小辫子上吊了十一个人,他也不曾觉着难过。后来他打出了火来哩,嫌此地步太小,招呼大众敢同我往石梅场上,再去爽爽快快打一下。这班人不知轻重,竟会跟他走的。到了石梅的道门场上,他正要出手,给点小苦头予这班人尝尝,幸而二龙得了信,赶来解开这个扣儿。回头全全同人提及此事道:"小徒只消迟来一步,大概这班东西,被我服伺得他们至少要半数坏手坏脚的。"

　　全全经过了这几次事实证明之后,于是大家都知道他是个不出名师家。一般欢喜弄弄拳棒的青年,都去和他亲近。同时有家客籍富绅,主人是个捐班候补道,因为买田凶狠,收租厉害,乡下人背后称他"孙长毛"的,本则住宅建在北门大街上,就托顾二龙再三说法,将全全敦请到宅内去做护院镖客,叫他不必再做卖麻团小生意了。无如任别人颂扬他有如何如何本领,全全自己总道:"您休上别人的当,我真有了恁般大的功夫,决不再在本地站脚,要往外间去骗饭吃的了。"但是全全越是如此说法,崇信他的人越多。经徒弟二龙苦口劝驾了七八次,才勉强到孙家去做保镖。进了孙宅不满一个月,他的妻子死了。孙家上下诸色人等,留意他的起居饮食,和常人一般无二。不过他腰内缚一条青布褡膊,俗名猪肚子。哪怕一等大热天,不卸掉的。有时他鼻息如雷,鼾睡在那里。别人随便怎样叫他推他,他竟不醒。只要把手轻轻地揿到褡膊上,他立刻就开眼坐起来。这一点,大家很觉奇异的。除此以外,别无罕闻未睹的惊人动作。

　　其年是庚子年,适逢清德宗蒙尘西秦,八国联军入踞北平。长江一带,虽赖刘坤一、张香涛俩的同盟互助,不曾遭着拳匪和外人的骚扰,然而惊涛骇浪,倏起倏落,蛇影杯弓,频惊风鹤,也闹得小百姓够受累的了。恰巧这时候的常熟市上,先盛传外国人买嘱了教徒,在河内或井内暗洒杀人毒药,害尽中国人,很热烈地嚷了一阵。继又谣言义和团教匪派人到南五省来,用纸人吸人魂魄去合药,其名压虎子;又命党徒用铁算盘方法四出去算计人家金银财帛,攫充该团扶清灭洋经费。居然这种无根不经的废话,传遍了杨子江流域各城镇,带累那班守财奴,既宝铜钱,又惜性命,听见了这些说话,吓得上天无路,入地无门。镇日价愁眉不展,可称度日如年,无办法了。

　　喳叽全全的主人翁孙长毛,自然在这种情势的时间内,再加他是客籍富绅,平素又有那种"长毛"口碑,愈加栗栗自危,心绪不宁了。只得用尽心计,把蜜糖般的话儿来笼络那班看家护院的镖客。其时孙家保镖的一共有十三个,除了喳叭全全一个人之外,余者都是河南、安徽、山东、直隶、宁绍、温台、淮扬、徐海等客帮。当下听了主人说话,别人一味唯唯答应,唯独喳叭全全侃侃回答道:"这种甘言我不要听。我除非不答应,既已进了您的门,吃啥饭,当啥心,不必瞎操神思滥奉承。我尽我心担责任,决弗口吃南朝饭,心向北边人。若得吃里扒外踏船沉,真正猫狗勿如瘟众牲。"当场全全说出这一番话儿来,大家都很诧异和嗔怪的。不料隔不到半个月,宅内出事情了。蓦地来一个外帮飞贼,翻墙头进来,想大大地偷一票的。辰光在二更半后,三更不到。恰巧碰着这一夜是全全和一个山东德州人马大忠俩值班,他俩言明每人轮值半夜天,于是这个飞贼同全全俩遇着了。两下动起手来,这贼倒也是个行货,不是利巴。彼此一往一来,在孙家的仓厅上足足放了一个半更次对,临了全全使出看家本领鹰击长蛇手来,那贼见不是头,才跳出圈子,觅路上屋,越墙逃遁;全全追出去,见那贼上高如履平地,不敢怠慢,用足功夫,追上围墙,顺手一抓,再巧也没有,那贼头上的发辫,本则挽着个得胜髻,垂搁在后脑壳上。此刻忽然那得胜髻散出来,恰巧被全全一把抓住,把贼二次提上墙头。那贼真不含糊,等待全全提他上高墙,冷不防他左足踏着墙沿,提起右足来一脚后翻腿,踢在全全的膝盖骨上。此时全全的地步尴尬,再者又是扭打了好久,才追上墙,立脚未稳当儿,经他一踢,自然仰面朝天向墙内反踢下来。幸亏手内的一把辫子,依旧用力抓住着,不曾放松一些。那贼发了一腿,觉得敌人已被踢下墙,他也无心恋战,要紧走脱身,故而急急地仍向墙外一跳,岂知辫子上吊着一个人哩。此时全全索性两条手都伸过了头,用足气力,吊住了贼人的龙梢。于是两个人的身体都四肢悬空,一个墙里,一个墙外,荡的溜溜悬吊着。但是全全是借劲在贼人的辫子上,好比秤锤一般,有借外力的。那墙外的贼人苦楚受得够了,越是用力想逃走,越是头顶心内痛得像劈开来,如是者又相持了半个更次。那贼人熬了痛,自己掏出快口来,截断头发逃命去了。当下全全在墙内也栽了一跤筋斗,身上跌出一些微伤来的。到了第二天全全并不声张,反是那个马大忠向主人说家中有事,立即告假回德州去。事后全全同二龙偶然谈及此事,二龙怪师父当场何不叫喊起来,为甚和这厮闭口闷干呢?全全叹了一口气,嘴唇皮抖了抖,又摇摇头叹了一口长气,终究没有说明他何以不声张的一个缘由来。

到了辛丑年的冬天,忽然有个宜兴人姓任的,也是个候补道身分,同孙长毛很要好的,写封信来提及他有个门生,世居在皖南屯溪山内,因为年来强盗多不过,地方不太平,这门生家内要请个保镖,一晌留心察访,没有合式的人物。新近探知府上有位喳叭全全,力敌万夫,智勇足备,特地转恳任甘,向府上商拨此人,叨在同寅,又辱相知,定不见却云云。在孙是不肯放全全他去,无如全全本人不愿再在孙家耽搁,故而倒很高兴地就了屯溪之聘,出门去了。从此信息不通,连二龙也不知师父在外状况如何。

光阴迅速,转眼之间,已到了癸卯春天。二龙有个远邻的儿子,自小在翁家做底下人。他伺候的主人乃是翁松禅的侄孙,由部郎外放山西大同府知府,因爱这小厮伶俐,特地由家乡带到任上去,做亲信长随的。等待癸卯年自山西回来,和二龙谈起道:"您的师父喳叭全全现在宣化万全一带,做贩马牙子的经纪人。面子着实搅得不错,凡是南五省的人往口外去买马,必须烦他向地主讲价。那么围起来不至于吃大亏,若跳过了他,买主的哑苦吃得足啦。往往耗了很大的代价,只围着两三头跳槽货。回头想带着它进口,它路道来得熟,跟走了一两天,霍的向刺斜里山套内一溜,溜得无影无踪。请教办马的人,向谁去算这损失?回至地头上,想向地主去要回定钱,更加做不到的事。如其经了令师的手,他人头熟,地头熟,万万不会出这种被累(读如皮漏)的了。"二龙说:"吾家师父前年出门,乃是就的皖南屯溪人聘请,怎么弄到口外去了,不要您认错了人?"那人笑道:"我又不是不认得喳叽全全的,此番南下临行的前一天,尚承他情,端正了酒菜,招呼衙内一般南边同事,借一家酒肆内饯行的哩。我同他偶然谈起拳术,请问他究竟南派好呢,还是北派高明?他说北派拳术大刀阔斧,利于野战;南派手法,鸡行鹤立,利于巷斗,最好兼工并习,一旦学成了,可以无往不利。若是偏练一门,任凭如何精专法,总有一朝怯颤的。他又道,俺到此地来开码头,倒全仗了一门'六段短手',同人放起对子来,必定被我占上风。妙在这门功夫,可以借敌方气力,还制敌人。往往蛮力比俺大三四倍,搭着就掼出去。所以俺一个客边人,能享这一方血食。您想吧,我尚同令师如是盘桓交谈过的,岂有会认错人之理呢?"

二龙听了那人说话,觉得言论丰采,确是师父无疑。他既在口外露脸,我大可乘机去贩趟马去。主见打定,正欲收拾动身,忽然有个山东沂州府兰山县独树头人,自称叫崔三根子,拿出喳叽全全的一条青布裕膊、一封书信到常熟来找寻二龙。及至拆开信来一看,原来这崔三根子,就是庚子年到孙家来想动手,和全全厮打的那个飞贼。本则那马大忠等,和崔暗通风色的。那一晚如其没有全全,他们预备软进硬出,大大地做一票。初不料被全全从中一阻挠,非但没达目的,反赔掉了三根子一条发辫。因此他们仔细去一商量,晓得开硬弓是不对工的了,想出这"番犬伏窝"之计,先设法去求得了任观察一封信,把全全哄到了屯溪,再转转弯弯迤逦引荐到崔家,三根子一共弟兄五个,都拜全全做了师父,求他传授内外软硬、马步水陆功夫。全全见他哥儿五个,好学不倦,对于师父的饮食供应,可称十二分周到,无微不至,故也很诚挚地教导。等待训练了半年,三根子和最小的兄弟五细子俩进步得最快,已把全全本领十停中学去了七八停。又过了两个多月,那天晚上,全全特地向他们天伦崔老头道:"在下一身能耐,全拿了出来教给五位郎公的了。三贤郎同五郎俩,尤其了不得。现在在下传授他们的空手入白刃功夫,实在我只精上两段,中三段和下三段,您要去求教北平杨家,或者山西董家的了。我待过了明天,算教导的责任终了,后天一早准备回南去了。"谁知全全是宅心忠厚,不肯误人子弟,发表这一席老实话。

第二天下午,崔家备酒饯行,席次弟兄五人各走一趟家货。三根子落在最后,使一套钩镰枪法,全全见他从腰跨里泛到中上七路来,三钩四拨,一擱一分九步变法,拨荡搠缴,挪攒盖护大翻身,由四步做起,做到三十六步正法做齐,实在有解数,不住地一叠连声喝采,竟出席走近他身去瞧着。冷不防他反手一枪,直戳入了全全小腹之内,先问师父而今枪刺入腹,尚有破法否;继又说明在孙家栽在您手,如今有心哄您到来,学拳打师父的。照全全功夫,虽受重伤,尚力足以制三根子性命,继念收拾掉了他,自己这一派功夫没有传人了。故此含愤殉艺,反叫他送个信给二龙。二龙恪遵师父遗命,竟把下书的杀师仇人,轻轻放过。于是计算年月,愈加疑惑,究竟全全是死是生,至今不曾确定。

青龙元元

距离小子故乡常熟城西四十里有奇,有个乡镇叫"鹿苑"。据传战国年间,吴王夫差曾在此处豢养过麋鹿。养大了,移到馆娃宫中做点缀品,供他和西施俩的赏玩,所以叫鹿苑。它虽是个小小乡镇,因和江阴县境界接壤,又属常阴沙的咽喉所在地,那东来镇、合兴街、牛市街(合兴街俗称黑心街,牛市街俗称牛屎街,均系老沙上热闹场合)等地,皆近在咫尺之间。从前段山夹坝没有填垦之际,鹿苑也算扬子江南岸的一个小口岸,每逢洋汛发动,黄鱼、鲞鱼等上市,虽不如虞东浒浦口般繁盛热闹,而和虞北福山港口情形,不相上下。自从钱绍仲表叔建议围填段夹以来,淤沙日积,捕鱼巨舶不能驶入港口,鹿苑的鱼市,也随之一年不如一年了。

我到过这镇上去唱过两回书,民国三年一次,民国十六年又去一次。第二次去,瞧见一个姓孙之人,奇怪得很。他吸鸦片烟,既不装在竹枪上抽吸,又不烧成了烟泡吞吃。每天二三次不等,向私售灯吸人家购了一箸烟(以前苏膏,大抵挑在竹箸上出售)去贴在下阴大肛门上,然后横倒榻上,再购一箸,一壁把烟挑在铁签上烧卷,一壁且卷且嗅,回头一箸烟次第嗅遍。或人见其未吸,认为可以再装在枪上去抽的哩。谁知经孙鼻子嗅过之烟,已完全变成烟灰,不能再抽。最稀奇的等他坐起来将肛门上箬叶揭下来,绢光底滑,一些烟渍没有,竟和他人舌尖舐干净的一样。这种烟瘾,可称奇特。小子个人目中,确为仅见,仔细猜想猜想,此人定有武行功夫,所以有这股倒吞鼻嗅的气力。因此上逢人便探听,最后居然问着了他的轶史,自喜猜想不谬。这姓孙的确有功夫,可惜有了这身能耐,竟自弃自暴,辜负了天赋呵。

这姓孙的,乃是诞生在正月里头,故此小名叫元元。家中向来开小米店度活,元元自小就顽皮不堪。少长,便和镇上一般暴勇斗狠之人厮混,白天聚会在空旷场上,舞石担,举石锁,打抄手,打马鞍石,以及木手沙包梅花桩等等,多要练练的;到了晚上,总是去混在赌场内。始而鹿苑乡风盛行两子滩(用两粒骰子摇的),和江阴赌规相似。有一种匾三匾四的骰子,摇起来有那立直困倒的名目。迨后,又改从本县赌例,摇四子滩了。摇滩是分"进门""出门""青龙""白虎"四门做输赢。元元通盘一筹算,进门只有"五""九""十三""十七""二十一"五种点色。白虎也只有"六""十""十四""十八""二十二"五种。出门最少,虽也是"七""十一""十五""十九""二十三"五种。但是四粒骰子,拼成"七"点,除了三颗二,一颗么;或者三么一四,两么一二一三的三项之外,没有第四项。表面说起来,每门都是六种点色,殊不知竖里的进出两门,因为是四颗骰子摇的,故此"一点"的进门,"三点"的出门,皆须除外。其次配点色内,又有参差,同样"二"点的白虎,也要除外。但配点色内,比较出门容易一些哩。四门之中,唯独"四""八""十二""十六""二十""二十四"六种齐全无缺的青龙一门,占着最多数。四颗骰子,总共要摇一百二十六项花色,四颗一色的六种,三颗一色的三十种,二颗一色的六十种,四颗完全不同色,和两颗一色的各十五种。仔细研究出来,竖里的进出两门,总共只有三十个一门,白虎三十二门,青龙要占三十四门(如其摇两子滩,就只得念一门了,但是这念一门当中,只有进门,名为三色,实只"五""九"两色,其余多是三色一门,比较四子滩好算得多)。故而元元无钱不赌便罢,若是身上有钱押下风,他不问大路小路,总是押在青龙门上的,所以大家都信口叫他"青龙元元"。

　　元元家中开了小米店,一年到头,家中自然"米"不会断档的了。有的散开了,盛在字篮内,有的装了叉袋,堆在墙壁边。元元从七岁那年开始,每天总在散开的米内,伸直了五指去插上几十插;然后再握了拳头,在米袋上敲上十几敲。自七岁到十五岁,首尾九个年头儿,他对于这一插一敲两种玩意,变做例行公事,寒暑无间,风雨不更。到了十六岁那年的春天,老子命他往乡下户头上籴了四石糙米,分装八袋,用四辆二把小手车载着,载至镇上。因为每石米的重量,要有一百三十八斤左右,每一辆小车两边装了袋米,在田岸上平线推行,只要车轮转滑,地上光润,有借劲可以取巧的。但若逢高大桥梁,推车上下,膂力含糊一点,就休想推得动它。所以米车推至桥梁跟首,押运之人,必须上前拉一把上桥,下桥时又必挽一下子。好在这次是小老板青龙元元押运,他性喜习武,喊他推挽拉扯,他总是很高兴地帮忙,不稍偷懒婉拒的。车儿已经推至市上,只消推过一条大石桥,便可到店哩。讵料他们第一辆米车,由元元一手拉着,后面车夫用力往桥上推行,将次推上桥面之际,桥面上有一个大汉,挑了一担私盐,自西往东,正移步下桥。本则苦力中有种不成文规则,南北一例,彼此保守得很谨严,总是轻担让重担。无奈当时大汉挑的那担私盐,估量上去也要百斤以外,所以他自顾自挑了下桥,并不让避重车。这一来元元可生气啦,也不管三七二十一,就把那汉顺手一拦一插,幸亏那挑盐大汉,也是个惯家,赶向旁边躲闪得快。无如肩上到底尚挑着一副担子,故被元元在他腰内一插手,略略带着一带,当场那人说了一句:"好,回头来找你。"元元也气鼓鼓地回答道:"我是桥西某米店的小东姓孙,你来找我好啦。"两下仅斗了这几声口舌,没有打架,各走各道。元元把米运回了店内,脑筋里也不把适才之言当回事,自然云过天空,完全忘怀了。

不料第三天的朝上,那个贩盐汉子,去招呼了一大批人,特地找到元元店内来,喊元元父子到茶肆内讲一句。原来这一班人是海州帮,内中有个近八十岁的老头儿,那是海州的著名老师家姓梁,责备元元不该踏门槛大,如此蛮不讲理,同人家争道,怎好就下这毒手伤人。并唤那汉子脱出来,给大家瞧看,果然那腰内有了一道青紫伤痕。那汉子道:"前晚我若大意一些,遭这厮一插手插着,性命恐怕都丢啦。幸而避得快,已经吃了这亏哩。"当下元元的老子忙向那汉子赔礼,元元福至心灵,便一本直说,表明自己并不知道这一插手,是能插得伤人的,当场只顾着急于要抢上桥面,如其自己松一松劲,推米的车夫要不得了的,所以没法可想,只好把迎面下桥之人,顺手一拦一插,毫无其他用意。至于自己的功夫,乃是自小在米上弄白相,实在不明白什么功夫不功夫,我尚认道无甚用场的哩。那梁老头儿见元元天真烂漫,说话爽直,又见他的老子一味小心赔礼满担错,故此非但把那争道公案就此算叫没事,并且爱上了元元的人才,向元元父亲觍面子讨去做了徒弟。不久,便把他带出去,说是教他练习拳脚,有了解数,也不枉这孩子的一片苦心,造成一家;不然,那近十年的苦功,那是白练掉的呵。

元元出外了五年,回家来啦。出门时节是个小胖子,如今变做骨瘦如柴,两个眼珠子凹瘪在跟眶内骨碌碌转着,活像一只大马猴。问他出门五载,一向寄居何处,那梁老头儿教授了你一种什么功夫,他一味指东话西,瞎七瞎八地同人胡缠,不肯说出真话来。未几,元元的父亲死了,他接手开那米店。有一件可怪事情,譬如傍晚辰光,许多人瞧见元元在自己店内,坐在账台上记账。等待晚间八九点钟去叫他,他家中人回说往常熟城内去哩。等待翌晨六点半钟,元元倒又在那里开牌门,做早市生意了。有人存心试试他,闻得他今晚又要上常熟啦,便去托他带购城内寺前街上著名茶食店的益泰丰肉饺,待到来日清晨,他果有该店货色交给这人。从鹿苑到邻镇西塘桥,相距六里,西塘桥至常熟城内,三十六里,计共有四十二里路程。元元于下午七点钟开步,赶至城内,益泰丰尚未打烊(内地店家,到下午十点钟,一定要打烊休息了),所以买得着肉饺。倒是连夜尚须赶回鹿苑,来去走八十四里路(普通人每点钟,不过走六七里路),不当一回事,而且只消耗费五六个钟头,若没有练过功夫,寻常人万办不到。只是研究他漏夜赶来赶去,究竟为了什么重大要事呢,却再也研究不出个所以然,至于去问他,他总是一笑,永不有半句真话吐露出口的。

民国十六年秋冬之交,小子二次至鹿苑镇说书之际,那个青龙元元的米店,早已闭歇。有个儿子,其时从军外出,传闻在第一军第二师刘峙部下当"炊士长",大约是伙夫头脑。家中开了一所小客寓,由元元的妻子主持。元元自己却在另一家米店内做伙计,和一个意中人,别组着小家庭度活。小子因为听人述及他有这一段以往练功历史,并又晓得他那种吸大烟的怪瘾,有心向他去搭讪着交谈。无如他总是装得呆鸟样的,好似不知天地为何物般的呆汉。但瞧他那副神气,两目灼灼有光,决非寻常小辈。他见我那种殷勤慰问状况,想也谅解哩,所以最后得闻他"我一生被烟色二字所误"一句真心话儿呵!

盲盗蒋妞妞儿

每年的夏天到了,一班写意朋友大都要找一块清凉地方,跑去住居一两个月,叫做避暑。其实呢,够了钱,要装阔摆架子,所以想出这种种名目来。譬如穷苦之人,三伏天气的炎热日子,当然也怕过的,眼见他们有钱之人,往青岛咧,普陀咧,最近的到莫干山避暑咧,心上何尝不也想去轧一下子时髦,无如力不从心,只好挣着二十四根肋骨,拼着命去和环境奋斗,勉强生活着。然而倒居然也一年年地挣扎过来,不见得无力避暑的穷人性命,多断送在炎天暑日之中,那些有钱避暑之人,个个长生不老,与天地同休;如其注定要死在夏天,凭你避到哪里去,终究免不了一死的呵。不过话可说回来,若得有钱避暑,起居服御、饮食一切上头,比常人考究舒适一点,不至于有"冤枉丢命"乱子闹出来。故此避暑这桩玩意,不会像别的投机事业,随兴随败的呵。像吾们这般中产阶级的文丐,比较那些什么都不知道,只晓得日图三餐,夜图一瞌的准苦力,更加苦恼哩。自己无力避暑,只好访问访问那般避暑回来的富人,拾了他们牙慧,胡诌一篇东西,聊快朵颐,把"卧游"二字,自家骗骗自家,又可说自家安慰自家的了。小子新近向人打听莫干山的避暑乐趣,因之却得到了这篇小说资料啦,现在写出来,供阅者诸君资为一种谈助。

莫干山,在浙江武康县的西北,离开杭州一百多里。以前交通只仗内河小轮,或到了湖州雇民船。现在浙江全省公路局建筑的杭莫公路已竣工告成,长途汽车可以直达山下。总称莫干山,其实包含炮台山、上横山、荫山、中华山、金家山、馒头山、塔山等七座小山,及岗头、岗头墩、芦花荡等地处在内,是山高出海面二千五百尺,据云战国年间,吴王阖闾命干将莫邪夫妇二人,曾假此山铸冶过雌雄二剑,故名莫干山。本则不出名的,还是前清光绪二十四年,上海有个传道的教友,英国人,叫洪慈恩,要觅一处清凉避暑场合,经湖州丝帮中人提及此山。于是洪首先在山上筑屋僦居,由是一年兴盛一年。什么教堂、医院、游泳池、体育场等,均次第建设。全山公私庐舍合计达二百余所。以前全山行政,竟操于外人所设之避暑公会中。清末,浙江咨议局成立,曾有人提议收回,不曾成功。入民国,汤寿浅督浙之际,禁止山民售地于外人。直至民国十六年,几经交涉,始将全山管理权收回来。荫山场合,为全山最繁盛处。入山道路,旧只由炮台山入去,俗称老路。另外一条新路,乃是卢永祥在浙江时候筑的。甲子年和齐燮元私斗,因为要搜刮军饷,故将该路卖给沪杭路局的,这是莫干山的历史大概。

在光绪二十年左右,莫干山内,忽然迁来一家山右富家,买地造屋,寄居山内。这家人家一共男女五名口。掌家夫妇二人,年纪都要近六。其次一对男女,据称也是夫妇,不过是掌家下人。另外一个双目不明、年纪约在二十左右的小姐,生得艳丽夺人,丰姿绰约,可惜是个瞽女。不然,真具有颠倒众生、扰乱造化的绝大魔力哩。不过她两目虽则失明,而家中一应巨细杂务,却皆禀明了她,由她做主施行。非但那壮年男女固然是奴婢地位,不敢稍有违抗,就是那对老年夫妇,乃是她的父母哩,而对于她的说话也奉命维谨,未闻有过一次背反不从之事发生的。或人叩问他家姓氏,据说姓亢,山西亢家,何等有名! 莫怪他们起居一切穷极奢华,往往有山中人从来不曾见识过的衣裳,穿着出来,或者有山中人从来不曾尝着过的东西,馈送四邻八舍吃喝。照这排场,确乎是像一家天下闻名的大富人家。光阴迅速,亢家寄居到了山中,倏忽之间,已过了二年有奇,却从未有过亲族邻里,到山中来访问过他们。估量他们的用途,不时差下人往杭沪两地采办日用东西。每出去买一回,至少二三千金,每月开支浩大不问可知,而亦从未见人汇送过银钱到来,他家也不作一些生利思想,老是关门吃死饭。这两点,颇使山中人疑惑的。

除上述两端疑点之外,尚有一层也很奇特的,就是他家这位盲目小姐时常要带了一个下人,充做明杖,出门游玩去的。出游的时间,至少半个月。有时四五十、八九十天不等。而随带的下人,倒又是那个男仆居多数。家中二老,每逢她一出了门,晚上也不问暗泛亮泛,又必定点燃天灯。而且这天灯格式,又和寻常人家只点一盏头油灯不同的。乃是一连串燃点九盏,顶上另加一个用竹头扎的十字叉罩,四角也系上四盏较大一些灯儿,一共分明大小十三盏灯。那根灯杆又格外长些,拣他们屋后最高的一个小山峰上矗树着,简直二十里外,好眼力的人们,都望得出这一串十三颗小红星儿。点天灯的人家是有的,大概总是对天立誓,连点若干日子。从未有像亢家这种点法的。只要瞽女回家就不点,她若一出门,马上又要点。大家猜疑上去,这十三盏异式天灯一定有个讲究在内,不过是什么一个讲究,再也研究不出一个所以然来。

有一回,盲女郎才得返家。随后,便有个年将弱冠,修眉朗目,举止俊逸,口操北方口音的美少年,到山中来拜望亢家家长。因为他家一晌没有陌生人进出的,偶来个远方孤客,使得邻家男妇异常注目,都向他们下人探听,来客究属何许样人。据亢家下人道,此人乃是盲小姐的未婚夫,山东济宁州人,姓周。那位周公子,自入亢家大门以后,足足住了三个月,连大门口都不曾站立过一次。就是那盲小姐,也足不出户,不复出去游历哩。照这情形瞧去,姓周人确似亢家的坦腹。直至三月之后,周郎告辞出山,回济宁去了,等待姓周人上一天动身,后三天,盲小姐又带了男女两个下人,离家游玩去啦。而且这次出门,随带了好几件行李,和以前轻装就道情状截然不同。家中只剩下一对老年人,她一走以后谅来老夫妇俩忙着料理家政,所以连那照例燃点的十三盏头天灯也没空悬点哩。到了她去后的第九天晚上,亢家忽然失火。一因山中起水不便,二因缺乏消防器械,三因在仲冬天气的子末丑初辰光,故而亢家一所房屋,竟全部烧完,变为一片瓦砾场。而且看家二老无人瞧见逃出来,想已葬身火窟。不过事后有人去扒垦这片火烧场,始终不曾发见烧死人的痕迹。亢家回禄之后,相距半个月光景,忽然又有个魁梧其伟的山东人,特来打听这亢家人踪迹。见了那片火烧场合,恨恨地叹了几声气,嗒然而回出山去了。山中居民更加莫名其妙哩。

　　直至一年以后,山中有人往杭州去,在阿才哥家内做打杂,听见主人的北方朋友道及,说沧州有个名捕叫快手周,受了李傅相的重聘,缉捕一个独脚女强盗叫海不收蒋妞妞儿。蒋妞妞儿虽是女流,却擅长五祖点血拳及七十二把鹰爪擒拿手,能够隔山打牛,百步打空,身上大小风火,共背二三百起。直鲁豫陕甘闽粤七省,犯有格杀勿论公事,倒是她行踪诡秘,来去飘忽,甚至于江湖上传说她竟有来去一阵风的本领。故而官厅虽出了重大赏格,捉了她好几年,非但始终没有捉到,反断送了好几个高手做公人的手脚和眼目啦。快手周是张佩纶一力保荐他出山承办此案,他有个女儿叫周蝎子,也是草上飞轻身功夫门中的超等角儿,和蒋妞妞儿是堂房师弟兄,她晓得她乔装盲目女郎,同着部下得力伙伴隐居在南方,故而周蝎子改扮了男人,南下探案。不料妞妞儿的窠场,居然被蝎子找着,捎信给老子快手周赶紧也南来。想下手,非但仍扑一个空,并且把个爱女丢啦。好容易四处八路托人打听,才知蒋妞妞儿是男非女,同周蝎子两下爱上了,已在广东九龙山内结了婚哩。快手周得闻此信,气得发昏章第十一,自己投往北京潭柘寺出家去做和尚了……山中人听了这话，暗忖吾们山中那个亢家盲小姐，定是这独脚大盗蒋妞妞儿无疑。追想经过情形，不说穿不觉着，现在一闻此语，越想越对了。岂知他亲闻这话的后几天，那一日，往清和坊大街买东西，忽然瞧见一个沿门托钵的化缘和尚，打扮虽则两样，仔细瞧瞧他面目，分明就是那个亢家男仆。他忙搭讪着上前交谈，一来口音不符，再者那和尚道："与汝从未识荆，汝怎么说老友久违云云？同我们出家人谈话，不行打半句诳语。汝与我，究在何处会面过的呢？"反被他诘问得哑口无言，但是再留心瞧瞧他的身段举止，定是亢家男仆无疑。心想尾随在后，要觇到他的栖宿所在哩。奈何一眨眼睛，在人淘内挤不见了。因此，愈加认定是蒋妞妞儿的部从了，可惜失之交臂呵。

小子听见了这段佚事，忙追问后文，谈说之人道："即此结局，下文没有了。"当时小子颇以为憾，等待回后静思，觉得如此不了了之，真隽永无穷。那蒋周二人，首见尾不露，这对贤伉俪，真令人羡煞妒煞。倘以之摄成一部影片，或者可以引人入胜，使人深长思之。

记齐村三义店

上一回我动身到北京去,被直奉开衅阻挡住了,只好留住济南公司里,等上海的信。我的朋友长清俞伴石那时受了济南商会的委托,上枣庄去调查中兴煤矿公司事情,瞧见我在客边无聊得很,就邀我一同去玩一趟。我横竖没事做,跟了伴石搭津浦车到了临城,然后再搭临枣火车到枣庄。伴石把公事办好了,提议游玩青檀山金界楼和许由泉,因此上不搭火车坐轩子赶路(轩子形式和南边青布小轿仿佛,不过不用竹杠人抬着走,系用两只骡子分开驮着赶路的)。足足地玩了两天,才由峄县动身到齐村,天色晚了不能赶夜站,就在齐村三义店内过夜。

那天是阴历三月廿九,却巧赶集,齐村非常热闹。到晚上一点钟,街上尚有人往来。我最喜欢采风问俗。那晚伴石早就安睡,我一个人上街找着一家羊肉馆,走进去自斟自饮,因为瞧见这家招牌和我们住身的客寓一样,也叫三义店。讲到北边人取招牌最喜欢用着那个"义"字,什么"义顺和""三义兴""三义公""三义和""三义顺",譬如这店是公司性质,取名就逃不了"三义"两个字。其实发生问题起来,同我们南边一样,各顾各饱,哪里真有陈雷管鲍羊左古人那般义气?客寓名字叫三义店,北道上多得很,就是北京仿佛在施家胡同里也有一家三义店,算是赫赫有名的老客寓。现在齐村不过峄县管辖的一个镇口,怎么说也有三义店客寓,难道说冒北京的牌么?并且连一间茅草屋,三盏火油灯的羊肉馆,也称起三义店来(羊肉馆门口大多一只火油招牌灯,炉子旁边一只火油灯,堂口里挂一只稍漂亮些的火油灯。除此之外,简直找不到第四只灯了。好在地方小,也用不着第四只灯),其中一定有道理,我动了好奇之心,去问那伙计。谁知这伙计是个浑虫,再者我的北边话不行,胡缠了一回,没有问出所以然来。

喝完了酒回到寓里,同那掌柜交谈起来。他姓郝,欢喜抽大烟,我破费了一块大洋,请他饱吸一顿鸦片,然后问起这店名的意思。郝掌柜见了黑黑东西,谈锋来了。一面吸着烟,一面把三义的历史,源源本本讲给我听。并且说凡是齐村姓郝、姓周、姓丁子孙开的店,无论什么都叫三义店。他所讲的事实,好像我小时候看的《七侠五义》《彭公案》《施公案》那一类小说,不晓得是真是假,但是他讲得头头是道,未必完全伪造。现在我把它写出来,一毫不点缀,给生长南边的人看看。虽然没有道理,里头却有多少春典(隐语俗名切口,江湖上则曰春典)。出门逢尴尬,用得着的。

闲言少叙,书归正传。却说大清光绪初年,齐村镇上出了一个武举叫周殿臣,骑得好马,射得好箭,欢喜结交江湖朋友。家里常养着二三十名闲汉,在临枣一带八十里路地方里头,无人不晓,大家都叫他小孟尝君。未中武举之前,请了许多教师,打沙包、马鞍石、走木桩、坐香头,练成一身软硬功夫。中了武举之后,财势兼全,在地方上不免有些任性妄为,那种气焰真叫做顺我者生,逆我者死。有一天刚逢赶集,周殿臣在街上带了许多人闲逛,跑过一家酒店门口,里头正有许多人喝酒。那开酒店的姓丁,因为是个秃子,排行第三,人家都叫他丁三瘌子。出身当过响马,后来做过济宁州马快,又办过滕县团练,也算干过一番事业。现在已经六十多岁,洗手不干,在此开酒店度日。平日间瞧周殿臣太觉肆无忌惮,久已有心要献点能耐征服他。

却巧那天喝了几杯酒,一眼看见殿臣经过,便尾随出去,假作酒醉,东一歪,西一斜,看准了殿臣身上撞去。殿臣始而躲让,后来晓得这人有心寻事,运足了功夫把双手护住了肩部胸部,等待丁三癞子再撞上来,他就用力往外一掌,想推他跌一个筋斗。谁知道两手没有出门,被丁三癞子十个指头在周殿臣脉窝里一吊,下面左腿一扫,手往里一拉,殿臣不由自主跌了下去。那还了得？顿时间起了风潮了,跟随殿臣的那般游手好闲之徒,把丁三癞子一围,你一拳,我一脚打他。丁三癞子还是假装酒醉,招架也不招架,由他们攒殴。周殿臣在地上爬起,也动手去抓他。总算他有见识,爬到癞子身上,觉得像抓了一把棉花,柔软异常,殿臣就晓得不是好惹的,赶紧假装笑脸,喝住了手下,向丁三癞子拱拱手道：“领教,领教！再会,再会！”说完了掉转身就走。丁三癞子呵呵大笑道：“我叫秃丁,你没事到小店里坐坐。”

当日晚上,周殿臣带了一柄利刃,爬墙头到丁家酒店里,只见丁三癞子睡在店堂里台子上,仰面朝天,一丝不挂,殿臣暗暗骂道：“秃贼你若是睡着了,活该死在我刀下。白天在街上也太觉扫人家面子。”留神一听,丁三癞子鼾声同雷震一般。周殿臣便纵身窜进去,抽出利刃望他腰眼里刺进去。这个当儿三癞子本来朝天睡着,两条腿竖起在那里,忽然往上一挺,殿臣的刀刺一个空。殿臣赶紧又把刀收回来,三癞子身体倒又躺平了,把殿臣一把刀恰好压在身底下。殿臣要想拔,再也拔不出。殿臣从心里佩服出来,赶紧跪下去叫师父,不住地叩头。三癞子还假装睡着,不去理睬。殿臣跪了好一会儿工夫,叫了几十声师父,三癞子还想不开口,那晓得惊动了店里两个伙计,都起来喊捉贼。丁三癞子不能不开口了,从从容容坐起来,先把刀挟在腋下,然后穿好衣服。对着殿臣道：“我没有什么本领,你是个举人老爷,何苦这样地挖苦人呢？劝你还是回去,练好了功夫,好收拾我这颗癞痢头去。”殿臣哪里肯依,还是直挺挺跪在地上,要求丁三癞子答应收他做门生。丁三癞子瞧见殿臣一片至诚,方才应允,并且叮嘱

两个伙计,明天不许把晚上事情声张出去,吩咐殿臣仍旧越墙,悄悄地回去。临行把刀仍旧还给他,笑着道:"不要说这东西我不怕,就是外国人的枪子,我运足了功劲,也可以挡一阵哩。"

从此以后,周殿臣不像从前蛮横,开了一所客寓,做公平买卖。丁三癞时常过来替他照料,每天清晨晚上,教殿臣习练功夫。

约莫过了两三年光景,丁三癞子忽然把酒店关闭,同殿臣说要动身到泗阳去一趟,因为自己出身是泗阳人,回去瞧瞧祖坟。本人终身没有娶过妻子,所以没有后代,但是哥哥丁二有个儿子,从小就习练柔术,膂力也不小,叔侄两个分手二十年了,牵挂得很。这回也得去找寻找寻。殿臣虽然舍不得离开,但是师父归心似箭,不好强留,不过哀求他早些回来。

临走的那一天,丁三癞拿出一只镖袋,里头装着半袋铁镖,另外一扇三角小旗,上面画着一只猴子在那里偷桃,叮嘱殿臣:"暗兵器不到山穷水尽时候,不用滥用。那扇小旗,你现在吃招贤(客寓,响马中称为招贤馆)饭,论不定有线上(同在外边打光棍者曰线上)、黑道(巨窃)、红道(关东胡子)、鹰爪(捕快武弁)、那班湖(小帮)、海(大帮)、合字(同道)来投宿,万一开差(动手抢劫)出岔,住在你的店里,你要被累了,你只消照子(眼睛)放亮,瞧见有形迹可疑的人来过夜,就把这扇小旗插在账台旁侧,也不消樱桃松巧(会舌辩之谓),他们自然会扯的(走开谓之扯),决不会在此地开门掘藏了(附近二十里内动手抢掠或偷窃,谓之开门掘藏;二十里外,曰门槛掘藏;百里以外,曰吹风藏;百五十里以外,及邻省等等,统曰出远门)。"殿臣很喜欢接受下来,丁三癞子就此动身去了。

隔了两个多月,殿臣盼望师父回来,却天天望个空。其时才交五月,天气热得很。那日傍晚时候,殿臣斜躺在醉翁椅上,在店门口一棵榆树下乘凉,背对着店门,面对着那条溪河。矇矇眬眬合着眼,将要睡着的时候,忽听得马蹄声音到他店门口打住,殿臣赶紧在醉翁椅上坐起来。回头一望,只见一个二三十岁紫棠色脸的汉子,身材不满五尺,背着一顶雨伞,一个包裹,马鞍上拴着一个铺程。在他店门口滚鞍下骑,要找房头过夜。殿臣再把他坐骑一看,四蹄圆正,两耳高耸,毛片白得同银针一样。肚内寻思道:"今天可要用着三癞子那扇小旗了。"慢吞吞站起身躯,也想上前搭话。那人已经由伙计领了进去。隔不多时,伙计出来说,客人看定了十二号房间,叫吾们预备凉席和晚餐,一面替客人收拾马匹,喂料上槽。殿臣更加明白是跑生意的来了。十二号紧靠后墙,出入可以便利。他自己马鞍上拴的像一副铺程,何以不用,叫我们替他准备凉席,所以殿臣特地跑过去,把伙计卸下来的那个形似铺程的东西,提了一提,觉得沉重异常,料想里头是一件军器。但是他不拿出来交明柜上,也未便打开乱看。到了晚上殿臣有意拣十二号对面的九号空房间内睡着,留心十二号客人的行为。那客人行路辛苦,一下店就洗澡,洗罢后吃东西,吃罢关房门睡觉,一毫动静没有。直到二更打过了好久,殿臣暗道:"精神也养够了,难道还不动手么?"心上正想着,只听得"刷"的一响,接连屋上瓦"薄"的一声。殿臣点头道:"功夫不坏,人已经出挡的了。"自己赶紧也把长衣一卸,把腰内围的一条软鞭整了一整,轻轻窜出窗外,到天井内。好在天气热,九号的四扇窗子都开着没关,所以一些声音没有。殿臣也上了屋,四面一望,黑影全无,晓得人是去远了。只好踏他的内盘,从屋上绕到后面,从后墙上下去,隔窗一望,只见床上端端一个人睡在那里,倒把殿臣愣住,埋怨自己没照子,把好人当作歹人。赶紧从原路回到九号里头,正想开门回到后面自己房里和妻子睡去,只听屋上又是窣窣几声,往前去了。殿臣到底不放心,再由原路到十二号后窗去一望,果然房内的客人不见了。殿臣先拾着一块土块,向窗里一丢,里头没有动静。殿臣然后窜进去,四面一看,那拴在马上那个铺程似的打开的了,单剩一条毡单,一顶雨伞放在台上,小包裹搁在枕头旁侧。殿臣先把身旁预备的一枝红蜡,在灯上点着,插好在房间内应用的木笔上面；然后把油盏吹熄了，把伞替他张开来，在床上一放。然后回出来，才安然到后面自己房里去睡觉。

殿臣第二天一早起身，有意在十二号房门外首吩咐伙计道："大家小心脚步，昨晚这房里的客人辛苦了，不要惊吵他好梦。"殿臣有意挂招牌亮相（切口），使得这客人觉着。果然那房门呀的一声响，那客人走出来，向着殿臣抱拳带笑道："兄弟来得鲁莽，忘却照呼，以致惊动掌柜。但是拳不打少林，标不喝沧州，兄弟此来，一来访贤，二来有些小事。此间不是讲话之所，可能借一步说话？"殿臣听他说的江湖套话非常谦恭，好汉不做上门货，也便拱拱手道："既然是自己人，请到后边聚话。"那人顺手把房门带上，殿臣吩咐伙计小心，便领了那人，一直走到后边自己的书房内坐地。正想开口问他名字，那人先道："兄弟叫郝金标，安徽寿州人氏，在安庆府当快班。因为前一年安庆来了一个外来义士，那是贵省曹州府人，做了几桩血案，我们同事为了他，不晓挨了多少板子。幸亏本府太爷差人到芜湖聘请来一个同道叫丁锦柱，晓得那人底细，才知道他是北五省的有名好手，唤做遮天张洪。丁锦柱曾经在南京交过手，较量本领不相上下。那时我们定下包抄之计，访明了张洪的下处，预备动手。又谁知张洪得着消息，先一步走了。安庆太爷务必要我们破案，我们不得已分了几路出门，领了海捕文书到外省办案，我和丁锦柱是一路到了徐州。锦柱说到他家乡曹州府去打听，叫我动身上济南沿路访问，预定在党家庄碰头。锦柱又教我到此地来探访他叔父，能可打动他叔父念头，出来相助一臂之力，这事就容易办了。所以我到此地的昨晚下了店，二更过后我就出去哨探，因为客地不敢多走，回来时候见自己房间屋上有条黑影一闪，我就赶紧兜抄。谁知那人的本领在我之上，仿佛像背上有眼似的，往东一拐下屋去了。我追赶下去，他一出市梢，转进树林里面。我不敢冒险，依着'逢林不追'的老话，回转店房。一进屋子，见伞张在床上，油灯换着蜡台。我就晓得有能人到此。检点东西，把一角海捕文书失掉,纳闷到天明。正在盘算,听得兄台在外说话,我方才明白,所以赶紧陪罪,请你高抬贵手,把那文书还了我罢。"殿臣听金标讲完,急道:"事情闹糟了。实不相瞒,足下落店,咱就注意,当你是个歹人,所以在十二号对面九号里留神着你的行径。昨晚二更过后听见屋上响声,我就知道人走了,赶紧踹你的内盘,但是你床上好端端有个人睡着。咱自己埋怨自己瞎眼,回到九号里头,正想睡觉,又听得屋上有响,二次里再到足下房内。伞是咱张的,蜡台是咱换的,可没有拿你东西。照足下所说,第一次咱听见的声响,乃是足下出去哨探,咱去瞧见床上睡着的那个人,也许就是偷文书的贼人。第二次屋上声音,乃是足下二次追人出去,咱在这个当儿进屋去,可是你的东西已经丢了吧?"郝金标听见这番话脸上颜色不对了,从身畔掏出一张梅红单片,上书"骆英忠问讯"五个字,潦草不堪,授给殿臣道:"这是兄台的大名么?"殿臣接过一瞧,连连摇头道:"非也,咱叫铁鞭周殿臣。"金标站起身躯,叹口气道:"罢了,罢了!"懊悔不把角劳什子的文书交给了丁锦柱,就没有这回乱子闹了。殿臣道:"你说的丁锦柱,哪里人氏?"金标无精打采地回答道:"那是泗阳人。"殿臣心上一动,再问道:"他叫你打听他家叔父,但是他叔父叫什么呢?"金标想了一想道:"叫做秃头虎丁大鹏,排行第三。"殿臣拍手道:"愈谈愈亲近了,丁大鹏乃是敝业师,原来都不是外人。"金标一听站起来深打一拱道:"原来是丁老英雄的高足,少敬,少敬!但是他老人家耽搁何处,想烦指点,好去求见,或者就可以知道偷文书的贼人。"殿臣道:"郝兄来得不巧,敝业师为因祭扫坟墓,再者寻访他侄子下落,两月之前动身回泗阳去了。"金标顿足道:"晦气,晦气,人倒起楣来,自有这样的事发生。留得他老人家在此地,我决不会一到就丢东西。"殿臣劝道:"郝兄不要这样焦急……"正想说出第二句安慰话,外间忽然吵闹起来,殿臣是店主,自然格外当心,立刻就跑出去动问。郝金标一个人未便再坐在里头,也跟了出来,到店堂里瞧热闹。

他们俩走出来一瞧，原来店堂外面来了个抄化和尚，手内拿着一副铙钹，乃是广东式样，足有车轮大小，在他们店门口摆下一只石鼎，约有七八十斤。那和尚生得眉粗目大，散着蓬松头发，套着一道紫金箍，面带凶光，眼含杀气。他硬要在殿臣店门口做个化缘歇脚，店内伙计因为他站在当门，有碍营业，所以同他争吵起来。那和尚非常泼赖，叫他换地方，只要把他的石鼎踢开，他就走了；如若踢不开，非给他二百吊钱不走。那时殿臣走到外面，问明理由，自己量了一量功夫，把长衣一卸，用足了功劲，故意慌慌张张，往外一闯，走出门口，嘴里嚷道："谁把五道庙里点香东西搁在我们店门口，罪过罪过！"一面嚷着，一面趁势一扫膛腿把那石鼎踢翻，趁势身子抠下去，将左手提了鼎耳，提起来往店门左首的荒场上一丢。那和尚站在旁侧，一声不响。等殿臣把石鼎丢了之后，他就冲着殿臣当面打个问讯，殿臣一呆，金标在门里头瞧得清清楚楚，见和尚两手合拢来，他借着纳缀和手内大铙钹的掩护，一条右腿早已提了起来。金标"阿唷"一声，顺手在柜上抓了一方大砚台，望准那和尚左边下三部抛去，和尚真有能耐，眼睛一瞄，就知道有人暗算下部。那么脚心腿发不出了，赶紧放平右足，把身子向右边一闪，那方砚台却好掉在他的左足旁边。只听"砰"的一声砚石和阶石一碰火星四射，和尚念了一声阿弥陀佛。殿臣不是呆鸟，赶紧身子往后一退，口内嚷道："好和尚，大家暗算，暗算！"那和尚停睛把殿臣望了一望，再把门里边金标望了一望，说了一声再会，挟着铙钹就往西去，连那石鼎都不要。殿臣回进店门向金标道谢，那班伙计还没有明白他们为什么一个掷砚台，一个道谢的理由。

　正在这个当儿，门口马蹄声响，又来了两个人。殿臣用目往外一瞧，头里一个少年不认识，后面的人不是师父丁三癞子是谁？这一喜非同小可，赶紧抢步出去，欢迎师父。郝金标往那少年一看，也笑道："咦！怎么锦柱也来了。"丁锦柱对着金标正色道："金标，你也太大意，单身落了店，紧要东西不小心些随身带着，如今丢了打算怎么样呢?"丁三癞子也向殿臣道:"年轻的人最忌好勇斗狠,你的功夫并不在人之下,但是轻易和人家寻衅,真是自寻烦恼。"他们叔侄两人一开口把周、郝二人说住了。当下一到里边,金标就哀求锦柱设法,先追回那角公文。三癞子说道:"你们莫忙,我来说给你们听。"一面说着,一面从怀里掏出一张纸来,金标一瞧就是自己失去那张安庆府海捕公文,心上更加纳闷,暗想不要他们昨宵来同我开玩笑,我追的那条黑影就是他们叔侄吧?回头仔细一想,影子长短不对,但是这角公文书怎么会到他们手内呢?三癞子道:"我自离开此地,回到家乡,找寻侄儿不着。好容易打听得到在芜湖当差消息,我就赶到芜湖。一打听上了安庆。我就上安庆。到了安庆,又得信开差到山东,我想同侄儿没有见面之缘,只好罢了。我一个人逢山游山,遇水玩水。大宽转兜过来,无意之中和侄儿遇见。他打听得遮天张洪有个女人住在临城县,所以也往这边来,同我遇到。我说齐村有个徒弟在那里,而且是个武举,不如去招呼了,好歹多一条膀子。我们是昨天晚上到的,我特地要试殿臣本领,所以黑夜从屋上进来,进来的时节刚遇金标出去。我家侄儿说,这是同来的伙伴,不知道他上哪里。我就叫侄儿暗中保护着,我自己借金标的床躺一回养养神。谁知一躺下去就听得窗外有声,偷目一瞧,却是殿臣往屋里瞧了一瞧,仍旧回了上去。我想睡在此地不好,站起来往外想走,又听屋上有声。我就赶紧趴在床下,进来的却是个披发头陀,我冷眼觑他把金标的行李搜索一回,回头在伞里边搜着一张纸儿,他非常欢喜,随在身畔拿出一张纸儿,在伞里头一搁,回头要想走,怎么又不走,把手内那张纸儿在台上一放,把伞安放原处。其时屋上隐隐有声,他回过头去听屋上声息,我在床底下窜出去,抓了台上东西,往外就跑。那头陀赶紧追出来,我已经上屋,往黑暗里一避。那头陀追上来瞧我不见,忽然间头陀侧首起了两条黑影,我一量身材是金标和侄儿。那头陀就跑了。一条黑影跟了下去,我就招呼了侄儿暗中也跟随着,亲见那头陀进树林。金标不追,我们却代劳追了下去……"金标忍不住问道:"那头陀敢是叫骆英忠。"殿臣道:"适才店门口抄化的头陀就是么?"丁三癞子道:"正是他,可是他和遮天张洪在一块,金标的行径早被他们窥破,今宵一定要来报仇。论这两个贼人的本领,在你们之上,一时恐怕要中他们的暗算了。"

殿臣和金标听了三癞子一番说话,虽然说视死如归,并不是怕死,倒是彼此有半世英名,看上去难以保全,不知不觉四双眼珠子都停住了。还是殿臣有主见,先开口问道:"师父昨夜下半夜耽搁在什么地方,你们叔侄俩追赶贼人,追赶到哪里为止?从哪里看起来那贼人一定要报仇?"三癞子鼻子里哼了两哼,叹了一口气道:"怪不得你们路没跑多少,也不明白江湖上道理。你做了那骆头陀,在店门口当着许多人丢了一个脸,你打算怎么样?人心一体,况且在外面走跳板的,全靠一些把势,今天被你断了他的路,他哪有不和你拼的道理?不说旁人,你当初为甚要白天吃了亏,晚上到俺店里寻事呢?"殿臣听见提起前情,涨红了脸不则声。三癞子道:"咱和锦柱俩,昨天追赶到骆英忠,老是跟在他后面,不晓得跑了多少路,拐多少弯,他的功夫真有脸,我们夜行功夫自己觉得不算坏,无论如何总离着他三尺地。回头一翻眼,人影不见了。我们就找着路旁一所庙宇打算度到天明,回来告诉你们。越墙进去,那是一座枯庙,正殿供的神像,仿佛是罗士信老爷,我们就在神像万年台旁侧歇下了。不满半个更次,忽然听得墙外有拍掌声音,东首厢廊内放了许多棺枋,有一口忽然棺盖一动,钻出个人来。那时墙上,也越进一个人来。听他们一谈话,原来一个是张洪,一个是骆英忠。依张洪说,连夜就要来结果金标的,英忠说此地还有能人,方才有两条黑影赶我,功夫不在你我之下。待明天去问过了信,再作计较。我们听得清清楚楚,一夜不敢合眼。看他们两人都把棺枋当床铺,大约是人家寄在那里的寿材。好在有几口已经装入的,所以容易遮人耳目。那贼就把它作了公馆。依我的意思,等待东方发白,我们俩一人管一口,把棺材盖推上了缝完事。锦柱说,一来安庆要张洪活口归案,二来这样的办要被江湖人说小刁揍死老虎,名誉有关,还是献些能耐,较量较量。我们到四更多天,就离开了罗爷庙,等那贼子出来暗中动手。谁知骆英忠并不是出家人,不晓得怎样扮了一个头陀,张洪也改作了一个乞丐,都被他们蒙过了眼。到了村集,他们一直踩缉过来,一进村口就听见殿臣在店门口的事情,我们还想掩过来,抓着了姓骆的,在他身上要张洪的下落。哪里知道我们从东首来,他已经往西走掉了。从几方面看起来,他们焉肯就此罢休的么?"锦柱道:"闲言少讲,为今之计,大家速即整备,好在他和三叔还没有露脸,论不定可以一仗成功。"当下殿臣关切内外不要声张丁师父已经到了。三癞子吩咐端正二三十匹白布,两头用短树棍做了天地轴,沿墙壁去埋着,又吩咐店中所有做手,到晚上预备长短家伙、铙钩绳索。墙外事情,吩咐丁锦柱当心。前院郝金标负责任,后院周殿臣负责任,丁三癞子自己来往逡巡。大家都用足精神,准备晚上拿贼,因为贼人夜行功夫好,所以墙壁边,用白布去绊下三部。

又谁知那天晚上,一毫动静没有。大家空守了一夜,接连三天没有消息,防守的人懈怠了许多。到第四天晚上那班伙计背地埋怨掌柜见鬼,白天招呼来往客人,晚上没有好好儿睡觉,都是那老癞子出的歹主意,连累大家不安逸,所以那天简直偷睡的多,防守的少。只有三癞子叔侄二人还是精神抖擞,一毫不肯松劲。金标是自己公事,当然也不能睡。殿臣表面上虽然没显出什么来,心上暗忖那两个毛贼一定知道他们叔侄俩在此,多分吓跑的了。一到二更,三癞子和锦柱出去逡巡了一回,回到屋子里殿臣打了一个呵欠,低低道:"大约今晚又不来了。"话没说完,只听屋上骨碌一声,接着一个石子声音掉在隔壁院子的天井里。郝金标究竟有些资格,晓得这是投石问信,赶紧把屋内的火吹熄了,顺手拿了一柄软索锤,往外就闯。丁锦柱一个箭步,窜到那屋子后窗跟首,身子往下一蹬,同猴子一样已经跳出后户,上屋去了。周殿臣还没有明白,糊里糊涂拿了那条软鞭,跟着金标往院子里去。一脚刚跨出门口,三癞子忽然跑在他身后,用手在肩上一扳,殿臣冷不防往后栽了一个筋斗,心想师父干么,那时只觉得亮飕飕一件东西,在上面"嗖"的一声飞过,在那屋子门上拍一声射住了。方始明白是贼人放的暗兵刃,自己来不及躲避,所以三癞子扳吾一跤,让过那件东西。金标在天井里正想上屋,觉得肩头上一块石子般东西早已到了,赶紧往旁边一闪,下面被什么东西一绊,也跌了一跤。跌下去的时候,手中那柄软索锤被谁夹手夺了去,哗喇一声那锤头已经直奔屋上那贼。金标在地下也明白是被三癞子绊跌一跤,借锤打贼人。正想爬起来,屋上的贼人往地上一直跌下来了。金标看得真切,索性不爬起来,在地上滚过去,够得到用手把贼子的腿一拉,那贼本来在屋上对准了屋子门口发暗器,满想了一个打一个,第一镖打殿臣,殿臣一栽筋斗,打在门上;第二块飞蝗石打金标,金标躲过;第三支铁蒺藜,正往丁三癞子打去,家伙没出手,不料自己身后已着了丁锦柱一拳,想要回手打身后之人,锦柱往准臀尖上一腿,总算他有能耐借势往下便窜,不致滚下屋来。谁知下面丁三癞子的软索锤已经发了,那贼本来是燕子穿帘式下地,可正迎着那锤头。阿唷一声,往刺斜里落地,躲是实在躲不过的了。一来丁三癞子的功夫好,二来软索锤能收能放,手内紧一紧,望准贼的肩窝打了一下。那贼两足刚点地,已带了伤。论他功夫还可以挣扎,又谁知地下还有一个郝金标,用尽平生之力,把他两腿一抱,喝声"下来吧"。那贼扑通一声,也栽倒在地,忍着痛把腿一缩,两手一挣,金标几乎脱手。殿臣也赶了过来不管三七二十一拿起鞭来在那贼背上狠命地鞭着,那贼方才吼叫,惊动店内伙计,赶紧抄家伙取亮子,喝捉贼,奔到院子内一瞧,丁锦柱也从屋上下来,把贼捆扎好了,拖进屋子一看,原来是遮天张洪。

三癞子叹口气道:"好身手,惭愧,我们四个人只捉了他一个。这样本领为甚要做这下作勾当呢?"话未说完,伙计忽然嚷起来后边马棚走火。殿臣赶紧招呼救火,三癞子把鼻子一嗅,说声不好有硫黄味道,这是调虎离山,顾不得江湖义气了,吩咐郝金标拿小刀子把张洪腿上的筋挑断两根,然后一起到后面救火。幸亏人多手众,没闹成大乱子。回到屋子里一瞧,躺在血泊里的张洪身上的绳索都已断了,实在断了脚筋,不能走路,再者痛得发晕时候,救他的人恐费了一番手脚,只好丢了他走了。三癞子道:"如何,我早就料到这一层,现在张洪成了废物,路上不妨事的了。明天金标到临城县,请几名民壮,押着他回安庆消案。那骆英忠与我们没甚相干,由他去吧。锦柱芜湖那个差使,可以丢也就丢了吧。仍旧在此帮我开酒店。还得提防张洪的朋友报这家仇恨,单放殿臣一个人,万万不是他们对手。我们还得有始有终哩。"郝金标听了这句话,忽地跪在三癞子面前说:"安庆的事情,请临城县里提解吧,我跟随三叔大哥办了这件案,江湖上结下一个冤仇,以后更加难办哩。我想私自回去,缴了文书,辞掉快壮,把家眷一起搬到此间,拜你老人家做了师父,情愿在此耕田为活,一来大家有些帮助,二来保我下半世全尸寿终,不然我办了这桩案,就算张洪一党不报我的仇,别地方出了重案子,打定我办过这样案的,移提过去代办,不是早晚就送在盗贼手里?"丁三癞子始而不答应收罗门下,后来见金标说得可怜,也就答应了。一到第二天,金标到临城县衙门里,投了公事。知县立刻照会城守营守备,派人到齐村提了张洪去,问过一堂,钉镣寄监。隔不多时等安庆公事来了,提解完案。金标果然私下江南,到安庆消差辞职,搬了家眷到齐村居住。但是在路上被人掷了一个石灰包,右眼睛竟然被人损瞎。不过说不定是张洪另外朋友做的呢,还是仍旧骆英忠做的。金标是做厨子出身,而且有个妹子也很能干,丁三癞子一见合式就定了她做侄媳妇。周殿臣借出些资本来,在齐村开了一爿大酒店,三个人很讲得投机,效学汉朝时候刘关张、宋朝时候柴赵郑,把店名都称做三义店,关切后人不能更改的。

民国十一年三月廿九的晚上,我听了齐村三义店客寓掌柜姓郝的一番说话，方才明白这村上无大无小的店名，都是"三义"两个字。不过那郝掌柜说，我是郝金标的后人，现在村上开三义店的，也有不姓丁，不姓周，别姓人冒牌了。讲到义气这句话，更不用说哩，能可谁不碰谁，已经算了。那"义"字真个挂挂招牌而已……当时姓郝的讲演这段历史，一面抽大烟，一面还做许多把势，精神多好。可惜有些地方我的笔上写不出来，如果能照郝掌柜所谈、所演的情形，描写得出，一定有精神。现在只好算在北京天桥讲评话的王杰魁，讲了一回小五义罢了。

三不党

辛亥那年冬天,我听见湖南谭人凤先生提起道:"我们家乡,有一班焦达峰的生死之交,有憾于达峰的死于非命,暗中组织一个'三不党',专替平民吐气,监视新官僚的举动。党中组织方法,同以前俄国的虚无党相似,也分'实行'和'鼓吹'两大部分。无论何界青年男女,只要有党员五人以上的介绍,调验确无嗜好者,便可加入为党员。凡为党员者,一不作官,二不用洋货,三不婚嫁,所以叫做三不党。"当时我听了这话,好奇心胜,几乎逢人便探问这三不党的消息。无奈人家闻了这个名称,反问我怎么叫做三不党。一时大海捞针,无从捉摸,也只索罢了。

直至丙辰年的冬天,我在上海一家报馆内服务。有一天,接到一件由南洋霹雳埠寄来的印刷品。内容略道:"世有富者,斯有贫者,有贫者斯有富者,我们欲将贫富合并而平均之,使世上不有贫富阶级的分类。我道昌明之世,无非使社会上无有所谓富人。盖人民之富,即国有之富也。换言之,国有之富,即人民公共之富。人民公共既已富有,贫者自然绝迹于社会矣。"云云。又道:"二十世纪以后,我党主义之潮流,如日中天,暗已弥漫于六大洲之壤土。竟有遇之者昌,遏之者亡之概。吾祖国平民中,资本家之毒尚浅,大家急速起谋救治。较之东西各国,一定事半而功倍,可断言也。世有恼贫者,慕义者之有识人士,盍速来接受我党之光明"云云。此种论调,好似崇拜日本社会主义学者幸德秋水的信徒所发,下边署名却是"三不党"三字。

其时我有个四川朋友叫雷昭信,恰在霹雳埠《光华报》内当总编辑,我当下忙着写封信去动问雷君道:"如果晓得三不党的内容,则请示我数行。"不久雷君的复信到来道:"该党近得华侨资助,将回国大事发展。至于党内详情,非楮墨所可尽宣,俟后晤时面罄。"于是我的心上,更将此事常常挂念着,恨不能花一票旅费,跑到南洋去问声雷先生才好哩。不料又隔了些时,反得着雷君西游的噩耗。从此我想探问三不党内容的希望断绝,只好算毕生一桩很大的遗憾了。

民国十年,我到北京去,先住在香厂的东方饭店内。邻号房内,一个广东姓王的。听茶房说,此人是广东一个大土贩的儿子,进京来运动烟土公卖的。现已和曹仲珊的一个驻京特派员结识了,所事大有眉目哩。约又隔了两星期光景,又听茶房道:"这位王先生原籍虽是广东,他家老子为职业上便利关系,却已迁居在上海很久了。此次他来京谋事,可怜还是新做亲,未曾满月就动身北来。到了京内,始而尚摸不准那门道儿,未免丢了些冤枉钱。好容易认识了这个林秘书,那件事情的正当运动费,现尚未曾开价,只就每日跟林秘书等一班人结交,所费已经不少哩。听说昨晚同到叶家押牌九,在小台上混了半夜天,又混掉了五六万。及至回寓,又接到上海急电道:他的新夫人暴病身亡。怪不道大赌大输,小赌小输,到底触霉头的,他果然断弦了。幸亏林秘书有心交这个朋友。他有个姑表妹子,愿从中作伐,嫁给王先生做续弦。那林秘书的姑丈,前清也是候补道身分。现在是东交民巷里不知哪一家外国银行当副买办,这头亲事如果成功了,那姓王的可称不幸之中的大幸哩。"我是局外闲人,左右没有相干,听茶房如此谈论,我也如此听听罢了。

又隔了两三天,果然那姓王的忙着租房子,办家用器具。据说亲事已经双方同意,所以赶紧要租了公馆办喜事哩。我也在这时候,搬到内城友人家中去寄寓。至于姓王的后文,自也不去管了。

直至三个月以后,老友裴国雄为了总商会内陈列所的事情,到京和农商部接洽。他也住在东方饭店,我去探望他。恰巧裴君住的房间,就是三月之前我住的。于是触动了我的脑海,便向那茶房探问道:"可知那个姓王的广东人,公馆打在何处,做亲了没有?"茶房经我一问,很郑重地回答道:"不要说起,这姓王的真倒楣,遇着了大翻戏。这姓林的何尝是秘书,一晌和狐狸精迷人般,牵嫖引赌,迷那姓王的。临了遇着姓王的断弦,便又乘隙而进,什么表妹不表妹,放了一只白鸽。姓王的一共弄掉了二十多万,真成了回不得家乡,见不得爷娘的局面。可怜他要在南下洼子的僻静地方寻短见哩,也叫天不绝人,在这姓王的正要寻死的当儿,恰巧被一个过路人瞧见了,救了他的性命。盘问他为何要行拙志,姓王的始尚不肯直说。经不起那人再四追问,只得一五一十地诉说出来。那人听了,惊异道:'这个林秘书是不是五短身材,眉心里有颗黑痣的么?'姓王的道:'不错。'那人听了叹道:'实不相瞒,这是我们三不党的新党员。你不要见怪,像你这种钱的来源,与其酆当去孝敬军阀,还不如这样散福给多数贫民分享为妙。不过总该留一点给你做川资,不应下这样的绝户计,累你流落在京受苦。这是我不在京,往大连去了,所以弄得你如此的。也罢,我资助你一千块钱盘费,你还是回去吧。不过奉劝你就烟土私贩做做罢,切莫仗着钱多,还要想独吞肥肉,来运动什么公卖不公卖。饭留点大家吃吃。你们有钱买威风,想出这种垄断方法来,可知靠此为活的小贩,全中国正不知有多少。将来你们垄断成功,害他们生计愈艰,造孽匪小。到那时真弄成有钱便公则生,无钱便私则死的局面。一朝同水般溃决起来,一时也难收拾的呵。'那人说罢,便从身畔掏出一个小小的铁三叉来,交给姓王的,命他拿到东安市场一个姓刘的相面先生处,凭此符号支取一千块现洋。并叫姓王的向那相面的道:'小吴作事太没程度,下回若再如是,醒狮要张口哩。'那人说罢扬长自去。弄得姓王的好似做梦一般,一时反变做没有主张。后来亏他想得着,跑来和我们账房先生打商量,我们所以晓得很详细。大家主张姑且去试试。姓王的到第二天跑去,凭着这小小铁三叉,果然在一个刘姓相面处支领着了一千块钱,拿来作了盘费回上海,去了尚不满两个月哩。"

当下我一听这话,回思雷君复信上,曾云三不党将回国大事发展,原来京地已经有不少党员在此哩。于是我忙又问及这相面叫刘什么呢,偏偏茶房又回答不出来。我亲到东安市场去寻访,讵料姓刘虽有不相面,所有相面的又都不姓刘。我虽时时留心访问,结果依然白费心思,一毫头绪都没有访得到。

民国十二年,我又往汉口去。在江永轮船上,听见一个九江人谈起道瑞昌县秦家祖传一具诸葛报时炉,那炉上盘龙刻凤制得非常工细,炉盖上镌着十二个小孔,将地支十二生肖名目,按孔分镌,炉底一个插香小洞,倘焚起香来,按时出烟,一毫不错。另有"汉丞相武乡侯诸葛亮监制"一行字迹,所以叫它诸葛报时炉。秦家视为至宝,不肯轻易示人。不料,瑞昌有个土豪叫赵星北,他亦爱上这炉。曾经托人往秦家游说,愿出重价交换此炉。无奈秦家视炉若命,一口回绝。赵星北所欲未遂,怀恨在心。等待陈光远失败,蔡成勋率师入赣之际,不知怎样一来,赵星北会依附到了蔡党内去,委了他做瑞昌的团防局长。及至接事之后,第一件就是清查陈案余孽,把姓秦的也罗织了进去,指他是陈氏走狗,窝藏军火,谋为不轨。只消如此,已足使秦姓破家。于是央人出来调解,许了星北若干重赂,他总铁青着脸,一副公事公办神气。直至到了山穷水尽的最后地步,方从星北亲信方面透露口风,才知此祸仍从这具诸葛报时炉而起。秦家妇女要紧搭救当家人性命,便将这件祖传宝器,暗送星北。星北一得此炉,果然这如火如荼的大案,立时冰消瓦解。姓秦的当家人便也保释出外,恢复自由。不过姓秦的一到家内,询知祖传宝物,已属他人,未免书空咄咄,镇日愁烦。虽明知是赵星北为了此炉弄的玄虚,一时却没法可以报复此仇,夺还原物。

秦家的房屋适当闹市,门面上常租给走江湖的医卜星相等人作寓。其时忽来了一个浙江相面的叫一鉴明,租了秦家的门面营业,约摸租了半年光景,将近开码头了。那一天无意和房东闲谈,道:"足下家计丰裕,不愁衣食,为何尊容常常愁眉不展?"姓秦的初尚吞吐其词,不肯直说,后因相士诘问得诚恳不过,便将心事诉说出来。那相士听了大笑道:"东翁何不早言,我是三不党员,专喜管理人间不平之事的,就叫赵星北送还原物也容易。你只消把姓赵的住址、星北的面貌指给我看了,保你三天之中,命他将诸葛报时炉送来还你。"姓秦的听了这话,将信将疑,姑把赵家住址、星北形状一一指点给那相士看了。果然隔了两天,赵星北派人将炉送了回来。姓秦的方知相士是个异人,无如他已于这天上半日,动身他去,连谢也未曾谢一声。但不知赵星北何以情愿把诸葛炉拿出来还他呢。

以后在赵家下人方面,方探知那一晚,星北正睡在床上,忽见一件皎若霜雪的小白东西穿窗直射入帐。星北忙将棉被蒙首,但头部面部已觉得冰冷了一阵。第二天起身,只见枕畔插着一把雪亮的匕首,自己脸上的眉毛、唇上留的胡须,以及当脑门一簇头发,都不知何时遭人削去。正惊异间,又由邮局送来一封书信,信内并附着星北失去的三种髭毛。那信上的大意,是着星北快将诸葛炉送还原主,如敢违抗,足下的须眉便是榜样,恐那时悔之晚矣。星北性命要紧,所以赶忙将炉还给秦家。自己直待须发生了出来,才再出头交际。不过眉毛至今没有重生出来呵。——如此说来,长江流域也有了三不党的踪迹,可惜我没福遇见呵唉!

无情弹

一九二〇年十一月初六日早上,奉天一个邮差,赶早在铁岭动身,越过隆业山,将到懿路驿,踏着冰车,在靠山的那条运粮河里溜冰向前。两面岸上的积雪,有六七寸深,七八丈宽阔的河面,结了两三尺厚的冰。那时惨淡无光的朝日,才从隆业山东山角嘴透起来,格外映得连天雪白,满地梨云,大好河山都被森寒所罩。

邮差腹内寻思道,古人说"青山原不老,为雪白头"这句话,描摹得淋漓尽致。照眼前的光景,莫说山头变白,连青天也成了白色。古人又说"天若有情天亦老",因为天的颜色老是青翠蔚蓝,不会像人一般满头霜雪,不能明骂他是无情无义东西,所以在反面衬上这一句。表面上很轻描淡写,替天申说出一个不老的理由来,因为不像人类时时刻刻动情,故此天会不老。若是天也和人一般有情有义,那天也容易老了。试问把这句话反过来看,谁说不是骂天是无情无义的东西呢?明明把"若"字、"亦"字两个虚字来宣布那老天的罪状,除去了这层道理,还有别的用意不成?不过照今天的那种情形观察,老天也仿佛和白发盈顶的人一般衰迈龙钟,时候虽是清晨,已满罩着一团暮气。如此看来,天到底也是有情之物。石曼卿这句"天若有情",就不如那"青山不老"切实。不过天老的时候,平常人非但不大注意,并且不轻易瞧见,就像今天那副天色,能有几个人看见？一般自命多情人物,大抵睡在床上做梦哩！因此上世人大多数赞成石曼卿那句话,竟当天是不会老的了。其实天真的不老,人间恐怕也不会常常发生缺陷事情,还分出什么兜率天、离恨天那些名目来啊。唉！我是很希望天不会老的一个人,偏偏瞧见天衰老情状,打动我心头无限悲伤,恨不能立刻把两眼瞎去,瞧不出这一种悲惨世界。或者立刻跳出这一张情网,不知要省多少烦恼哩。

那邮差正在胡思乱想出神的时候,忽听得一阵辚辚之声,跟着朔风劈面过来,在耳边吹送过去。东三省的邮局规矩,凡是踏冰车的邮差,那个信袋里头全是重要文件。当这一份职司的人,不是平常人当的。你们道这邮差是何等样人,他也是东省有名人物,连俄罗斯、日本两国都晓得这人的本领。当时听得车声,停睛往前一瞧,只见离开自己二三十丈光景的右面岸上,一辆驼车正往南来。车沿上坐着一个彪形大汉,戴着一顶海龙帽,穿了一件犴绒大褂,笼着双手,在车上趁着势前仰后合的打瞌睡。邮差见了,不觉笑了一笑。腹内暗想,今天遇到了话儿哩,笨贼这般打扮,还像赶脚的么。想来昨晚一晚没睡,所以这样的大风里头打得成瞌睡。可是照这种神气,还有谁上你的钓钩？既然他双手笼着,总算有规矩,我先去招呼他吧。主意打定,嘴里打了一个呼哨,那车上的人也不理会,仍旧合着眼,由着那骆驼一脚高一脚低走路,顺着吹得人翻倒的西北风过来,和邮差交肩而过。虽然隔着水陆各道,那邮差着实担上一分心事。直待回过头去,望不见那车的后影,邮差还是不放心,把冰车踏近右岸,跳上去把留在雪地上的驼蹄、车辙端详了一回,再下冰车自己埋怨自己道:驼是圆蹄六指,车是空的,这是正当的经纪人赶集。自己也太小心,活见鬼,以后恐怕连树影儿都要打招呼了。赶紧催着冰车,向开原进发罢。

著书的抽空,把这邮差的历史约略报告明白。他出身是北京,妈是镶蓝旗人,生了下来尚没有见过生身父亲之面。他妈当初把他带到奉省,寄居铁岭乡下。他还没弥月,他妈亲手编竹为户,堆石成屋,母子两人住下了。因为他命里五行俱全,小名叫做五全,天生神力。七岁那年,有个游方僧人路经门口,恰巧五全在门外搬石头玩。那僧人没口称赞"好一个孩子",亲自跑进屋里向他妈抄化,钱、米不要,单要这孩子,说跟他有三年师徒缘分。他妈居然一口应承,吩咐五全随了大师父做徒弟去吧。五全也一些不难过,跟着和尚就走。临出门时节,五全听妈高声说道:"可怜这是没爸的孩子,千万要大师父慈悲。"

五全出去了三年,仍由那僧人送回来,和他母亲说:"孩子已经没有敌手的了,千万不要再住在此地。"说完之后,和尚就走了。他妈贪爱此地清静,仍未搬家。五全有了一身兼人武技,又打得好枪法,不论步枪、马枪,百发百中。所以一到十三岁,就溜到三叉路口,做独脚买卖。人家叫他留名,五全说:"难道少大爷你们都不认识?"年纪虽轻,一百二三十个大汉,简直不放在他心上,不用家伙,趁手撩撩,人家已足够受用。

一到十五岁,声名更大。奉天的老疙瘩、高粱子太岁,锦州的王亚银,吉林的高三秀,宽城子的混世魔王,珲春的陈大个子,齐齐哈尔的武衙门姚九,台门的赵铁灯都来拉拢他,和他拜把子。他不敢说自己的真名,恐怕母亲知道,信口说姓郑,名叫海兰。彼此名声一天大似一天,做的案子一天大似一天。官厅方面知道了,不敢下手,因为他和那一般著名人物都有交情。只怕抓了他闹出大事,故而瞒上不瞒下,延搁过去。五全益发胆大,步哨线越放越远,竟然做起火军买卖来。头一回出手,是一个从关外奉调到口北,驻守库伦滂江边防军里头一个军官。五全还算有良心,只拿了他一只小官箱。他妈哪有不知儿子在外干的什么事,平日假作痴呆,那回带了官箱回去,官箱里面除了金银珠钻之外,底下有半张照片,是一个年轻的人穿着前清七品的冠带,部位和五全差不多。他妈见了几乎掉泪,就大大地把儿子申斥,指责他在外头所作所为。并且说懊悔不听你家师父说话,弄出事来。立刻就逼着五全一同离开此地。

五全没奈何,跟妈迁居到安东,住在日本租界,被妈又硬逼着到学堂里读书。五全天性纯孝,遵从母命,进了一个学堂,一读三年。他的天资可称聪明绝顶,这三年里头竟成了个文武全才的中国好男儿。将近毕业时候,有一个同学介绍他入了"三不会"。这会的外表是不狎妓、不赌钱、不饮酒,每逢星期日,也和天主、耶稣两教的做礼拜相仿,举行一种宗教规模。其实内里的宗旨,那是不做官、不出代议士、不放社会上有件不平事情发生,专门除暴安良,扶危济困。东三省和口北一带都有了分会,慢慢地想把势力扩充到黄河和长江流域。这宗旨深合着五全心思,立刻加入。会里边分A、B两种会员资格,表面上不过每年缴会费多少的区别,其实A部是实行部,B部是鼓吹部。五全是个血性的男儿,自然加入A部。

此番入会,却不比以前做买卖,先在母亲面前禀明过的。他妈很赞成,不过叫儿子入B部,每年可以省出些钱。五全口里虽然答应,实在还是加入A部。等待毕业之后,恰巧抵制风潮发生,他妈又带了他回到铁岭。不过不住在乡下,是住在闹市,而且叫儿子改名去充当重要邮差。五全始而不明白妈的用意,及至进了邮局,才知道此地三不会员不知有多少。他虽然做个邮差,会中的消息,全在他手里传递。并且晓得A部实行部的部长就在此地寄居,脸面却没有见过,所以他也甘心做这种职业。邮局长也很赏识五全,因为他做了这重要邮差以来,无论若何要件,没出过一回岔子。明知他是那道儿上人,但是利用着他,公事安稳,也何乐不为呢!

五全今年已经二十二岁,亲虽没对,但是新近有了个情人。这情人是谁呢?就是现在和他同居的王荫堂的女儿王文英。荫堂是当军官的,只有这个女儿。五全和妈从安东搬回来,去租荫堂的余屋。五全的脸子生得一表非俗,文英的相貌,在北地胭脂里头也算上一份。荫堂名为军官,实在是陆军第十六师第三十二旅中第二连第三排的一个排长。名字很好听,论他价值和所入,没有什么大不了,所以家里官派未曾十足,尚有平民色彩。驻扎在铁岭已经十余年了,因为奉部令调到喜峰口,他自己湖南人,他妻子是铁岭人,一来不便带了家眷动身,二来他妻子不肯离开家乡,所以招一家人家同居着,彼此照顾照顾,恰巧五全母子搬了来。荫堂出门之后,没有钱寄回来安家,五全的母亲时时去接济。好在五全前几年做的没本生意,积蓄着实不少,一时用不了许多,因此文英母女俩非常地感激五全母子,交情一天深一天。文英又认了五全妈做干娘,和五全兄妹相称,格外觉得亲热。他们虽没有说到婚姻问题,心里可是一个非他不嫁,一个非伊不娶的了。五全到邮局里去服务,文英老大不赞成,但是知道干娘主见,一时也未便昌言反对。那荫堂开调到了喜峰口,不久又调到库伦,改编为筹边使的卫队,一路去宣抚外蒙部落,开了几回火。荫堂是排长,每遇开火,总在第一道火线,屡立战功,有保升连长希望。曾经写过一封信回来,并且信内道及卫队长邓振邦待他很好。又过了几时,荫堂已有升了连长的信回来,不过对于长官邓振邦,为了冒着他好几回大功,所以有了怨愤之言,预备要在筹边使面前控诉。从此以后,再也没有信息回来。那一天邮局内接到北京来的多少要件,有一包寄到开原的包裹,误递到铁岭局里。铁岭局长就劳五全辛苦一趟,上开原送包裹。五全路上的情形,著书的已经在第一段铺叙过了,不必重言申明。这是五全的历史,所以他虽做邮差,会把前人的诗句联语解剖解剖,伴他旅行的沉寂,谁想得到他还是个多情侠士啊。

当时五全送了包裹到开原交割,自然再循原路回到铁岭。先到局中销差,局长特别给他休息两天,五全很高兴地回到家中。一到门口,不觉诧异起来,心中暗想:怎么那圆蹄六指的骆驼足迹,在我家门口发现了?心中好不纳闷。赶紧跨进大门,恰巧文英走出来,一见五全,笑道:"五哥,你回来了。干娘遇着么?"五全忙道:"你的话我不懂,难道我妈也出门去了么?"文英道:"不错。五哥是早上动身,午牌时候,有一辆驼车,一个很体面的赶脚到来,面见干娘不知道有件什么东西授给干娘,干娘往怀内一揣,匆匆地到房里收拾了一个小包,就上车走了。临走和我说,若得你家哥哥回来,叫他千万不要出门。就是有人送什么东西来,也推说没人在家,不要受领。我是回开原娘家去的,至多三四天就回来。"五全听了皱眉道:"我今年二十二岁,从没听得我妈说开原有娘家人在,这是怪事。一定歹人奸谋,在太岁头上来动土哩。"文英道:"干妈何等老成,外间谁不知五哥的名誉。我想不会闹出什么乱子的吧。"五全一听这话很有道理。我妈前几年住在四面荒野的独家村,也没半点风吹草动,何况现在呢?照这情形,妈是自愿上车。歹人请财神,想来虽然不会,但一时又想不出这缘故来。

正在狐疑不决时,忽然闯进一个娘们,向着文英道:"你们这里有位周子全大爷么?"五全接口道:"你问他有什么事?"她道:"我们方才有个开盘子的客人,叫我送一封信给这位大爷。"五全道:"信呢?"她从袖子内拿出来,文英知道周子全是五全在邮局内当差的假名姓,所以坦然伸手上去接那封信。五全说了一声"有劳",赶紧在文英手内把信拿过去,拆开观看。来人一瞧不会有赏钱,闲闲地退出去了。文英道:"五哥现在真阔,连窑子里的娘们都知道大名了。但瞧她神气,要几文酒钱,五哥睬都不睬,看她出去的几步路很不自然。"五全一面拆信,一面勉强笑道:"你又要多心挑眼。不要说我自己不进窑子门口,我敢说一句,凡是我的真同志,没有一个进窑子的。至于要酒钱,我自己送惯信,从没拿人家一个小钱。自己不拿人钱,你想人家想拿我钱,成功不成功?"文英笑道:"五哥真是三句不离本行。"五全暂不接嘴,把信笺展开来一看,上写着:

　　佳要至漏紧速泄开员防号部密一行秘十实守四字须塔
　A议角是会八凡

这一下可把五全愣住，看不出什么道理，顿足道："奇怪事情并在一起来的。"文英道："信封背后不是有个'三'字么？"五全把信封翻过来一看，乃是"三元倒头"四个字，口里咕哝道："什么三元四喜、倒头顺头呢？"文英道："前天我听干妈讲《荡寇志》陈希真三打衮州，有张瓦床哄扑天雕李应上当，也有一封信有'三元'两个字，是隔开三个字读去，才联贯得成信句子。这信也有'三元'二字，不知道这'三元'和那'三元'是不是一样两个字？"五全被文英一提醒，果真隔了三个字一读。"佳"字下面接"漏泄"二字，有些意思。但是下面却是"防密秘守"，又不成话说。忽然想着"三元倒头"，莫非颠倒读过来么？暗暗再从底下倒读起来，却是：

凡是A字实行部员，速至佳八角塔四十一号开紧要会议。须守秘密，防泄漏。

五全不觉高声自责道："不如她，幸亏她。"文英笑道："五哥发呆了，口中不晓得咕哝什么。"五全道："头字一定除头，装在脚上对了。"一面把信向衣袋一塞，一面向着文英深深一揖，不住地道谢。文英弄得莫名其妙，笑着拉住五全问道："你为什么谢我？"五全一时又未便说出来。可巧文英的母亲从里面走来，一瞧情形，正色道："开了大门，做这些小孩子玩意，不怕乡邻人家笑话么？"文英讨了没趣，低着头往内一走。五全一声不响，往外便跑。好在明后两天是例外休息，身子可以自由，所以出去上饭馆吃了些东西，也不回家，又动身上开原八角塔找寻四十一号去了。

八角塔是开原一处名胜，在开原城外的西南角上，一座八角形的古塔。那八只角上，都有泥塑的佛像供着，高十五丈，一共七级，据说还是唐朝时候建筑。四面都是堆栈，居民绝少，只有多家一所祠堂，房子很大。门牌是有一块的，可是风霜剥蚀，看不清号数的了。那天晚上,忽然里头有许多人影,熙往攘来。那祠堂最后的一座厅上,点着绿色的蜡烛。那些人谁不能认谁,因为头上都套着一个黑布袋,只留两个眼睛洞,一个鼻头洞,格外觉得阴风凄惨,令人可怕。那一天西北风刮得呼呼作响,彤云密布,黑暗之中,约略有一线光明。只听得祠面前两三棵寒柳衰榆,被风吹得摇摆不定,时时和那祠堂屋檐相碰着,好似有人叩门的剥啄声。那两个管门的黑衣人低低头:"一共来了六十六个人了,单少一个从未赴过大会的,恐怕不会来了。"那一个道:"你怎么知道不会来?"先前开口的道:"这所多隆阿祠不轻易找到,况且门牌又模糊难辨的了。"

正说着,只听门外有脚步声响。那先开口的管门人就轻轻地拍了三掌,外边那人也照样拍了三下,门里边便问道:"什么倒报?"外间的人愣了一愣,才接口道:"三元倒报。"门内又问道:"除尾吧?"门外道:"除头便佳。"那一个管门人一听口号相符,自然动手开门,先前那个管门人叹了一口气。那一个人进来之后,管门的把门儿下锁,一同走到里头。只见东面人丛里一个身子稍长的人,在胸前摸出一个哨子,用力一吹,和鬼叫一样,那班人便挨着次序,席地坐了下来。主席倒是那个先开口的管门人,在居中地上坐定,然后开口道:"外蒙分部在总部里告发一桩事情,已由总部调查明白批准下来,叫本部执行。故此召集大会,抽签定实行员。"

"是什么一件事呢?那是一个上级军官冒了一个下级军官的功劳,下级军官知道了,要在最高长官面前申诉。不料被那上级军官知道风声,就用阴谋手段,把那下级军官害死了。害死了此人之后,在死者箱笼里头搜了一张合家欢照片。那上级军官,又瞧对了照上一个女孩儿脸子,一打听和死者有交情的友人,才知是死者的女儿。这贼又起了邪念,预备派人到死者家眷所在,只说死者已经荣任何职,接眷上任。一到这贼势力范围地内,就不怕孤儿寡妇,打量势迫利诱,满了他的欲念。此等人尚能容留在世么?诸同志试想,该杀不该杀?"主席话未说完,只听得一片喊杀之声。那最后进门的人也开口说道:"请部长快快抽签。此等人如再容留在世,平民社会还有希望安享幸福的一日么?"

那部长没有接口,方才吹哨子的那个身长会员,就打从袖内拿出一个签筒。那是木头的,外面用漆漆着红、黄、蓝、白、黑五项颜色,分明是按着中华民国国徽,送到部长面前。部长把两手伸缩了一会,心中好像感触着什么事,十个指头有些颤动。经不起多数会员催促快抽,部长定了一定神,伸手抽出一根签来。先瞧了一瞧,很不愿意报告,向坐在左首的副部长手内一摁。副部长也就是方才那一个管门人,把签一看,高声道:"六十一号。"部长又抽一根签出来,颤声道:"预备者,第一号。"身长的人赶紧把这个签筒拿开,又换上一个纯红色签筒。部长再抽出一根签报告道:"期限五个月。五个月以后未能达到目的,实行者宣告死刑。"读完之后,把签向筒内一丢,勉力再道:"法无贷,毋徇情,实行者其各凛遵勿忘。"说到那"忘"字,那喉音骤然低了许多,好像要哭出声来。身长的又把红签筒收拾开。副部长把那两根签向上一举,大家齐声道:"中华民国万岁!三不会万岁!六十一号、一号同志万岁!"

一号是部长自己,责任乃是监督第一次被抽者的进行勤惰,和第一次被抽者失败后的继续进行人。六十一号就是最后到会、铁岭邮差五全。当下副部长站起来,走到五全坐的地方,交给他一张照片、一根十三门跳壳勃郎林手枪。五全站起身躯,把这两件东西接过来,口里宣誓道:"苟不与此贼同尽,为吾会前途增荣光,为平民伸冤屈,愿受诸同志最后的裁判。"部长也站起来接口道:"倘放弃天职,罪有应得,天厌之,天厌之。"五全始而距离部长地位远,况且在绿烛光中,黑布套内,分不出部长五官部位,辨不出切实声音。现在只有三个人站着,比较方才清楚。五全一肚皮疑团愈深一层,腹中寻思道:"部长决不是同性的人,很像是……"那时部长已经高声道:"散会。"大家都站起来,忙着与他们二人拉手道贺,然后纷纷星散。有的从供木主的那个神龛里头,本来装有一部扶梯,可下隧道而去;有的走墙上出去;有的走后门或走边门出去。五全路径不熟,还是跟着那副部长出的前门分手。

连夜熬着严寒,动身回铁岭。虽然天黑,幸而可以借雪光赶路。约摸走了一个更次,忽然前面有几条黑影,内中有一条黑影好似部长模样。五全要解释胸中疑团,想追上去看个明白。无奈前面的人夜行术比他高得多,总离开一丈或是七八尺地步光景,不能追着。五全脚里放松,前面也慢些;五全脚步加紧,前面格外轻快。而且路径比五全熟悉,好像特地来做向导。走到东方有些发白,前面人影愈觉快了。等待看得清五指,前面人影不见了。五全自言自语道:"又是活见鬼!想破疑团,反而筑上一座疑城了。"

第二天巳牌时候,五全回到家中,见门虚掩着,他便忙着推门进来喊:"文英,文英。"却不见出来。走到自己房内,见他妈已回来睡在炕上。五全不敢惊动,轻轻地退出去,把大门关好。然后坐在客堂内把那张照片拿出来一看,见是一个旅长服制的中年军官,嘴上撇着燕尾须,一望而知是个大奸巨猾。后面写着"耳登手辰,拆字邦宁"八个字,想不出什么意思。又反过来把脸子细细端详,好像在何处见过,面善得很,一时也想不起来。再把手枪掏出来,摩挲了一回,暗暗道:"你我从今相依为命了。不过要是动身干事,母亲面前怎样启齿,倒是难事。至于以后养生送死的责任,只好烦劳意中人王文英的了。但目前却不知道这目的物在哪里呢。昨晚我也粗忽,没问部长,会中人也没告诉我。一回又想到部长报告中有外蒙分部报告一句话,大约在恰克图乌梁海那种地方。"想了一回,倒觉得倦了,于是把照片手枪藏好,重复蹑手蹑脚到房里。一瞧妈朝里翻过身子,但仍没有醒。

五全正想钻到自己炕上睡,忽然见娘的炕面前地上,有一件东西掉在那里。过去拾来一看,那是半张小照。五全想,这是十五岁那年,在火车上带回来的,久已不在心上,妈把它搜出来何用呢？但是妈什么时候回来的？这张照又在什么时候拿出来呢？瞧妈熟睡的样子,也好似昨晚没有睡觉的一般,搜这张照出来做什么？正胡思着,手指上觉得有些潮湿,仔细一看,原来这半张小照斑斑泪点,像才加染上去。往地上四面一瞧,都没有潮气影射到湿片上痕迹,炕上地上都干燥得很,那么这潮湿一定是眼泪迹。眼泪迹除掉了母亲没有第二人,母亲又为甚要掉泪呢？越想越疑惑,再定睛把那照片一看,这照上的脸子,分明就是与实行部给我那个民贼小照一般无二。一面是清朝七品服制,无须面白,清瘦些;一面是民国军服,有须面苍,肥胖些,五官地位没有改动分毫。难道两张照是一个人么？然而妈是嫉恶如仇的天性,她泪点洒在这张照上,不问可知和照上人有关系。怪不得七年以前,我做了这注买卖归家,被妈大大地申斥,这一层难题解决了一半。从妈好善嫉恶上推想,决不会和恶人生关系,那么这半张小照,和会中给我小照是两个人,不过脸子部位相似罢了。好在昨夜所得照片还在身边,拿出来比比何妨。这张照上的人,左眼眶上有一颗黑痣,面架子即使相同,这黑痣总不见得也会相同的。故而再掏出那张照出来一比,左眼眶上黑黑的一点,不是痣是什么？这一下把五全的一股勇壮之气、填胸义愤,都化了惊疑骇异,呆看着那两张照片出神。又想着也曾见过一个左眼眶有痣的人。猛一抬头,在炕面前台上摆的那面镜子里,照着自己脸子,眼花缭乱,伸出一条手来,不住地在自己左眼眶上抹着,抹了半天,再看了看炕上的亲妈,禁不住道:"阿呀！妈的名字不是上佳下德两个字么？"又把两张照和自己脸子仔细地比上一比,腹中连珠般叫苦,不住地顿足道:"糟了！糟了！再不料这样难问题轮到我自己身上,如何办法啊！"

不料顿足顿得太重,把他妈惊觉了,骨碌又是一个翻身向外,好像说梦话似的,在那里说两难的了。五全赶紧把全张小照藏过,半张小照依旧摆在地上。听妈还没醒,看看妈脸上颜色,本来是一脸慈祥恺悌，如今变成眉锁深愁，焦黄不堪，两个眼泡都肿着。五全也止不住扑簌扑簌地掉下泪来，轻轻地钻到自己炕上，呜咽了好久。要想在意中人身上划策补救方法，仔细一想，她也是局中人，一丝牵全局，如何好在文英身上想方法！从那天起，五全母子二人都生起病来，病中伺候汤水自然是文英一人承当。可怜佳德和五全病得面黄肌瘦，文英也非常憔悴，而且这种心病，虽有庐扁华佗也难以救治，总之不是草根石屑的药味儿力量能够起他们的母子沉疴咧。

　　光阴似箭，不知不觉又是一个月过去。那一天傍晚时，文英为着五全病有转机，可以扶杖离床，因此在屋后摆了一只藤椅，请五全坐着，曝着衔山的斜日，看看野景散散心。自己坐在旁边，陪伴寂寞。五全始而一味地叹气，文英再三劝解说："干娘病也不妨的了，区区一个特别邮差，本来有什么稀罕，开除不开除更不足挂念。我特地为了受恩报恩缘故，硬要候你们痊愈了，方才放心动身。不然爸的信来了三天，还派着人守候在此，我怎么不提一字？唉！五哥，你知道我心上除了你还有谁？你知道我愿意离开你到别地方去么？你知道我此去能够生还么？你果然是我心上一个人，但是爸爸是生我的人，岂非比你更重要。我不能不走这条路了。"文英一面说着，一面已哭出来了。拿了一块手帕，自己不揩，反狠命地授给五全揩泪。

　　五全目前的机警大非昔比，病虽不多时，鲁钝了不知多少，一毫不去辨别文英的话里因由，反在那里满肚皮找安慰话儿。向天上望了望，忍住了悲苦，用手指着天上道："你看那一片一片的云，今天被西北风吹送到了东南方去，明日也许吹了东南风，把那片云仍旧会吹回西北方来的。"文英也含泪接口道："可惜中间有了罡风，把云吹得四散，即使吹回来，也不见得是完璧归赵。何况这云还有与风抵抗的思想，万万不会瓦全。今天一天西北风何等厉害，那云早已四分五裂，粉骨碎身，等不及明天东南好风相送的了。"五全道："水往东流，尚且有西还之日，何况人生离合！"文英道："水若往西流，必然下雨，所谓天变预兆。我很不愿意天变,还是逝水东流是顺的,反可以两全其美。我劝五哥还是息了这种希望吧! 你想水回头倒流,难免天变,流回来了也无趣的。你从前不是讲《左传》给我听,一段石碏的大义灭亲,一段人尽夫也,父一而已? 如果照《左传》上事情,反过来做着儿子杀了父亲,还能说大义灭亲么? 女子家为了夫,忘了父,还成话说么? 就把这两层来譬开你的望水西流的心念,五哥是聪明人,也应该觉悟了。至于离合这一层,果然人生常事,但是里头含了种种复杂原因,就格外觉得可惨了。"说到这里,文英又哭得说不成话。到了明天,文英父亲方面的人等不及了,硬逼着文英动身。文英的母亲照例应该一同前去,但是来信没有提及,文英也极力阻住母亲,说待女孩儿上那边试验试验,住得惯就差人再来迎接,住不惯,女儿也就要回来的。好在文英的妈向来听女儿做主的,竟然不去。

  文英一走,五全母子的病都霍然痊愈。五全忽然提出一个难题,动问母亲道:"譬如我们三不会里,举行一桩除暴安良的事情,宣布一个恶人死刑,派一个执行员去执行。却巧这执行员和恶人很有密切关系的,受命的时候没有明白,及至明白,已经来不及了。并且执行员有个对等关系的人,就是恶人罪状里面的人证。执行员为着密切关系,踌躇未决之际,那对等关系人又被恶人诱占或强夺去了,这执行员应该如何呢? 要是下手,仍旧受着一个良心裁判,总免不了人家唾骂;若是不下手,占据执行员对等关系人事小,遗害社会事大。而且执行员迁延,本人要受会里边公平裁判,先替恶人受刑,岂非一样留着污名于后世! 请问母亲如何解决?"他妈点头叹息道:"空费心思,假途灭虢,终不免演出莫大惨剧。儿既欲解决此项难题,娘有锦匣一具,儿携带至滦州北门外,找寻一僻静客寓住着。到明年正月十五,你有机会和义妹相见。你将锦匣打开,自能解决儿所问的问题。但是不遇义妹,千万弗开此匣,至要! 至要! 至于会中给你的十三门手枪,毋须再带,况且妈已为你转给一人保藏,不必悬念。"五全唯唯受训,隔了一天,就动身上滦州。

一九二一年一月十五傍晚时候,滦州北关市上,忽然发现一只疯骆驼,圆蹄骈指,与寻常不同。幸亏从关外调回来的一大队军士,正驻扎在北门外面。一个前清的游击衙门里,得着信,排队出去把那疯驼轰毙。可是疯驼是死了,这个时候,那领队的长官邓振邦也被暗杀了。

邓振邦这时候正在审讯一个刺客,刺客不是别人,即是他用尽心机骗来做义女的王文英。一向是把文英当女儿看待,文英跟他入关为是不信干娘佳德说话,信着狼心狗肺的义父,要入关和生父王荫堂见面,谁知这一天邓振邦赴滦州士绅的元宵春宴归来,酒已半醉,竟想和义女干非礼勾当。文英假说你若告诉我生父的真实下落,方肯顺从。邓振邦喝醉了酒,一时不顾前后将自己所为阴谋和盘托出。文英方信干娘之言,放声大哭。邓振邦尚不醒悟,依然嬉皮涎脸凑近。文英袖中早已藏有利刃,抽出便刺,邓振邦虽是一个中国式的军官,没有什么大能耐,文英终究女子,不是振邦敌手。况且振邦高喊"刺客",手下闻信赶入,文英自然被擒。振邦立刻升堂,追问口供。文英瞑目受死,一语不发。振邦立即吩咐枪毙。

哪里知道文英房里新用的一个老妈子,忽然上前阻挡。振邦仔细一瞧,这老妈子不是别人,那是自己二十年前在京里边勾诱成婚的一个贵胄女子佳德。当初不但始乱终弃,且还骗取了佳德私蓄捐官到差,巴结上司,一共用去七八万块钱,好容易弄到民政部当差。为了极力钻一个亲王的门路,又偷了佳德四五万块钱,总算巴结上了亲王一个红当差。那红当差有个十不全的女儿,听见振邦自己说没有妻小,就托人露了句口风,想招他为婿。振邦为着要做官,不顾门阀品貌,一口应允,一面和佳德办离婚。佳德自然要交涉,但是于婚姻上有关系的东西,振邦早存心偷去已久,连一张结婚照片都撕去了半张,所有用去和偷去的钱更无凭据。

可怜佳德恰在这时候临盆,经得起这种伤心么?故而孩子未曾满月，就带着出京，此后毫无消息。振邦自然胆大，和那十不全结婚，认二太爷做岳父。不久光复了，满人失势，振邦哪里还要这十不全的妻子啊？又是老手段，离开了这个，娶了一个皖系要人的侄女儿。在行政、立法两种机关中混了几年，眼光上觉得不如军界弄钱便当，所以运动入了边防军里头掌差使。先是军佐，被他那种吮痈舐痔的手段一阵子施展，居然转了军官，带着家眷赴任。在火车上碰见胡子，把他一只重要官箱带走了。不要说历年宦囊皆在其内，连和佳德结婚的半张照片也连带抢去。振邦未尝不有风闻，佳德隐居关外，这桩事疑是佳德买人出来做的。料到居然被他料到，其实并非佳德买人出来，还是令公郎亲自动手。从这一回受了打击，刮地皮刮得更厉害，想恢复原状，对于半张照片却也很担心事。万一佳德拿着这东西出面办交涉，与自己大有妨害。今晚佳德果然出现在肘腋之下。振邦这一惊非同小可，一叠连声喊"拿刺客同党！"佳德高擎着十三门勃郎林手枪，喝止两边，然后和振邦谈判，要求将文英释放，将半张照片还他，算交换条件。依着振邦要先拿照片，佳德自然不依，必定要先释放文英，后还照片。争执了好一回，振邦恨恨道："没耻妇的一张嘴，比刀还锋锐。"没奈何吩咐将文英释放，一面亲自下案取照片。佳德见文英已放，即将手枪授给文英，令其防身，先行一步。自己方将半张小照取出，交还振邦。

振邦暗想照片到手，吩咐手下朝外一排乱枪，这二人尸首总在二门之外、头门之内倒着。不料将接照片时，外边忽然人声鼎沸，说是疯驼闯入衙门来了。振邦急令所有站堂军士，一律上前开枪止住，自己仍伸手来取照片。不料军士放枪，文英就乘着乱枪声音，知道仇人不防，猛向振邦要害连开两枪。振邦还有命么！倒在地上滚了两滚，就直挺挺躺着不动。佳德尚有香火之情，看了一看，长叹一声道："始终为你所累的了。"文英赶快跪在佳德面前，泣诉道："请干娘将干女儿枪毙，以泄此愤。"佳德伸手向文英拿枪的那条手挽上来，文英当是佳德拿枪打自己,慷慨得很,把枪向上一献。然而文英还是外行,枪柄朝自己,枪口对着佳德,佳德身子伛偻一些,枪口正对腹部,伸手上去,借在文英手中把机一板,"砰"的一声,文英"阿呀"一声,赶快缩手,那颗枪子,已经在佳德的肚皮内假道而过,自然立时倒毙。文英失声痛哭,膝行上前,伏在佳德身上号啕大哭。

那时却惊动衙门后邻一家小栈房里的旅客,赶紧上屋,打从二堂天井下来,暖阁后面绕出。那旅客是个少年,手中还捧着一只锦匣。匣里边装着一颗大号炸弹。不是别人,那是五全。一瞧两个尸首,厉声问道:"我妈是怎样死的?"文英回头瞧见五全,又怨又痛,又惭又恨,正色答道:"枪在我手中,机是妈自己扳的。"五全又道:"我爸是怎样死的?"文英道:"被我开枪打死的。"五全掉泪道:"你为甚要开枪打死我爸?"文英道:"替我的爸报仇。"五全把锦匣轻轻地向地上一摆,脸上现出一种极悲苦的颜色,喉间发出一种极惨的声音道:"既如此说,难道不准我替爸报仇么?"文英道:"不共戴天,理当如此。"一面说,一面把枪送上来。这回可内家了,枪口对自己,枪柄对五全。五全把枪接过来,哭道:"你……你……你,我报仇不能,徇情不能,何必呢?何必呢?爸是军阀,杀惯人的;妈是三不会实行部长,杀惯人的,今日都不免为人所杀。我但愿世界上人以后自己不杀人,人也不杀他。我替爸爸妈妈总忏悔吧!"说完这几句,把枪倒过来,砰砰一连十响,可怜五全身上开了十个窟窿。文英赶紧站起来想抢住,哪里来得及!那时一班军士都回过来捉文英,文英一时没有主见,忽然瞧见地上锦匣内那颗炸弹,凄然一笑,急忙取在手中。那班兵士吓得往外便逃。文英把弹向地上一掷,如同天崩地裂,一霎时火光熊熊,尘飞瓦走。一对怨偶,一对佳偶,都化作飞灰,干干净净地同到天国去了。

血誓

苏州附近的太湖,在五湖之列,也是历史上、地理上一块著名的地方。太湖是俗称,正名是唤做震泽湖,周围有三百余里。单就这一片湖荡而论,已经浩浩无垠,复不见人,容易被草莽英雄踞为巢穴,何况这太湖跨了江浙两省,一共要吴县、无锡、常州、宜兴、长兴、震泽、吴江七县该管。而且湖里头又有东西两座洞庭山对峙着,好比人身脏腑。沿湖四边,什么灵岩、上方、七子、穹窿等等共有七十二座山峰,山势都很峻险,和太湖有连带关系。讲它山脉,从马迹山绵延西去,直要到苏浙皖三省交界的顾渚山为止。论它湖源,什么漏湖、石湖、黄天荡、阳澄、金鸡诸湖,果然是它的支流,就是庞山湖、殿山湖、巴城湖以及皖北的固城湖、巢湖也可以算它的尾闾,息息相通哩。不然怎么说太湖帮的大帮好汉,倒是安徽巢湖帮是大宗呢?这些地方要是坐落在欧美,早已用人工来点缀天险,成了一个著名胜迹。无奈我们中国人好静而不好动,单是口里嚷太湖好地方;好在哪里,一时竟回报不出。湖水由它自来自去,山花无主时谢时开。像这种风月无边大好山水之处,无人管领,那么渐渐地变成宵人逋逃之薮,由一而十,由十而百,由百而千,引类呼群,越聚越多,就应着盲史所说的"深山大泽,实生龙蛇"两句话了。

在那前清德宗朝庚辛回銮之后,北方拳乱平靖,南方却弄得人心思乱,闾里不安。那时上海方面有什么天津帮、南桥帮,成群结党,欺压良民。虽然是癣疥之疾,然而痈疽不治,渐成巨患。从前小镜子刘丽川戕官拒捕,也是星星之火点起的。而且人人多说这般痞棍,跟太湖强盗是互通声气的。市虎传谣,来风空穴,渐渐地由谣言要成为事实。那些专闯江湖的莠民,竟然多向太湖内啸聚起来,沿湖一带的乡镇小码头上,平空来了许多客民。那时候大家都叫他广蛋,又叫他做巢湖帮,专向乡民强赊硬卖。后来又和当地土豪劣绅勾结了,索性开场聚赌,贩卖私盐,害得一般安分良民,竟有寝食不安之势。

在这当儿清廷简放了一个瑞莘儒来做苏松太兵备道,大蒙苏抚端午桥的赏识,端方本来和铁良、锡良二人称做满洲三才子,比较的要算是满洲人队里仅见的人才。他知道瑞澄是天津混混出身,所有外边白相人门槛都明白一点,故此特地把这一件整顿地方、息谣安民之事,密谕切实认真办理。故此瑞澄一到任,便雷厉风行地访拿流氓。先治了一个张桂卿,天津帮便匿迹销声了;又把南桥十八根扁担里头的首领范高头,也抓来打入站笼站死。如此一来,上海地方就安逸了许多。

那时端方已升了两江总督,得了这个消息,又极力专折保奏。瑞澄自己也会打干,不久便升按察,署理江苏布政司,兼营务处处长。瑞澄索性大刀阔斧干一回,把余孟亭、夏竹山、夏小辫子一起抓来劈掉了。那时候南洋也武步北洋,训练新军。苏州的四十六标,恰巧开征足额。因为民间有这句太湖强盗的谣言,故此四十六标的营房便指定造在宝带桥畔。四十六标的标本部,虽在葑门觅渡桥,但是觅渡桥的营房,只有少数的步兵和两连马队,其余大部分的步队和着工程炮辎重的基本,全在宝带桥。表面上说是跟觅渡桥的营房可以互相呼应,实在防守吴江塘,兼扼石湖和太湖汇流的五龙桥要塞。如此一布置,外间的谣言渐归宁息。人民熙熙攘攘,往往来来,不似以前那种蹙额相告,岌岌不可终日的情形了。

其实在瑞莘儒大捉赌匪盐枭的时候,太湖内并无歹人踪迹。自经这次小小剿抚之后,那太湖二字便印入了一个草莽英雄的脑筋里头。此人是木渎镇上商人子弟,姓胡,名叫旭人。他虽商界出身,曾经在苏州高小学校肄业。后来自备资斧到东洋留学,先在大森体育团卒业,又入士官学校修业。经人介绍,入了陶焕卿的光复会。那年熊成基在安徽举义,旭人首途归国,甫抵上海,已经得着熊成基失败的消息。他便回转故乡,韬光敛迹,仍旧经营父业,一毫没有痕迹露出来,故而人家倒也不注意他。那时候巷议街谈,无非太湖强盗情事。旭人灵机忽动,自忖虽生长在太湖边上,倒还未知太湖形势的究竟哩。恰巧三伏天气,店务甚闲。那些渔船呢,日间都停泊在镇上避暑,要到晚上才出去打鱼。旭人便趁此机会,雇定了三只熟谙湖边的渔船,也藉着消暑为名,在太湖内足足游玩了半月。先把那尽人而知的险要和名胜古迹,统记了下来。一交秋凉,他另外再雇了一条船,实行探险,专拣人所未到的地方游去,居然被他找着一块好地方了。那是在西洞庭山过去二十四里湖面,有一个山坳叫洞坑,这一带的水格外流得急,而且四面都是山脚,所以那浪头会四面打拢来。这洞坑的正面和宜昌上流的对我来相似,也是一个巨大山洞,好似城门一般长在水内。望进去就是洞底,重峰削壁。谁知向左一拐弯,却有一个小荡。周围三里有余,天生成椭圆形,南北都是山峰。东边是进口的山道,西尽头乃是一块平阳之地,又是天生的四方形,厥土沃饶,起水又便,大可垦种山田。这块平壤的四周,又都是危峰峻岭,只有东北角上有一条窄道,蜿蜒而上,将及山半,有八九丈围圆的一块镜面石,望下去大半太湖在目。由这镜面石再上去,一直到峰顶,有一所伍子胥庙,原来在马脊山的后面,上方灵岩、天平的夹套,就是穿窿山阴的屏障。马脊山下居民甚多,那是产生芋艿芋头所在,每年的秋天市面也做得很大。不过从这子胥庙要到马脊,须得从这峰顶一径往下,到

了山下有一条独龙涧,仿佛两峰的界线相似,要越这条山涧,再翻到马脊山的最高峰,然后骑脊而下,方到马脊镇上。

　　旭人军事智识甚佳,一瞧此地的水陆形势,真是天生成的一处藏军所在。只要建筑几间竹庐茅舍,先设法把山田垦熟,饷糈有着,然后徐图对外发展,就是《宣和遗事》上的郓城水泊梁山,恐怕还不如此处。故此便兴冲冲折回原路,叫船家开船回去。谁知这船家噘起了嘴很懊丧地道:"胡先生,这一个夹套就是太湖里著名的险恶所在,叫做'禹门三级浪,平地一声雷'。方才我们进的那个石洞门,就是叫禹门。你是不谙驾舟门道,所以没留心这一层。我们的船进来时节,不是被三个大浪打进来的么?现在你侧耳听吧,不是隐隐约约常听见打雷声音?无论大小船只,到了这里,休想安然出去。在湖道上跑的人,谁不知有这块千凶万恶的绝地?不幸打了进来,不在洞门口被石尖硌破船底,便是绝食饿死在此地。如今我们想出去么,恐怕没有这样便宜吧?"

　　旭人始而听了那船家的危词,倒也有些踌躇。回头仔细一研究,原来这空中的声音,那是风吹着山上森林,松涛柏浪,同时作响,再加这一面石壁之外,便是太湖最广最深的所在,四围又多是荒凉小岛,自然那昼夜不息的波浪,在山石上激湍着。这声音递送进来,传声空谷,回音又绝大,自然光天化日之下也好似打雷一般。四面的水内都是山根山脚,自然水浪不一定自西向东,互相激荡着,那水就常常发旋的了。只要船身坚固,驾驭当心,万不会出险。故此旭人便将这层意思向船家说明,叫他留心着出去,只要顺着水势,保管安然出去。船家始而不允,情愿牺牲这条小舟丢在此地,人从旱道翻山回去。后来一探屿内的水,并不深,量量自己的水性,可无性命之虑。预备船在口上硌破,人从屿内逃命,便拼着九死一生,往原路开出。谁知此地的湖水,因地气关系,跟潮水一样,按时涨落,也是初一、十五子午两潮,初二、十六丑未两潮。他们来的时候遇着落水,外面湖内的水向这山嶴内流进来,故此他们一叶小舟,随潮而进,并不费力。如今他们出去,又遇涨水,这嶴内的水向湖里流出去,所以又不费吹灰之力,安然出外。旭人暗想,这嶴内的小小湖荡,再不料是三百里太湖的源头水壑哩,以后进出,只消算准了它的时候,万万不会出事的。

旭人自从探得这一处地方,回到木渎之后,大非昔比了,专门结交朋友,广植势力。恰巧那时候的官场也禁令废弛,不像以前那样严厉,所以不上半年,胡旭人倒也成了横泾、木渎一带的有名人物,声势浩大起来。这消息传到苏州营务处处长的耳朵内,自然又当一件大事做了。其时的处长是陆钟琦方伯所兼,便面谕一府三县,要胡旭人到案。旭人早已得信。恰巧木渎镇上那时候来了两帮客帮赌匪,一帮巢湖帮,为首之人乃是安徽潜山县人,叫焦大鹏;一帮私盐帮,为首之人乃是宁波镇海人,叫长脚顺金。他们本来专在外洋靠贩私盐、抢劫轮船过日子的。为首的当家,名叫曾国璋,一帮弟兄有三四千,老巢是在童子洋一个海岛内。不料被署理狼山总兵徐某某,为了分赃不匀,就翻脸起兵剿捕,会合着福山总兵及松江提台杨景龙,在东海洋里,把曾国璋打败。国璋败到通州吕四场,被擒正法。手下之人,四散逃窜。大部分弟兄,从东海洋逃到黄海五条沙去;小部分人,便由浒浦、白茆等南岸小港口逃进来,到木渎会齐,尚有一百余人。旭人对于这两帮人马,早就有心联络,只为一时从中少个说客。恰巧在这旭人背风火的当儿,木渎镇上又来了个单身汉,此人浑名外国狗,本来是甘露乡下人,在上海开窑子的。因为拜了范高头做了老头子,好好一爿窑子,打溜打掉。等到范高头出事,外国狗也遭了嫌疑,上海不能立足,只好在江湖浪荡。他跟胡旭人、焦大鹏、长脚顺金都是熟人,故此他一到木渎,便从中拉场,将三帮人马联络在一起。大家按着年岁,歃血为盟。焦大鹏年纪最大,胡旭人第二,长脚顺金第三,外国狗第四。但是三帮弟兄聚拢一共有三百多人,况且胡旭人又有藩台访案在身,一时未便再在木渎镇上站脚,便由旭人提议,大队人马立即全移到洞坑山内驻扎,做起大规模的水寇来了。

在旭人的心内,原想把这一般人训练好了,将来就去光复苏州的。故此一到洞坑,第一步就是购买枪械。但是怎生买法呢?好在外国狗上海开过窑子,人头熟悉,便由他到上海,托人和贩卖军装洋行的外国人接洽好了,付了定洋。等待货色到了,把箱子打开,零碎装在白相船上,藉着打猎为名,在上海道署请了护照,开到太湖内。洞坑方面自然早有人预约定了的地点候着,货财两交。船过船,一毫危险没有。一面把陆地上独龙沟子胥庙都修筑成了炮垒,暗暗地派人把守。半山的那块镜面石改成一所瞭望台,装置了一座大望远镜和着探海灯,以便水路把风。这洞坑的洞口,装了一口竹网和着一座竹城,这网上都装了滚钩鸾铃。洞口四面的小山丘山,也筑了小炮垒。洞里头的荡内为水军驻扎地点,陆地上盖了草房,拣身体怯弱、年纪衰老的弟兄们,派他们耕种山田。强壮点的单日在陆地上练习打靶,双日在水内练习战术。如是者不到半年,这三百多弟兄,剔除了百余名老弱之外,其余都练得水陆皆精,成为熟谙战斗的军事人才。旭人暗暗喜道:"照此情形,势力渐渐扩张出去,将来怕不成所向无敌的劲旅么?"

但是他们这样大规模的举动,所需的金钱从何而来呢?那也不必说明,一想便知。除了抢掠,还有别种生财之法么?不过他们自己不承认抢掠,唤做"借伙食"。在洞坑周围百里之内,譬如木渎、横泾、张渚、马迹等许多小地方,不行动手,要动手总在百里之外。不过张渚是出笋的地方,马迹是出芋的地方,虽是乡下,非常富饶。每年言明要贴给规矩若干金,名叫"贴伙食"。他们受了这一票"贴伙食",抢是不抢的了,然而赌却还是要赌。自有一般不知死活的乡人,尚敢进这般人开的赌场来赌。如果输了或稍胜些,还不成问题,要是赢了整千整百整款子,那就不会放你安逸带回家去。不是硬逼着你再赌,便是依旧把赢来的钱输还他们,再不然永久不还,再不然诈打架、抢台面。这也是那乡下人自不量力,好赌过分,自取其祸;倒不能单说洞坑弟兄骚扰地方。

他们始而只有二百多人，经过训练，不能开码头放大生意。后来一面招募敢死之士，一面收容亡命之徒，弟兄啸聚到八、九百人。局面大了，里头分为六大部，一部是筹饷（即赴各处码头开赌），一部是巡风（分内外两种名目，内巡风不出二百余里，外巡风专走京津沪汉等大埠），一部是当家（管理银钱出入），一部是训练，一部是招贤，一部是耕种。每一部定额一百五十五人，设立五个管事头目，每一个头目管三十个弟兄。除了衰弱的隶属耕种部，心腹人隶属当家部，永远不有更动，其余四部的弟兄都是轮流更调，每三个月为一班。做了头目，有一条划子给他乘坐。那些小弟兄在耕种、当家、训练部的，都住在岸上。巡风、招贤两部水陆各半。筹饷部的，全是以船为家。内巡风也有水陆之别，陆地内巡风步哨放到木渎，水上内巡风一路放到苏州胥门，一路放到宜兴。这两路最为紧要。至于湖州、南浔、常州、无锡、吴江等处，虽然也放步哨，比较苏宜两处稍微放松一点。如果有个面生可疑之人，一到木渎，巡风就要上前用暗语试探，探明白为何事而来。万一有熟人在洞坑当弟兄，特来拜访的，那么先由巡风进山去调查，调查得对的，方许这人进来会面。倘然此人派了出门，或在训练部内正用心操演，定例不能与外人交接，由巡风代为回绝，或约后见之期。如果巡风调查不对，或者得著外巡风的报告，晓得来人是当公事，此来有损于己，那么立刻有两个巡风头目带着两支手枪，暗中紧随着此人，得遇当口便下手结果了此人完事。那水上巡风头目的坐船，外表乃是打渔船，人家不知底细只认是捕鱼为业。其实船上军火齐备，打鱼是借来遮人耳目罢了。筹饷头目的坐船，还可携带家眷，或者包一个土娼，兼营淫业。不过巡风船有时带载客人，遇着单客有油水的，就得动手，所以绝对不能带女人。筹饷船却不能动手开差，在外头自己船头相遇，一时认不出来呢，便看招牌挂得出挂不出（将篙子倒置于船头之正中，或帆上上部左方用一块小方红洋布补缀的，多是洞坑的招牌)。至于他们的隐语,和江湖上金皮利斩的春典大同小异,譬如船叫底子,女人叫妖,天叫干宫,吃饭叫求汉,铜钱叫把,帽子叫顶工,鞋子叫贴土,长衫叫大篷子,皮袍叫骚毛大篷,短衫叫壑血,马甲叫穿心子,帐子叫关张,袜子叫签筒,被头叫天牌,褥子叫地牌,走叫扯,看叫亮,诸如此类,一时也记不尽许多。这是洞坑弟兄内部大概的组织。

但是这许多人当中,胡旭人是个革命健儿,胸怀大志,他岂肯终老盗乡?始而为了饷糈问题,逼得没法,不能不走这条路。后来饷糈已有存贮,足敷三年五载应用,他便劝焦大鹏、顺金、外国狗等洗手莫为,在此地待时而动。开场他们三人怎肯听旭人的忠言,后来因为在这洞坑里头全赖旭人运筹帷幄,才有此日;他们不肯听他洗手的话,他便要辞去二大王交椅不坐了,自愿散伙出山,故此勉强相从。不过和旭人约定,再要开一百次武差使方肯不做。旭人恐怕他们言而无信,特地点了香烛,叫他们对天立誓。他们便道:"如果口是心非,再做了一百零一次案子,立刻破案过铁,弟兄们个个流血。"旭人听了他们的血誓,方才放心。谁知一百次武差使开满,旭人把所有水上船只、陆上弟兄,统统归到洞坑,一点数目,单缺了一条元字巡风船。船上共有七个弟兄,乃是派在常州上游、丹阳、溧阳、金坛一路的。旭人还认是迟开迟到,候了十余天,不见回来,派得力头目前去打听。在旭人意中,以为这七个人野心不戢,一定盗了条船跑掉了。谁知又隔了半个月,那头目回来禀报,说这条船在金坛开出去,路经溧阳县境于家宅基,上岸去借伙食,被于家还手,全军覆投,并且尸首和船都驾火烧毁。这消息一传,所有洞坑弟兄个个怒不可遏。就是旭人也动了义愤,下令出八成队伍,开八十一条船,昼夜兼程而进,赶到于家宅基,替七位兄弟报仇雪恨。其时正是宣统末造,武汉义旗已举,官场中正忙着这件事,所以他们八十一条船,安安稳稳地到了于家宅基。

那溧阳地方乡人的风气,比无论何处强横。别地方大抵都是城压乡,乡下人见城里人有三分惧怯。独有溧阳是乡压城的,乡下人的威势比城里人大,城里人见着乡下人反有三分惧怯。于家宅基的老当家,曾经在飞划营吃过粮,当过彭玉麟、黄翼升手下的水师营头哨,自负是个老于行伍之人,和人家谈论起来,口口声声说是出过血汗,见过世面之人。他有两个妻子,大妇养三男五女,次妻养五男二女,都已成婚出嫁。孙子、孙女、外甥、甥女已都有了不少。于老为巩固自己一家势力起见,把七个女婿,都招呼住在一家宅基上。只第七个和第十三个两个儿子,自小读外国书,在教会学堂卒业,便在上海洋行里做生意,余者都是务农为业。空闲了,无非练练拳棒,老于自己又素喜好勇斗狠,家里头特辟了一处习武所在,什么马鞍石、梅花桩、石锁、石担、沙包、木马以及各种旧式军械,刀枪叉棍,无一不全。后来知道现在世界火战为要,那些旧式军械不中用了,好在儿子在上海洋行里,便私下买了几杆毛瑟和着那些老式陆战炮回去,益发强横。弄得方圆五六十里内的人,都见了他们于家人侧目,所以称他们胡蜂窠,惹不得的。

那洞坑山中元号巡风船七个弟兄,是受了此地附近乡人之愚,轻重未量,认做大买卖。等待一动火器,你想六七个人哪里是于家对手?把他们诱进了宅基,四面一围,一阵排枪。六七个人统统打倒。他们认道尚有余党,分往四面一兜抄,只抄着一条渔船。上去一搜,人没有了,单搜着些子弹,明知就是盗船无疑。由老于做主,把船拔起来和七个尸首一齐驾火烧了。非但没有损失丝毫,反得着七枝快枪,三五百颗子弹。老于知道祸是闯大了,非得报告官派兵保卫不可。无奈他的儿子女婿都像吃了豹子心肝一般,真合着"初出茅庐强如虎"那句俗语,异口同声说不妨事的。老于始而倒也提心吊胆,过了一二十天没消息,也就懈怠了。

谁知洞坑的大队人马下山来了。旭人军事知识甚好,先派人打听明白了这于家根柢,看好了四面进出的道路,然后仗着自己人多械足,老实不客气,白天进攻了。终究经过训练的弟兄,凭你于家自家人多,到底众寡不敌。先打死了老于两个儿子、一个女婿,老于赶紧退庄堡。旭人便下令围着了他们宅基,砍伐了野树,扎了三尖架,架上系了大石条,撞他们的庄堡后门。无如这于家的堡垒建筑得异常坚固,一时倒也撞不开。焦大鹏便吩咐四面堆了柴火烧,里头知道难了,平日又缺乏人缘,附近十里八里的人家一定怕招冤家,不会出力讨救。所以老于的大儿子立到堡上去跟外面人约定,保全他父亲老于和着已经阵亡第三个兄弟的一个独养儿子两条性命,余者都愿听候发落。长脚顺金急于赚开堡门,满口应允。于大说,请你代表全体设个血誓。顺金便冲口而出道:"倘然背约,我等弟兄出去,立刻就被鹰爪打散。当家的过铁,弟兄们流血。"于大听了,方才下去。隔了一点钟工夫,果然一老一少苦凄凄地开了堡门出来,里头一共三四十条男女都自尽的了。

　　当下焦大鹏等深恐有诈,尚不敢进去。先把这一老一少看押住了,盘问了一回。又隔了许久,不见里头动静,方敢进去。四面一检查,但见用枪自己打死的,悬梁自尽的,撞死在石壁旁边的,颠横倒竖。男男女女、老老少少的尸身,不计其数。再一调查于家的家私,倒也着实可观。外国狗便出主意,说把这一老一少开膛破肚祭奠元字巡风船亡过弟兄,所有细软东西带回山寨,所有粗家什和着尸首房子,他们既然把我们"底子"驾火烧掉,我们也照样地对待他们,众位意下如何?胡旭人赶紧双手乱摇说:"万万使不得,如此一办,不怕受天谴么?一则犯了一百零一回抢戒,二则顺金答应他们死者,保全老少两命,如何好背反誓约?"谁知财帛心动人心,人家赞成外国狗的说话,不听旭人的忠告。后来还算焦大鹏顾全旭人面子起见,没有把老少二人开膛活祭,给了一个全尸,推在火内烧死,然后搜刮于家财帛,分了三队,回归洞坑。

　　本则打算不走原路,由宜兴出太湖的了,偏偏风吹得不对,只好仍由原路假道无锡回去,不料跟水师统领钟大炮的坐船浅水兵轮遇到。他们抢来的东西都用麻袋装着,放在船头上。大炮当做贩卖私盐,他本来是缉私营,职务所关,开炮一打,打得弟兄七零八落。胡旭人明知大势已去,跳在湖内死了。焦大鹏当时逃去,后来仍旧在原籍捕获,解到溧阳正法。长脚顺金从这一仗败仗逃出性命,后来跟了王人文入川,居然做小队长。四川回来因无钱度日,依旧为盗,枪毙在西炮台。外国狗由北京捉回来,枪毙在苏州。那洞坑老巢,被大炮勒逼捉去之人,做了向导,连根掘去。可怜胡旭人数年心血,半世经营,就此铲除干净。如果焦大鹏等谨守誓言,听了旭人的话,或者太湖强盗洞坑四大王的威名,至今还在呵。

姚民哀与其作品编年表

黄步青

1914年，参加范烟桥、周瘦鹃、郑逸梅等组织的同南社，并为徐枕亚主编《小说丛报》撰《商妇琵琶记》《息庐丛谈》。

1915年，为徐枕亚所著《雪鸿泪史》题词于釜山绮云书屋，署名为天亶。又在李定夷主编《小说新报》撰《花萼楼随笔》。

1916年，为徐枕亚所著《双鬟记》长篇小说著跋于琴韵楼，又为刘铁冷所著《斗艳记》长篇小说题词；为王西神主编《妇女志》撰《闺秀佳话》。

1917年，为徐枕亚所著《余之妻》单印本题词于琴韵楼。

1918年，为周剑云主编《鞠部丛刊》撰《南北梨园略史》《歌场野获录》，又为徐枕亚主编《小说专刊》撰短篇杂文《不平》，为孙雪泥主编《世界画报》撰短篇小说《险难因缘》。

1919年，为姜侠魂编《武侠大观》撰序，又撰《王季臣》《力人传》《马七》等短篇武侠小说，又为李定夷主编《尘海英雄传》撰《包英美》《菊娘》《余玉莲》等武侠短篇小说，又为李定夷主编《武侠异闻》撰《姬秀才》等武侠短篇小说。

1920年，编辑《民哀说部》，由新华书局出版，并为赵苕狂主编《社会小说大观》撰《花会》《翁仲眼里的上海人》等短文。

1921年，为赵眠云、郑逸梅主编《消闲月刊》撰《悔之晚矣》短文，并担任上海小报《春声日报》助理编辑,又为施济群主编《新声》杂志撰《花底沧桑录》《说书新评》《毒婆》等短篇,并撰《素心兰》长篇连载弹词。

1922年,受李涵秋主编《快话》杂志聘为特约撰稿,撰《京华血影》《隐痛》《端阳戏话》《眼泪制造厂》《中秋佳话》《骈技手印》等短篇小说和短文;并为周瘦鹃、赵苕狂主编《游戏世界》杂志撰《民哀杂记》《菱茭新谱》《游戏舞台》《老学究与新文豪》《共和新言》《财神问卜》《白云鹏》《霓裳杂记》《俗语考证》《集宝塔诗》等短篇小说及短文,并撰长篇武侠小说《山东响马传》。为袁寒云、刘豁公等主编《戏》杂志撰《程长庚小传》,又以乡下人署名撰《说书新评》《梨园佳话》等短文。

1923年,在上海自办《世界小报》,又为周瘦鹃主编《半月》杂志撰《娼女之女》《记齐门三义店》等短篇小说,又为严独鹤、赵苕狂主编《红》杂志撰《将晓市钟》《红娘》《上海奇怪人》《社会闲评》等短篇小说及短文,又撰评弹开篇《中秋拜月》,又以乡下人为笔名撰《南技琐话》及《势利的灯光》,又为张舍我主编《千秋》杂志撰《读书札记》。

1924年为《红》杂志撰《血誓》《息庐趣拾》《甲子纪年表》《小说界的妙判》等短篇;又撰《重阳开篇》及《红杂志一周年开篇》等。又为范烟桥、赵眠云主编短篇小说集《星光》撰短文《苦了便宜的烧鸭》,当《红》杂志易名为《红玫瑰》杂志后,撰武侠小说《盐枭残杀记》及《不得了》短文,又为严芙孙主编《蔷薇花》杂志撰《死的研究》皆文。

1925年,为《红玫瑰》杂志撰《瓜异》短文,又为苏州蒋吟秋著短篇小说集《秋星集》题词。

1926年,为《红玫瑰》杂志撰《龙驹走血记》长篇连载武侠小说及《谐诗》《三凤争巢记》等短篇小说及短文,又为程小青主编《新月》杂志撰《两杯茶教》武侠会党小说及《花萼楼怀念录》《联洁》等短文,并为周瘦鹃主编《紫罗兰》杂志撰长篇武侠小说《荆棘江湖》,又为严独鹤主编《丙寅花》杂志撰《碧寒鸿影录》短篇小说,又为王天恨、曹萝鱼主编《梦痕》杂志撰《花萼楼诗话》,又为顾明道《小说新铃》短篇小说集撰序,又为刘恨我主编《新新日报》撰《花萼楼侠剩》笔记。

1927年,为《红玫瑰》杂志撰《嚼瓜小录》《午沨教》《词的小说》等短篇,并撰长篇连载武侠小说《独脚大盗》。

1928年,为《红玫瑰》杂志撰《三不堂》《定时诗》《小说漫谭》《滑稽推背图》《在理教》等短文,并撰《侠骨恩仇记》《拆天升天说》小说。

1929年,所撰长篇武侠小说《江湖豪侠传》由世界书局出版发行,又为《红玫瑰》杂志撰《甘侉子》《生死朋友》《周四先生》《两间的点缀》《横泾小剃头》《玫瑰花片》《三头会》《美术新语》《花萼楼浪漫剧谈》等短篇小说及短文,并为刘豁公主编《戏剧月刊》。